大方
sight

向南向北

眉师娘 著

中信出版集团｜北京

图书在版编目（CIP）数据

向南向北 / 眉师娘著 . -- 北京：中信出版社，
2023.7

ISBN 978-7-5217-4474-3

I. ①向… II. ①眉… III. ①长篇小说 - 中国 - 当代
IV. ① I247.5

中国版本图书馆 CIP 数据核字（2022）第 096974 号

向南向北

著者：　眉师娘
出版发行：中信出版集团股份有限公司
　　　　　（北京市朝阳区东三环北路 27 号嘉铭中心　邮编　100020）
承印者：　河北鹏润印刷有限公司

开本：880mm×1230mm　1/32　　印张：13.75　　　字数：298 千字
版次：2023 年 7 月第 1 版　　　印次：2023 年 7 月第 1 次印刷
书号：ISBN 978–7–5217–4474–3
定价：69.00 元

目录

南方以南，漂洋过海

第一章　那年夏天

1990年，初夏的一个夜晚，温州苍南的一个小镇。

永城婺剧团的美工张晨，正和春平照相馆的老板对坐着喝酒，身后是张晨刚刚帮他画好的布景——海南的椰林风光。

前面的门敞开着，门前是一条狭窄却热闹的小街，不时就有成群结队的姑娘从门前经过。每到这时，老板就会把两根手指塞进嘴里，一声呼哨，那些姑娘扭头看看，咯咯笑着走过去。

也有扭头看看，没有过去的，她们被张晨刚刚完工的这幅布景吸引，忍不住站住，盯着看。这时，老板就会热情地招呼："进来看，这是最新的布景。"

胆子大的被画吸引，真的就进来了。她们一边看一边啧啧称赞。老板得意地大声道："怎么样？就是这个大画家画的！"

姑娘们飞快地点头,然后红着脸瞟一眼张晨,怯怯地问老板兼摄影师:"什么时候可以照呀?"

"明天,明天就可以了,真正的南国风光,碧海、蓝天、椰风——耶!"

老板最后还不忘加一声怪叫。姑娘们嬉笑着出去,飘扬的头发,甩下了一屋好闻的香皂味。两个小伙子拼命地抽动鼻翼嗅着。

老板看了看身后的布景,端起酒杯,和张晨碰一下,然后拿起桌上的蒸鱿鱼干,用力撕咬着。

"张画家,还是那句话,别回去了,跟我去温州城里,我们开个广告公司,专门给照相馆画布景。你知道温州城里有多少家照相馆吗?还有那么多的美发厅,门口都要广告画,我保证,不出一年你就发大财。"老板口若悬河。

张晨笑笑,懒得搭理他,从桌上拿起一只烤虾吃着。

"你在剧团才赚几个铜板,你看看你们剧团,今天这里,明天那里,说好听是搞艺术,其实和要饭的也差不多。"老板继续鼓动着。

这话张晨听着就不乐意了。他把手上的半只虾扔在桌上,骂道:"你他妈的,老子在剧团,再怎么说也是事业编制,事业编制你懂吗?铁饭碗!你个土鳖,你让老子扔了铁饭碗,跟你们这些个体户混?去你的!"

"个体户怎么了?我和你说,现在有钱才是大王。只要有钱,捧的就是金饭碗,你那个破铁碗算什么!"老板也不乐意了。

两个人骂骂咧咧,一边喝酒,一边扯东扯西的。老板不时地回头看看那幅布景,赞叹道:"画得真好,和照片一模一样。"

他回过头来,看着张晨,又气不打一处来:"可惜,这人看上去风度翩翩,却是个木头,不开窍。"

张晨听到，也不理他。

夜色已深，外面街道上行人渐渐稀落，市井声低落以后，从镇那头祠堂的戏台上，隐隐约约传来唱戏的声音。

张晨听出来了，现在台上演的是《三请樊梨花》。谭淑珍的唱腔抑扬顿挫，还真是越远越好听。

剧团的李老师曾经对学员班的小学员们说，什么叫销魂，你们早上醒来，听听谭淑珍在楼下吊嗓子，就知道什么叫销魂了。结果搞得很多人大清早的躺在床上听谭淑珍咿咿呀呀地吊嗓子。

老板也侧耳倾听着。过了一会儿，他双手在大腿上拍了一下，然后凑过身来，压低声音问张晨："张画家，你说，你们团的这个女主角，我花多少钱可以追到手？"

张晨把手里的烤虾狠狠地砸到老板身上。这一回他是真的怒了："你他妈的以为你是谁？滚你妈的！"

老板一愣，正欲发火，抬头看看张晨，见张晨真的怒了，反倒乐了起来："好好好，兄弟，算我说错了，来，我自罚一杯。"

过了一会儿，他见张晨的脸色渐渐好转，实在忍不住，又问道："兄弟，莫非你和那女主角有故事？"

"故事你妈，她是我兄弟的女朋友。"

老板如释重负，叹了口气："原来这样。想不到张画家还是个有情有义的。来，我敬兄弟一杯。"

两个人端起酒杯一饮而尽。这时，一个人从门外匆匆进来，看到张晨，叫道："我就知道你在这里。"

他走过来，也不等老板请，自己拉了一张凳子坐下来，顺手拿过张晨面前的啤酒瓶咕咚咕咚灌了两口，放下瓶子，看到老板已经启开了另外一瓶，就没有把这酒还给张晨，而是放在了自己面前。

他伸手捡了一只烤虾，咬了起来。

"你跑来干吗？不帮着拆台，晚上不是还要转场吗？"张晨问道。

"转场？转什么场？"

"明天不是去平阳演出？"张晨说。

"演屁！演不了了，老杨逃了。"来人道。

"啊，你说什么？"张晨吃了一惊，急问。

"老杨，杨团长逃走了，失踪了！"来人朝张晨叫道。

张晨一听就欲起身，被来人一把抓住："你去干吗？那里正乱呢。来来，我们喝酒，管他娘的。"

来人举起了酒瓶。张晨没和他碰，和老板碰了一下。

老板哈哈大笑："张画家，看到没有？我没说错吧，你不用回去了，还是跟我去温州城里吧。"

"去温州干吗？"来人好奇地问。

"开广告公司，画布景啊。"老板说。

"不错，不错，带上我。"来人道。

老板斜睨着他："你有屁用，又不会画画，只会泡女人。听说你泡女人的时候，花词一套一套的。在泰顺，把人家女人哄得扔了老公孩子要跟你一起跑，有没有这事？"

"谁说的？"来人瞪了眼张晨，叫道，"我刘立杆，是那种勾搭有夫之妇的人吗？"

刘立杆骂完,又看了一眼张晨。张晨骂道:"看我干吗?我又没说。"

老板也叫道:"不干他事,不干画家的事。你永城婺剧团的刘编剧,在我们温州可是大大有名,会泡妞,花词又多,都说你们给死人唱戏的时候,你临时现编的那些词,能把死人都唱得从棺材里跳起来。"

张晨刚喝了口酒,听到这话,扑哧一声,把酒都喷了出来。

永城婺剧团的美工张晨和编剧刘立杆,两个人喝得醉醺醺的,高一脚低一脚地回到演出的祠堂时,这里早已乱成了一锅粥。

剧团的花旦谭淑珍,连妆也没有卸,几个当地的小姑娘还跟在她身后,一有机会就伸手羡慕地摸她身上色彩艳丽的演出服。谭淑珍看着自己的裙摆在泥地里拖着,行走诸多不便,就干脆提起裙摆,和她们说:"喏,给我拿着。"

几个女孩兴奋地提着谭淑珍的裙摆,像西式婚礼上的花童那样,跟着她朝祠堂外走去。

谭淑珍看到张晨和刘立杆回来,赶紧迎了过去,劈头就骂:"你们两个,死哪里去了?"

边上有人围拢过来,告诉他们:"老杨逃了。"

"逃了就逃了,我又不是文化局局长,管不了他。"张晨嘀咕着。

刘立杆举起手中的几个塑料袋,里面装着蒸鱿鱼干和烤虾,还有盐水毛豆,讨好地在谭淑珍面前晃着。谭淑珍气极了,挥手就想把它们打落。

边上有人早就眼明手快,一把夺过了刘立杆手里的食物。

张晨走进祠堂,看到角落里有个稻草垛,就走过去躺了下来。

剧务和道具跑过去问："张晨,这台还拆不拆?"

张晨没好气地说："去问老杨。"

剧务急道："老杨逃了啊。"

张晨清醒了一下,想起来团长逃了,就说："那就去问李老师。"

"李老师去镇里打电话了。"剧务说。

"那就等他回来。"张晨在稻草垛上翻了个身,"要么等我睡一觉再说。"

"妈的,这台,又要到半夜也拆不了了。"道具骂道,"老子也不管了。"

被谭淑珍指派出去找杨团长的几个小演员陆陆续续地回来了。他们说镇上都找遍了,没看到老杨。谭淑珍看到人群后面有一个人畏畏缩缩,在躲她的目光。那是个和老杨有点不清不楚关系的女孩子。谭淑珍走到她面前,问道："老杨去哪里了?"

女孩像摇拨浪鼓一样摇头："不知道,珍姐,我……我没看到他。"

"说!"谭淑珍柳眉倒竖,厉声喝道。

女孩"哇"的一声哭了起来,抽抽搭搭地告诉他们,老杨,杨团长,去了镇上的一家做不干胶商标的厂,当副厂长去了。

刘立杆一听就来了精神,问明了是哪家厂,就连忙招呼几个武生说："走,带上绳子,我们去把这王八蛋捆回来!"

一帮人起哄着跟刘立杆走了。不过,谁也不认为应该是自己去找绳子。走出一段路,刘立杆问起,才知道绳子都没拿。

"拿屁啊,就老杨那小鸡样儿的,拎也拎回来了。"有人道。

一帮人起哄着继续走。

谭淑珍回到祠堂,那几个小孩还是帮她提着裙摆。她看到张晨睡在稻草垛上，本想走过去踢他一脚，想想算了，就踅进舞台后面—— 一块用布幔围起来的更衣室。那几个小孩还想跟进去，被她赶走了。

她走进去，脱下外面的戏服，里面是一条府绸的灯笼裤，一件红色T恤衫。她刚坐下来准备卸妆，就听外面扮演薛丁山的冯老贵在叫："李老师回来了！"

谭淑珍赶紧站起来，还带着樊梨花的妆，掀开布幔，和薛丁山差点撞到一起。

"李老师在哪儿？"

冯老贵还没开口，李老师就从外面走进来，后面跟着一大帮人。谭淑珍赶紧迎上前问："怎么样了？"

"几个局长都没找到，就找到了丁主任。他让我们在原地待命，说明天请示了局长再说。"李老师说。

"那平阳还去不去？"

"丁主任就说原地待命。"

有人叫道："杆子回来了。"

话音刚落，刘立杆就带着人从外面进来。没等谭淑珍他们问，他就大声道："老杨这个王八蛋，已经坐长途汽车去四川了。"

"他真的到那家工厂当副厂长了？"有人问道。

"对，管供销的副厂长。人家说他会讲普通话，话又说得好听，是个难得的人才，重金聘请的。"刘立杆道。

"妈的，那我们怎么办？"

"是啊，晚上还去不去平阳？"

众人七嘴八舌。

李老师提高了嗓门,对大家道:"刚刚,我联系上了县文化局办公室的丁主任,丁主任命令我们原地待命。"

"待他妈的,要待让他过来待。拆台,装车,我们走!"张晨不知什么时候醒了过来,大声吼道。

众人都愣在那里。张晨冲着剧务他们几个大声道:"你们不是嫌拆台时间太晚吗?还不动手?拆台,装车,让驾驶员再帮我们叫辆车来。"

"装了车去哪里?平阳?"刘立杆问。

"回家!"张晨瞪了刘立杆一眼,"团长都逃走了,我们还不回去,在这里等死啊!"

"你疯了?六百多公里!长途!"刘立杆叫道。

永城在浙西山区,温州在浙江东南沿海,两地相隔六百多公里。那时温州到永城没有高速,都是国道,路过青田县城的时候还不分日夜,每日必堵,一堵就是好几个小时。从苍南到永城,基本要走十几个小时,那还是顺利的。

刘立杆的意思很明显,那就是,这么远的路,两辆车,团长又不见了,路费谁出?

张晨从牛仔裤口袋里掏出一沓钱,这是春平照相馆老板刚刚给他的。张晨塞给了刘立杆,说:"我只有这些,全部家当,不够你自己想办法。"

"好嘞!"刘立杆接过钱就跑了出去。

众人欢呼起来:"好呀,回家了!"

人都跑完了,只剩下李老师和谭淑珍还站在原地。谭淑珍看着李老师。李老师叹了口气,说:"还是回吧,再弄下去,连回去的路费都没有了。"

永城婺剧团,为期三个月的温州地区巡回演出,还不到一个月,就此结束。

一个县级的地方戏剧团,说是巡回演出,实在是有点托大。其实,他们和民间的草台班子也差不多,到了地方,什么都演,红白喜事,只要有人请,他们就出场,没有合适的戏目,就现场编词,把当事人的名字编进戏里。

刘立杆最擅长的就是这个。他能把八竿子打不到一起的东西硬凑到一起,还编得有板有眼,看得台下的人要么哈哈大笑,要么痛哭流涕,擦干眼泪或者抿上嘴,再看到现实中活动着的当事人或躺在那里的遗体,恍如隔世,一下子分不清戏里戏外。

所以,那些做红白喜事的,都特别喜欢请永城婺剧团。

永城婺剧团几乎每年都要在温州地区活动,时间久了,就小有名气,特别是剧团里的三个人,一个是编剧刘立杆,一个是美工张晨,张晨布景和死人相(遗像)画得好,只要他的布景在台上一放,永城婺剧团和那些草台班子的差别才显现出来。最后一个,就是当家花旦谭淑珍,不仅戏唱得好,人也长得漂亮。

演出市场不景气,剧团日常的生活是很艰难的。到了一地,连旅馆都住不起,演出结束,把戏台或下面打扫打扫,中间拉一块布,一边男的,一边女的,大家统统打地铺。

现在听说可以回家,大家自然很高兴。家里的日子虽然也清苦,但至少有床睡,有口热饭吃。几乎所有的人都过来帮忙拆台装车,把幕布卷成一捆捆,道具和服装放进一个个大木箱,抬上车。卡车的车厢一半装道具布景,还有一半是要坐人的。

六百多公里,十几个小时,坐在后面风吹日晒不说,屁股还要能经受得住长途颠簸。要不是回家,谁也不想经受这样的折磨。

装好了车,大家都站在车下,刘立杆安排李老师和一个年纪大的琴师去坐第二辆车的驾驶室,安排谭淑珍去第一辆车的驾驶室。徐建梅在边上看到,忍不住哼了一声。

徐建梅和谭淑珍是一个学员班出来的,但总被谭淑珍压一头。小剧团没有什么A角B角,反正是如果演《白蛇传》,谭淑珍必是出演白素贞,徐建梅必是小青,除非谭淑珍生病上不了台。

众人都羡慕地看着谭淑珍爬上驾驶室。有人想到,一个驾驶室除了驾驶员,还可以坐两个人,那人就想跟着过去,被刘立杆一把拉住。

那人正要发火,看到驾驶室的门打开了,谭淑珍跳了下来,满脸通红。她走到刘立杆面前,抬手就给了他一巴掌,骂道:"流氓!"

众人哄然而笑。

谭淑珍走到后车厢,爬了上去。

张晨看着刘立杆,刘立杆悻悻地笑着:"不是钱不够吗? 我就答应人家安排个美女坐驾驶室。"

张晨知道没这么简单,问道:"还答应了什么?"

刘立杆支吾了半天,嗫嚅道:"答应让他摸一下,一下,就一下。"

众人哈哈大笑。张晨摇了摇头:"活该,该打!"

刘立杆看看卡车的车厢,谭淑珍已经在道具中间坐了下来。刘立杆再看看众人,问道:"你们谁口袋里还有钱? 拿出来。"

众人都往后面退。有人道:"几个月没发工资了,谁口袋里会有钱。"

刘立杆急了:"那今天大家就走不了了。"

他看到站在一旁满脸不屑的徐建梅,赶紧走过去,双手合掌朝她拜着:"妹妹,帮哥哥一把,你去坐驾驶室。"

"不去。"徐建梅哼了一声,"你自己的女朋友叫不动,凭什么我帮你忙?"

刘立杆瞄了一眼卡车车厢,凑近徐建梅耳边低声道:"她那个棺材板,怎么能和你比,谁不知道,你才是倾国倾城。"

徐建梅"扑哧"一声笑了起来。刘立杆一看,知道有戏了,赶紧加码:"帮帮忙,帮帮忙,不然我们就都回不去了。"

边上有人也起哄道:"是啊,有驾驶室坐,多好,风吹不到,太阳晒不到。"

"最主要是月亮晒不到,月亮下面,人黑得最快了。"

"杆子,要么和驾驶员说说,我坐驾驶室怎么样? 我也细皮嫩肉的。"冯老贵道。

"滚,都他妈的滚!"刘立杆一边骂着,一边瞄着徐建梅。

徐建梅犹豫了。她抿着嘴唇,看了看头顶,又看了看驾驶室,最后问道:"他摸哪里? 要是……"

"手。"

"就摸一下?"

"一下,就一下,完了你洗洗手不就行了?"

徐建梅动心了,又不好意思走过去。刘立杆推着她,一边推一边道:"为了大家,为了回家,为了帮帮你哥,只要回到永城,吃香喝辣你开口。"

他把驾驶室的门打开，连哄带推地把徐建梅塞进了驾驶室。

这边门刚刚关上，那边门又打开了，驾驶员跳了下来。他朝刘立杆挥挥手，刘立杆连忙跑了过去。

"不是说好是白素贞吗？怎么是小青？"驾驶员不满道。

"去你的，白素贞已经摸了，再给你小青，还不划算？"刘立杆骂道。

驾驶员急了："我刚伸手，就被她打掉了，半下也没摸到。"

"那还不是她的手碰到你的手了？"

驾驶员一愣，然后道："不算，这个不算。"

"来来来。"刘立杆搂着驾驶员的肩膀，走远了一点，"白素贞今天不方便，坐驾驶室，你他妈的也不嫌晦气？还有，你看这小青漂不漂亮？"

驾驶员嗫嚅："漂亮倒是也漂亮的。"

"手白不白？你不是说一辈子没摸到过细皮嫩肉的手吗？又没说一定得是白素贞的手。"

"可我们说好……"

刘立杆趴到驾驶员耳边低声道："这小青不光漂亮，还比白素贞年轻，你他妈的今天赚大了。"

驾驶员有些心动了，迟疑着。

刘立杆挥了挥手："算了，算了，我去叫她下来，给你加钱就是，正好，有一个肺结核的，这两天咳嗽得厉害，我让他去坐驾驶室。"

驾驶员一听，赶紧往回跑："算了，算了，小青就小青，就这样吧。"

刘立杆赶紧招呼还站在车下的众人："上车，上车，马上开车了，不想走的就别走了。"

众人哄的一声，赶紧爬上了卡车车厢。

两辆车摇摇晃晃,从祠堂门口昏黄的路灯下,一头钻进了黑夜。

永城婺剧团在青牛山脚下,是挖山砌磡造起来的,从一条半圆形的陡坡上去,整个院子里只有二大一小三幢房子,都是20世纪70年代的老建筑,其中一座一层的房子类似于当时流行的大会堂,单层三百多平方米,大通间,是剧团的练功房、排练房加库房。

布景和一箱箱的服装、道具摞起来,占据了房子的一头。另外一头的松木地板上,用红漆画出了一个舞台的形状,就算是排练房了。房子的中间,铺了一大块不知什么年月的,连颜色也分不清的地毯,就算是练功房了。

排演的时候,中间有武生和小学员在练功毯上砰砰砰翻筋斗,没轮到上场的演员在这里练习走台步和背台词,一片嘈杂和热闹。但大家都习惯了,可以做到互不受影响。

另外一幢是五层的楼房,结构很简单,大门进去正对着的就是楼梯,楼梯两边是走廊,走廊两边是一间间的房间,每间大小一致,都是十二平方米。每层二十几间,除了一楼有三间是办公室,其余都是宿舍,全团的人都住在这幢楼里。

学员班的小学员上下铺,一间八人,一般的演职员也是上下铺,一间四人,或者两人,像张晨、刘立杆、谭淑珍和徐建梅这些剧团的主要人员,一人一间;双职工没有小孩的,也是一间;双职工有小孩,不管小孩多少,都是两间。

整幢楼里,没有厕所,没有厨房,家家户户,都是在门口摆张桌子,放一具煤油炉,在走廊里做饭。本来就不宽的走廊,因为这些桌子,再加上整年的烟熏火燎,变得又黑又窄。有人经过的时候,正在炒菜的人要停止手上的动作,双手肃立,让人先走过去。

剩下那幢小的房子,坐落在宿舍和练功房中间,七八十平方米,一半是公共厕所,分男女厕,还有一半,就是食堂。那些不配拥有煤油炉的小学员,或懒得做饭的单身狗就在这里就餐。

刘立杆有句名言,他说这幢房子的两边,气味都是一样的,有时候右边还比左边好闻一点,右边是公共厕所。

紧挨着这幢房子,有一排水磨石的水池,七八个水龙头,全团所有演职员和家属洗菜、洗碗、洗衣服、洗脸、刷牙和洗马桶、痰盂,都在这里。

楼房的前面是一百来平方米的院子,院子里有一棵樟树,还有一棵柏子树,柏子树春夏妩媚,秋冬悲凉。

因为剧团在山脚的高磡上,所以永城县城一半的人抬起头就可以看到婺剧团。这一半的人每天清晨还可以看到谭淑珍他们遥遥地站在樟树和柏子树下,咿咿呀呀地吊嗓子。

听不到咿咿呀呀声音的日子,永城县的居民们就知道,剧团又出去巡演了。

这一次附近的居民感到有些奇怪,昨天傍晚,他们明明看到两辆卡车摇摇晃晃开上了婺剧团的高磡,卸了车后,两辆车又摇摇晃晃地从半圆的坡道上下来,于是大家知道,剧团回来了。

但第二天清晨,早起的人在煤饼炉上煮上泡饭,挤好牙膏,正准备伴着谭淑珍他们咿咿呀呀的声音摇头晃脑地刷牙,可等了半天,也没有听到声音,于是有人就忍不住,走到了朝向婺剧团的窗户,有人走到走廊里、楼梯口。他们不仅没有听到声音,连樟树和柏子树底下也没有看到人影。

不仅没有看到人影,他们看到昨天傍晚卸了车,小山一样堆在院子里的那些道具箱,居然还堆在那里。

这是怎么了?

于是不久,整个永城都知道了,婺剧团出事了,他们的团长逃走了。

有人说是被温州老板用五辆小轿车接走的,有人说是跟剧团里的一个女演员私奔了……

不是,不是,有人很权威地说,剧团的演员我数了,都回来了。

那团长去哪里了? 边上人好奇地问。

他嘛,嘿嘿,被一个温州的寡妇包养了!

第二章　工作组驾临

张晨睡到肚子有点饿了,迷迷糊糊地醒来,从枕上抬头看看,桌上的一个塑料篮子里,放着大饼和油条。这是女朋友给他留的早饭,女朋友已经上班走了。

张晨的女朋友金莉莉,不是他们剧团的,而是他的初中同学,永城轴承厂的出纳。

张晨虽然饿,却懒得起来,就倒头继续睡,再醒来是被走廊里刀切砧板、勺刮铁锅的声音吵醒的,被从门缝和门上气窗钻进来的油烟味熏醒的。

张晨正犹豫是起床还是再睡一会儿,就听到有人在不停地大叫:"马上去练功房开大会,文化局来人了!"

走廊里一阵忙乱之后,突然就安静了下来。

张晨嘟囔了一句："开你妈的。"

他倒头准备趁这安静的时光再睡一会儿，门却被砰砰砰砸响，刘立杆在门外大叫："张晨，开会了，开会了！"

张晨没好气地道："开你妈的，不去！"

刘立杆继续砸门："都在等你，李老师让我来叫你的。"

张晨无奈，只好起床。他拿了一条毛巾搭在肩膀上，然后在牙刷上挤了一截牙膏，和刘立杆一起下楼。

他们到了楼下，看到几个小学员正在抬道具箱，刘立杆问干吗，小学员说，李老师让我们抬进去。

张晨走到水池前，打开水龙头，头弯到下面，灌了一口腔的水，咕叽咕叽两下，吐掉，开始刷起了牙。

李老师从练功房出来，看到他们两个，叫道："哎呀，还刷什么牙，领导们都在等着，快点进去。"

他又转身朝小学员们道："你们也快点儿，进去的时候轻一点儿。"

张晨满口白沫，口齿不清地问道："这个时间开什么会？他们管饭？"

李老师朝左右看看，凑近了一点，压低嗓门和他说："不是开会，是工作组来了，和大家见个面，你快点吧。"

"无聊！"张晨含混不清地骂道。

刘立杆脚穿一双人字拖，趁着张晨刷牙的时间，把裤管挽起，抬起一只脚放进水池里，打开水龙头冲着，一只冲完，接着冲第二只。李老师见状，赶紧去拉他："别冲了，领导们真的在等。"

刘立杆满不在乎地说："洗干净就为了好见领导啊，没看到我风尘仆仆的脚？李老师，我和你说，刚刚从我脚上冲走的泥巴，可还是温州苍南的泥巴。唉,不知道它们到了永城,会不会水土不服。"

张晨满口白沫,噗地吐进水池,咕叽咕叽冲干净嘴,说道:"谭淑珍这么不讲究了,让你上床?"

"嗨,还在生气,昨晚就回家了。"

"该!"张晨骂道。

"哎哎,你讲不讲理? 就你那点钱,若不是我,能回到永城吗?"刘立杆道。

张晨瞪了他一眼:"就那点钱? 他妈的那是我四个晚上的辛苦! 对了,李老师,这个钱,你让工作组给我报了。"

李老师也不搭话,嘿嘿笑着:"快点,快点,你们快点。"说完,转身朝练功房走去。

"老滑头!"看着他的背影,刘立杆骂道。

洗完了脸,张晨把毛巾绞干,重新搭在肩膀上,两个人这才朝练功房走去。

练功房里,画出来的舞台上,像模像样地摆着两张桌子,上面还很正式地蒙了一块暗红色的金丝绒布,桌子后面坐着三个人,一个是县委宣传部的部委老胡,一个是县文化局的汤副局长,还有一个是县文化局办公室主任丁百苟。

下面的人,一半坐在练功毯上,还有一半三三两两、零零落落地站着。看到张晨和刘立杆进来,站在主席台侧前方的李老师稍稍凑近,和丁主任说:"人都到齐了。"

丁主任咳嗽了两声,看看下面的人没有反应,又咳嗽了两声。等到下面安静下来,他先介绍了台上包括自己在内的三位工作组成员,然后自己带头鼓起掌来。

下面稀稀落落，有人应付了两下。

丁主任润了润嗓子，开始说道："对你们剧团发生的事情，县委、县政府非常重视，认为这是一起严重的事件。县委常委、宣传部李部长也非常重视，责令由县委宣传部牵头，组成了这个工作小组，进驻你们剧团……"

丁主任的话还没有说完，张晨就叫道："我们剧团发生了什么事？还严重事件，不就是团长跑了吗？那你们应该去抓团长啊，找我们干吗？"

李老师想制止已经来不及了。台上的三个人看了看张晨，不约而同地皱了皱眉。他们都认识张晨，都知道这是剧团有名的刺头，但就是连文化局也拿他没办法，谁让人家有真本事呢。

在小地方，有真本事的人还真的是有资本牛一下的，因为他要是撂挑子，你一下子还真找不到其他来代替他的人，而人家离了你还真不愁没饭吃。

丁主任硬着头皮，决定先杀杀这家伙的锐气。他装作不认识他，问道："你是张晨，剧团的美工，对吗？"

张晨不屑道："我叫什么，干什么的，你不知道吗？"

意思是你装什么装啊。下面有人嘻嘻笑着。

丁主任的脸微微一红。他看了看老胡和汤局长，两人都面无表情地坐着。

丁主任说："好，那我们先来了解一件事，前天晚上，我是不是让你们在原地待命？你们怎么就擅自回来了，听说，还是你带的头？"

"对,没错,就是我让大家回来的。"张晨毫无惧色,坦然道,"你让我们原地待命,那我问你,这么多人住在哪里?吃在哪里?我们在苍南的演出已经结束了,人家也不会再提供场地给我们放服装道具了。丁主任,你说,我们该怎么办?"

"对啊,该怎么办?"刘立杆也道。

"原地待命,组织上自然会有解决的办法!"丁主任厉声道。

"什么办法?平阳的演出是杨团长谈的,他走了也没有交代一声,我们找谁去?这么多人就赖在苍南,要是再走失一个人或出点什么事,谁负责?丁主任,你负责吗?我们现在把人全部安全地带回来了,道具没有丢一件,服装没有少一件,我们还做错了?"

张晨咄咄逼人地道,但说得有理有节。丁主任脸上青一阵白一阵的。刘立杆也道:"对啊,路费都还是张晨出的,你们文化局管什么了?"

"让我们留在那里,留在那里喝西北风吗?"

"三个月没有发工资了,还让我们坚持,你们好意思吗?"

"汤局长在这里,汤局长,你告诉我们,我们的工资什么时候发?"

"对啊,什么时候发?家里都揭不开锅了。"

……

众人七嘴八舌,很快就把重点转到工资上,矛头对准了汤副局长。老胡见汤局长也快招架不住了,只好草草宣布会议结束。

工作组的三个人有些狼狈地撤到了办公室。李老师到食堂叫来一个小学员,从口袋里掏出十元钱,让他跑去下面的小饭店炒三个菜拿上来。

"要不要酒？"小学员问。

李老师想了一下说算了。

刘立杆端着搪瓷碗，正蹲在食堂门口吃饭，看到这一幕，问道："怎么，李老师，你不让领导们来我们的食堂访贫问苦？"

"去去去。"李老师骂道，他朝左右看看没人，压低声音和刘立杆说，"你看看闹成这样，工作组是打算严肃处理张晨的，我这儿想办法压着，明白吗？"

"他敢！"刘立杆一听就冒火了，把半碗饭倒进门口的泔水桶里，"我找他们去！"

李老师赶紧把刘立杆拉住："别别，别多事，我这里不行，你再去闹好不好？"

"那你告诉他们，他们要是敢动张晨一根毫毛，我就把他们身上的毛全拔光。"刘立杆恶狠狠地说。

李老师扑哧一声笑了起来："算了，杀猪拔毛的事，你干不了。你既不是鲁提辖，也不是黑旋风，过过嘴瘾也就算了，人家老汤可是正经八百的转业军人。"说完，在刘立杆的肩膀上重重地拍了两下，走了。

进了大门，李老师没有去办公室，而是去了二楼，回到家，从柜子里拿出一瓶去年春节女婿送来的洋河大曲，走出门去。

老伴看到了，不满道："又拿家里的酒去喂狗！"

李老师看她一眼，懒得和她计较，径自下楼。

到了办公室，李老师把靠墙并在一起的旧办公桌上的东西往墙边推了推，然后抬起胳膊，用袖管抹了抹桌面，找来三个搪瓷茶缸，放在三人面前，打开瓶盖，把一瓶酒均分在三个茶缸里。

汤副局长看了看面前的杯子，问道："老李，你不来点？"

李老师笑着指了指自己的喉咙。三个人恍然大悟一般点点头，知道他唱戏的不能喝酒。

过了一会儿，小学员端着一个托盘进来，托盘上是三盘菜，还有一把零钱。

李老师一边把菜往桌上摆，一边问道："路上有没有偷吃？"

小学员脸红扑扑的，抿着嘴，不断地摇头。

把菜摆好，把零钱揣进口袋，李老师想起来了，问道："饭呢？"

"哎呀，忘了。"小学员叫道，一张嘴，牙齿上还沾着猪肝屑。

李老师从口袋里又掏出两毛钱，道："快去，再打两毛钱饭来。"

小学员转身要出去，李老师又把他叫住，从他手里把两毛钱抽了回去："去食堂打吧，再让他们做盆汤来。"

酒足饭饱，开始谈工作，丁主任一边用火柴剔着牙齿，一边和李老师说："老李啊，前面，我们三个人紧急商议了一下，我们觉得，现在剧团是群龙无首，一盘散沙，当务之急，是要马上任命一个新团长。"

"对对对，领导英明。"李老师不停地点头。

丁主任看了看老胡和汤局长，不再说了。汤局长接过了话茬："老李，你也是老婺剧人了，我们三个经过商量，觉得从各方面来说，你来担任这个团长是最合适的。当然，我们的这个建议最后还要局党委批准。"

李老师一听就跳了起来："不行，不行！这个局长，不对，这个团长我可干不了。我就是一个唱戏的，你让我带带小学员可以，团长我不能干。"

"不要谦虚嘛，谁天生就能担任领导的？还不都是在工作中一点一滴学习的？"老胡语重心长地说，"有组织给你撑腰，你胆子就大一点嘛。"

"不行，不行，我不干，这团长，说什么我也不干，我还想多活几年。"李老师一个劲摇头。

丁主任有些不乐意了："老李，你这话就过分了，当团长是组织对你的信任，怎么能说当了团长就少活几年呢？"

李老师脸都白了，除了说不行不行，连拒绝都不知道怎么拒绝。

三个人轮番上阵，晓之以理，动之以情，把口都讲干了，李老师就是不松口。汤副局长的脸挂不住了，他把茶缸蹾在桌上，大声道："老李，你也是老同志，虽然不是党员，但组织原则你总还要讲吧？下级服从上级，你总懂吧。一个老同志，不能仅仅业务合格，政治上你也要严格要求自己。你不能把组织和上级领导对你的信任当成一个屁！"

李老师也彻底急了，把真话都说了出来："行行好吧，领导，今天这菜，是我自己掏钱买的；这酒，是我女婿送给我，我舍不得喝的，我拿出来招待你们，就是知道你们很可能会将我这一军，我就死蟹一只了。让我当这个团长，我实在吃不消啊！"

李老师悲怆地说完，跌跌撞撞出门，上楼，回家，倒在床铺上就号啕大哭。

过了一会儿，李老师的老伴跌跌撞撞下楼，一边走一边扯开嗓门，抑扬顿挫地哭唱着："是哪个杀千刀的要把我老头子往火坑里推啊！我老头子可怜啊！他是个老实人啊！你们大家都出来评评理啊！为什么要找他当团长啊？！老天啊！你为什么对老实人这么不公啊？！你就不能放过我可怜的老头子啊……"

整个剧团的人都被哭到一楼的走廊。李师母到了办公室门口,看到三个人坐在里面,尴尬地看着她。她也不进去,就坐到门口地上,双手捶胸捶地捶苍天,继续哭唱。三个人被她堵在办公室里,都快被尿憋死了。

剧团食堂的紫菜蛋花汤,做得还是可以的。

永城县原来有两个剧团,一个婺剧团,还有一个越剧团。但这几年演出市场持续低迷,两个团都入不敷出,整个文化系统的所有经费加起来也养不了他们。

永城的经济在当时的浙江属于中等,当地也有几家大型企业,但这些企业都是国有企业,不是省里的,就是部里的,有钱没钱都和县里没半毛钱的关系。

永城县的财政收入,连机关干部的工资都只够发十个月,还有两个月,要书记和县长觍着脸去找比较富裕的兄弟县借,才能够撑下去。

他们怎么可能还有更多的钱来支持剧团?最后无奈,县里报请省文化厅同意后,决定裁撤一个剧团。

考虑到当时浙江的越剧团多如牛毛,不仅绍兴地区的每个县有,其他地区的很多县也有,乡镇和民间还自己组织了不少。省城里,除了有个省越剧院,还有个杭城越剧团,另外还有以青年演员为主、在当时如日中天的小百花越剧团。

而婺剧,除了金华市有个浙江婺剧团,再有正式编制的县级剧团,就只有永城婺剧团了。

县里面权衡再三,最后决定保留婺剧团,裁掉越剧团。

越剧团从宣布解散到今天两年多了,遗留的问题还有一大堆,县里和文化局的大小领导,听到越剧团三个字就头大。

首先是人安排不了。剧团的人文化程度普遍不高,但他们都是事业编制,裁下来的人你要想把他安排到企业,他可以当场死给你看,但一个县,哪里来那么多事业单位,就是有,这些人去了又能干什么?

每个部门都在推,不是说这些人实在是专业不对口,你总不能把唱戏的、拉二胡的安排到地震台、气象站、防疫站吧?就是说自己单位早就人满为患,单位里本来就还有好几个等着指标转正的呢。

县领导也没有办法,最后只好下狠命令,谁的屁股谁自己擦,让文化系统自己解决。

文化系统怎么解决?去新华书店卖书,去影剧院卖票,去图书馆和文化馆搞卫生?剧团近百人,就是干这些,又哪需要这么多人?何况人家还不一定愿意干,没戏演了还觉得自己是个角儿,不愿意就拖着,拖到现在,还有一半的人工作岗位没有安置好。

文化局的几个局长为此伤透了脑筋,连以前从来没有局长会去的只有一个编制的文管会,也经常有局长过去,埋怨道,你这里最近怎么就没有什么重大发现?

永城乡下,1971年由中科院古人类研究所和浙江省博物馆的专家发掘出一枚古人类的牙齿化石。经鉴定,这枚人牙化石距今约有5万年的历史,被中国科学院正式命名为"永城人"。

"永城人"是在浙江省境内首次发现的"新人阶段"的古人类化

石,从此,浙江的历史一下子往前推进了四万多年,永城也成为浙江历史的源头,也因此有了这么一个挤在文化馆里的文管会。

文管会的小邢当然知道局长说这话是什么意思,要是再有这样的项目,就可以把剧团的那些人安排去挖古墓了,一年半载的,拿的可都是国家的专项经费。

小邢指了指身后玻璃柜里一排残缺不全的陶罐,和局长开玩笑说:"要不,我把这些埋地下去,再发现一遍?挖不行,埋我还是可以的。"

局长哈哈大笑着出去,这一笑,才感觉轻松了一些。

这些人工作没有办法安排,但工资不能少,医药费要报销,文化局也没有钱,他们就一、三、五去文化局,二、四、六去县政府,堵住局长和县长的门,说古唱今,戏词一套一套的。

每个星期的这几个日子,秘书有事没事就会站在窗前看着。一旦看到大门口浩浩荡荡一批人有说有笑地进来,他就赶紧跑去县长办公室,不管有没有其他人在,都说"领导,要去调研了,人家已经在等"。

那时的县机关大院,也没有后来这么威风,只有一个老头儿看门。太阳好的日子,附近的居民是可以来院子里的树上拉绳晾被子的,附近的农民是可以到院里的水泥地上晒稻谷的。

县长一听秘书的话就明白,是越剧团的人来了。他不动声色,装出这才想起的样子说:"噢,好好好,马上,马上!"

李老师的老伴还在哭唱,老胡、汤副局长和丁主任三个坐在那里,只要一想到如果婺剧团也走上越剧团的路,头就更大了,心想,那自己还不如早点找个理由,病退算了。

永城婺剧团团长的人选,现在成了永城县文化局和工作组的头等大事,几位局长为此开了好几次会。

他们在剧团又找了一位老演员和一位鼓师谈了谈。那位演员一听说是这个事,起身就走。丁百苟主任在后面叫:"喂喂,你走干吗?"

对方说:"我去叫我老太婆,她也很会哭的。"

丁主任赶紧把他拉住:"算了,算了。"

他们接着找那位鼓师谈。鼓师坐在鼓前,咚咚咚,咚咚咚,不停地敲着。三个人站在边上苦口婆心,说了半天,他好像听都没有听到,一言不发,也没有看三个人一眼,只是专心致志地咚咚咚,咚咚咚地敲着鼓。

这一敲,就敲了一个下午。

汤副局长绷不住了,狠狠地骂道:"好,好,你这个老头,他妈的比我以前的新兵蛋子精神头还好!"

鼓师看着三人离开练功房的背影得意地嘿嘿笑着,然后身子一歪,倒在了地板上。

一大帮小学员围过来叫:"许老师!许老师!"

许老师人倒在地上,还在嘿嘿笑。

剧团里面不行,那就从剧团外面找。第一人选,当然是原来越剧团的团长,现在在电影公司当副经理。他到了局会议室,听到这事,当场就唱了起来:"呀呀呀,大事不好了呀……"

几个局长都笑了起来。看他那样子,心想,这回可能有戏。不料等他把戏唱完，还是没戏。他和局长们说："你们这是想让我去当替死鬼？死了个姓杨的还不够？"

老杨原来就是越剧团的副团长，越剧团解散的时候，婺剧团的团长正好退休，当时局里本来是想让李老师当团长的，老杨自告奋勇，要求到婺剧团去当团长。

考虑到老杨这个人能说会道，本来在越剧团时就是专门对外联系演出业务的副团长，再加上李老师本来就意愿不高，最后就让老杨接了团长，对方现在说的就是这茬事。

丁主任赶紧说："别胡扯，这是两码事，让你回剧团，也是对你专业能力的肯定。"

"别，别，别肯定，肯定得越剧团都一地鸡毛了，还肯定什么？"老团长看着几位领导满脸狐疑，"是不是有人看上我这个副经理的位子了？有就明说啊，我让贤。"

在场的饶副局长逗他："那你去干吗？剧团也不肯去？"

老团长一愣，然后道："我去影剧院门口摆地摊卖艺！"说完，就站起来走了，把一会议室的人撂在那里。

"我看，要不让那个谁，剧团的那个美工张晨试试？这小子我看出来了，在剧团里还镇得住人。"汤副局长提议。

饶副局长同意道："我看可以，死马当作活马医。老胡，你的意见呢？"

老胡看了看他们，只是笑着，没有说话。这意思就是，选团长是你们局里的具体业务，宣传部作为上级单位，不会太多参与。这其实摆明了就是不想蹚这趟浑水。

于是众人就看着新上任不久的文化局局长。文化局局长三十多岁,原来是县委报道组的,去年因为一篇关于永城县文明村和文明家庭"双文明"建设的报道上了《人民日报》,一时引起轰动。县委常委们认为是不可多得的人才,今年文化局班子调整,就任命他为文化局局长。

局长对张晨这个人也有所耳闻,有坏的,说他是刺头的;也有好的,说他能力(主要是画画)怎么怎么强的。局长去一楼县图书馆的阅览室走走时,老馆长每次都会拉着他看墙上的爱因斯坦和鲁迅画像,赞叹道:"看看,精气神都画出来了。"

这两幅画,都是张晨画的。

局长心想,找一个年轻人当团长,说不定剧团还能有点起色。反正,现在也找不到人愿意当,不如就像老饶说的,死马当活马医,不行大不了再换呗。

局长还在思考,丁主任说话了:"张晨这个人,政治上太不可靠,胆大妄为。他带着剧团出去,要是做出什么出格的事,那影响就不只是在我们县了。"

局长听到政治上不可靠,心里马上就退缩了,特别是现在又是敏感时期。他说:"大胆起用年轻人没错,但我们要起用那些政治上合格的年轻人。"

这话,其他几个人听明白了,那就是同意了丁主任的意见。丁主任暗地里有些得意,两位副局长也不好再反驳。

"但问题是婺剧团也不能没有团长,我的意见是这样,要不,在我们找到合适的新团长以前,先由丁主任兼任婺剧团的团长。"饶副局长说。

"我同意老饶的意见。"

饶副局长一说，汤副局长马上就表示同意。局长看了看老胡，老胡也正巴不得自己赶快脱身，微微点了点头。

"好，那就请丁主任辛苦一下。对了，在此期间，丁主任也可以从剧团里挖掘挖掘，看看有没有其他合适的人才。"局长拍板同意了。

"好，那我回去，把你们的这个决定和李部长汇报一下。"

老胡这话，等于是在局长的同意书上又盖了印戳。可怜的丁百苟主任，在这个会议室里，根本就没有表达同意或不同意的个人意见的权利。

也没有人会征求他的意见。

第三章　领导们

丁百苟这个兼职的团长上任了。这天上午，他推着他的28寸永久自行车从那个半圆的坡道上去，气喘吁吁的。

他把自行车锁在柏子树下，进了办公室，把手提包和一个用报纸包着的长条物件放在办公桌上，然后从包里拿出了榔头、钉子，再把那物件外面的报纸打开，里面是一长块白漆涂过的木条，上面用红漆写了"团长办公室"五个字。

他搬了张凳子到门口，站在凳子上，把木条咚咚咚地钉到门框上。20世纪70年代的房子，用的都是泥土烧制的所谓"洋砖"，连水泥空心砖都不是，钉子很容易钉进去。

钉好以后，丁百苟走到楼梯口朝这边看，效果还不错，"团长办公室"五个字清晰可见。

丁百苟满意地走回来，又看看边上和对门的两个办公室，门都虚掩着，用手推开，里面一个人也没有，几张残破的办公桌上肮脏不堪，桌上、地上到处都是报纸、扑克牌和烟头。

"乌合之众！"丁百苟骂了一句。

他从办公室找到一个脸盆和一条毛巾，来到外面的水池，打开水龙头。有人走到练功房，朝里看，里面一个人也没有。他看看时间，已经是上午九点半了。

他回到水池边，脸盆已经接满。这时，有个小孩正从厕所出来。丁百苟问道："小学员，我问你，现在怎么没人练功？"

小学员看了他一眼，骂道："关你屁事。"

丁百苟正欲发火，想想和一个小孩计较没什么意思，就忍住了。

丁百苟端着一脸盆水回到办公室，把原来老杨的那张办公桌擦干净，水也没有倒，就放在地上。他坐下来，从提包里拿出一支钢笔和一本工作日记放在桌上，又拿起桌上的电话筒听了听。里面屁声音没有，他又把话筒扔了回去。

他把抽屉一个个拉开，里面塞满了乱七八糟的东西，有一个抽屉里还塞着一双臭袜子。

丁百苟主任气极了。他一一把抽屉拉出来，把里面的东西都倒在地上。中间的抽屉上有一个挂锁。丁百苟拿过一把榔头，一榔头就把挂锁敲了。里面空空荡荡，只有几张饭菜票，还有一沓老杨的名片，名片下面是一张翻过去的照片。

丁百苟把照片拿起来，看到照片上是一个女孩子。他依稀记得这是剧团里一个不太显眼的女演员。

"流氓!"丁百苟忍不住骂道,"你王八蛋要是敢回来,老子拿作风问题都能整死你。"

丁百苟把照片扔回去,关上了抽屉,看着窗外的一篷美人蕉,生着闷气。他昨晚已经生了一晚上的闷气了,知道老饶之所以在会上提出让自己兼任这个团长,完全是因为自己和新局长走得太近。他这是借故敲打自己。

丁百苟气着气着也想到了一个策略,那就是以后你老饶要办公室做什么事,老子就借故到婺剧团上班,拖死你。

另一方面,丁百苟也想好了,自己既然接了这个团长,就要想办法改变一下剧团现在的乌烟瘴气,让新局长看看自己的能力,也好气气老饶那个王八蛋。

丁百苟坐了十几分钟,李老师才来。看到丁百苟,他愣了一下,然后道:"丁主……不,不,丁团长,这么早?"

"早个屁,都快吃午饭了。"丁百苟没好气地说。

李老师盯着地上脸盆里的毛巾看了看,然后到门背后瞧瞧,脱口而出:"这是我的洗脸毛巾……噢,算了,算了,就当抹布好了。"

"老李,以后我一、三、五的上午都来这边上班。我不在的时候,还是要委托你把剧团的事管起来。"丁百苟和李老师说。

"没问题,只要不让我当团长就行。"

"那你要是管着管着很适合呢?"

"不可能的,我不是那块料,老杨在的时候就经常这样说我。"

"别提那个王……别提他。"

"好好,不提,不提。"李老师想起了一件事,"丁团长,你一、三、五上午来,那演出的事谁联系?"

"以前谁联系?"

"老杨啊……噢噢,不提他。"

丁百苟看了看桌上的电话,奇怪道:"电话都不响,他怎么联系的?"

"电话?噢,电话半年前就欠费停机了。"李老师笑道,"对哦,你不说我还没注意,电话都没有,他演出是怎么联系的?"

"先不管这个。"丁百苟看了看手表,"你先把剧团的骨干人员都叫过来,我们开个会。"

李老师站起来,走到隔壁的宿舍,推开门,报了一串名字,对门里的人说,去把这些人叫到办公室来,新团长要找他们开会。

李老师回到办公室,看了看地上的脸盆,蹲下去,绞干毛巾,开始擦自己那边的办公桌。等他擦完,人也陆陆续续地来了。每来一个人,李老师就说,自己去找凳子。

刘立杆是最后一个到的。李老师和他说去找凳子,刘立杆摇了摇头:"站着就好。"

刘立杆站在冯老贵边上,靠墙立着。冯老贵往边上挪了挪,让出半张凳子。刘立杆坐了下来,和冯老贵各坐了半张屁股。

"丁团长,人都到齐了。"李老师对丁百苟说。

丁百苟看了看众人,皱了一下眉头,问道:那谁,那个美工呢?"

"他不在房间。"有人道。

"上班时间,到哪里去了?"丁百苟愠怒道。

"他去县委招待所,帮他们给会议室画画,县府办行政科请去的。"李老师说。

丁百苟无话可说。

李老师赶紧说："我们大家先欢迎丁团长。"

大家鼓了鼓掌。丁团长抬起双手，手掌朝下，有弹性地压了两下，仿佛他手底下是两根弹簧。

丁团长咳嗽了两声，然后开始说话："在座的都是我们剧团的重要骨干，也是我们剧团的核心。有句话说得好，榜样的力量是无穷的，我想只要我们在座的拧成一股绳，我们剧团就大有希望，就有可能改变我们现在的面貌，重振我们永城婺剧团的辉煌。有一点无须讳言，当前的演出市场确实很不景气，我们面对的困难很多，但这个困难不是我们一个团面对的，是所有剧团目前都面临的……"

"人家小百花越剧团就很火啊！"有人说道。

"很好，你提到了小百花越剧团，那么我问你们，在座的各位，有没有信心把我们剧团塑造成第二个小百花剧团，来一个小百花婺剧团？"丁百苟问道。

"哪有那么容易。"有人回道。

"容易不容易，关键看信心。还有一句话说得很好，办法总比困难多，我希望大家群策群力，多提宝贵建议。"丁百苟说。

"好，我提一个建议。"谭淑珍说，"排新戏，争取参加文化部的汇演和戏剧节。"

"这个，这个很……"丁百苟压低嗓音问身边的李老师，"排新戏需要很多钱吧？"

"最少十万元。"李老师说。

丁百苟哆嗦了一下，然后镇定下来："这个，谭淑珍的这个建议很好，新戏是肯定要排的，不过，眼下的当务之急是有没有既切合我们团实际，又能够改变我们团面貌的好办法。"

"有。"刘立杆道，"让张晨画假币，我们全团去街上换，团里提成百分之二十。"

"胡闹！"丁百苟叫道，"那是违法的。"

"对，把我们饿死就不违法？"刘立杆嘲讽道。

"丁团长，我们的工资什么时候发？"冯老贵问。

"是啊，新官上任三把火，丁团长，你要点，就先点这一把。"有人附和道。

丁百苟用手拍着桌子："现在是开会，怎么又提到工资的事了？"

"丁团长，你上个月工资有没有领？"刘立杆问。

"我当然领了。"丁百苟说。

"那你知不知道我们已经三个月没领了？"刘立杆冷笑道。

"为什么你们文化局月月按时领，我们的工资就在天上飞？"有人叫道。

"还越飞越高，飞到看不见了。"

众人哈哈大笑。

丁百苟头都大了。他觉得，这会，看样子是开不下去了。

人都散了以后，丁百苟拿起桌上的提包，也准备回去。地上的那堆垃圾还堆在那里，李老师还坐在对面。丁百苟经过那堆垃圾时，踢了一脚，骂道："垃圾！"

也不知道他是在骂人，还是真骂那堆垃圾，反正李老师听出他话里有话,不满地抬头看了看他的背影。

丁百苟走出办公室,走到柏子树下,开了车锁,往前推了两步,才发现两只轮胎都没有气了。他低头看看,这才发现,原来是气门芯被人拔掉了。

他朝大门里看看,就看到几个小鬼的身影,大笑着跑上楼去。

丁百苟叹了口气,推着他的自行车,朝半圆形的坡道下去。

隔一天的上午,丁百苟硬着头皮,又来剧团上班。他把车推到柏子树下,正准备锁车,想了想,还是继续推着。他推着车到了大门口,然后把车扛上门口的台阶,又沿着走廊朝办公室推去。

他抬头看了看"团长办公室"的牌子,感觉有些别扭,走近才看出来,有人用红漆在"团"字上面加了一个头,下面加了一条尾巴,两边各添了两条腿,"团"字变成了一只乌龟。

丁百苟气极了。他把自行车停在办公室门口的走廊里,抬起手用力一挥,那块牌子咔嚓一声就掉到了地上。

办公室里,好几个人"啊"的一声惊呼。

丁百苟走进办公室,看到里面坐着四五个老太婆,一问才知道,她们不是剧团的退休人员,就是家属。她们都是来找新团长问工资的事,说家里实在是撑不下去了,快上街要饭了。

李老师不知道躲哪儿去了,一上午都没有露面。几个老太太围着丁团长轮番诉苦。为了加深印象,她们还一遍遍重复地诉,丁团长心里恼火极了,却要面带笑容,有火也不敢发。他知道自己只要一发火,这些现在还坐在凳子上的老太婆马上就会坐到地上捶地捶胸捶苍天。五个精力旺盛的老太太一起来，丁百苟想想都不寒而栗。

好不容易熬到了上午十一点，五个人还没有回去的意思。丁百苟站了起来，提着包走了出去。

还没等老太太们反应过来，他已经推着自行车出去了。等老太太们追到大门口，就看到坡道上丁团长的上半截身影一步步矮下去。

丁百苟的团长生涯当了两天就结束了。他在心里打定了主意，这破地方，老子死也不来了，你们爱谁谁来。

丁百苟不去剧团，天天在局办公室坐着。奇怪的是，几个局长走进走出，谁也不提这件事，好像约好一样，把剧团给忘记了。

丁百苟刚开始还小心翼翼，怕人提起这件事，后来巴不得有人提起。

有人开玩笑地问他："老丁，你的剧团呢？"

丁百苟看到饶副局长正从门口经过，就很大声地回答："我把剧团放养了！"

饶副局长就当作没有听见，心里暗想，这王八蛋，这是说给我听呢，你以为你放养就能躲过去吗？

于是，这事情就进入了一个滑稽的局面，永城婺剧团名义上已经有团长了，但团员们看不到他们的团长。文化局的几个局长们明知道现在婺剧团的团长是名存实亡，但大家都默契地认为婺剧团现在一切正常，团长也正在履行他的职责。

这种默契有一个最大的好处——至少眼前没有那么多的麻烦了。反正不管是县里还是局里，早就不指望剧团能给自己带来什么政绩。它实际上比鸡肋还不如，鸡肋还弃之可惜，剧团简直就是一团粘在身上甩都甩不掉的狗皮膏药,除非你想解散越剧团的经历重来一次。

局长们还想明白了,目前这样的局面还有一个最大的好处,就是万一剧团出了什么事,现在至少有了一个背锅的,板子打不到自己身上,甚至领导的责任,文化局的上级主管单位县委宣传部,也能替自己分担一些——丁百苟兼任团长,当时宣传部的同志也是同意的。

背锅侠丁百苟当然知道这其中的奥秘,他大声嚷嚷也是想让全局上下都知道,这团长他是早撂挑子不干了,但领导们就是不换啊,那我有什么办法。

无论如何,让丁百苟再去坐在那臭烘烘的办公室里,让一帮老头老太太围着,一声声一句句痛说血泪史,丁百苟是打死也不干的,大不了自己这个主任不当了,去影剧院门口,自己卖不了艺,还可以卖冰棍。

不管怎样,事实是,永城婺剧团从此真的就被放养了,原来是沙上堆成的一个土堡,现在完全散成了一摊散沙。

练功房里没人练功了,时间一久,那些小学员也都偷偷逃回了家,反正在这里也没人教,还饥一顿饱一顿的,回家至少还有饱饭吃。

李老师被几个国有企业请去当指导,他们还有省里、部里、系统里的文艺汇演和比赛。李老师自己当指导的同时,还带去了剧团里的琴师和鼓师,给那些浓眉大眼的业余演员伴奏,后来把剧务也带去了,顺便也带去了剧团的服装和道具,还带去了张晨画的那些布景。

永城婺剧团规模不大,但毕竟历史久远,他们的服装,从林黛玉、包公到新四军和日本鬼子的服装都是齐全的,连那些泡沫做的盒子炮、手榴弹和三八大盖都是齐全的,这还是当年排演《平原枪声》时留下的。

你让那些企业去找这些东西,他们还真找不到。

所以李老师他们变得比在剧团里还忙，国营大企业的食堂小灶，吃得还好，油水很足，吃完了还能带一些，给的一些补助费也够家里买米了。

道具和木工，发挥他们的特长，把练功毯扔到一边，直接在练功房里干起了替别人打沙发和做楼顶上有机玻璃灯箱字的业务，业务也还不错。

县文联在编一本《时代楷模》的所谓报告文学集，把刘立杆找了去。刘立杆干得得心应手。

于是，养了三百来只鸡的养殖户，在他笔下，就变成了养鸡大王；一个油毡棚子里一会儿勾兑洗洁精，一会儿勾兑消毒剂，还曾有过一次把自己炸上天，现在还歪着嘴的，在他笔下，就成了化工大王。至于农贸市场卖卤鸡爪的，她的事迹，大概肯德基的白胡子老爷爷看了都会自愧弗如。

一时之间，永城县简直就是大王满地，《时代楷模》很受大王和准大王的欢迎，一气竟出了四本。大王们在接受刘立杆的采访之前，先交五百块给文联的老孟，一个月后，这五百块就变成了一百本有自己名字、照片和大王封号的书，足以在亲友间炫耀了。

一篇五六千字的报告文学，刘立杆三天就写出来了。他从老孟那里，一篇可以领到六七十块钱，抵得上他大半个月工资了，外带还有大王们的宴请。

这活儿太值得干了。

县电影公司成立了一个广告公司，他们在永城县的入城口竖起了一排两层楼高的铁皮广告牌，那时候可没有什么UV广告喷绘机、写真机,所有广告,都是靠人工画出来的,于是张晨每天就爬上脚手架,用油漆和油画颜料在白铁皮上画广告。

这几天画可口可乐,过几天画海飞丝。他画"青春宝"广告时,把画面上那个穿白色网球裙的女孩子画得栩栩如生,和电视里的那个一模一样,引得路人和开车经过的司机都忍不住多看几眼。

还有司机在这里因为盯着那笑意盈盈的女孩追尾了。

第四章　寻一片天

每天凌晨，鸡叫三遍之后，谭淑珍就起床了。刘立杆知道她这是要下楼吊嗓子，就骂道，演出都没有了，还吊什么嗓子？

谭淑珍白了他一眼，道："不管演不演戏，我都要对得住自己这副嗓子。"

刘立杆倒在床上，随她去了。他知道自己不能和谭淑珍较真，较真他就输了，谭淑珍是个很认真的人。

谭淑珍来到柏子树下，开始咿咿呀呀。就这样一个人坚持了一个多星期之后，徐建梅也下楼了。两个人点了点头。徐建梅站到樟树下，两人一起咿咿呀呀起来。

后来冯老贵也下来了。他站在两个人中间的空地上，他不是咿咿呀呀，而是哦哦哦、啊啊啊。

这三个当年学员班的同学一开嗓,让剧团里的人感觉这大早上的安心了,明白了自己还在剧团里,而剧团还在。有几个退休的老艺人,躺在床上听着,听着听着就老泪纵横。

永城县一半的居民,每天听到他们的声音,就知道剧团没有事,只是奇怪,他们怎么这么久都不出去巡演了。

被丁主任放养之后,婺剧团变成一盘散沙。这些散沙,散到了永城县城的各个角落,他们早上从那个半圆的坡道下去,傍晚从那里上来,仿佛这上面不是他们的单位,只是他们回归的窝,他们的单位在坡下的四处,只有到了晚上,他们才会像倦鸟一样上坡回家。

白天冷冷清清,也只有到了晚上,这高礅上才会热闹起来。

每天晚上,刘立杆会搬出一张桌子,放在柏子树下,然后跑到下面小店,买一瓶八毛钱一瓶的“千杯少”白酒、一大包五毛五一包的花生米和一罐椰子汁。

过了一会儿,每天固定的人会带着凳子从楼里出来,最先是谭淑珍。如果刘立杆今天又采访了哪个大王,谭淑珍会带着大王们送的食物,没有就只带一张竹椅。张晨和金莉莉会端来一大塑料筐的盐水毛豆,或者一脸盆的炒螺丝。

徐建梅除了凳子和水,什么都不带,她说这是刘立杆欠她的,在温州的时候就许诺,说回到永城,吃香喝辣随便说。杆子,我够意思了吧,我有没有随便说?

刘立杆说是是是,这阎王债,一辈子也还不清了。

冯老贵也是除了凳子,什么也不带。他还要喝刘立杆的“千杯少”,他的理由更正当。他说,和你们这些暴发户相比,我现在是走路都不带风的贫下中农，需要救济。

每天晚上，固定的人就是他们六个，其他的人，在边上站一会儿的，伸手抓一把花生米或盐水毛豆，喝一口张晨或刘立杆杯里的酒，也有临时参加酒局的，就会自己带着酒菜过来。

到了半夜，就更是惊喜和惊吓连连。

婺剧团的几个武生，团里没事，也没饭吃，就只好去社会上讨生活。所谓讨生活，凭他们的能力，也就是帮人打架。刚开始的时候是跟在别人手下当马仔，后来几个人打出了一片天，也开始带起了马仔。

"婺剧团的。"

这四个字，在永城的街上竟变得有些威慑力，连剧团退休的老头老太太在农贸市场和人起争执，也会说"我是婺剧团的"，对方的声音顿时就小了下去。

张晨他们坐着喝酒，看到他们四五个人回来，手里提着烧鸡、烧鸭、卤大肠和酒，就知道他们今天是打赢回来了。

坐下来就一起喝，在外面再威风，回到这里，他们管张晨叫晨哥，管刘立杆叫杆哥，管冯老贵不叫哥，而是叫叔——老贵叔。起先，冯老贵还很不解，问他们，为什么给我长一辈？

他们笑道，看看你玉树临风的，还兰花指，要打架，就是输的命，还不是老会输？

再叫，冯老贵就不好意思和他们再多说了，只能支支吾吾、羞羞答答地半应半不应。

不管是谭淑珍还是金莉莉、徐建梅，他们一律取她们名字的最后一个字，再加一个姐，三个人听着也很乐意——听起来有江湖气。

偶尔有时候高磡下面响起一阵杂沓的脚步声,几个人上气不接下气地跑上来,坐着喝酒的人就知道他们打输了。后面还有追兵。谭淑珍就会大叫一声:"有人欺负剧团的人了!"就会有很多人从大楼里拿了家伙冲出来,去堵在坡顶。下面的人看到一下子冒出这么多人,还拿刀拿枪的,哪里敢上来,掉头就鸟兽散了。

他们哪里知道,这些刀枪都是道具。

剧团的人长年在外,一个锅里吃饭,一个房间里打地铺,时间久了,潜意识里就会有家人的感觉,碰到这种事,不分男女老少,都会出头。

也因此,让那几个小家伙名声更大了。人家可以打上你的家门,你不能上门找他算账,这个架怎么打?这种人,还是少惹为妙。

被放养的剧团,就这样一天天地放养着。云在走,风在飘,日子在过,但人心里,总是不甘。

"杆子,你他妈的再写几个月,整个永城的人都要变成大王了吧?"张晨骂道。

"那我怎么办?有妻要养,妻还要天天喝椰子汁,我自己还要'千杯少',我不写大王怎么活?"刘立杆看了一眼谭淑珍,说。

"滚,我才不要你养!"谭淑珍骂道,差点就把手里的空椰子汁罐子扔过来。

"你呢?就准备天天爬脚手架?我看你现在,和刷墙的农民工差不多了。"刘立杆看着张晨说。

"他也有妻要养。"金莉莉说,"我宣布一个内部消息,我们厂马上要关门了。"

"真的？"徐建梅问。

"我们厂原来的几个供销员，都自己跑出去办厂了，家家厂比我们厂干得好，价钱还便宜，订单都跑他们那里去了，我们没活路了。"金莉莉说。

"怕什么，你们不是国有企业嘛，倒了也有国家管。"谭淑珍说。

"屁，二轻的，是县集体，倒了就倒了，最多和越剧团的人一样，天天去县政府闹。"金莉莉说。

"唉，真是的，我真不想和这帮老头老太太一样。不过，看看我们剧团，我看也快了，唉！"徐建梅重重地叹了口气。

张晨一直喝着闷酒，没有说话。金莉莉在桌子底下踢了他一脚，说："喂，你怎么不说话？"

张晨抬头看了看大家，把玻璃杯蹾在桌上："我们也出去闯闯吧！"

众人吓了一跳。刘立杆看着他："张晨，你说什么？"

"我说，我们也出去闯闯。"张晨看着他们，"徐建梅说得没错，我们剧团是没什么指望了，我每天站在脚手架上，看着那些外地牌照的汽车，有安徽的，有湖南的，最远的，我还看到过新疆的。我就在想，我们有手有脚的，怎么还不如一辆汽车？人家天南地北的都跑到这里来了，我们呢？还憋在这破地方唉声叹气，有什么用！世界那么大，我们为什么不可以出去闯闯？难道，我们还会饿死？"

"好啊，去哪里？你去我就跟着！"金莉莉道。

"不对啊，张晨，在苍南，那照相馆老板煽动你去温州，你还把人家骂了一顿。"刘立杆说。

"那是温州，太小了。我们要去，就去一个大地方。"张晨说。

"那去哪里？深圳？"刘立杆问。

"深圳现在不行了吧,我邻居去过,都回来了。"冯老贵说。

"那是你邻居没用。"金莉莉抢白道。

"去海南吧。那几天我在画布景的时候就想,我这辈子,一定要去这个地方,躺在沙滩上,等树上的椰子掉下来,砸破我的头。"张晨说。

"好啊! 就去海南!"金莉莉叫道。

"我也跟你们去。"徐建梅说。

"好啊,人越多越好,大家有个伴。"金莉莉一听徐建梅的话,就亢奋了,"你呢? 谭淑珍,你去不去?"

"你们是说去这个地方?"谭淑珍拿起椰子汁罐子,问。

张晨说对呀。谭淑珍笑道:"那我也去,天天有椰子汁喝。"

"噢!"金莉莉和徐建梅都欢呼起来。

张晨看着刘立杆,刘立杆也看了看他,问道:"你看我干吗? 这种好事,能落下我吗? 永城这种小地方,怎么能安抚我刘立杆这颗骚动的心?"

只有冯老贵坐在那里不响,张晨问他:"老贵,你去不去?"

"我去不了,我家里就我一个小孩,我要是去那么远的地方,我妈妈会哭死的。"冯老贵说。

"你他妈的,让你去海南,又不是让你去上战场,还哭,哭鬼哦!"金莉莉不满地骂一句。

"是你自己不敢去吧。"徐建梅揶揄道。

冯老贵不好意思地笑笑。他想了想,举起了酒杯:"我……我在这里,预祝你们成功!"

大家纷纷举起杯子。谭淑珍的椰子汁已经喝完了,她从徐建梅那里倒了一点水在杯子里。大家碰了杯后,都一饮而尽。

"我们怎么去?"谭淑珍问道。

"怎么去?"刘立杆看了她一眼,唱了起来,"背起行囊,穿起那条发白的牛仔裤,装着若无其事地告别,告诉妈妈我想,离家出游几天……"

"你有病啊!"谭淑珍骂道,"我是问你路怎么走。"

"明天我去书店买一本全国地图册,回来我们再规划路线。"张晨说。

"那团里呢? 我们就这么走了不要紧吧?"徐建梅问。

"管他的,待在这里也没有饭吃,还有什么要不要紧的。"刘立杆道。

谭淑珍想了一会儿,说:"我们还是先向团里请假吧,要是……要是不好,我们就回来,要是……"

"可以。要是好,我们就不回来了!"刘立杆道。

谭淑珍站了起来:"我去叫李老师。"

谭淑珍跑进了楼里。不一会儿,她推着李老师下了楼。李老师穿着一条大裤衩,一件满是破洞的汗背心,手里拿着一把大蒲扇,显然是被谭淑珍从床上叫起来的。

刘立杆见状,赶紧起身,把自己的凳子让给李老师坐,又拿过谭淑珍的杯子,跑到水池用自来水冲了冲,回来放在李老师面前。张晨赶紧给李老师倒了三分之一杯的"千杯少"。

刘立杆去水池洗杯子的时候,冯老贵已经去楼里哪扇开着的门里,拿了凳子出来给刘立杆。

张晨和刘立杆敬了李老师酒。李老师抿了一口,放下杯子后,问道:"说吧,有什么重要的事。"

刘立杆把他们想去海南的事和李老师说了。他们本来预想李老师会说他们不务正业,没想到李老师一听就赞同了。也是这段时间他带着一帮人转战各个厂矿,眼界开了,心思也活了,他和他们说:"树挪死,人挪活,你们年纪轻轻的,窝在这鬼地方干吗? 就应该出去闯闯。我要是和你们一样年纪,早出去了。"

"那团里同意我们请假了?"谭淑珍问。

"请假?请什么假?找谁请?"李老师奇道。

"找你啊。请假半个月,我们先过去看看。"谭淑珍说。

"找我有屁用,我算什么,我又不是团长。再说,现在谁还管谁啊,请不请不都是一回事?"李老师一边扇着大蒲扇,一边说。

"那团里会不会算我们旷工?"徐建梅问。

"旷工?谁旷工?我们那个丁团长,就来了两个半天,你们之后有见他来上过班吗?他都没来上班,有没有人记他旷工?"李老师问,"要旷也是他先旷的。"

"厉害!"刘立杆跷了跷大拇指,赞道,"果然姜还是老的辣!"

李老师再抿口酒,更来劲了:"再说,就是旷工又怎么样? 大不了扣工资,你们有工资可以扣吗?"

"对对对。"徐建梅如释重负,"我把这个给忘记了。"

在李老师的鼓动下,几个年轻人当即就决定,第三天就走。

李老师年轻的时候去过广东,对那一带有点印象,便和他们说,海南刚建省,建省之前,是广东的一个地区,你们要去海南,应该先从杭城或者金华,坐火车去广州,到了广州再去湛江,到了湛江,就到海南岛对面了,很近。

张晨他们商量了半天,觉得可能从杭城到广州的火车票好买一点,金华都是过路车,票一定很紧张。于是,他们决定先到杭城。

第五章　性质很严重

　　第二天早上醒来，张晨看看旁边的金莉莉还不起床，今天又不是星期天，就摇了摇她："喂，起床了，你迟到了。"

　　金莉莉嘟囔道："不去了，不是去海南吗？"

　　张晨忍不住笑起来："还是你厉害，今天就进入战备状态了？"

　　金莉莉眼睛微微睁开一条缝，说："别吵，我刚刚梦到我们已经在海滩上了，海南的海水真蓝啊。"

　　张晨坐起来，想想不对，还是摇醒了她："你一个出纳，明天要走了，今天不用去交接吗？"

　　"交接个屁，一个星期了，我抽屉里只有一毛三分钱现金，我连锁都懒得锁，谁想要谁拿去。"金莉莉道。

　　张晨差一点就笑起来。好吧，这样的破单位，还不如剧团，就让它自生自灭吧。

张晨起床，去楼下刷了牙，洗了脸，骑着一辆破自行车去了电影公司下面的广告公司，和经理说自己要出去了，暂时没时间再画广告。对方一边惋惜，一边睁大了眼睛："怎么，剧团有演出了？"

张晨含糊几句，应付了过去。他又去隔壁，从广告公司的出纳那里结了二百四十三块钱，把钱揣进屁股口袋，蹬着自行车就去了新华书店。

他让营业员给他拿了一本红皮塑料封面的《中国地图册》，翻到了倒数第二个，海南省，看了看，海南岛还真的如李老师说的，就在湛江对面，琼州海峡，也只有一点点宽。

张晨看了看最后一页的定价：一元一角整。

张晨舍不得了，心想，这钱，快抵上十个永城轴承厂的全部现金了。他犹豫了半天，最后还是把地图册还给了营业员。

不就是杭城、广州和湛江吗？这么简单的路线，怎么可能会错？

这一本地图册，放在包里还占位置。他这样安慰自己。

张晨骑上了自行车，沿着两旁都是法国梧桐的街道慢慢悠悠地往回走，想起刚刚的举动，笑了起来——什么时候一块多钱也这么斤斤计较了？

不过也是，自从决定去海南后，张晨从昨天晚上开始，就在算自己所有的钱，直后悔以前太大手大脚，没什么积蓄，临到要出门了，才看出钱的大用来。

张晨在剧团下面的小店买了大饼和油条，回到房间，金莉莉正坐在床上发愣。张晨问道："怎么，不睡了？"

"可惜！"金莉莉睁大了眼睛瞪着他，如大梦初醒一般叫道："我起来找泳衣，想穿了泳衣继续睡，结果泳衣没找到，梦也回不去了。"

张晨差点笑翻。金莉莉从床上一闪身，一猫腰，再往前一跳，就从床尾骑到了张晨的背上，高声叫道："我要去海南！我要去海南！哦哦哦，我们要去海南喽！"

张晨他们要去海南了，这事在剧团引起了轰动。

这天傍晚，柏子树和樟树下面，五张桌子拼成了一个长条，很多人都在走廊里炒了菜端出来。

冯老贵破天荒地买来了十瓶"千杯少"，那几个武生也不去混社会了。他们到了下面小店，转一圈，指了指摆在案板上的菜，和老板说，把你店里所有的菜都炒了送到上面去，过两天会有人来结账的。

"冰箱里的呢？"老板问。

"一起。"

"那我就只剩下面条和年糕了。"老板看着他们说。

"一起，一起，都炒了送上去。记住了，过两天会有人来给婺剧团结账的。"

老板脸上笑开了花："不急，不急，你们婺剧团的，我还信不过吗？都是老邻居了。"

其中一个看到角落里和啤酒堆在一起的还有一箱椰子汁，说道："珍姐喜欢喝这个。"

"老板，把这箱椰子汁也送上来。"

几个人回到高礡上，桌子边上已经围坐了不少人，李老师坐在最头位置，也就是上座，边上坐着的都是几个老头子，几个武生在张晨他们对面坐下来。

下面小店一趟趟地往上面送菜，每送一次就迎来一阵惊叹，接着就是一阵风卷残云。

酒喝到一半，李老师觉得应该说几句了。他站起来，说："我们祝张晨、杆子他们马到成功，在海南闯出一片天地！"

"对对对。"鼓师许老师说，"到时候就请我们剧团去海南演出，连演一个星期。"

"许老师，还是请你去敲鼓吧。"有人道。众人哈哈大笑。

许老师也笑道："没问题，他们要是请我，我去敲一天一夜都没有问题。"

"那不是敲鼓，是敲木鱼吧。"有人打趣道。众人又是一阵哄笑。

武生中领头的一个站起来，端起了杯子，和张晨他们说："晨哥，杆哥，珍姐，莉姐，还有梅姐，其他话就不多说，我嘴笨，也说不来，你们在海南，要是有什么事，一个电话，我们二话不说就杀过去！"

张晨、刘立杆、金莉莉和谭淑珍都站了起来。徐建梅忸怩着，迟疑了一下也站起来。大家碰杯，把杯里的酒一饮而尽。

这一顿饭，吃到了晚上十一点多才散。金莉莉和谭淑珍想帮助收拾，被李老师他们赶走了，说你们明天要早起，还是先回去睡觉。

张晨和金莉莉刚回到房间，就有人敲门。金莉莉打开门，是徐建梅，好像是有什么话，欲言又止的。

"找我还是张晨？"金莉莉问。

"都可以。"徐建梅说。

"有什么事吗？"金莉莉问。

徐建梅看了看她，然后点了点头，继续迟疑。金莉莉急道："有什么话，建梅，你就说好了。"

"是不是我在不方便？"张晨道，"那我回避。"

"不是，不是。"徐建梅急了，"我来就是想告诉你们，明天，我可能去不了了。"

"为什么？"金莉莉睁大了眼睛。

"我想……我想……我想我一个女孩子，莉莉你有张晨，谭淑珍有杆子，就我一个人。"徐建梅期期艾艾地说。

"一个人怎么了？我们都是一起的，到了那里，你有什么事，我们会撒手不管吗？"金莉莉奇道。

"嗨，我也说不清楚。"徐建梅看着金莉莉，都快哭了，"我就是不能去了。"

她把手里一张第二天凌晨从永城到杭城的汽车票塞给了金莉莉："这是我的车票，你帮我退了吧。"

"那好吧，你等等，我把车票钱给你。"金莉莉说。

"不要了，不要了。"徐建梅一边挥手，一边逃也似的跑走了。

关上门，金莉莉和张晨两个人面面相觑。金莉莉骂道："真是见了鬼了，怎么会这样？"

张晨也奇道："是啊，徐建梅又没有男朋友，有男朋友还说得通。"

两个人猜了半天，也没有猜出个所以然。

他们哪里知道，徐建梅今天下午想了想，心里还是没底，就直接去了文化局，找到了丁百苟，把这个事和丁团长说了。

丁百苟当时一听，就把她带到了边上的会议室里，很严肃地和她说:"这个事,问题的性质很严重。多事之秋你明白吗?婺剧团现在是处在一个敏感时期,你们这样做,等于是在破坏上级稳定剧团的努力,会让剧团人心惶惶的。这绝不是你们想象的旷工那么简单。我说得难听点,最轻都是除名。除名你知道吗?那是要进档案的!有这样一个污点,我和你说,你徐建梅这辈子就完蛋了,没有什么像样的单位会要你,你一辈子都抬不起头来!对了,你今年多大了?"

"二十岁。"徐建梅嗫嚅道。

"有没有男朋友?"

徐建梅摇了摇头。丁百苟说:"那我告诉你,有这个污点,你找男朋友都会有问题。你想想,谁会找一个被单位除名的人?"

丁百苟的一番话,把徐建梅吓得脸都白了,坐在那里,人止不住地就打哆嗦。

丁百苟站起来,去隔壁拿了一杯水,放在徐建梅面前,语气和缓了一点:"来,喝水,喝水。你也不要太担心了,这不事情还没有发生吗?你自己跑来告诉了我,很好,你这是自己救了自己,真的。在剧团这么多人里,我就看好你。我觉得你的前途是很光明的,这不,今天这事,就已经证明了。张晨,哼!还有那个刘立杆,哼!恃才傲物,荒腔走板,油腔滑调,自由散漫,这样的人,最终是殊途同归。他们都只会害了自己,你千万不要和他们掺和在一起。你是个好演员,以后,重振婺剧团雄风,还需要靠你这样的人,而不是他们。你知道自己该怎么做了吗?"

徐建梅拼命地点头。丁百苟看着,觉得这砝码加得还不够,他又给徐建梅指出了一条明路:"对了,你刚刚和我说,谭淑珍也要走是不是?那你徐建梅想想,谭淑珍走后,这剧团的花旦,数得出来的还有谁?以后谁来演白素贞？谁来演樊梨花？谁才能够把这个舞台撑起来？"

对呀，谭淑珍走后，剧团里还会有谁？

领导就是领导，水平就是高，看得就是远，自己怎么就没有想到这一点呢？徐建梅心里想着，禁不住抬起眼，感激地看了看丁百苟。丁百苟也正看着她。丁百苟意味深长地在徐建梅肩膀上亲切地拍了拍，徐建梅都快感动得哭了。

送徐建梅下楼，两个人就要分手的时候，丁百苟压低了声音，和徐建梅说："今天你来找我的事，和谁都不要说，这对你不利，明白吗？"

"我知道了，丁团长，丁团长再见。"

丁百苟回到办公室，想了想，从办公桌抽屉里找出通讯录，从里面找到谭淑珍家的电话。谭淑珍的父亲原来是省内有名的婺剧老生，后来调到了县文化馆工作，就在县文化馆退的休。

丁百苟拿起了办公桌上的电话……

第六章　向着梦想，出发！

张晨他们买的是早上六点二十分，从永城到杭城的汽车票。张晨和金莉莉早上五点就起床了。张晨拿了毛巾和牙刷，准备去楼下洗脸刷牙，金莉莉叫住了他。

"先整理东西，等会儿走的时候再去洗脸刷牙，一趟解决。"金莉莉说。

张晨看着她，不解道："那还不是要上楼放毛巾牙刷？"

"放什么，扔了，我们都去海南了。"金莉莉说。

"不过了？"

"过。不过张晨我和你说，我们要是去了海南，还灰溜溜地回来的话，那脸丢的，也不用毛巾了，多少毛巾也洗不干净。"金莉莉很认真地说，大有破釜沉舟的意味。

房间里的气氛变得沉重和悲壮起来，两个人一时不再说话，默默地整理东西。说是整理东西，其实也没什么好整理的，该整理的昨晚早整理好了。

两个人背着包，带上了毛巾和挤好牙膏的牙刷下楼。经过二楼的时候，两个人去刘立杆的房间看了看，从门上的气窗看到，房间里一片漆黑。

"妈的，还没起床？"

张晨在门上敲了敲，没有反应，再看看斜对面谭淑珍的房间，屋内也是黑的。金莉莉走过去敲敲门，门里也没有回应。

两个人在走廊里站了一会儿，金莉莉笑了起来，说这两个家伙一定比我们还激动，早就下楼了。

两人继续下楼。外面天已经蒙蒙亮了，他们从楼梯的转角刚转过去，就看到下面大门口的台阶上坐着一个人，身边放着一个大背包。

他们走过去，看到刘立杆一个人坐在那里，正默默抽着烟，眼睛看着高碉下一片凌乱破败的屋顶，想着什么，连张晨和金莉莉他们下楼都没有听到。

张晨踢了踢刘立杆的屁股，问道："怎么就你一个人，谭淑珍呢？"

"她昨晚回家了，拿点衣服，还要拿钱，她的钱都放在家里。"刘立杆一边站起来，一边说，"我们去她家楼下，她在那里等我们。"

"得，又少了一个。"金莉莉叹了口气。

"什么意思？"刘立杆和张晨都看着金莉莉。

金莉莉骂道："你们是猪啊，谭淑珍昨天那么晚还回去，一定是她爸妈听到风声，让人来叫她回去的。她回去了，还出得来吗？她爸妈会放她跟你刘立杆去海南？"

金莉莉这么一说，刘立杆也急了，叫道："快走，快走！"

"我们还没有洗脸刷牙。"金莉莉说。

张晨和金莉莉两人走到水池边，一人打开一个水龙头。刘立杆看到，朝他们喊道："那我先走，你们洗好过来，还是在谭淑珍家楼下碰头。"

张晨挥了挥手，刘立杆顺着坡道就跑了下去。

谭淑珍的父母一直不同意谭淑珍和刘立杆谈恋爱。他们认为，刘立杆这个人油腔滑调的，不靠谱，女儿这一生，说什么也不能托付给这样的人。

刘立杆上门了两次，两次都被她父母赶了出来，带去的礼物也被他们从楼上扔了下来。

父母反对归反对，但谭淑珍自己愿意，他们也没有办法。剧团一年里有大半年时间都在外地，他们总不能一直跟着谭淑珍。就是回永城，谭淑珍每天早上要吊嗓子，也不可能住在文化系统的宿舍楼，所以只能住在剧团。

他们也早就听剧团的人说，谭淑珍和刘立杆在剧团已经住在一起了，他们气得牙根发痒，但又鞭长莫及，总不能捉奸一样，把自己的女儿堵在刘立杆的床上。

剧团里大家都是老相识，很多还是老谭的学生，女儿可以不要脸，但他们丢不起这个脸。

老谭也曾经联系过自己的老熟人，想把谭淑珍调到浙江婺剧团去。那边也知道谭淑珍，大力欢迎，但一是谭淑珍自己不愿意，说自己去了浙婺，能不能当上当家花旦都不知道，去干吗？二是这边剧团和局里都不肯放,老局长还亲自找老谭谈话,和他说,谭淑珍要是走了,婺剧团就塌了半爿天,你老谭还对得起永城人吗?我这一辈子都会记恨你!

话说到了这个分儿上,老谭也只好打消了调动的念头。

张晨和金莉莉洗漱完毕,张晨看了看手里的毛巾和牙刷,问道:"真扔了?"

"扔了,我们都要去海南了!"金莉莉说。

张晨从金莉莉手里拿过她的毛巾和牙刷,看了看,说:"还是不要扔了,带着路上也可以用。"

他把两支牙刷甩了甩,塞进了裤子口袋;两条毛巾,一边一条搭在肩上。金莉莉骂道:"哎呀,要么就放包里,丑死了。"

张晨满不在乎地说:"就这样,晾干了再放,不然会臭。"

金莉莉听张晨这么说,也就不和这个"晾衣架"计较了。两个人下了坡道,往文化系统宿舍走去。

谭淑珍家在三楼,时间还早,整个院子里几乎没有人。宿舍楼里也只有零零星星几户人家亮着灯,其中就包括谭淑珍家。刘立杆老远就看到谭淑珍房间的灯亮着,他赶紧加快了脚步。

走到楼下,刘立杆的心咯噔一下。他听到了楼上谭淑珍和她父母吵架的声音。

谭淑珍把窗户"砰"地打开,大声道:"你们要吵,好,来啊,吵架有什么丢人的,还怕人听到?"

她父亲赶快伸手,把窗户给关上了。

父亲近身攻防,母亲堵在房门口,坚韧不拔。母亲对谭淑珍说:"你要走,可以,先把你爸妈气死了,你再从我们身上踏过去。只要我还活着,你今天就不要想着跨出这个门。"

谭淑珍被母亲气笑了,说:"那我要上厕所。"

母亲摇了摇头:"不行。"

谭淑珍:"我小便急。"

母亲:"拉身上。"

谭淑珍:"那我要拉大便。"

母亲:"也拉身上。"

谭淑珍看着自己的母亲,瞪大了眼睛。母亲也朝她瞪着眼睛:"大不了妈妈给你洗,妈妈又不是没有洗过。小时候屎啦、尿啦天天洗,没想到洗出这么个没良心的东西。"

谭淑珍被父母夹攻得哭笑不得。

张晨和金莉莉到的时候,看到刘立杆傻傻地站在那里,仰头看着三楼的窗户。金莉莉问:"还没下来?"

刘立杆摇了摇头。

"那你叫啊!"金莉莉急道。

刘立杆憋了半天,也不敢叫。他说:"他们在吵架。"

金莉莉急了:"可时间快到了!"

刘立杆想起了他们以前的暗号,冲着楼上"汪汪汪"地学着狗叫。楼上吵架的声音停了下来。

"再来,再来。"金莉莉说。

刘立杆继续:"汪汪汪!"

三楼的窗户"砰"地打开,接着是一杯水泼了下来。楼下的三个人要不是躲闪得快,就被泼到了。

楼上吵架的声音时断时续,楼下三个人盯着窗户万般无奈。金莉莉不时地看着手表,看一次就急得一只脚着地,在原处打一个圈。

这时,天已经彻底亮了,出门买油条、豆浆的人也多了起来。都是一个系统的,有几个认识张晨和刘立杆的,听到老谭家在吵架,也知道他们为什么站在这里,他们还是说:"这么早?"

也有人干脆道:"刘才子,丈母娘家,怎么不上去?"

"纸团,纸团!"金莉莉突然叫道。

他们看到,从三楼谭淑珍的房间窗户里,一个纸团被扔了出来,掉到地上。金莉莉赶紧跑过去捡起来,交给刘立杆。刘立杆把纸团展开,三颗脑袋挤到一起。他们看到,纸条上潦草写着:"你们先走,到海南给我打电话。"

"怎么办? 怎么办? 珍珍她下不来了。"金莉莉焦急地跺着脚。

刘立杆看了看手表,又看看谭淑珍的窗户,最后,他狠狠地说:"我们走!"

张晨他们三个在火车上站了三十几个小时,到广州火车站的时候,人都快虚脱了,连话也懒得讲,出站时,两只脚像灌了铅。

外面天已经黑了,张晨看了看手表,晚上八点多钟。广州很热,他们把外衣脱了,搭在手上,一到出站口,马上就有一大群妇女手里举着牌子围过来,有写着"深圳"的,有写着"东莞"的,有写着"江门"的,有写着"海安"的,还有很多是写"住宿"的。

金莉莉道:"我们要坐车。"

举着"住宿"的人都退了开去,那些举着地名的,还围着他们继续走。刘立杆看到一个举着"湛江"的,叫道:"我们要去湛江。"

其他人都退走了,到湛江的还有四五个,其中一个一把拉起金莉莉的手就朝前走。金莉莉一边挣扎一边叫着。

那人说别叫,别叫,我的车最新,票价最便宜。握着金莉莉的手,就是不松开。金莉莉无奈,只能跟着她走。张晨、刘立杆见状,只好和其他还围着他们的人说,我们和她是一起的,我们坐那辆车。

其他人这才离去。

张晨和刘立杆紧走几步,追上了她们。张晨问那个妇人:"我们到海南,是不是到湛江就可以了?"

"没错,没错,到了湛江就到了!"那个妇女说。

三个人这才放心地跟着她走。金莉莉说,你放开我。

那妇人回头看看,确定身后没人跟着他们,这才松开了金莉莉的手。

三个人跟着那妇人走了十几分钟,张晨问道:"大姐,你带我们去哪里?怎么还没有到?"

"到了,到了,就前面一点点。"那妇女道。

他们又往前走了十几分钟,还没有到的意思,金莉莉站住不肯走了。她冲那妇女吼道:"说清楚了,到底还有多少路?"

张晨吓坏了,心想,我们是外地的,她是本地的,不能多事。他赶紧拉了拉金莉莉的衣摆。

那妇人却不气也不恼,而是举起了两根手指:"两百米,还有两百米。"

刘立杆也劝道:"走吧,既然只有两百米了。"

他们又往前走了一段路,每次他们要开口,那人就举起两根手指。

他们又走过了两条街，金莉莉说什么也不肯走了。那妇人也不急，站到离他们七八步远的地方。金莉莉朝她招手："你过来。"

那妇人摇摇头："你们自己商量，还要不要去。要去，还有五分钟；不去，你们往回走，从这里到火车站，四十分钟。"

金莉莉一听就恼了："他妈的，我就是死也死回去！"

张晨赶紧拉住了她。

刘立杆也朝那妇人吼着："你怎么这么会骗人？被你骗了一路了！"

那妇人嘻嘻笑道："不骗你们，真的只有五分钟了。"

"你他妈的说了几个五分钟了？！"金莉莉大声道。

那妇人依旧是："真的只有五分钟了。你们自己商量，还要不要去，不去我自己走了。"

"等下，等下。"张晨赶紧说。

三个人站着，金莉莉坚持要回去，张晨说："就是回去，我们也不认识路啊。"

"嘴长在身上，不会问啊！"金莉莉道。

"不是，她说还有五分钟，我不知道是不是真的，但她说走回去四十分钟，这个肯定是真的。广州才多大，我就不信，我们已经走了这么长时间，还会有多少路。再走，我们都快走到湛江了。"张晨说。金莉莉不响了。

"我再去问问她。"

刘立杆说着，就朝那妇人走去。那妇人看刘立杆过来，一边朝后退了两步，一边说："你要干吗？不要乱来啊。我喊一声，这里边上都是我们的人。"

看到对方这个样子，刘立杆笑了起来："我不乱来，我就问你，你最后告诉我一次，这样，不管你说还有多少时间，一个小时也好，十分钟也好，我们都跟你走，你告诉我实话就可以了。"

对方松了口气，说："真的只有五分钟了。"

"实话？"

"实话。要是骗你，就不要你们车票钱。"

刘立杆走回来，和他们说，她说真的只有五分钟。金莉莉撇了撇嘴："你们还信她。"

"信不信我们就再走五分钟。"张晨说。

"那好，你帮我背包。"金莉莉对张晨说，"我走不动了。"

张晨身上已经有三个包了，一个斜挎着，背上背了一个，手里还提了一个。

"给我，给我。"刘立杆把包接了过去。

四个人继续往前走。金莉莉一边走，一边不断地看手表，嘴里不停地念叨："骗子，骗子，大骗子。"

无论是张晨、刘立杆还是那个妇人，都当作没听见。

他们过了前面的十字路口，再往前走了六七十米，那妇人在一扇打开的铁门前站住了，转过身，声音洪亮地朝金莉莉道："看到没有？我没有骗你们吧，是不是已经到了？"

铁门里面的空地上，确实停着一辆大客车，车前的玻璃上，摆着一块"广州—湛江"的牌子。

张晨他们三个长长地吁了口气。

那妇人走到大门里的一张躺椅前，朝椅子上踢了两脚，道："三个。"

椅子上睡着的那人眼睛睁开了一条缝,扫了一眼张晨他们。

"八十块。"他从嘴里吐出两个字。

"一个人?"张晨问。

那人没有回答。边上的妇人说,当然一个人,去湛江哎,老远的。

金莉莉埋怨道:"真是的,在火车站就应该问好票价的,那么多去湛江的车。"

那妇人白了金莉莉一眼:"那么多人,最后都是带到这里。"

"能不能便宜点?"刘立杆问。

那人没有说话,而是抬起一只手,朝大门外挥了挥,意思是不坐就走。张晨他们互相看看,最后无奈,掏出了两百四十块钱,递给了他。那人接过钱,数好,拉开挂在腰里的腰包拉链,塞进去,拉好拉链,又朝他们挥了挥手。这回是朝里面挥。

"好了,上车,自己找位子坐。"那妇人道。

"没有车票?"金莉莉问。

"车票?哎呀,要什么车票,他都认识你们的,上车就是。你们在车上,还怕车会跑掉?"妇人不耐烦地道。

三人无奈,拿起行李往里走,到了车前,才看清这辆车破破烂烂的。刘立杆骂道:"骗子,还说她的车最新。"

回过头,那妇人却已经不在了,睡觉的人继续在睡觉。金莉莉道:"算了,算了,我都累死了,上车吧。"

三个人上了车,车上空空荡荡的,一个人也没有。他们去了最后一排,把行李放在靠里的位子上,然后坐下来。

他们实在是太困了,不一会儿就睡着了。

刘立杆中间醒过来一次,他看到车上多了几个人,赶紧看看身边的行李,都还在。他想了想,张开手臂,干脆整个人趴在行李上,又睡着了。

张晨他们醒来的时候,外面天已蒙蒙亮了。三个人吓了一跳,没想到自己在车上睡了一夜,更没想到的是,这么长时间过去,这车居然还没开。好在他们这一觉睡得够舒服,精神回来了一些。

车上的很多人都在催促司机快开车。司机,也就是昨晚躺在躺椅上睡觉的那位,回嘴道:"你们急什么,看看最后那三个人,人家昨天晚上九点钟就到了,等到现在都没意见,睡得多香。"一回头,看到张晨他们已经醒来,便尴尬地朝他们笑笑。

刘立杆道:"我们没有意见,这不,连旅馆费都省了,就是蚊子多了一点。"

司机笑笑,朝刘立杆抬了抬手。

"要死!"刘立杆一说,金莉莉感觉自己浑身都痒起来,再看脚上和手臂上,都是蚊子咬出的红包,赶紧拿出风油精,让张晨帮她涂抹。

又有人催司机快走。司机看了看车厢里,只坐了一大半的人,还有八九个空位子,就说:"再等等,再来一个人,马上就走。"

过了一会儿,来了两个人。大家心想,这会儿司机总该开车走了吧,没想到司机打开车门下了车。车上人叫道:"你去干吗?"

司机一边跑一边说:"去上厕所。"

这一去,就去了二十分钟,回到车上,第一句话就是问:"有没有刚刚上车,没有买票的?"

很多人一起怒吼:"没有!"

有人骂道："你他妈的一趟厕所，就去了半个小时。"

司机回道："没办法啊，拉肚子。"

车厢中间突然站起一个人，用应该是湛江本地话大声骂着，张晨他们听不懂，但能明白个大概，那人骂的是，你他妈的每次都要拉肚子，也没拉死你？开不开？不开把钱退给我，我下车了！

其他人起哄："对，退钱！"

也有人劝道："走吧，差不多了，路上还可以拉客人。"

司机哭丧着脸："路上哪里还有客人，这一路，被篦子篦过一样，毛都没有一根。"

张晨从昨晚开始，一直对这个司机有气，他本来想加入围攻的，看到司机这样说，心又软了，想想他也不容易，便没有说话，也制止金莉莉参与骂战。

司机虽不情愿，但还是启动了汽车。

昨天晚上，三个人只顾赶路，没管其他，现在车开出了院子，他们赶紧朝车窗外看着，想看看广州这个传说中的城市。过了一会儿，三个人就失望了。他们看到窗外破破烂烂的，整条街都是矮房子，和杭城也差不多。

金莉莉手指在前排座位上的人肩膀上点了点，问道："师傅，这里是广州郊区吗？"

"这里？市区，应该算市中心了。"

金莉莉都快哭了，心里有一种被骗的感觉。

汽车终于驶出了广州城，那时广州到湛江还没有高速，汽车摇摇摆摆,在坑坑洼洼的国道上爬行。爬了一个多小时后,太阳出来了。

太阳一出来,大客车里又闷又热,虽然开着窗,但朝太阳的那一半车窗拉着帘子,车厢里脚臭、汗臭、烟臭和说不出什么的臭,臭味混杂,金莉莉都快吐了,靠着手里时不时打开的风油精瓶盖,嗅着风油精的气息支撑着。

刚过了鹤山,司机就把车停在路边,车上的人问他干吗,他说水箱没水了,需要加水。

他找了一截汽车内胎,下车从路边的水塘里舀水,给汽车加水,加完水后继续开,开了三四十公里又停下来,又说要加水。

车里一片骂声。司机看着他们,无辜地说:“水箱漏了,我也没有办法啊。”

就这样开开停停,从广州到湛江四百多公里,他们早上五点从广州出发,到湛江时已经是晚上八点钟了。其他人都下车后,司机见张晨他们三个还在车上,问道:“你们去哪里?”

“码头。”张晨说。

“港口?”司机问。

“码头,坐船去对面的码头。”

“哪个对面?”司机糊涂了。

“海南岛呀!”金莉莉说。

“你们要去海南?”司机睁大了眼睛,“去海南你们坐这车干吗?这里离海南还远呢。”

“带我们坐车的那个女的不是说到湛江就到海南了吗?”张晨说,“我还特意问过她。”

司机哼了一声："她的话你也信。"

"那她不是和你一起的？"金莉莉问。

"什么一起的，我都不认识她。她是拉客的，一个客人十块钱。"司机说。

张晨他们三个蒙了。司机催促他们快点下去，他还要去修车。

"那我们下去后去哪里啊？"金莉莉叫道。

"我怎么知道。"司机说，"要么你们在车上，明天早上跟我再回广州，不过，还是八十块钱一位啊。"

张晨他们只能下了车。天已经完全暗了下来，他们站在陌生的城市，陌生的街头，不知道接下来要去哪里。

有那么一刻，三个人都有那么一丝后悔和哀伤。如果没有离开永城，他们现在应该还在柏子树下，吃着炒螺丝和花生米，喝着那辣嗓子的"千杯少"，那是何等的惬意。现在想来，这种日子竟好像离他们很远，远到不真实起来。

"不知道珍珍现在在干什么。"金莉莉叹了口气。

他们感觉肚子饿了，决定先填饱肚子，就走进路边的粉店，想顺便问问店老板，去海南应该怎么走。

张晨点了三碗粉，等粉的时候，他们问老板，从这里去海南应该怎么走。

老板说，你们要先到徐闻，再乘车到海安，然后去码头乘船，过了海，就到海南了。

"现在还有到徐闻的汽车吗？"张晨问。

"没有了。"老板回答。

"你们要去海南？"一位吃粉的顾客问道。张晨说："是啊。"

"那你们到公路边，看到有'海安'牌子的汽车，招招手就可以了。那个车是直接到海安码头的。"那人告诉他们。

"现在还有车吗？"刘立杆问。

"有，多的是，现在去海南的车很多，一天二十四小时，什么时候都有，去公路边等就是。"那人说。

三个人大喜过望，赶紧道谢，互相看看，觉得也没有那么糟了。他们抓紧吃粉。刘立杆突然抬起头来，问道："你们记不记得，在广州火车站就有人举着'海安'的牌子？"

金莉莉和张晨想起来，好像是有这么回事。金莉莉后悔道："哎呀，要是坐上那车，说不定我们现在已经到海南了。"

金莉莉白了张晨一眼："都是你，要省那一块一毛钱。"

张晨赶紧辩解："李老师，怪李老师，他言之凿凿地和我们说，到了湛江就可以了。"

金莉莉抽了抽鼻翼："我觉得我们应该先找个地方洗澡，你们不觉得自己已经臭了吗？"

金莉莉这么一说，张晨和刘立杆也觉得自己身上臭了，很臭。

大热的天，三十几个小时的火车，在那大客车上又待了二十多个小时，不臭才怪。

反正肚子也吃饱了，客车二十四小时都有，张晨也觉得是应该放松一下了。他说："那好，我们去找个旅馆洗个澡。"

张晨他们出了粉店，看到前面几十米远外有一家旅馆，三个人过去。旅馆只有很小的一个门面，里面一个半圆形的柜台，柜台里坐着一个小姑娘。

小姑娘和他们说，六十块钱一间房。张晨说，好，要一间。

张晨还在填单子，小姑娘看了看他们，问道："你们一共几个人？"

"三个啊，你不是看到了？"张晨说。

小姑娘把单子抽了回去，说，那不行，一个房间最多只能住两个人，三个人不行，除非你们开两间房。

刘立杆凑上去，说："我们不是要住，只是想洗个澡，三个人洗澡，一间房够了吧？"

那姑娘很坚持，一个劲地摇头，说不行。

"你怎么这么死板？"刘立杆道。

"什么事？"

这时候，从柜台后面小门里出来一位中年妇女，看上去像是老板娘。小姑娘把事情说了，她也点头，说要开两间房。

"美女，你听我说。"

那时还很少有人称女性为美女，特别是用普通话说。南方人也说帅哥靓妹，靓妹的意思和美女差不多，但很少有人用普通话叫美女，特别是叫一个中年妇女。柜台里的两个人听刘立杆这么叫，觉得很新鲜，愣了一下，然后嘻嘻笑着。

"美女，来来来，你们光长得漂亮不行，还要会算账。"刘立杆道。

中年妇女笑道："算什么账，我们家里，就我最会算账了。"

"那好，美女，我和你算算，我们三个人，只是希望要一间房洗洗澡，三个人洗澡，最多一个小时够了，对不对？洗完我们就走了，这房间你们还能卖给别人，对不对？这一个小时，你们损失了什么，最多就是水费,水费才几毛钱,对不对?这样一算,你们等于是一间房卖出了两间房的钱,对你们很划算,对不对?"

刘立杆每说一个对不对,中年妇女就点头说对。最后刘立杆说,你都说对了,那还不把房间给我们?

中年妇女愣了一下,说好吧。女孩准备把单子递给张晨,让他继续填。中年妇女一伸手,把单子抽了回去,说,不用填单子了,你们留一张身份证在这里,要是洗完澡不走,那就再拿六十块来赎这张身份证。

"厉害,美女,你果然是全家的光荣。"刘立杆一边把自己的身份证给她们,一边说道。

第七章　通关

他们到达海安码头的时候，已经是早上四点多钟，马路上都是人。张晨他们吃了一惊，金莉莉问："这些都是要去海南的？"

"应该是吧。"张晨说。金莉莉兴奋起来，觉得他们真是来对地方了。

越往前开，人就越多，汽车开不过去了。大客车司机无奈，只好把车停下，让车上的人下车。

"这里到码头还有多远？"有人问。

"十分钟吧。"司机回答。听到司机这么说，有些人就不干了，说，提着大包小包，怎么走？

司机苦笑道："你们下不下，我都要开到码头。我要去那边接客，不想下车的，就在车上吧。不过我告诉你们，从这里过去，开车起码还要一个多小时。"

结果车上的人都下车了,张晨他们三个也只好下车。

南方的天亮得早,不到五点天就有些亮了。张晨他们一边往码头挤,一边朝路两边看。他们发现,很多人都坐在马路边,还有人干脆打开了席子,两三个人挤在一起睡觉。

"他们不急着走吗? 到海南再睡不好?"刘立杆奇怪道。

"这里睡觉,也不怕蚊子?"金莉莉也说。

"可能是人太多,连蚊子都不知道该咬谁了吧。"张晨笑道。

好不容易到了码头,人更多了,黑压压的一片人头,密密匝匝,把所有的空地都挤满了。张晨朝四周看看,发现都是焦虑和渴求的目光。

刘立杆问边上的人:"你们都是要去海南的?"

"对啊,不去海南,谁会到这里?"

"不排队吗?"金莉莉问。

"排队在那里,灯亮的地方。"

张晨他们顺着他指的方向看去,看到半明半暗的晨光里,有一片灯光特别亮,几个人坐得高高的,高过了黑压压的人头。他们手里拿着杆子,正在维持秩序,和火车站售票窗口外面一样。

三个人挤了十几分钟才挤到跟前,这才发现,眼前是用铁管焊成的一条条通道,每一条通道外面,都有一个维持秩序的人坐在高处,手里拿着一根很长的杆子。

他们三个人挤到一条通道前,张晨走在最前面,那人手里的杆子落下来,抵住张晨的鼻子。张晨扭头看了看他。他道:"把边防证拿在手里。"

"什么?"张晨大声问。

那人懒得理他。身前身后，有好心人举着手里的一张纸朝他们晃着："这个，边防证。"

张晨摇了摇头，说没有。他准备继续往前走，杆子又落下来，打到了张晨的头上。张晨怒不可遏："干吗打我？"

"出去，出去！"那人叫着，第二杆又打下来。

"你怎么打人？"金莉莉吼道。

"怎么回事？怎么回事？"马上有两个警察过来。金莉莉指着那个人，和他们说："他打人。"

那人坐在那里，一副若无其事的样子。警察看到张晨和金莉莉他们手里空空的，就问："你们的边防证呢？"

"什么边防证？没有。"金莉莉说。

"出去，出去！"这回是警察说，"没有边防证来挤什么，捣什么乱，没有边防证上不了船。"

"警察叔叔，我们是从很远的地方来的，能不能让我们过去？"金莉莉求道，"我们不知道去海南还要边防证啊。"

警察瞪了她一眼，用手一挥："看到没有，这里几万人都是没有边防证的，都是从很远的地方来的。出去，不要扰乱秩序！"

三个人无奈，只能往外挤。刘立杆一边走一边问："边防证在哪里办啊？"

四周很吵，警察没有听到他的问话，边上有人说："派出所。"

三个人挤到了外面，这才知道，原来这码头上黑压压的人群，都是因为没有边防证上不了船的。

"怎么办？我们和他们一样，也上不了船了，怎么办呀？"金莉莉急得跺脚。

"我们先往镇里走，不是说派出所办吗？等派出所开门了，我们去办就是，又不是逃犯，害怕什么。"张晨说。

海安镇离码头还有一段路，他们前面坐大客车时，经过镇里。

三个人走了二十多分钟，才到海安镇。镇上也有很多人，在街上成群结队地瞎逛，还有坐在人家店门口就睡着的，店里的人起来开了门，正在驱赶他们。

"我们要早点去派出所门口排队，我估计等办边防证的队伍一定也排得老长。"刘立杆说。

他们问了两个在街上闲逛的，去派出所怎么走，结果都摇摇头说不知道，他们也是外地的。

三人找了一家开着门的店，站在门口，还没有说话，人家就把门给关上了，一脸的嫌弃。

他们又找到一个扫大街的清洁工。清洁工倒是很有耐心，停下手里的大扫把，听他们说。但张晨他们三个轮番上阵，说了半天，人家也不知道他们在说什么，原来他根本就听不懂普通话。

张晨急中生智，从挎包里拿出纸笔，在纸上写了"派出所"三个字。对方明白了，和他们比画了半天，张晨他们也没有听懂。

对方急了，把扫帚夹在两腿中间，从张晨手里拿过笔，画了一条直线，再画一条横线，感觉横线画得太长，涂掉一半，又是一条直线，再一条横线，然后像干完了什么重活儿一样，看着他们，长长地吐出一口气。

三人总算是明白了大致方向，赶紧道谢。

他们按着那张竖横又竖横的路线图，又问了两个人，总算找到了派出所。派出所的铁门紧闭着。出乎他们意料的是，门口连一只狗都没有，别说是人了。他们看到大门口贴着一张告示，这才知道原因，那告示上写着："一，本所只办理海安本地人的边防证！！！二，按照规定，所有外地人的边防证必须去户口所在地办理！！！"

"海安本地人"和"户口所在地"下面，划了两道横线，着重强调。再从那六个感叹号看，为边防证这个事，他们已经烦不胜烦。

金莉莉都快哭了："怎么办啊？我们白跑了，过不去了！"

想到这漫漫长路和一路的辛苦不说，就是跑回去了，再跑出来，身上的钱还够不够都不知道。三个人一屁股坐在派出所门口的花坛上，顿觉一派绝望和哀伤。

过了好久，张晨第一个清醒过来："别急，现在还早，迟一点等邮电局开门，我们去邮电局。"

"干吗？"金莉莉问。

"我们去给谭淑珍打电话，让她帮我们去派出所办，办好了再寄过来。"张晨说。

"对啊，这样可以！"刘立杆眼睛一亮。

"可是，就算办好了从永城寄过来，那也要好多天吧？"金莉莉说。

"那总比我们自己跑回去好。"张晨说，"你还想坐那大客车和火车？"

"不要，不要。"金莉莉像被电到一样，赶紧摇头。

好不容易到了早上八点多钟，三个人走到邮电局，邮电局和派出所的情景正好相反，这里挤满了人，都是来打电话的。邮电局只有三个电话隔间，但号已经排到了两百多号，等他们排到，大概邮电局也要下班了。

刘立杆去柜台拿了号，他说不拿白不拿。三个人拿了号，沿着街道往前走,看到有一间小店,也有长途电话服务,却没有人打。三个人欣喜万分,走到玻璃柜台外一问,才知道,邮电局打长途,一分钟八毛,这里五块,打一分钟的电话,多出了两碗汤粉钱。

三个人站在那里,踌躇了半天。张晨说,还是打吧,谭淑珍早一天寄出来,我们就在这里少待一天,待一天最少也要百把块钱,更浪费。

金莉莉白了他一眼:"这钱算得,好像你到了海南就不需要花钱了,你以为是回家?"

刘立杆把邮电局排的号打开,愁眉苦脸地说,可我们是两百多号,就是轮到,电话打通,谭淑珍再跑到派出所,大概派出所也下班了。

金莉莉不耐烦了:"打吧,打吧,大不了我们要饭回家。"说完,就赌气走到一边。张晨对刘立杆说:"打吧。"

刘立杆拨通了谭淑珍家的电话,电话响了五声之后,有人接了起来:"喂,哪位?"

刘立杆一听是谭淑珍妈妈的声音,赶紧说:"阿姨,我是杆子,能不能叫……"

对方咔嚓就把电话挂了。刘立杆傻在了那里。

老板道:"通了,通了啊,已经通了,要算钱。"

"多少钱?"张晨问。

"五块钱。"

张晨吓了一跳:"不是一分钟才五块吗?这才说了几秒。"

"一分钟以内都是五块,不管你是五十九秒还是一秒,电话费就是这么算的。"老板说。

他们在打电话的时候,有一男一女站在边上,看样子也是在等着打电话。那男的问张晨："你们还打吗？"

"打，打。"刘立杆说，"稍等一下。"

刘立杆叫金莉莉打，说谭淑珍的妈妈一听是他，就挂了。

金莉莉拨了谭淑珍家的电话，接电话的还是谭淑珍的妈妈。金莉莉说："阿姨，你好，我是莉莉，我想找珍珍。"

电话那头，谭淑珍的妈妈说："莉莉，我和你说，你要是还给那小子当传声筒，阿姨就不认识你。"

"不是，不是，阿姨，我找珍珍……"

电话那头，谭淑珍的妈妈又把电话挂了。老板幸灾乐祸地伸出一根手指："又是一次啊！"

什么事都没有说，十块钱就没了。张晨他们让到一旁，只觉得六神无主。剧团里的电话又不通，三个人商量着还可以打给谁。金莉莉说，我厂里的同事肯定不能打，他们都不知道我来海南了。

张晨说，广告公司倒是可以打，不过，我和他们还没有熟到可以让他们跑派出所，帮我们去办边防证的地步。

刘立杆一拍手，说："对了，我打给老孟，老孟可以，不就是跑趟派出所吗？不就是办几张边防证吗？多大点事。"

三个人站在边上，准备等那个小伙子打完电话，刘立杆就给县文联的老孟打。

一直站在边上的女孩子看着他们，实在忍不住，问道："你们也是没有边防证？"

金莉莉说："对啊。"

"我刚刚听你们说的，好像不行，边防证别人不可以代办的。"女孩说。

"真的?"刘立杆问。

这时,那男孩也打完了电话,女孩把事情和那男孩说了,男孩很肯定地和他们说:"不行,必须是本人,带着自己的身份证去辖区派出所办理。我们也是到了这里后,过不了海,回去办理的。我们是广东本地的,来回快。我同学云南的,我刚刚给他打电话,他还没办好,我们在这里等他们呢。"

"同学,你们是哪个学校的?"刘立杆问。

"北大的,你们呢?"

"浙大的。"刘立杆说。

"哦,战友。"那男孩一把握住了刘立杆的手,意味深长地说。

刘立杆问:"你们的边防证办好了? 能不能给我们看看,到底是什么宝贝,这么麻烦?"

"等等。"男孩从背包里拿出了两张纸,递给了刘立杆,"就是这个。我们这是临时的,据说还有一年的,更麻烦,我们用不到。只要过了海就可以,谁还会再跑码头啊,对吧?"

"对对对。"刘立杆一边接过那两张纸,一边说。

张晨和金莉莉也凑过来看。张晨盯着那两张纸看了一会儿,趴到刘立杆耳边耳语了一阵。刘立杆点点头。

刘立杆把两张纸还给男孩,然后朝四周看看,看到街对面有一家小吃店。他对男孩说:"同学,相逢何必曾相识,我们找地方坐坐?"

"好啊!"男孩爽快地答应了,"反正我们还要在这里等两天,也没有什么事。"

刘立杆带着他们朝对面走，然后和张晨指了指对面的小吃店。张晨点点头，和金莉莉说："你跟杆子他们先过去，我去去就来。"

早饭太迟，午饭太早，这个时间点，小吃店没什么人。刘立杆点了四碗馄饨，几人坐了下来。那男孩问："你们浙大怎么样？我们反正是够呛，一大半的同学，没办法，不是跑深圳，就是跑海南。"

"差不多，我们没比你们好哪里去，他妈的！"刘立杆骂道。

"对，他妈的！"男孩也跟着骂。

金莉莉在边上，不知道他们在说什么，看看那个女孩，也是一脸的激动，坐在边上不停地点头。金莉莉只能一个人默默地吃馄饨。这里的馄饨，是大馅馄饨，和水饺差不多。金莉莉觉得没有永城的猪油小馄饨好吃。

想到了永城，金莉莉差一点就掉下眼泪。

张晨回来了，手里拿着一卷铅画纸、一盒水粉颜料、一瓶碳素墨水，还有蘸笔、描笔、尺子、橡皮等。刘立杆和那男孩说："战友，能不能把你那边防证再给我们看看？"

男孩看了看刘立杆，再看看张晨手里的东西，似乎明白了："不会吧，你们是想自己画一张边防证？"

"对，没错，这不是回不去嘛，老实和你们说，我们就是回去了，也没有再来的路费了。"刘立杆老老实实地说。

"理解，理解。"男孩说着，又掏出了边防证，递给张晨，"来，照着画，我们也见识见识。"

刘立杆问老板要了剪刀和一个碟子，又往碟子里加了点水拿过来，放在桌上。

张晨从一整张的铅画纸上,先剪出和边防证一样大小的纸片,用铅笔和尺子把上面的大小方框画好,再用蘸笔蘸了碳素墨水把方框完成,放在一边等晾干,然后开始画第二张。等画第二张的时候,连铅笔都不需要了。

第三张的方框完成,第一张也干了。张晨用铅笔轻轻地画了几个小圆圈,布好局,再用蘸笔蘸了碳素墨水,把"边境管理区通行证"几个大字依样画好。

"厉害!"男孩在边上赞叹道。

张晨朝他笑笑,接着把边防证上那些印刷的小五号宋体字和五号黑体字一个个描出来。男孩和女孩在边上都看呆了。女孩不停地说:"像,像,就像印出来的。"男孩看着刘立杆问:"你们不是浙大的,是浙美的吧?"

"我浙大的,他是浙美的。"

连老板也被吸引了过来,不时走过来看看。

张晨画完了一张,那男孩拿起来看看,赞叹道:"厉害,还真的是和印出来的一样,除了这纸张有点不一样。"

张晨愣了一下,心说,完了,他最担心的就是纸张,结果还是被别人一眼看出来了。他停下手里的活儿,坐在那里,有些无奈地看着刘立杆。

那男孩似乎明白了张晨在想什么,马上安慰说:"没关系的,我和你们说,这边防证,是每个地方自己印的,纸张都不一样,像我们这种短期的,更乱。"

"真的?"张晨问。

"真的,他说得没错。"那女孩说,"我们有几个同学已经过去了,他们有湖北的,有江西的,有陕西的,真的,他们的边防证我看过,都不一样。"

听他们这么说,张晨长长地吁了口气。

"这样,你们晚上过海,这个已经很像了,到了晚上,就更看不出来了。"男孩给他们出主意。

"好,谢谢战友,这个主意好!"刘立杆拍了拍男孩的肩膀。

金莉莉问那女孩:"对了,你们不是有同学过海了吗?你们怎么没一起过去?"

"我们在等云南的同学,他有亲戚在海南,不然,我们过去连住的地方都没有,我们又没什么钱。"女孩说。

金莉莉点点头。

三张边防证的印刷体描好,晾干,张晨掏出钢笔,用潦草字把三个人的姓名和身份证号码填进去。写到单位的时候,张晨停下来,他刚刚听刘立杆吹牛说一个浙大,一个浙美,他当然就不好写永城婺剧团了。

刘立杆心有灵犀,知道张晨为什么停下,他说:"乱写好了,反正又没有工作。对了,写老孟的单位,都写永城县文联好了。"

男孩说:"对对,我们在派出所也是乱报的,都是父母的单位,都不敢说自己学校的名字。"

男孩和刘立杆互相看了看,情不自禁地互相又握了握手。

张晨起身到厨房,找到一个大小适宜的瓶盖,然后问老板要了一个干净的盘子。老板把盘子递给他的时候,还不忘竖了竖大拇指。张晨笑了一下。

张晨把大红色的水粉颜料挤在盘子里，又挤了一点橘黄色，这样就调出了红色印章的颜色。他用盖子蘸了颜料，然后盖在边防证右下角备注栏里"发证机关"那几个字上面，接着在圆圈里面用描笔把印章内容补齐。

等张晨做完这三张边防证，已经到中饭时间，店里的人开始多起来。老板走过来，压低声音和他们说，快点收好，有几个联防队的，经常会来这里吃中饭。

张晨赶紧说谢谢。他见老板站在身边，欲言又止的，不肯离去，问道："还有事吗？"

"你能不能帮我写几个字，挂在门口？"老板问。

"可以啊。"张晨看了看那张铅画纸，自己只用了一角，就问老板："就用这张纸吧，你看够大吗？"

"够了，够了。"老板赶紧说。

"写什么？"张晨问老板。

"就写'馄饨'两个字。"

张晨看了看桌上的描笔，要用这小笔写那两个大字可写不出来。他问老板："有没有排笔？"

"什么笔？"老板疑惑了。

张晨想了一下，说："有没有刷子？"

"有有有，刷面粉的可以吗？"

"可以。"

老板跑进厨房，拿了刷面粉的刷子出来。刘立杆进去，取了一个大碗,又盛了一些水。

"你想要什么颜色的?"张晨问老板。

"红色的,就红色的。"

张晨把整管大红的水粉颜料都挤到了碗里,把盘子里剩余的那些也并到碗里,调匀,用刷子在碗里吸饱了颜料水,一挥而就,"馄饨"两个黑体字就鲜艳欲滴地出现在铅画纸上。

老板在边上看着,笑眯眯的。

五个人起身,刘立杆去付四碗馄饨的钱,老板说什么也不肯收,还拿了两个塑料袋,装了两袋包子给他。

五个人在店门口分手,男孩伸出手,和刘立杆、张晨握了握,说:"你们的名字我都知道了,我叫陈启航,她叫林一燕,说不定以后我们还会在海南岛相见。"

刘立杆和张晨、金莉莉也和他们说了后会有期,金莉莉和林一燕还抱了一下。

刘立杆把手里的包子分一袋给他们,他们不肯要。刘立杆执意要给他们,和他们说,是兄弟,不应该见者有份吗?

他们这才大笑着收下。

三个人往前走了一段路,后面有人喊道:"师傅,等等!"

三个人站住,转过身,看到有一个人正追过来,是之前在小吃店一直坐在他们对面的另一张桌上的顾客。

"什么事?"刘立杆问。

"那个边防证,你们能不能帮我搞一张?"

刘立杆摇了摇头。

"我给钱,我给一百块钱。"

刘立杆还是摇头。

"两百,我给两百,帮我搞一张好不好?"

刘立杆有些犹豫了。张晨一把拉起他就走,和那人说:"对不起,这个,真搞不了。"

他们快步朝前走着,走出去很远,回头看看,那人没有跟来,这才放慢了脚步。

"浙美的,两百块,赶上你画两块广告牌了,为什么不干?"金莉莉问。

"是啊,我都心动了。"刘立杆说。

"你们是猪啊,真以为自己是犯罪集团? 这种事,可以乱干吗?"张晨骂道,"再说,我给他画了,他拿着就去过关,傻傻的,万一被检查出来,码头上就会开始认真检查,我们怎么混过去?"

"对哦,我怎么没想到这个? 还是你想得远,看样子你有当犯罪集团老大的潜质。"刘立杆开玩笑说。

"别假惺惺了,你也不错,浙大的,智商肯定不低,只是被包子撑坏了。"张晨笑骂道。

三个人走了半天,好不容易才找到一块树荫。这里也有很多人。三个人在地上坐下来,地还有些烫屁股。

金莉莉问:"有没有感觉我们像流浪汉?"

"对,我们现在就是流浪汉,居无定所,往回,回不了头;往前,不知道接下来会怎么样。"张晨说,"怎么,你后悔了?"

"有一点点。想到我们那个温馨的小房间和干净的床,有一点点后悔。不过,出来都出来了,后悔又有个屁用。"金莉莉说。

"我现在最想念的,是坐在我们那高礓上,来一热水壶的鲜啤酒。"

刘立杆说着,还咂了咂嘴。金莉莉看了看他,骂道:"别假惺惺,你就不想珍珍?"

"现在不想。你们看看,要是谭淑珍在这种地方,会怎么样?"刘立杆说,"好像怎么都不搭界。"

"还真是,也只有我们这种工人阶级,适合和这些农民工在一起。"金莉莉看了看周围,叹道,"谭淑珍可是只演小姐,习惯了掌声和追光灯的。"

"她也演过妓女和尼姑。"刘立杆说。

"少来,她那个妓女可是苏小小,苏小小可是历代中国文人的梦中情人。"张晨骂道,"《僧尼会》里的小尼姑也不是一般的尼姑,那是小姐命的浪漫尼姑。"

"还真是。"刘立杆想了一下,笑道。他从地上跳起来,说:"口干了,我去买点水。"

刘立杆顶着大太阳朝街道那边走去,过了二十多分钟才回来,手里提着两个塑料袋。金莉莉看了一眼,问:"你又买包子了?"

"不是,路过那个小店,老板还认识我,一定要送给我的。张晨,人家对你的字可是赞不绝口。"刘立杆说。

张晨笑笑,没有搭话。金莉莉高兴地说:"也不错,两个字,换了这么多包子,晚饭钱可以省了。"

"不对,杆子,你不是去买水吗?二十米外就有,你去那里干吗?"张晨好奇地问。

"我去了一趟邮局,你们知道,现在排到第几号了?"刘立杆问。

"多少？"金莉莉问。

"一百七十多号。"

"你去邮局干吗？闭门羹还没吃够？还想让谭淑珍的妈妈骂一顿？"张晨道。

刘立杆有些不好意思地笑笑，说："我去给谭淑珍寄一张明信片，告诉她，我们已经胜利抵达了海南岛对面，今晚就准备过海。"

金莉莉切了一声："胜利？狼狈逃窜到这里还差不多。"

他们在树荫下，靠着包子和水，撑过了一整个下午。其间起身了六七次，都是为了追逐变换了位置的树荫。每换一个地方坐下去，地都还是烫屁股的。刘立杆说，估计会被烫便秘。

金莉莉调侃说："不错，我本来今天要来大姨妈的，这把我的大姨妈都烫回去了。"

三个人大笑。刘立杆说："这句经典，我要记下来，以后写在我的回忆录里。"

张晨和金莉莉一起鄙夷："你？写回忆录？拉倒吧！"

"真的。"刘立杆看着他们，认真地说，"等到我白发苍苍的时候，我会坐在轮椅上，慢慢地回忆，身边是一个，不，五个秘书，都是美女，都和那小子一样，北大毕业的。她们会用无限崇敬的目光看着我，听我用略带沙哑的声音娓娓道来，回忆我的一生。"

张晨和金莉莉笑倒。张晨骂道："然后你嘎嘣一下，你的一生，就狗屁在轮椅上了。"

等到四周暗了下来，金莉莉想往码头那边赶，张晨让再等一下。

"干吗？天已经黑了。"金莉莉不解道。

"现在检查的人刚吃过晚饭，注意力还很集中，我们要再等等，等他们疲惫了再去，这样成功的把握就更大了。"张晨说。

"睿智！我就说他有当犯罪集团老大的潜质，连这个都想到了。"刘立杆笑说。

他们在大树下继续逗留。很多人都离开了，现在有足够的空间让他们躺下来。刘立杆准备躺下，张晨一把抓住了他。

"又干吗啊，老大？"刘立杆问。

"我们虽然是盲流，但不能真把自己搞得像盲流。检查的人，还是会以貌取人的。"张晨说。

刘立杆扑哧一声笑了起来："张晨，你是不是对自己画的东西没有信心啊？"

张晨老老实实地说："我还真是有点紧张，第一次干这种事。"

"那好，待会儿我走最前面，你走中间，莉莉最后。要是我被逮住了，你们就想办法溜，我会想办法拖住他们。"刘立杆说。

到了晚上十点钟，三个人才往码头方向走。等他们到了码头，从人群里挤到排队通过检查的队伍前时，已经快十一点了。三个人手里举着张晨画的"边防证"，朝那个坐在高凳子上、手拿着杆子的人不停地晃着。人家看也没看，就让他们排进队伍里。

三个人的心怦怦乱跳，随着队伍慢慢往前移动。一列列队伍的终点是一张张桌子，坐在桌子后面的边防战士依次检查每一个人的身份证和边防证，看它们是否对应。

刘立杆心里在打鼓。他不断地回头，和张晨、金莉莉说："别忘了我和你们说的话。"他感到自己的嗓子紧张到发痒，口干舌燥，连话也说不出来了。

张晨看了看周围，苦笑连连，心想，就这个地方，你就是想逃，能往哪里逃？踩着周围的人头飞出去吗？要是被发现，就乖乖受擒，乖乖地向警察按他们事先说好的交代，就说这是从别人手里买的，千万不能说是自己做的，卖给他们的人交易完后就不见了。

怕被边上的人听到，三个人排在队伍里，一边跟着队伍往前走，一边用永城本地话交流着。

"最坏的结果是拘留，然后遣返。我们只是拿它想混过检查，又没有拿它去干坏事。"刘立杆说。

"遣返了会被单位开除吧？"金莉莉问，"我无所谓，反正那个破单位还没开除我，自己就已经被开除地球球籍了。"

"我也无所谓，大不了回去继续写大王，大王们可不管我有没有被拘留，只是，我的爱情要完蛋了。"刘立杆说，"珍珍的父母估计杀我的心都有了。"

"我也想好了，大不了回去再画两个月广告，我们再跑出来。"张晨说。

"对对，这一次我们办好边防证再出来。"金莉莉说。

"你们有没有想过，如果被遣返，我们就连边防证也办不出来了。"刘立杆说。

话一出口，刘立杆自己都被吓了一跳。是啊，他们怎么就没有想过这个问题呢？三个人站在那里，都被这个问题吓傻了。

张晨说："要不我们退出去吧，回去开了边防证再来，大不了再找人借点钱。"

刘立杆和金莉莉赶紧说"好"。

"快点,快点!"后面的人在推金莉莉。

"过来!跟上!"有人喊道。

三人这才发现,就在他们刚刚站着犹豫的这一点时间,排在刘立杆前面的人已经检查完了。在刘立杆和检查人员之间,空了有一两米的距离。叫他们跟上的,正是检查站的边防战士。

逃是已经没有办法逃了,刘立杆无奈,只能硬着头皮紧走几步,把身份证和"边防证"递了过去。

检查站的边防战士看了一眼身份证和下面"边防证"上的照片,再抬头看看刘立杆,就把东西还给了他,让他过去。

刘立杆暗暗吁了口气,赶紧朝前走了几步,然后转过身看着张晨和金莉莉。

张晨和金莉莉看到检查如此宽松,也松了口气。张晨走到桌子前,把自己手里的身份证和"边防证"也递了过去。就在递出去的一瞬,张晨心里咯噔一下。

他和刘立杆不同,他把身份证放在了"边防证"的下面,糟糕的是,由于刚刚太紧张,手里的汗已经洇湿"边防证"上的字,碳素墨水渗开了。

张晨想把下面的身份证抽上来,盖住上面"边防证"上字迹模糊的部分,但已经来不及。

金莉莉也看到了这个情况,她想,完了,完了,要去吃国家的免费饭了。

检查人员接过张晨的证件，正准备看——

"流氓！你干吗摸我屁股？！"金莉莉扭过头，冲她身后的男人吼道。

她身后的人吓了一跳，一脸懵逼，正欲辩解，金莉莉冲边防战士说："解放军叔叔，这个流氓，他摸我屁股！"

身后的人辩解："我没有摸……"

金莉莉叫道："你刚刚明明摸了！"

身后的人结结巴巴说："我，我……我刚刚只是推了你一下，催你快点。"

检查的边防战士站起来，皱了一下眉头。他把手里的证件还给张晨，挥挥手让他过去，又瞄到金莉莉手里也拿着身份证和"边防证"，看也没看，就挥手让她过去。他用手指着金莉莉身后那人大声道："你！到这里来！身份证，边防证！拿给我检查！"

三个人往前疾走，不停地看着身后，眼见离检查点已经远了，这才停下来。张晨忍不住抱着金莉莉亲了一下。金莉莉骂道："臭死了，身上都是汗！"

"我的冷汗，水一样淌，莉莉，你太厉害了，真像潘冬子。"刘立杆说。他们小时候都看过《闪闪的红星》，都为潘冬子机智地躲过检查鼓过掌。

金莉莉得意地说："我今天算是为国家做了贡献。"

"什么贡献？"张晨奇怪地问。

"我为国家节约了粮食啊，三个人的免费粮。"金莉莉说。刘立杆和张晨哈哈大笑，金莉莉也笑起来。

过海轮渡的一层是装载汽车的，二层才是客舱。过海的人比汽车多，那些汽车，即使到了海安镇上，也是很艰难才能抵达码头——这一路上，可都是人。

人很快就把客舱挤满了，但要等下面的汽车载满，船才会开。这一等，就等了近两个小时。

客舱里气味难闻，虽然两边窗户开着，但里面毕竟是二十四小时不断上来人，每下一船客人，工作人员也就只是拿着拖把、扫把，胡乱扫一下。

三个人来到船舷上，趴着栏杆看。微弱的灯光下，海水呈暗黑色。金莉莉失望地叫道："怎么不蓝啊，这海？"

不仅不蓝，而且还臭，吹拂在脸上的海风有一股腥臭味。好在随着一阵呛啷啷的声响，船终于离岸了。

等到海安码头渐渐远离的时候，三个人这才彻底松了口气。张晨说："拿过来吧，犯罪证据。"

两个人知道张晨在说什么。他们把"边防证"交给张晨，张晨正准备撕，金莉莉叫道："等等。"

她把自己那张"边防证"拿回去，把上面的照片撕了下来，又把"边防证"还给张晨。张晨把三张证叠在一起，准备撕掉。金莉莉叫道："你们连照片也不要了？"

"不要了，就让我埋葬在这白色的泡沫之下吧！"刘立杆说。

张晨和金莉莉瞪了他一眼，刘立杆才明白自己激情过了头，埋葬在泡沫之下，不是水鬼吗？太不吉利了，特别是在海上说这样的话。

张晨把"边防证"撕碎，撒到了海里。

海安最后一点灯光消失后，船就在茫茫的夜海中航行。

也没有航行多久，远方的天空有一片通透，金莉莉兴奋地叫道："那里！那里，是不是海城？"

张晨和刘立杆也兴奋起来。三个人看着那片通透的天空渐渐变成海平线上的一片亮光，接着看到亮光下面有一抹大地。

再近一点，他们看到了一座城市的轮廓。

一个船员从他们身边经过，金莉莉叫道："师傅，师傅，那里是不是海城？"

船员头也不回地点了下头，大概，他一天不知道要被多少这样大惊小怪的声音问过。

船又往前行驶了一会儿，已经能看到海城影影绰绰的高楼剪影。金莉莉兴奋地道："看，快看，这里这么多的高楼，到底是海南，比杭城强多了。"

那时候的杭城，只有杭城大厦等四五幢高楼，解放路一带，除了刚刚营业没几年的新桥饭店，其他都是矮房子，连解百也还在老大楼里。

三个人看着那越来越近的灯火璀璨的城市，都有一种即将接近新大陆的感觉。

这个时候，船却停了下来，马达声也停了，接着听到铁链呛啷啷响。船在原地抛锚停航，船舷上突然安静下来。

"船怎么停了？"金莉莉问。

"不会吧，在海上，你感觉不出来它在动而已。"刘立杆说。

"不对，确实是停了，马达声音都没有了。"张晨说。

三个人朝船内、船外看看，确认船确实是停了下来，霎时紧张起来。

"怎么回事？不会还要来查边防证吧？"金莉莉问。

张晨和刘立杆第一个念头也是这个。他们脑海里出现一个画面：再过一会儿，将会有一艘全副武装的公安边防巡逻快艇靠近轮船，检查人员端着枪，矫健地登船，挨个儿检查，然后他们会排成队，双手抱着头，从这艘船上被荷枪实弹的边防战士押送到快艇上去。

"怎么办？怎么办？我们现在连假的都没有了。"金莉莉急道。

"幸好没有了，这样被抓到，我们还可以说是以为边防证没有用了，扔海里了，大不了把我们弄回海安。有假的在，现在都来不及销毁证据了，那就等着被扔进牢里吧。"张晨说。

他们站在那里，忐忑不安地等了半天，也没见到他们想象中的巡逻快艇出现。三个人稍稍松了口气。刘立杆问边上的人，船怎么停了。

那人也是一脸迷糊："这是嘎哈啊？"

"我去里面问问。"说着，刘立杆就往船舱里走去，过了一会儿，出来笑嘻嘻的。张晨和金莉莉一看他这样，放了心。

"在排队。"刘立杆说，"船停在这里排队。"

"排队？"张晨疑惑道。

"对，码头上泊位有限，要等停靠着的船出来，有空位了，这船才可以靠进去。"刘立杆说。

其他两人这才明白了。

"要排多少时间？"张晨问。

"不知道，等。"刘立杆说，"船上的人说了，耐心等，码头上的船也要装满了才会出来。"

三个人沿着船舷走道往前走，找到一块干燥的地方坐了下来。心里没心事，头顶又有月光，还有海风不停地拂面，三个人趴在怀里的行李上睡着了。

等马达声把他们吵醒，天已经亮了，轮船正准备进港。现在他们不仅能看清岸上的高楼，还能看到滨海大道上的椰子树和来回穿梭的汽车。

"那是不是椰子树？我看到椰子树了，我们到海南了！"

金莉莉指着岸边大声地叫着，不仅仅是刘立杆和张晨，船舷上其他人也被她的叫声感染了，大家兴奋地看着眼前这片陌生的土地。

第八章　**新天地**

　　他们在秀英港下了船，走出检票口，马上就有很多摩托车过来绕着他们走，问他们要去哪里。

　　张晨说找工作的地方。

　　"三块钱。"对方说，好像他知道哪里有工作可找。

　　张晨奇怪了，他说我要去找工作的地方，对方还是胸有成竹地说三块钱。

　　刘立杆问了其他摩托车，也说是去找工作的地方，对方也是说三块钱。

　　三个人将信将疑，乘了三辆摩托车，往海城市区走。摩托车在车流里穿行。刘立杆发现，这马路上的汽车基本都是奔驰。那时杭城的街上还基本是夏利，连桑塔纳都算是高级车了，没想到这个城市里居然大都是奔驰,次一点的,也是蓝鸟和皇冠。

"哈哈,我们来对地方了!"刘立杆大声叫道。

"什么?"摩托车司机大声问道。

"没有什么,没有什么!"刘立杆高声道。

前面车上,金莉莉坐在摩托车后座,张开了手臂。她感觉自己像鸟一样在贴地飞行,头顶是婆娑的椰子树、细碎而又柔和的清晨阳光、从未见过的湛蓝天空,还有一个个饱满的椰子。

金莉莉想,椰子,椰子,你为什么不掉下来一个欢迎我啊?

摩托车载着他们,从滨海大道转进了龙昆北路。滨海大道和龙昆北路的交界处就是海城市政府,边上是龙珠大厦,后面是金融花园,再过去是华银大厦。

金莉莉仰头看着这一幢幢高楼直插进头顶湛蓝的天空,心里在想,该是些多么幸福的人,才会在这些大楼里工作和生活啊。

摩托车带着他们上了南大桥,往左拐,沿着海秀路,一路过了中银大厦、DC城、望海楼,一直到了海城宾馆门口往左转,他们看到这里人头攒动。

摩托车在路边停了下来,车主指了指对面,说,找工作,就在这里,这里都是从内地来的。

三个人下了车,心里还是有些疑惑。他们看到,这里只是一片空地,除了空地一边有一间很小的简易木头房子,什么都没有。

有的只是人。不大的一块空地,被人挤得满满的。这里有什么工作可找的?

三个人跨过马路,走到近前,才发现摩托车司机没有骗他们,这里确实是找工作的地方——空地的尽头，有一堵三四米高、二三十米长的墙壁，墙上密密麻麻，贴的都是招工启事，从招饭店服务员到报社记者、公司清洁工，到公司老总的，应有尽有。

很多人站在广告墙下，用手里的纸笔记录着一家家公司的地址和电话。

不断地有人拿着梯子来贴新的广告，每贴上一张，就会有一大群人拥到下面，如饥似渴地记着。

张晨他们在这里转了一圈，心潮澎湃。他们哪见识过这样的招工场面，只觉得那么多的岗位在等着自己，要找到工作，还不是轻而易举的事情？

他们发现，所有的广告都出自那个木头房子。走近一看，原来是劳动部门在这里设的点，用人单位带着营业执照和已经写好的招工广告，交了钱，把广告交给他们，他们看看没什么问题，就马上安排人拿梯子去把新的广告盖在旧的上面。

也有单位直接在这里现场招人的。他们的周围被迅速围成一圈。听完围着的人简单介绍自己的情况后，他们就用手指点着——你、你、你，明天去公司面试。

他们往"你，你，你"手里塞着名片，在工作人员走过来驱赶之前，就已经结束了招聘工作。

然后，在众人无限崇敬的目光里，他们钻进停在路边的小汽车里，一路绝尘而去。

刘立杆在那个木头房子里用五毛钱买了一份《人才信息报》。这报纸也是劳动部门办的，在这里很抢手，几乎人手一份，上面除了一版转载当地新闻和领导讲话的内容，其他版面都是招工信息。

张晨三个人大包小包地背着，在这里也不显眼，很多人都是和他们一样。

三个人深深地吸了口气，互相看看，都笑了起来。到了这里，他们都有到家的感觉。他们在这个海岛上的未来，就要从这里开始，而墙上那一份份工作和高得吓人的薪资，表明他们的未来有各种可能性，一片光明。

他们看到，服务员的工资都有八百块，而在永城，县长的工资都还不到两百块，而他们自己，只有一百出头。看样子，这海南，果然是遍地黄金啊。

"我们先去里面看看，有没有椰子捡。"金莉莉指着广告墙后面那一片椰树林道。那里是海城公园，也是人民公园。同样的一个公园，从人民路的大门进去，叫人民公园，而从海城宾馆对面这里进去，就叫海城公园。

既然有这么多的工作机会，还愁什么？完全可以先放松一下。

"好，找个地方，我仔细研究研究，挑选一下，看有什么工作能完全施展我们的才华。"刘立杆晃了晃手里的《人才信息报》。

他们没来得及捡椰子，而是在海城公园门口看到卖椰子的，就花一块钱先买了一个。老板把椰子削好，插进吸管，金莉莉第一个抢到手，喝了一口，结果眉头一皱，差点吐出来。她把椰子递给张晨，道："不会吧，怎么这么难喝？像烂地瓜的味道。"

张晨喝了一口，马上就吐掉了。他觉得金莉莉说得没错，这就是烂地瓜的味道。

刘立杆接了过去，喝一口后也吐掉了。他看着他们两个说："我们是不是被骗了？这椰子坏了吧？"

张晨和金莉莉点头，他们也觉得有这个可能。

"我去找老板。"刘立杆拿着椰子准备回去。张晨赶紧叫住了他："算了，算了，不就一块钱嘛，人家可是本地人，别没事找事。"

刘立杆走到路边，把里面的水倒在草丛里。刘立杆朝他们叫道："快过来看，看到没有？珍珍每天喝的椰子汁都是乳白色的，这个和洗碗水一样，肯定是坏了。"

张晨和金莉莉看了看，也认可这椰子肯定是坏了。

公园里男男女女，一堆一堆都是人，很多人还拿报纸铺在地上，枕着自己的旅行包睡觉。看样子是睡了一个晚上了，现在还不准备起来。

三个人找了一片树荫，坐了下来。张晨从刘立杆手里拿过报纸，看了起来。金莉莉躺下来，头枕着张晨的大腿，说在船上都没伸直过，累死了。

刘立杆闲着无事，站了起来，说去逛逛，就走开了。

大概过了半个小时，刘立杆回来了，一脸严肃。张晨问他怎么了，刘立杆摇了摇头，说："形势很严峻。"

"什么形势很严峻？"张晨奇道。

"你看看这些人，知道他们是干什么的吗？"刘立杆指着不远处一堆堆的人问。

"干什么的？"

"我告诉你，这里，简直是全国名牌大学的集中展示。那堆，看到没有？北大的，再过去是清华的，还有人大的；这里，对，这里，科大的；亭子那边,还有复旦和华师大的,我还看到了我们浙大的。"刘立杆说。

"不要脸,你们浙大的,你还真把自己当浙大的了?"张晨骂道。

"这不是要和他们战友相见嘛。其他的学校都还好,到了浙大,他们一定要问我哪个系的,我才逃回来了。"刘立杆不好意思地笑笑,张晨也哈哈大笑。

"这公园里,总有几千的大学生。"刘立杆道。

"他们在这里干吗?"张晨问。

"都是没找到工作的啊,又没有钱,就住在公园里,有几个已经住了十几天,身上都臭了。"刘立杆说。

张晨朝四周看看,也感觉形势严峻了起来。

金莉莉醒来的时候,已经快中午了。张晨说,要去广告牌那里看看。刘立杆说困死了,要睡一会儿,留下来看行李。

张晨和金莉莉把身上的包都卸了下来。这么多日子,这些包就像长在了他们身上似的,让他们步履维艰。现在,突然空手空脚了,终于解脱,有种飞一样的感觉,无比轻松。

两人兴冲冲地出了公园大门。到了门口,他们看到许多人在买椰子,捧在手里喝得津津有味的。金莉莉特意凑近看了一下,他们的椰子水也不是乳白色的,和自己前面买的一模一样。两个人这才知道,原来椰子就是这样的。

"海南的第一个梦碎了。"金莉莉嘟着嘴说,"原来椰子汁这么难喝。"

"我也不要让它砸我的头了。"张晨也说。

已经是夏天了,天气很热,和江南不一样的是,这里空气湿润,站在树荫下，能感到凉风习习，但到了太阳底下，走几步就感觉要被晒脱层皮。特别是因为海风，空气中盐分很大，身上黏黏的，感觉像是半夜里爬上灶台的蜗牛。

即使回到树荫下，汗没有了，但黏黏的感觉始终在，这时，人最大的渴望就是能让冷水从头顶彻底来那么一下。当地人把洗澡叫冲凉，很是恰当，也确实就是冲的时候凉一下，冲完不久，黏黏的感觉又回来了，你还是需要再冲一下。

两人站在路边的一小片树荫里，当然不敢奢望能冲个凉。虽然烈日当空，但身后的空地上都是人。不过让张晨奇怪的是，这里的很多男人都穿着长袖衬衫，袖口的扣子还扣得严严实实的。

张晨站着看了一会儿，明白了。他看到有一两个人实在忍不住，解开了袖口的扣子，里面手臂白白的，但一双手是漆黑的，就像戴了一双黑手套，特别是那些骑自行车过来的人，这种特征就特别明显。

张晨心里又是一惊。

在公园里，他看到那么多生活和工作没有着落的大学生，已经觉得，这岛上并不像他们刚到时感觉到的，遍地黄金，而是有它残酷的一面，而眼前这一双双黑手套一样的手，就更是在告诉他生存的艰辛。

张晨吸了一口冷气。

直到过去了一些日子，张晨才知道，因缘际会，这个国家当时几乎整整一代最优秀的青年都去了海南，构成了他们这一代共同的海南记忆，也有了所谓十万大学生下海南的说法。

要知道20世纪90年代初，大学生可还是珍稀物种。

而他们，"浙大和浙美的"，只是在那个时间点混进了这支队伍。

张晨看了看身后的人群，他不知道这里面有多少人晚上就睡在公园里，而现在站到了这里。

"开始吧。"张晨说。

"什么开始?"金莉莉不解。

"开始我们找工作的经历啊。"

"可是我饿了，总要吃饱肚子再找工作吧?"金莉莉撒娇道。

张晨朝四周看看，他们站着的地方是一个四岔路口，右边是早上经过的海秀路，高楼林立，显然不是属于他们的世界；正前方是省府路，看上去也光鲜亮丽；过去不远就是省政府，显然也不是属于他们的世界。

只有左边是一整片低矮老旧的房子，远远看去，还是南洋的建筑风格，有骑楼和高檐角的屋顶，一派异国风情，应该是海城的老城区。

"我们往那里去，那里应该有小店。"张晨指了指左边狭窄的街道，对金莉莉说。

两人穿过四岔路口中间的圆盘，到了那片老城区，走不多远，就看到一家猪脚饭馆，里面挤满了人。

所谓的猪脚饭，和快餐差不多。店门口摆了几个大瓦罐，这么热的天气，还冒着热气。瓦罐里有猪脚、大肠、五花肉、酸菜豆腐，还有一种像笋，但闻上去臭臭的酸笋。

金莉莉去里面找位子，张晨在外面点餐，要了一碗猪脚大肠和豆腐，一碗猪脚卤肉和豆腐。

张晨端着两碗饭进去，里面每一张桌都挤了七八个人，金莉莉抢到一张凳子，两个人一人半张凳子坐下来，侧着身子吃饭，要是横着，就会挤到边上的人。

金莉莉吃着那碗猪脚卤肉饭，又从张晨碗里夹了一小块猪肠放进嘴里，道："好吃，好吃。"伸手就把自己的那碗和张晨的换了。张晨骂道："你不是不吃猪肠的吗？"

金莉莉耍赖道："这个是猪肠？我不知道啊，反正就是好吃。"

猪脚也很酥烂，卤肉也很入味，米饭是用木桶蒸出来的，也很有嚼劲。两个人吃得很满意，吃完还给刘立杆带了一份。

两人回到那块空地，正好有人拿着梯子来贴新的广告。一大帮人立马围了过去。结果男的都散开了，女的围在下面用笔记着。原来是一家酒店招聘服务员的。金莉莉吓了一跳，起薪就是一千二百元，再看下面的地址，是海秀路。

"这不就是海秀路吗？张晨，我们马上过去。"金莉莉道。

"你去当服务员？"张晨问。

"怎么，服务员我还当不了吗？"金莉莉问。

不是当不了，张晨是觉得有些委屈。在他的印象里，饭店的服务员都是那种矮矮粗粗的，或年纪大的，让金莉莉这么一个年轻漂亮的女孩子，张晨油画笔下的模特儿，去当服务员，太暴殄天物了吧。

"管他呢，一千二百元呢，先干一个月，有钱再说。"金莉莉说。

两人按着广告上的地址找过去。虽然也是海秀路，但并不近。那块空地在海秀路的起点，而这家酒店在海秀路的另外一头。他们走了二十几分钟，几乎走完整条海秀路，才找到那家酒店。

到了这里，两人吓了一跳，他们以为自己看到广告就找过来，已经算是早的，没想到，这里已经有了很多人。

酒店边上有一个后来加装的消防通道，也作为加盖在楼顶的酒店办公室通道,通道密封没有窗户,从一楼直通三楼楼顶,七八十步的楼梯,下面铺着红地毯,顶上是一排射灯,看上去就像一条时光隧道。

让他们吃惊的是,楼梯的两边,一步站着两个女孩子,都是来应聘的,最前面的已经踅进酒店办公室,最后面排到了一楼门外的遮阳棚里。

金莉莉跟着队伍,步步高升。张晨想跟上去,被一楼门口的保安拦住了。张晨无奈,只能在遮阳棚里找个角落蹲着。外面阳光白得刺眼,在一阵阵的热浪裹挟下,连从不远处的海上吹来的风都变得烫人,汗水不停地流。

张晨往门口移了移,从上面楼道出来的冷空气让这里的温度变得低了一些。

过了四五十分钟,金莉莉下来了,一脸愁苦。张晨一看她这样,就知道没有什么好消息。

"怎么了?"张晨问。

"人家身高要求一米六八以上,我才一米六五。"金莉莉哭丧着脸。

"当个破服务员,还要求一米六八?又不是选美!"张晨骂道。

"人家就是选美。他们说了,我样子还可以,可惜身高不够。"金莉莉说。

"一米六五,女孩子已经不算矮了,谭淑珍才一米六三。"张晨愤愤不平道。

"走吧,走吧,烦死了。"金莉莉说。

两人默默地走出了很长一段路,金莉莉才开口问道:"你知道他们要招的是什么人吗?"

"什么人?不就是服务员?"张晨奇道。

"是VIP包厢的服务员。这家酒店有十二间VIP包厢,最低消费八千八百八十八元,进去后还要培训,说是要能陪客人唱卡拉OK,还要能跳舞。"

"多少?你说多少?"张晨叫道,"八千八百八十八元?吃顿饭要这么多钱?"

"哼,人家这还是最低消费。"

"我×,那我们两个在永城一年的工资,还不够到这里吃半顿饭的。"

"对,现在知道我们有多穷了吧?"金莉莉道。

两人又走出一段路,金莉莉怒气还未消,哼了一下:"总有一天,我一定要到这里来,痛痛快快地吃一次,我要看看,这八千八百八十八元的包厢长什么样!"

两人回去路过海城公园门口时,张晨说:"先给杆子送饭吧,不然都要馊了。"

"你去吧,我再去那里看看。"金莉莉擦着额上的汗,说道。

张晨犹豫着。金莉莉不耐烦地说:"去吧,去吧,这么点路,我这么大个人,还会走丢?"

张晨只能一个人往公园里面走,发现刘立杆已经醒了,正拿着一支笔在报纸上划着。

张晨把饭递给他,和他说了金莉莉去应聘的事。刘立杆说:"那不是当头一棒?"

"已经两棒了。"张晨笑道,"那个椰子没有坏,椰子就是那个味道,水也不是乳白色的。"

"心灵摧残啊！"刘立杆哀号，"不过这饭不错，大肠和猪脚真好吃。"

张晨拿起那张报纸，找刘立杆划过的地方，问："找到什么了？"

"找到有几家报纸招聘记者的，我准备去应聘一下。"刘立杆说，"对了，他们还招美编，一起去吧。"

"下午去？"张晨问。他想，凭刘立杆写大王的那支生花妙笔，当个记者应该不在话下，而报社的美编，自己虽然不知道是干什么的，但不就是涂涂画画吗？这个难不倒自己。

"下午不行，怎么也得先洗个澡，搞得干干净净的再去应聘，不然怎么像个无冕之王？"刘立杆说。

"这倒也是。"张晨表示同意。

吃完了饭，刘立杆站起来，说："你看着包，我去感受感受那里的气氛。"

张晨知道他说的是那块空地，说："莉莉还在那里，你们一起回来吧。"

公园里，现在一堆堆的人都走了，坐在树荫下，比在那家酒店楼下凉快多了，吹来的风都是凉的。

张晨从昨晚到现在，也没怎么睡觉。倦意袭来，他把包摆好，准备当枕头，其他的几个包都检查了一遍，上面的锁也都锁好了。他把包堆在身边，把包带都套在胳膊上，倒头就睡了。

睡梦中张晨被人踢醒，他睁开眼睛，看到刘立杆站在身边，手里拿着一份今天的《人才信息报》，还有一份《海城城市地图》。

"莉莉没有回来？"刘立杆问。

"没有啊，你在那里没看到她？"张晨问。

"没有，我找了半天，也没见到她的影子。"刘立杆说。

张晨一听，睡意顿消，跳起来边跑边和刘立杆说："我去看看，你守着包。"

太阳往西边去了,那块空地,现在被后面那一大片椰子树挡住,落下一整块的树荫。广告墙前面的人更多了,招聘单位也多了起来。两名工作人员拿着一摞海报,一张张往墙上糊。每糊上一张,就引起下面一阵小骚动。

不过张晨这时候已经顾不上去看墙上的招聘启事,他在人群里穿梭,找着金莉莉,但找了半天,也没见到金莉莉的影子。

有人在张晨肩膀上拍了一下,张晨定睛一看,是一位联防队员,他问张晨:"你在人群里钻来钻去,我看不像是找工作的,身份证拿给我看看。"

张晨一边把身份证掏给他看,一边说:"我找工作,不过现在要先找人,你有没有看到过这样一个女孩?"

张晨比画了几下,然后马上就放弃了。他想,按自己说的,对方一天应该会看到无数次自己说的这样的人。

联防队员把身份证还给他,说没有看到过他说的那个女孩,说完,摇了一下头,走了。

张晨继续在人群里找,还是没见到金莉莉的身影。过了一会儿,又碰到那位联防队员时,对方问:"还没有找到?"

张晨摇了摇头。

"你要找的女孩,也是浙江的?"联防队员问。

张晨忙点头。

"那她会不会找你们老乡去了? 望海商场和DC城前面,都是你们浙江老乡,她可能碰到什么熟人了吧。"联防队员说。

张晨一想,有这可能哦,急问:"你说我们老乡,在哪里?"

"从海城宾馆到DC城,整条海秀路上,路边坐着擦皮鞋的,都是你们浙江的。"联防队员说。

张晨赶紧跑到马路对面,他看到树荫下和商店门口,果然隔几步路就坐着一个擦皮鞋的。张晨问,是台州的,再问,还是台州的,问到第三个,也说是台州的。张晨问他,有没有永城人在这里擦鞋?

对方一脸茫然,连永城在浙江的哪里都不知道。对方告诉他,这条路上擦皮鞋的,都是台州的。

张晨呆住了。他想了半天,也没想出金莉莉有什么台州的亲戚朋友。她会不会在自己出来的时候,已经回公园了?公园的岔路那么多,谁知道她会不会走一条新的路。

张晨这样想着,就过了离望海商场不远处的天桥,往海城公园走。他看到刘立杆还是一个人坐在草地上。张晨觉得一阵眩晕,两腿都发软了。

刘立杆一听,也急了。两人把所有的包都挂回身上,准备再去找,却看到金莉莉正从不远处走回来。张晨朝她吼道:"你到哪里去了?我们都找你半天了!"

金莉莉看了他一眼,奇怪道:"你们找我干吗?我当然是去找工作了。你们以为像你们这样坐在这里,工作会从天上掉下来?"

张晨一时语塞,过了一会儿,他低声嗫嚅道:"你去找什么工作了?"

"一家公司要招文员,我跑过去一看,人家要大学毕业的。"金莉莉道。

公园里背着大包小包的人渐渐多了起来,这一天过去,也不知道有多少人找到了新的去处,从此离开了公园,又有多少人举着边防证过了海,新加入这场公园里的名校荟萃,找到他们的同学。

"我们还是去吃猪脚饭吧。"金莉莉提议。

他们到了那家猪脚饭店,店里的人比中午更多。他们排了十几分钟的队才轮到。里面没有空位子,三个人就坐在台阶上把饭吃了,好在这时候街上已经没有太阳。

吃完了饭,他们沿着街道往里走,街道既拥挤又杂乱,还有一股下水道蒸发出来的怪味。虽然有异国风情,但这破烂可不是他们要追寻的。要找破烂,他们留在永城就好了。

往回走,到那四岔路口,果然就是两个世界、两个海城的分界线,一边是老城,走在老城的街道,听到的是海南话,而另外一边,听到的就都是普通话了——四岔路口的这一边,才是外地人的世界。

而在路口,海城宾馆的对面,他们看到了两名武警战士,背着冲锋枪站在那里执勤。

张晨想起中央电视台播过的一部电视剧,他清楚地记得,当武警战士一连串的子弹射向远处的匪徒时,那个匪徒在原地一蹦一跳的,样子十分滑稽。

张晨不知道海城的武警持枪上岗,和这个事件有没有关系,他觉得这似乎坐实了岛外面关于海城很乱的传闻。但更多的,是给人一种安全感。

滑稽的是,每一个新开发或者率先开放的地方,人们在传说它遍地黄金和种种趣闻时,总会附带说那里很乱。前几年说广州很乱,后来是深圳,接着是海南、温州、厦门、昆山……乱完一遍之后,这些地方却都蓬勃发展了。

那一块空地到了晚上也是灯火通明,人头攒动。他们三个挤进人群,各抄了好几个单位名称和地址。出来后,他们先去了海城宾馆,到服务台一问,最便宜的房间也要三百八十元,就退了出来。

三人有些狼狈地往外走,看着大厅沙发上悠闲地坐着的人,心想,这都是些什么人啊,连这么贵的房间也住得起。

他们觉得再往右走是没什么指望了,宾馆是不敢进了。刘立杆看到路边有一个打扮入时的女孩站在那里,就想问问附近有没有什么旅馆,还没开口,那女孩就说二百块。

刘立杆摸不着头脑。那女孩看了看他,然后看到跟着过来的张晨和金莉莉,撇了撇嘴,走开了,走了三四米远,又站住了。

三个人莫名其妙,朝四周看看,发现路边站着很多这样的女孩。

三人商量了一下,觉得要找旅馆,可能只有在老城区还有。他们回到吃猪脚饭的那条街上。果然,过了猪脚饭店十几米,就看到路边地上放着一个有机玻璃灯箱,上面写着"住宿"两个字。

刘立杆让他们在外面等着,他进去问。过了一会儿,他出来和他们说,一个房间一百二十元。

"一百二十元?"金莉莉叫道,"我一个月工资也只有这么一点儿。"

三个人站在那里,觉得自己口袋里的钱正无限地变少,越来越少,很快就会少到看不见。

"再去问问有没有床位,让莉莉一个人住就可以了,我们不住了。"张晨说。

"那你们住哪里?"金莉莉问。

"公园啊,我们那么多战友都住在那里。"刘立杆笑道。

"不要脸!"金莉莉骂道。

刘立杆又进去,过了一会儿,出来和他们说,没有,海城的旅馆就没有按床位算的,都是按房间算。

"算了,不找了,我也跟着你们一起睡公园。"金莉莉说。

"那怎么行?你是女的。"张晨道。

"女的怎么了?没看到那么多女大学生也住那里?我比她们还金贵?我要是比她们金贵,今天去的那家公司就不会只要女大学生,不要我了。"金莉莉道,"让我花一个月的工资去住一个晚上,我宁愿睡公园。"

三个人只好又回海城公园。公园里已经有很多人了,一堆一堆的,还有人打着手电筒在打牌。他们找了一块草地坐下来,听着周围人群在讨论什么,听语气和声音,就知道他们是哪所大学的。

金莉莉想起来自己出来时还带了块床单,赶紧拿出来铺开,又用风油精沿着床单在四周洒了一圈,驱赶蚊子。三个人在床单上坐下来。金莉莉满意地说:"怎么样?天当房,地当床,当年红军不也是这样?没那么糟嘛。看,和他们比,我们算是最高级的床了。"

"就是身上黏黏的,没地方洗澡。"金莉莉又道。

"我去看看公共厕所有没有水。"

刘立杆说着,就想站起来。金莉莉道:"别去,我早看过,门口排着长队,水龙头上了锁。"

三个人横着并排躺在床单上,刘立杆说:"这个时间,要是在永城,我们现在应该是在高碅上喝'千杯少'了。"

"烦!"金莉莉道。

"好汉不提当年勇，出来了，我们就和永城告别了。破釜沉舟，只有往前这一条路。"张晨说。

"好，我赞成张晨这态度，不愧是我老公。"金莉莉表扬道。

"你也不错，我们都还没有开始，你就已经应聘两家单位了。"张晨说。

金莉莉嘻嘻笑着，说："我和你们说，这个应聘，第一次提心吊胆，想东想西，一次过后就好了，怎么样都无所谓了。"

张晨和刘立杆忍不住笑起来。

"唉！"刘立杆叹了口气，"也不知道谭淑珍怎么样了。"

"她能怎么样，就那样，早上起来，咿咿呀呀，接着睡觉，吃饭，再睡觉，再吃饭，爽死了。你还是想想你自己怎么样吧。"金莉莉说。

"不爽，是闷死了。你们现在想想，要是一辈子在永城，会不会闷死？"张晨问。

"我就知道，我可能一辈子都以为椰子水是乳白色的。"金莉莉道。

刘立杆沉默着。张晨问他："杆子，在想什么？"

"我在想啊，等我当了记者，我就把记者证甩到谭淑珍爸妈面前，说，'老谭同志，听说你以前也是婺剧界的老前辈，我来采访采访你，能谈谈你的艺术体会吗？'"刘立杆问，"帅不帅？"

"不帅。你应该问——老谭同志，听说你以前是婺剧大王……"金莉莉还没说完，自己就先笑起来。张晨和刘立杆听了也笑起来。

刘立杆懊恼道："对啊，我写了那么多大王，怎么就没想到去写写谭淑珍的爸爸，拍拍马屁呢？老孟最多收我成本价，两百块。这两百块我出好了，不比拿酒上门，还被扔碎在台阶上强？"

张晨和金莉莉又笑起来。

他们看着头顶的树叶和树叶间暖黄色的天空，感觉海城连夜空都比永城温暖，虽然到现在为止他们在这座城市还没有碰到一桩好事情。

"遥远的东方有一条江，它的名字就叫长江，遥远的东方有一条河，它的名字就叫黄河，古老的东方有一条龙……"

有人唱起了《龙的传人》。公园里渐渐安静下来。过了片刻，有人开始应和，接着，更多的人齐声唱了起来。歌声庄严，低沉，似乎被压抑着，但仿佛又能听到远远近近一颗颗心在怦然跳动。张晨他们三个也忍不住跟着唱了起来。

这首歌还没唱完，就有学生另起了一个调，这次唱的是《国际歌》。

《龙的传人》戛然而止，变成了《国际歌》。应和的人越来越多，最后，整个公园里几千名学生一起唱了起来，歌声澎湃，荡人心魄。当唱到"这是最后的斗争"时，有人呜咽起来，最后，公园里哭声一片。

"他们怎么了？"金莉莉问。刘立杆和张晨当然知道他们怎么了，但他们没有告诉金莉莉，他们感觉，泪水也在自己眼眶里打转。

"不许唱歌！不许唱歌！谁再唱，就不准待在这里……"

不知道从哪里出来的联防队员，拿着手电筒在树和花丛、草地间乱晃，大声道。

歌声甫歇，公园里一片死寂。那几个联防队员也渐渐远去，不远处海秀路上，喧杂的市井声清晰入耳。

"不知道陈启航和林一燕在不在这个公园里？"过了好久，刘立杆叹了口气，问道。

"他们应该不在吧，不是说住同学亲戚家吗？"金莉莉说。

"我觉得我想好了。"张晨没头没脑地来了一句。

"你想好什么了?"金莉莉问。

"我们要做长久的打算,明天起来,第一件事就是去找房子,先安顿下来,然后再找工作。一天不行,就找两天,两天不行,就找十天。我不相信,这么大的海南,会没有我们立足的地方。"张晨说。

"好,我同意,不然我们这么臭烘烘的,就是去面试,也会被人赶出来。"刘立杆说。

第九章　　前路茫茫

定下来要租房子，接下来的问题就是租在哪里。这里人生地不熟的，他们三个借着手电光，打开海城市地图看了半天，也没看出个所以然来。

"这边我们肯定租不起，去老城区吧，我们吃猪脚饭那里，一定能找到房子。"金莉莉说。

"不行。"张晨说，"这附近肯定都贵。你们想，多少和我们一样的人，下了船就到这里找工作，工作没着落，肯定会在这附近找房子，就想着每天来找工作方便。这附近的房子租的人多，租金肯定不会便宜。"

"有道理。"金莉莉点点头，"那个破旅馆都那么贵。"

"对了，上午坐摩托车过来的时候，我看到路边就有房子出租的牌子。"刘立杆说。

他们打开地图，先找到秀英码头，再沿着滨海大道往市区走，刘立杆道："这里，应该就是这里。"

张晨看他指着的地方，是滨海新村，从地图上看，已经地处城市边缘了。张晨觉得可以，这地方应该不会贵，明天就去那里。

大事落定，三个人也困了，倒下来就睡，睡了没多久，又醒来——被蚊子咬醒的。三人坐在床单上，两只手不停地抓着，金莉莉都快哭了："我的脸都被咬肿了，难看死了，明天怎么面试啊？"

张晨赶紧安慰："明天我们是找房子，不是面试，你这样看上去苦大仇深的，说不定能引起房东的同情，房价还能便宜点。"

"滚！"金莉莉骂道。

她从包里拿出风油精，沿着床单周围又洒了一圈，还是不放心，干脆床单上也洒上，把一瓶风油精都洒完了。

刘立杆想到一个主意，拿起手电，从脚上解下一根鞋带，跑到离他们两米多外的一棵树上，把手电筒用鞋带绑在树干上，打开，光柱朝向草地，然后回来。张晨问他干吗，刘立杆得意地说："你不知道蚊子趋光？这样它们就会跑到那里去了。"

张晨和金莉莉两人想想有道理，就又倒下继续安心地睡。

也不知道睡了多久，金莉莉又被蚊子咬醒了。她坐起来朝四周看看，把张晨和刘立杆也叫了起来。

"干吗？"刘立杆问。

金莉莉指了指："你的手电筒不翼而飞了。"

果然，绑手电的树黑漆漆的。张晨说，可能是电池用完了吧。

刘立杆过去看，不一会儿，拿着一根鞋带回来，说，手电没了，不过碰到个有道德的贼,把鞋带留下了。

张晨和金莉莉一阵乱笑。

三人坐着双手并用,抓了好一通痒。金莉莉叹道:"真不明白那几天是怎么过来的。"

张晨突然想到一个问题:"杆子,我想起来了,你把手电绑在那里,会不会把整个公园的蚊子都招过来?"

"哼,我看是整个海城!"金莉莉骂道。

刘立杆愣了一下,然后说:"那现在好了,手电没了,整个海城的蚊子也该跟着走了吧,睡觉,睡觉。"

三个人倒下来,经过几番折腾,早已没了睡意,索性坐起来聊天。

好不容易等到天亮,金莉莉说:"可以走了吧?"

张晨看了看手表:"才早上五点,哪个房东会起床?"

到了六点多,金莉莉又说:"可以走了吧?"

张晨看了看手表,还没开口,金莉莉就道:"我们坐摩托也要时间,找到地方也要时间,等我们到了,勤劳的海南人民也该起床了。"

"走吧,走吧,大不了到人家门口再去睡。"刘立杆也道,"让他们也看看我们租房子的诚意。"

三个人起来,把包一个个挂回身上,出了公园大门。没看到摩的,就往空地走,到了那里,已经有很多摩的停在那里。

金莉莉和一个摩的司机说,去滨海大道。对方说三块钱,再问一个,也是三块钱。金莉莉奇道,这个地方开摩托的,是不是不会说其他的数字。

准备走了,摩托车司机问去滨海大道哪里。

金莉莉说租房子的地方。

"滨海新村和滨涯村都有房子租,去哪里?"司机问。

"哪里的房子便宜?"

"那肯定是滨涯村。"

"好,那就去滨这个什么村。"

"四块钱。"

"不是说好三块钱吗?"金莉莉道。

"滨涯村远啊。"司机道。

"四块钱就四块钱,路远的,房子就便宜,走吧。"张晨说。

"永城还要远,房子不用钱,你去吗?"金莉莉白了他一眼,不过还是坐上了摩托车的后座。

刘立杆和张晨分别和自己的司机说,跟着前面那辆车。

"那个很凶的女人?"司机问。

张晨大笑:"对对,那个很凶的女人。"

"你怎么不打她?"司机不解道。

"不敢。"张晨说。

司机不屑道:"你们内地男人,真没有用。"

"是是是。"张晨连忙点头。

到了滨涯村,这里果然有很多房子出租。他们看到有一幢房子的门口贴着出租的字条,门口坐着一个妇女。金莉莉问她,这里是不是有房子租。

那妇女也不说话,站起来就往门里走。张晨他们站在那里,诧异地互相看看,不知道什么情况。

那妇人走进院子，回头看到他们三个还站在原地，就朝他们招手。三个人愣了一下才明白，是在叫他们。他们走进去，那妇人就朝楼上走。三个人跟到楼梯口，那妇人已经到了二楼，速度好快。她站在二楼的楼梯口，还是朝他们招手。

　　三个人走到二楼，她已经到了三楼，还是招手。三个人跟着上了三楼，三楼朝向院子是一条走廊，走廊这边有四扇门，那妇人走到第二扇门前，伸手门推开。张晨看到，这是个十四五平方米的空房间，房间里面什么都没有，不过打扫得很干净。

　　那时候租房，都要自己买家具，所以他们三个看到一个空房间，一点儿也不稀奇，倒是那干净的地面让金莉莉一下子就喜欢了。她说躺在这地上，比公园的草地上可舒服多了。

　　金莉莉问房东厕所在哪里，那妇人看着她，不知道她在说什么。金莉莉说了三遍，妇人才明白，带着他们往走廊里面走。

　　走廊尽头是一个水池，水池边上有一扇门，门开着。他们看到里面是一个蹲坑，蹲坑上面有一根折弯的水管，淋浴用的。看样子在这个厕所，站在同一个地方，可以把全身的问题都解决了。

　　金莉莉一看到那个淋浴水管，就叫道，租了，租了，我要洗澡。叫完才发觉自己连房租多少还没有问。

　　刘立杆问房东，这个房间多少钱。那妇人伸出了两根手指。

　　"便宜一点。"刘立杆说。

　　那妇人看了看刘立杆，没有说话，而是身子趴出走廊，朝下面喊了一句："咿呀——"

　　不一会儿，就从下面跑上来一个十一二岁的小男孩，看样子是暑假放假在家的小学生。他看看刘立杆他们，说："两百元。"

"便宜一点儿。"

"一百九十九元。"

"再便宜一点儿。"

"一百九十八元。"

"再便宜一点儿。"

"一百九十七元。"

……

刘立杆还到一百九十元，再说便宜一点儿，小男孩一个劲儿地摇头，说不行了，再便宜我妈要打我了。

那个妇人听不懂他们在说什么，站在边上，男孩每看她一眼，她就点一下头。

金莉莉说："算了，就这样了，我想洗澡了。"

"冲凉在那边。"小男孩一指走廊尽头。

金莉莉笑道："我知道。"她想起一件事，和男孩商量说，"你看，我们是三个人，能不能让我们暂时先住这一间房。"

男孩奇怪地看着她，不明白她为什么会问这个问题。

金莉莉再说，男孩不耐烦地道："你们的房间，你们想干什么就干什么，再养头猪都可以。"

金莉莉大喜，催促张晨赶快交了一百九十块钱。妇人从口袋里掏出两把钥匙给他们，就和小男孩下楼去了。金莉莉一边把包往地上扔，一边道："你们不要和我抢，我第一个冲凉！"

三个人洗完澡，金莉莉把床单铺到地上，三个人终于可以美美地睡上一觉。等他们醒来,已经是下午两点多钟。

刘立杆到楼下,找到那个小男孩。看样子小男孩经常应付这样的询问。他拿过一个本子,用铅笔在上面又写又画,直到刘立杆明白了旧货市场怎么走,小男孩就把那张纸撕下来递给刘立杆。

很贴心地,他连打摩的和坐公交,包括叫三轮车把家具拉回来分别需要多少钱,也在纸上写得清清楚楚。

小男孩把纸交给刘立杆时,还交代他,别被骗了,他们最喜欢骗你们这些大陆仔。

三个人下了楼,感觉到了这几天来从未有过的轻松,似乎连阳光都没有那么毒辣了。

出门时,他们在大门口看到一个小伙子,正坐着默默地抽烟。小伙子看了他们一眼,没有言语。

到了旧货市场,他们买了一张木头单人床,这是张晨和金莉莉睡的;又买了一张钢丝床,这是刘立杆睡的;还买了一张桌子,吃饭和写东西可以通用。

在一个旧柜子前他们犹豫了半天,最后放弃了。金莉莉说,等找到工作,拿到工资的时候再买。他们用打算买柜子的五十块钱买了两辆铃都不响,其他都在响的破自行车。

最后他们还添置了几件新东西:两张草席和一个塑料桶、一把热水壶、一个热得快,还有三个刷牙和喝水兼用的塑料杯。

他们叫了一辆三轮车,把所有家当都放在三轮车里,张晨和刘立杆各骑一辆自行车,金莉莉坐在张晨后面,他们跟在三轮车后一起往回走。

金莉莉兴奋地道:"总算是有家了,你们有没有感到自己现在是个海南人了?"

金莉莉这么一说,张晨和刘立杆一回味,还真的是这么回事。他们感到这头顶的椰树和蓝天,这马路上来来往往的行人,和昨天还感到稀奇的满大街跑着的奔驰,现在看来,怎么都有一种熟谙的感觉。

他们到了租住房间的楼下,那个小伙子已经不在那里了。他们搬着东西上楼,意外地看到那小伙子站在第一扇门口的走廊上,倚着栏杆在抽烟,听到他们回来,回头看了看他们,还是没言语。

听到动静,从房间里出来一个女孩子,面容姣好,看到他们就朝金莉莉笑:"新来的?"

金莉莉赶紧说:"对对对,就住你们隔壁。"他们这才知道,这沉默的小伙子是他们的邻居,而那女的,明显是他的老婆或女朋友。

他们把东西放在门口,金莉莉用钥匙开门的时候,瞄到那女的想跟着过来,被那个小伙子一把推回到门里。

三人把东西搬进去,把两张床并排放在窗户左右,把桌子摆在前面靠走廊的窗户下,一个房间就没剩多少空地方了。

金莉莉从包里拿出两块布,让张晨钉到后面窗上当窗帘,另一块钉到前面窗户上当窗帘。

当她拿起第三块布时,刘立杆笑起来:"你不会带了一包的布吧?"

金莉莉把布打开,原来是他们在公园用过的床单。金莉莉让张晨在两扇窗户中间拉上一根绳子,然后把床单挂上,说:"白天拉开,晚上就当帘子,挡住你这个偷窥狂的眼睛。"

刘立杆笑倒,说那你们也要注意一点。

"流氓！"金莉莉骂道。

其实，剧团在外面演出，每天晚上，大家也都是一起打地铺，一间房子，也是这样中间拉一块布，男的睡一边，女的睡另一边。张晨和刘立杆对此早就习惯了。金莉莉跟剧团出去玩过几次，每次她都是和谭淑珍挤在一起，对此，也见怪不怪。

收拾停当，三个人觉得一天就快过去，今天都要被荒废掉了，还是决定去那块空地再看看。

"对了，今天的《人才信息报》都还没有买。"刘立杆道。

他们出去的时候，隔壁的门关着，隐隐听到房间里似乎在吵架。

他们到了公园那块空地，存好自行车，挤进人群。这次来，他们的心情就完全两样了，注意力都集中在找工作上。三人把墙上可能和自己有关的工作都抄了下来，决定明天一早开始一个个去面试。

等他们把墙上的抄完，又有新的贴了出来，他们就继续抄。就这样一直忙到晚上八点多钟，临走时，刘立杆还不忘买一份《人才信息报》。

肚子饿了，他们决定还是去吃猪脚饭。到了那里，猪脚饭却卖完了。他们找到一家粉店，金莉莉和张晨都要了抱罗粉，刘立杆要了一份海南粉。吃完，他们都觉得比在湛江时吃的好吃多了，也可能是心情不一样的缘故。

不过瘾，刘立杆还想再要一份，金莉莉道："不行，不行，没找到工作之前，伙食费不能超支。"

三个人骑着车沿着海秀路往回走，金莉莉坐在车后座上，又看到了那些站在街边的女孩子，一个个花枝招展的，比前天更多。金莉莉疑惑,吃饱了撑的,这么热的天气,没事站这里干吗?

路过望海商城时,她看到商城里很多人,似乎在抢购什么——一定是什么便宜货。

"等等。"金莉莉叫道。她跳下车,跑了进去,原来是在抢购FORTEI长袖衬衫。金莉莉问了一下价格,一百三十八元一件。

她走出来,张晨笑道:"看够了?"

金莉莉扁了扁嘴:"破衬衫,还死贵,不知道他们在抢什么。"

不过,金莉莉突然想起来:"你们好像都没有适合面试的衣服。"

"不需要,我们天生丽质。"刘立杆笑道。

回到租屋,他们看到那个小伙子又坐在门口抽烟,看到他们,把头别了过去。

第二天上午,三个人准备出门,刘立杆和张晨要去《海城晚报》和《海角文学》杂志社。他们一家招记者和美编,另外一家招编辑和美编,金莉莉要去两家招财务人员的公司和一家招文员的公司。

金莉莉说:"你们反正去一个地方,就骑一辆车吧,另一辆给我,可以省下好几块钱。"

金莉莉拿了张晨的自行车钥匙正准备走,张晨把她叫住,说:"你还是打摩的去,实在不行,哪怕坐出租车,千万不要骑车。"

"为什么? 我在永城不都骑自行车?"金莉莉不解地问。

张晨就和她说了黑手套的事。张晨说:"那么多人面试,一个个手伸出来,都细皮嫩肉的,就你,一伸手,一双黑手套,哪像个财务人员?"

"对对,这钱不能省,形象最要紧。黑手套在我们男的是吃苦耐劳,是加分,你们女的可不一样。"刘立杆说。

"中午太阳大的时候，你还要坐有空调的出租车去，这样到了人家单位，才能带去一股清新的气息，才像个坐办公室的。"张晨说。

金莉莉想想，这两个家伙说得也有道理，俗话说，舍不得孩子套不住狼，不就是花点钱嘛，现在花钱，还不是为了接下来的挣钱？

花了！

刘立杆把一套四本的大王传奇，也就是《时代楷模》拿出来，又拿出四五本红封面的获奖证书，和张晨说："我要用这些炸弹炸晕他们。"

张晨看着很羡慕，他说自己什么都没有。

"你不用，你自带证书，一出笔就是个特等奖的获得者。"刘立杆安慰他。

两个人下楼，出大门时，那个妇人坐在大门口，看到他们，朝他们笑了笑。他们也朝她笑笑，然后出了门。

两个人决定先去《海城晚报》。《海城晚报》离他们比较近，就在海城市政府的院子里。他们到了市政府门口下了车，推着自行车准备往里走，门口执勤的武警拦住了他们，问他们去哪个部门，有什么事。

张晨说他们是来《海城晚报》应聘的。武警朝右边指了指，告诉他们，从边上那条小路进去。

他们沿着市政府院子的铁艺围墙朝前走，走到头是一条小路，路口的墙上钉着一块牌子，上面写着《海城晚报》，下面一个红色箭头。

他们继续沿着市政府院子的铁艺围墙里走，走了四五十米，有一扇不大的门，门口挂着一块牌子，原来这里才是《海城晚报》报社，而报纸上的社址，所谓的龙昆北路一号市政府大院，其实是市政府大楼后面的一幢三层附楼。

这里倒是没有武警执勤，门也敞开着。一楼的过厅只有二十几个平方，和他们永城婺剧团的宿舍楼差不多，一边一排木头长椅上，坐了六七个人，还有几个站着的，看样子都是来应聘的。

张晨和刘立杆靠墙站了一会儿，出来一个戴眼镜的女孩，看了看他们，问："你们都是来应聘的？"

大家赶紧说是。

"把你们的简历给我。"

大家赶紧恭恭敬敬，用双手把自己的简历递了上去。

"在这儿等着，叫到名字的才进来。"说完，转进了走廊。

第一个面试的人进去，过了七八分钟后出来，那女孩跟在他后面，道："有没有新来的？有新来的，就把简历给我。"

就这七八分钟的时间，又来了四五个应聘的，他们连忙把简历交上去，女孩这才叫道："张晨。"

张晨赶紧起来。女孩说："进去第三个办公室。"

张晨走过去，站在门口朝里面微微鞠了一躬，说："你们好！"

办公室里，并排两张桌子，坐着两位三十几岁的人，桌子边上，有一把钢折椅，其中一人示意张晨就座，另一人拿着张晨的简历，问道："浙江来的？"

"对。"

"原来在《浙江晚报》干过？"

"没有。"

"《钱江晚报》？"

"没有。"

"《杭州日报》?"

张晨摇了摇头。

"《经济生活报》?《浙江科技报》?"

"都没有,我没有在报社干过。"张晨觉得自己的汗都快下来了。

问话的人身子往后一靠:"那你在哪里干过?"

"剧团,我是剧团的美工。"

"你是哪个学校毕业的?"

"……"

"哦哦,这上面也没有写。"手拿张晨简历的那人又看了一眼简历。

张晨觉得自己背上的汗已经下来了,他结结巴巴地说:"我不是什么学校毕业的,就是自学,画画得好,才被招进剧团的。我可以给你们看我的工作证,对了,我还可以画画给你们看……"

那两个人笑了起来,一个说,有趣,你就是画,我们也看不懂啊,另一个说,我们的美编要求可不是只会画画。

张晨想问,那你们的美编是干什么的,还没开口,其中一个就说:"就这样吧,谢谢你!"

这是下驱逐令了。张晨站起来,有些狼狈地出去。刘立杆站在走廊口,看到张晨,赶紧问道:"怎么样?"

张晨摇了摇头。

刘立杆说:"没事,还有我呢,看我杀得他们片甲不留。"

话音刚落,那女孩就叫道:"刘立杆,第三个门。"

刘立杆走进门去。门里那两个人面无表情地看着他。刘立杆把挎包放在桌上，从包里拿出那一套《时代楷模》和获奖证书。坐在左首的那位一看，就说："你这些东西不要拿出来，到我们这里应聘的，每个人都有这些。"

刘立杆霎时尴尬了。他愣了一下，然后拿起来准备放回挎包。对面那位道："那几本书给我看看。"

刘立杆把那四本《时代楷模》递给他。那人翻开看看，笑道："哟，还都是你一个人写的，蛮厉害的。"

接着他看了看封底："内部印刷的？"

"对，不过，是我们县的文联主持编写的。"刘立杆说。

那人把四本《时代楷模》还给刘立杆，说："我大致翻了一下，你的写作风格很浪漫，我觉得你适合搞文学创作，但当记者，你不适合。虽然都是写作，但这写作和写作还是有蛮大区别的。"

刘立杆口里说着是是是，心里在骂：就那么几秒钟，你他妈的就大致翻过看清楚了？还风格很浪漫，你们报纸上那种吹牛的文章，比老子还浪漫吧。

"那就这样。我觉得你到我们这里当个记者是大材小用，谢谢你了！"

刘立杆也被轰了出来。

两个人出了《海城晚报》的门，在自行车跟前站了一会儿，都有一种深深的挫败感。

让他们不能接受的不是应聘没有成功，而是对方那写在脸上的轻蔑。

要是在永城，张晨肯定会一拳砸到他们的脸上，妈的，就是文化局局长也不敢对老子这种态度。

"不就是一个破报社吗？躲在这个角落，还以为自己是新华社了！"刘立杆骂道，"此处不留爷，自有留爷处，走，《海角文学》，出发！"

《海角文学》杂志社在琼山。琼山原是海城下面的一个县，海南建省，海城成为省会后，才把琼山县并入海城，变成了琼山区。

他们骑了近一个小时才到琼山，找到《海角文学》又花了十几分钟。《海角文学》在一条正在埋下水道的街上，一幢五层楼的二楼。

他们爬上二楼，迎面是一个一百多平方米的大开间，十几个人，都在这里办公。

张晨和刘立杆站在门口，见里面也没有特别标注哪里是招聘处，不知道找谁。

靠门的一位小伙子抬头看到他们，问："你们找谁？"

"我们是来应聘的。"刘立杆说。

小伙子扭头朝里面大喊一声："韩主编，有人应聘！"

一办公室的人都抬头看着这边，最里面一个，坐在最大的一张办公桌后面，一位年近四十岁的中年人站起来朝他们招手，示意他们过去。

张晨和刘立杆穿过整个办公室，来到韩主编的办公桌前。韩主编一开口就是一口湖南腔："你们是浙江来的？"

张晨连忙说是。

刘立杆一见到韩主编，就觉得很面熟，再听他一口的湖南话，猛然想起，这不就是前几年和另几位著名作家齐名的寻根文学的代表人物吗？自己还听过他的讲座，原来他在这里。

刘立杆赶紧站起来，激动地说："您是韩老师吧？我拜读过您的——"他报出了好几篇小说的名字，都是当年在文坛响当当的作品。

韩主编谦逊地说："不提喽，都是旧作。对了，你们两个都是来应聘编辑？”

“对对，韩老师，我是来应聘编辑，他是来应聘美编的。”刘立杆指了指张晨。

“美编，我们招美编了吗？”韩主编嘀咕道，抬头朝外面叫道，“小林！”

张晨和刘立杆听不清他是叫小林还是小宁，不一会儿，一个脸红扑扑的小姑娘跑了过来。韩主编问：“我们这次招美编了？”

“没有啊。”小姑娘说。

刘立杆拿出《人才信息报》给他们看，说，他们是看了招聘启事过来的。

韩主编和小林看到招聘启事上要招聘的人，不仅有编辑和美编，连食堂做饭的也招。

小林一看到那招聘启事，就“哎呀”一声，看着韩主编不好意思地说：“对不起，主编，我把去年的底稿给他们了。”

“你看看，你看看。”韩主编用手指着小姑娘，“你搞错了，害人家老远跑过来，跑死个人哟，还不向人家道歉？”

小林赶紧朝刘立杆鞠了一躬：“对不起。”

“不是我，是他。”刘立杆指了指张晨。小林又朝张晨鞠了一躬。张晨表面说没有关系，心里骂道，你这一鞠躬，就把老子变成陪太子读书的了。

张晨的第二次面试就此结束。

韩主编朝小姑娘挥了挥手：“去吧，去吧，下次要打屁股。”

小林吐了下舌头，跑了。

“对了，有没有带什么作品嘞？”韩主编问刘立杆。

经过《海城晚报》的应聘，刘立杆自然不敢再一进来就把书和获奖证书拿出来。但既然韩主编问了，他就赶紧把包里的《时代楷模》掏出来，递了过去。

韩主编翻开封面，读道："永城县文联？哎，这个地方我好像去过，去千岛湖是不是要经过你们这里？"

"对对，韩老师去过，您是和其他作家一起去的，你们还在工人文化宫给我们讲过课。"

"是不是？我就说有印象。"韩主编高兴地说。

韩主编打开《时代楷模》，认真地读了起来。几分钟后，他把书放下来，说："我们杂志是以发表先锋文学作品为主的，你的大作我看了，文采是有，但说实话，文学性还是不够，到我们这里当编辑，恐怕搞不赢嘞，你不如去报社，当个记者，当记者，天马行空，胡吹一通，我觉得蛮合你的路数。"

刘立杆苦笑道："前面，我已经在《海城晚报》碰了一鼻子灰了。"

"不要灰心。你们两个原来都是剧团的，对吗？虽然现在演出市场不景气，但剧团好歹算是有编制的，比我们还强点。在剧团，发不了财，但也饿不死。我想，你们剧团一定也是这么个情况，很多人因此就不敢走出来，你们敢，敢跨出这一步，就是勇气。"

"谢谢韩老师！"刘立杆说。

"每个人在这个社会都有他自己合适的位置，我想你们也是。这样，我先祝福你们，希望你们能早一点找到，好不好？"说着，韩主编就站了起来。刘立杆和张晨也站起来，握手，再见，下楼，上车，顶着太阳狠命蹬自行车，回家。

到家已经是下午三点多钟,两人在楼下看到金莉莉和两个女孩子站在走廊里聊天。

金莉莉看到他们,问道:"回来了?"

那两个女孩回了自己房间,原来她们是隔着另一面墙的邻居。

"怎么样了?"回到房间,金莉莉问。

"铩羽而归。"刘立杆说。

"什么意思?"

"都被踢出来了。"刘立杆说,"你呢?"

"我吃了没有文化的亏。"金莉莉说。

"什么意思?"张晨问。

"去了三家,三家都说我其他条件蛮好,可惜不是大学毕业。公园里那么多大学生,一定要大学生,你们怎么不去招?"金莉莉道。

"完了,颗粒无收,我们是不是该把晚饭也戒了?"刘立杆说。

"等等,刚刚那两个女孩子说可以帮我介绍工作。"金莉莉道,"我再去问问。"

金莉莉走了出去,过了一会儿回来,苦着脸。张晨问怎么了。

"毛病,刚刚说给我介绍工作,现在又说,有男朋友的,他们那里不收。"金莉莉嘟囔着。

刘立杆好奇道:"她们是干什么的?"

"卡拉OK的服务员。"

刘立杆笑道:"那有男朋友的人家是不能要,上班的时候不仅要陪喝酒,还要和客人打Kiss,怕男朋友找上门。"

"真的?"

"当然。"

"你怎么知道？"

"书上看来的啊。"

"流氓，都看了些什么乱七八糟的书。"金莉莉骂道。

突然，她又笑了起来："对了，你们知不知道海秀路上那些女孩子是干什么的？就是你那天去问她旅馆的那个。"

"干什么的？"张晨和刘立杆也好奇了。

"她们是'叮咚'。"金莉莉笑道。

"什么'叮咚'？"刘立杆不解道。

金莉莉压低嗓门："就是做那一行的。"

张晨和刘立杆笑了起来："那干吗叫'叮咚'？"

金莉莉笑道："你住在酒店房间，她们来了，一按门铃，会怎样？"

张晨和刘立杆恍然大悟。刘立杆跷起了大拇指："不错，这是古今中外对这一行最文雅也最贴切的称呼。"

"我们应该感到羞愧才对。"张晨说。

"羞愧什么？"刘立杆说。

"这个地方，连她们都这么拼命，这么热的天气站在街边，我们有什么理由偷懒？"张晨说。

"说得好！"金莉莉说。

张晨看了看手表，说："那我们再去那里看看？"

到了楼下，看到隔壁那个小伙子又坐在那里，还是默默地抽烟，看到他们，仍没有言语。三个人走过去，金莉莉回头，发现他也正看着他们,目光和金莉莉一碰,赶紧闪开了。

他们到了公园那块空地,这里正是最热闹的时候。

"我预感我今天会有好运气。"金莉莉说。

三人挤进人群,抄了几个地址。人实在太多了,挤在里面,气都喘不过来,只好又挤出来。金莉莉和张晨站在路边,刘立杆去买《人才信息报》。这时,一辆汽车在路边停下来,从车上下来一个中年人和一个小伙子。

小伙子警觉地看着周围,应该是防备工作人员。中年人道:"招出纳,有没有要做出纳的?"

一大帮人围了过去,金莉莉也挤进了人群。

"只要女的。"中年人道。

男的都散了开去,剩下的女的一个个道:"我上海财大的。"

"我北京财经学院的。"

"我中南财经学院的。"

……

金莉莉心里恨得痒痒,完了,又来这套。

中年人挥了挥手:"有没有做过出纳,有经验的?"

刚刚叫着的人都放下了手,只有金莉莉和另外一个女孩子手还举着。中年人看了看金莉莉,问:"你做过?"

"对,在工厂里。"金莉莉说。

"你呢?"他问另外一个女孩。

"我也是。"女孩说。

"来了,来了。"小伙子轻声道。

中年人把手里的名片往金莉莉和那个女孩手里各塞了一张："过来面试。"

两人转身朝汽车走去。金莉莉道："老板，什么时候？"

"现在就可以。"

工作人员赶到时，他们已经启动车子走了。

金莉莉拿着那张名片，跑回到张晨他们身边，手都在发抖："这个老板，他让我们去面试。那么多大学生他都没要，只叫了我们两个人过去面试。"

"我看到了。"张晨也兴奋地说，"他确实只叫了两个人。"

刘立杆回来，看到两人满面春风，兴奋得连站都站不稳了，奇怪道："干吗？捡到一大串钱包了？"

"莉莉被一个老板点名去面试了。人家到现场来找的，很多大学生都没有要，就要了两个。"张晨说，"现在是百分之五十的机会。"

刘立杆一听也兴奋了，问道："什么时候面试？"

"就现在。"金莉莉说。

"那你们还傻站着干吗？走啊！"刘立杆道。张晨瞪了他一眼："不是在等你吗？"

刘立杆嘿嘿笑着。

金莉莉把名片给他们看。那个老板叫夏志清，公司名叫海南八达实业有限公司，地址在海城市国贸路1号金融花园G座十五楼。

刘立杆赶紧打开地图找，这才发现，原来金融花园就在市政府大楼后面，《海城晚报》的隔壁。他们早上去过的那条不起眼的小路，竟然有一个响亮的、很洋气的名字：国贸路。

三个人赶紧往那边骑。国贸路进去，一边是市政府的铁艺围墙和《海城晚报》，一边是龙珠大厦的围墙和一整排的椰子树，金融花园在路口进去七八十米的拐弯处。

经过《海城晚报》门口时，刘立杆朝那扇门挥了挥拳头，很解气地道："我们又回来了！"

到了这里，金莉莉的心也怦怦直跳。她清楚地记得，刚到海城的那天上午，自己坐在摩的后面，仰望天空，就看到了这片楼顶，当时觉得，该是多么幸福的人，才会在这些大楼里工作和生活啊。

没想到今天，自己真的来了！

金融花园是一个由八幢三十几层高的楼房组成的小区，小区门口有道闸和岗亭，一个戴着贝雷帽的保安顶着太阳在道闸前来回走动。两辆自行车到了跟前，他右手一抬，手掌还朝上一抬，把张晨他们拦住，问他们是干什么的。

金莉莉赶紧掏出那张名片给他看，说这家公司的老板让她来面试的。

保安挥了挥手，让金莉莉从道闸边进去。他看了看张晨和刘立杆的破自行车，挥挥手，让他们不要挡在这里，这里是业主的汽车要进出的通道。

"野猪的汽车？"刘立杆问。保安的脸红了，他怒瞪了刘立杆一眼，知道刘立杆是在嘲笑他不够标准的普通话。

张晨和刘立杆推着自行车退到对面的树荫下。刘立杆仰头看看金融花园里一幢幢高耸的楼房和小区里挺拔的椰子树，对张晨说，莉莉要是能到这里上班，那就牛了，和她那个永城轴承厂比起来，鸟枪换炮都不止，是换火箭。

金莉莉在小区里转着，她也被这些大楼的气势震晕了。已经走过了G座，她还不知道，直到第二次转回来时，才在大楼门口圆拱形的不锈钢雨棚上看到"G座"两个金字。

金莉莉走上台阶，走进门去，霎时一股清凉气息袭来，还带着隐隐的花香。

门厅里有两台电梯，电梯中间大理石墙上有两个灰白色的按钮，一个向上，一个向下。金莉莉想了想，她想，应该是按向上的箭头吧？就伸手按了一下。那箭头亮了起来，金莉莉吓了一跳。

她死死地盯着那个按钮，不知道接下来会发生什么事。过了一会儿，按钮暗了，金莉莉正想是不是还要再按一下，有一扇电梯的门却打开了。金莉莉懵懵懂懂地走进去，看到门边上有一排按键，她在"15"那个按键上按了一下，按键亮了起来。

金莉莉不禁笑了，长长地吁了口气。

电梯门合拢，明显感觉到开始往上走，金莉莉骤然紧张起来——要死了，这个电梯，待会儿怎么把门打开啊？

长这么大，这是金莉莉第二次坐电梯。那时候永城的房子最高只有六层，六层就敢号称自己是高楼大厦，哪里会有电梯。

金莉莉此前唯一的一次乘电梯的经验还是许多年以前，读初中的时候，老师带他们去新安江水电站参观，从下面的水轮机厂房去到坝顶，就是乘电梯上去的。

但那是由电厂工作人员操控的电梯，在他们看来，那真是世界上最好的工作了。就那一次乘电梯的经历，同学们津津有味地讨论了好多天。

感觉电梯已经停下了，"15"那个按键也暗了，要死了，金莉莉还是没想出来该怎么把电梯门打开。她紧张得都发抖了，电梯门却自己开了。金莉莉赶紧一步就跳出了电梯门。

电梯门在她身后合拢。金莉莉看了看对面墙上钉着"15"的牌子，知道自己已经胜利抵达十五楼，不禁笑了起来。

走廊里空空荡荡，没有人，也没有一扇门是开着的。金莉莉找到了那家名叫八达实业有限公司的门，按了门铃。过了一会儿，有人开门。金莉莉看到就是之前见过的那个小伙子。小伙子也认出金莉莉，请她进去，说夏总正在面试另一个女孩，让她稍等。

金莉莉心里咯噔一下。那个人这么快就到了？金莉莉有些吃惊，然后明白，人家肯定是打了摩的或者的士过来的，而自己是坐在自行车后座过来的，当然会落在后面。看样子在这座城市，还真的是什么都要往前争啊。

金莉莉走进门去，被里面的布置吓了一跳。门里面是一个很大的客厅，有六七十平方米，进门的地方摆着一组很气派的皮沙发，地面是大理石的。

客厅的一边有一个六角形的房间，里面有两张桌子。房间和客厅之间没有门，高了半级台阶，算是分区隔开。房间一圈都是落地玻璃，有一半窗帘没拉上，能看到一片绿色的树顶和蓝天，还有不远处的大海。

最让金莉莉吃惊的是，房间的对面，客厅的一排矮柜上，摆着一台大彩电。这彩电足有一整张的铅画纸那么大，金莉莉从来没有见过这么大的电视机。

在此之前，金莉莉见过的最大的电视机是21寸的。那还是在温州，一个老板请张晨去给他家客厅画画时看到的，上面还盖着一块镂空的花布。而在永城，普遍拥有的还是12寸和14寸的黑白电视机。

这里不仅有大电视机，电视机旁边的柜子上还有一排机器，其中一台机器上插着两根线，线的一头连着话筒，话筒边有一堆唱片。

金莉莉后来才知道那不是唱片，而是影碟。那排机器，分别是LD影碟机和功放机、均衡器，都是为了唱卡拉OK用的。

电视机和那排摆起来的机器旁边，还有两个大音箱，它们后面的墙上还挂着两只音箱。

金莉莉坐了十几分钟，客厅尽头的一扇门打开了，一个女孩走了出来。看到金莉莉，她有些得意地点点头，然后出门走了。

金莉莉心里咯噔一下。女孩脸上那得意的表情，分明是在告诉金莉莉，这份工作她已经拿下，你没戏了。

金莉莉心里七上八下，直后悔当时为什么不拿到名片就去打车，还有那个刘立杆，去买什么破报纸啊！

第十章　　考验

小伙子推开门，对门里说："夏总，另外一个女孩子也来了。"

"让她进来。"门内的夏总说。

小伙子转身朝金莉莉招手。金莉莉赶紧起身。里面是一间不大的办公室，但看得出来家具和装修都很考究。夏总坐在办公桌后面，指了指办公桌前的椅子，说："请坐。"

金莉莉走过去，忐忑地在椅子上坐下来。

像聊家常一样，夏总问了金莉莉多大，什么地方人，和谁一起来海南的，原来在什么地方工作，等等。金莉莉一直提心吊胆的，就怕他问自己是哪个大学毕业的，那就比较难堪，因为自己哪个大学的也不是，就是个高中生。

好在夏总根本就没问这个，他更感兴趣的是她原来的单位是什么性质的,有多少人。

"你在那里工作了多长时间?对了,你一进去就是出纳吗?"

金莉莉说,是的,自己一进去就是出纳,因为是顶妈妈的职。

"我妈妈原来是轴承厂的会计,她退休后,我就进去了,干了三年多,平时除了当出纳,也兼厂里的材料会计。"

"你还有当会计的特长,不错。"夏总说。

"我妈妈就是老会计,从小听也听会了。"金莉莉说。

"这么听来,你在厂里干得好好的,为什么要跑出来呢?"夏总问。

"厂里快倒闭了,现在一个订单都没有,都被原来的那些供销员自己办的工厂挖走了。工人也很久没有上班,来厂里也没有事做,他们已经在商量什么时候去县政府闹。我不想每天起来就去干这些事。"金莉莉说。

夏总点了点头。

金莉莉说:"不怕夏总笑话,我这个出纳,在厂里也没什么用了,除了天天混日子和被人骂,没其他的事情,还不如出来看看。"

"哦,为什么没事情干,还要被人骂?"夏总奇怪道。

"厂里没钱啊。已经好几个月了,我这里最多的时候就几百块钱,少的时候只有几分钱。那些人拿着单据来报销,我都报不出来,人家就骂我喽,他们又不敢去骂厂长。"金莉莉说。

夏总不停地点头:"原来是这么回事,理解了。"

和夏总这么聊着,金莉莉觉得自己刚刚七上八下的心渐渐平静下来。

"对了,你的BB机号是多少?我们这里定下来,就打传呼给你。"夏总说。

金莉莉摇摇头，说没有。

"为什么你们出来找工作，连BB机都没有？那人家单位怎么通知你们？"夏总奇怪道。

"我们刚到没几天，身上也没什么钱，舍不得买。"金莉莉老老实实地说，"再说，这两天也没有单位说要通知我什么的，都是直接不要我了。"

夏总愣了一下，然后看了看她，笑了起来。

"那这样，你们租的房子附近的小店里，他们的公用电话号码你总有吧，我让小店通知你。"夏总说。

金莉莉还是摇头："我们昨天才找到住的地方，这两天光顾着找工作了，还没去过什么小店。"

"哎呀，那怎么办？你总要给我们一个联系方法吧。"

"没关系的，夏总，我可以每天跑来问一下。"金莉莉急道。

夏总又笑了起来，点点头，自言自语道："对对，你可以每天跑过来问问，哈哈。"

他侧着头想了一下，然后转过头来，双手按在办公桌上，往两边滑去，轻声道："算了……"

"怎么，不可以吗？"金莉莉急了。

"哦哦，不是。"夏总看着金莉莉，说道，"我是想说，算了，你明天下午过来，先试工吧。"

"真的？"金莉莉兴奋地问。

"对，先说清楚，是试工，不是正式工作。"

"谢谢您！"金莉莉站起来，朝夏总鞠了一躬，"我一定会好好表现的！"

金莉莉告别出来，按了电梯的下行键。电梯门打开，里面已经有人。金莉莉进去后，看到"−2"的按键亮着，不知道这个"−2"是什么意思，自己去一楼该按多少。那人似乎明白了金莉莉的为难，问道："你去几楼？"

金莉莉说："一楼。"

那人伸手按了一下"1"，"1"就亮了起来，然后按了一下两个箭头朝中间的键，电梯门合拢了。

金莉莉赶紧说："谢谢！"

她记住了，原来那两个箭头朝向中间的键是关门的，那么依此类推，两个箭头朝外的那个按键，就一定是开门的；"1"是1楼，那"−2"就是到地底下。金莉莉觉得自己把电梯全搞懂了，心里一阵畅快。

到了一楼，虽然门正在打开，那人还是习惯性地按了一下两个箭头朝外的按键，证实了金莉莉的想法。金莉莉一边道谢，一边走了出去。

刚走出小区，张晨和刘立杆赶紧迎上来。张晨问："怎么样了？"

金莉莉说："还不知道，不过让我明天下午来试工。"

"太好了！那我们是不是该喝一点，庆祝一下？"刘立杆高兴道。

"你要死啊！只是试工，又不是正式上班。现在也还是只有百分之五十的机会。"金莉莉说。

"没问题的，试工，不就是看看你的现金账记得怎么样吗？你做了多少年的出纳了，不会有问题的。"刘立杆说。

金莉莉一想也对，试工不就是试试自己的专业技能嘛，出纳这点活儿，自己怕过谁？别说出纳，就是来比打算盘，自己从小就比当会计的妈妈还厉害。

"庆祝还是免了吧。"金莉莉说,"不过,你们要预祝一下,祝我明天好运,我还是不反对的。"

"太好了,今朝有酒今朝醉,大不了明天被义林和他妈赶出去。"刘立杆兴奋地道。

"义林是谁?"张晨问。

"小房东啊。"刘立杆说。张晨和金莉莉这才知道,那天那妇人趴在栏杆上朝下面喊的"咿呀",原来是义林。

他们来的时候就已经下午快五点了,面试完再骑回家,天开始黑了。刘立杆问去哪里预祝,金莉莉说:"先回家冲凉。他们楼下不远有大排档,我们去那里,我还有一件重要的事要做。"

"什么重要的事?"张晨问。

"去找一家最近的小卖部买点东西,和老板套套关系,把他那里的公用电话号码问出来。"金莉莉说。

"找小卖部干吗?"刘立杆问。

"你们有BB机吗?咿呀家里有电话吗?什么都没有,那我问你们,人家单位要是决定要你们了,怎么通知你们?写信还是拍电报?"金莉莉问。

张晨和刘立杆一愣,这才觉得确实是个问题。刘立杆嘿嘿笑道:"对啊,这么重要的事情,我们怎么就没想到?莉莉,你真厉害。"

"哼!"金莉莉哼道,"是你们还没遇到人家要通知你们的机会!"

洗完澡到了楼下,天已经完全黑了。他们经过邻居家门口的时候,门关着,里面有人在说话。到了楼下,那个小伙子还是坐在那里抽烟,看到他们,仍然没有吭声,红色的烟头,在黑暗中一明一灭的。

张晨和刘立杆看到他都吃了一惊，金莉莉又"哼"了一声。

大排档已经出摊了，他们是第一桌的客人。三个人坐下来，点了一份蒜泥空心菜，六块炸咸鱼，三个炸鸭头。鸭头太好吃了，他们吃完，忍不住又要了三个。

三个人举起酒杯，喝了一大口，冰凉的啤酒顺着干燥了一天的喉咙流下去，那舒爽和惬意，让他们觉得，仿佛看到了头顶柏子树的枝叶摇曳着。

张晨和刘立杆起来的时候，金莉莉还在睡。她昨晚就宣布了，今天要好好睡个懒觉，中午再起床，保持清醒的头脑去试工。

张晨问她，中午要不要回来送她去。金莉莉说："不要了，我坐摩的过去，你们管你们自己吧。"

张晨和刘立杆下了楼，推着自行车出院子，看到义林妈坐在门口，还是朝他们笑，他们也笑着和她打了招呼。

到了门外，刘立杆说："奇怪。"

张晨问怎么了，刘立杆说，"怎么就没见到这家的男主人？你见过吗？"

张晨摇了摇头，说会不会出海打鱼了，渔民一出海，可是要好多日子才回来。刘立杆也认为有可能。

有了金莉莉的经验，张晨和刘立杆决定，他们每天还是要把那块空地当据点，面试后不行，还回到那里，万一也碰到和金莉莉一样，老板来现场找人的呢？那成功率就大很多。

两个人上午去了各自要去的地方，刘立杆还是去一家报社，张晨去了一家银行——人家在招美工。

到了中午,两个人在空地那里碰面,刘立杆问张晨怎么样,张晨说:"我等了一个多小时才轮到,结果人家两句话就把我打发了,说是要正规美术院校毕业的。他妈的,那你怎么不在招聘启事上写清楚? 你呢,怎么样?"

"差不多。"刘立杆沮丧地说,"人家也要求有在其他报社工作过的经历,最起码也要新闻专业毕业的。唉,看样子我们这'浙大'和'浙美'的不灵了。"

张晨看了看手表,说莉莉该起来了,但愿她下午比我们运气好。

"人家比我们进步,至少见到了老板,还试工了,就算没成,也值了。"刘立杆说,"不像我们,到现在连面试我们的人是谁都不知道,更别说见到老板了。"

"不对啊,你昨天不是见到那个韩主编了?"张晨说。

"那是个意外,那次之后,一次不如一次。"

两人挤进人群,抄了几个地址,然后又在空地上站了十几分钟,脸上油都晒出来了,一个来招人的老板也没见到。

刘立杆说:"走吧,哪个大老板会这个时候出来? 还是等太阳没了再来。"

两人决定先去吃抱罗粉,然后到海城公园歇一会儿,中午跑人家单位也没有人,下午一点半出发,两点之前到对方单位,四点多钟回到这里继续守株待兔。

……

金莉莉还真的是睡到中午才起床。她感觉这几天的疲劳,今天算是彻底睡回来了。她起床吃了一碗泡面，吃完没事，在走廊里溜达。隔壁那两个女孩应该还在睡觉，静悄悄的。

和夏总约好是两点钟，金莉莉估计从这里过去，乘摩的大概十分钟，加上等摩的和从岗亭进去，加上乘电梯的时间，大概二十五分钟够了。她提前四十分钟就从家里出发了。

金莉莉到了金融花园门口，门口保安不是昨天那个，他好像知道金莉莉是来试工的一样，金莉莉进去的时候，连问也没问一句，这让金莉莉感到有些失落。

金莉莉本来打算，如果保安问自己，那她就可以骄傲地告诉他，她是来上班的；要是他脑壳不清楚，还要再问，那她就把公司的名字报给他，看你还敢不敢拦我。没想到这个保安已经把她当成是里面的人了，唉！

金莉莉失落的同时，又有一点自豪。她抬头看了看，心想，不管怎样，这说明自己看上去还挺像是这里面的人，这只大楼现在和自己有点关系了，她已不再是那个坐在摩的后面经过它的过客了。

金莉莉到了G座十五楼，时间是一点四十六分。她在走廊里站了一会儿，到了一点五十分的时候，她决定去按门铃。来开门的还是那个小伙子。小伙子看到是她，热情地说："来了？"

小伙子把金莉莉让进去，金莉莉没看到夏总，问："夏总在吗？"

小伙子说："在的。夏总现在有事，他让我先把你安排一下。"

小伙子带着金莉莉，到了那间和客厅相通的六角形房间里，拍着两张桌子中的一张说："这张是我的。对了，我叫林利丰，你可以叫我小林，也可以叫我老包。"

"你姓林,为什么叫老包?"金莉莉奇怪道。

小林张开嘴,用手指在自己的龅牙上磕了两下。金莉莉明白了,笑道:"不明显啊。"

"嗨,明不明显都是老包,夏总也叫我老包,从小学到大学,同学都叫我老包,我习惯了。"他走到另一张桌子,"这张是你的,你看看,还缺什么。"

"我的?"金莉莉吓了一跳。

"对啊,你今天不是来上班吗?"老包也奇怪了,过了一会儿,他明白了,笑了起来,"你以为又要面试?你面试上瘾了?"

金莉莉也笑了。她这才明白,原来试工就是开始工作。

金莉莉在属于自己的那张办公桌前坐下来,拉开抽屉,看到里面现金日记本、计算器和笔一应俱全,还有一把保险箱钥匙。她低头看了看,保险箱就在自己办公桌边上。

金莉莉把崭新的现金日记簿拿出来,打开封面,写上"海南八达实业有限公司"和今天的日期,有些欣喜地吁了口气。这本现金日记簿和自己在海南的出纳生涯,从这一刻就开始了。

金莉莉把本子合上,放进抽屉,问:"包师傅,我们公司,除了你和夏总,还有什么人?"

"还有你啊。"老包笑道,"把包留着,师傅拿掉,听着别扭。"

"好好好。"金莉莉也笑。

"介绍一下啊,我们公司,总公司在北京,我们这里呢,不算是分公司,因为我们是独立核算的单位。我们和总公司的关系,只是投资和被投资人的关系,明白了吗?"老包问。

"明白了。"金莉莉点点头。

"到目前为止,本公司共有总经理一名,就是夏总,还有会计、司机、保镖、人事部经理、后勤部经理、办公室主任……"

老包一个个岗位报着,金莉莉一边一个手指一个手指曲着计算,一边朝四周张望。这么多人,怎么一个也没有看到?

老包继续说着:"……合计一人,就是我。还有一个出纳,就是你,金莉莉,全员三人。"

金莉莉忍不住笑起来,原来他说了那么多职位,就是他一个人。

金莉莉奇道:"这么大的房子,就我们三个人?"

"三个人还不够吗? 一剑荡天涯,一个人就可以千里不留行了。"老包说。

金莉莉笑个不停。她没想到,这个看上去一本正经的家伙,原来这么有趣。

外面有开门的响动,夏总走了过来,手里拿着一捆钱,看到金莉莉,笑道:"小金来了?"

金莉莉赶紧站起来,叫道:"夏总好!"

夏总把那捆钱放到金莉莉的桌上,说:"把这放保险箱里。老包,我们出去一下,陈明在等我们。"

金莉莉赶紧拿了保险箱钥匙去开保险箱。转动钥匙后,门把手却不动,金莉莉叫道:"夏总?"

夏总转过身,问:"怎么了?"

"保险箱的密码。"

"密码? 老包,你知不知道密码?"夏总问老包。老包道:"我是会计,怎么会知道出纳保险箱的密码?"

"刘出纳回北京的时候,没有给你?"夏总问。

"要给也是给你啊,怎么会给我?"

"哦哦,可能在她给我的那堆东西里,我待会儿回来找找。算了,小金,你先放抽屉里吧,来不及了,人家在等我。老包,我们走。"说着,他就和老包走了。

金莉莉盯着那笔钱看着,一共是十万块。以前在轴承厂,给工人发工资时她也没见过这么多钱。不对,是她这辈子都没见过这么多的钱。金莉莉赶紧把它放进抽屉里,锁了起来。

下午四点多钟,张晨和刘立杆又回到了那块空地。两人见面就苦笑着,连怎么样都不需要再问了,看脸色就知道又挨了闷棍。

他们在路边站着,来了两个现场招工的,但都是招女服务员,其中一个只招三个人,也是和夏总他们一样,迅速地来,又迅速地撤。还有一个招的人比较多,也办了手续,在现场摆了桌子,接受报名,桌子前很快就排起了长龙。

两人挤进人群,抄了一些地址,但越抄心里越没底,变成了纯粹是给自己一个交代。

他们退出人群,刘立杆又去买《人才信息报》,张晨在路边站着。有人骑着摩托从他面前经过,叫道:"招一名厨房帮工。"

他绕过去没有人回应,绕回来时,有人叫道:"我去!"

那人把头往后一甩:"上车!"

两个人离开了。

"看什么呢？"刘立杆回来，看到张晨傻傻地站着，眼睛盯着一辆摩托车的背影。

"那个家伙来招厨房帮工，我都心动了，差一点就跟他们走。"张晨说。

"厨房帮工？开什么玩笑？！"刘立杆叫道，"你能干得了吗？"

"没开玩笑。我刚刚在想，管他什么工作，先找到一个再说，然后再换啊。有什么干不了的？厨房帮工，不就是洗碗、拖地、削土豆？人家去国外都干这个，去纽约、东京都这样。"张晨说。

"人家那是在纽约！"刘立杆高声道。

"有什么区别？在纽约刷碗就比海城高贵？"

"那你这双画画的手就糟蹋了。"

"哼，喝西北风更糟蹋。人家多牛的人都干这个，还有背尸体的，一个永城婺剧团的，牛什么？你去问问，这里有没有人知道永城在哪里？"张晨说。

"好好，我不和你说了，你是从电视上看来的吧？电视是电视，现实是现实。反正你要去刷碗，别说莉莉，我都不认识你。"刘立杆笑道。

"滚。"张晨骂道。

刘立杆说："好啊，滚吧，莉莉也该回来了，快回去看看，她有没有成为高级白领。"

两人连晚饭都没吃就往回骑。

到家的时候，已经晚上六点多钟了。他们听到隔壁的两夫妻在吵架，虽然关着门，但声音还是清晰可闻。另外一边，两个女孩子正对着一台收录机在学新歌，唱得很大声，看样子这是她们的业务学习。

房间里没人，张晨看了一下桌上，也没有字条。如果金莉莉回来，按她的习惯，如果出门，是会在桌上留字条的。

"完了，莉莉去的是家黑公司，碰到黑心资本家了，这么迟还没有下班，试工第一天就狠狠剥削啊！"刘立杆骂道。

两人又等了半个多小时，已经晚上七点多了，金莉莉还没有回来，两人决定出门去接。

骑着车到了金融花园门口，岗亭外，保安还是那个"野猪的车"，他显然也还记得张晨他们，还没等他们走近，他就正了正头上的贝雷帽，盯着他们。

张晨和刘立杆见状，也不过去自讨没趣了，把车停在对面，倚坐在自行车的横档上。

又等了半个多小时，还是没有金莉莉的影子，刘立杆憋不住了。他过去问那个保安："师傅，我问一下，你看我朋友的女朋友在这里上班，到现在还没下班，是什么情况？"

那保安斜睨了他一眼，没好气地说："现在才晚上八点多钟，你们急什么，这里加班加到晚上十点、十一点的，多的是。"

刘立杆回来，和张晨说了。两个人又累又饿，但是没办法，只能继续等，谁让碰到黑心资本家了呢？

金莉莉坐在那里，看着外面。坐了一会儿，她干脆把窗帘全部拉开，一大片绿荫和蓝天蜂拥而入，而金莉莉，最想看的还是大海。

她看到海上星星点点的轮船停在那里，看不出是动还是没动。金莉莉看到了秀英码头，看到码头上正在上船和下船的人。

她不禁轻轻地笑了起来。人生还真是奇妙，就在几天前，自己还是那匆匆忙忙下船的人流中的一员，现在，她已经成了在有空调的凉爽房间里看别人下船的人。

　　她不知道在那下船的人里，有多少个像她一样的"金莉莉"，又有多少个"张晨"和"刘立杆"，也不知道那上船的人里，有多少他们这样的人，在这个岛上四处碰壁，在公园里和蚊子亲密接触之后，最终放弃了梦想，垂头丧气地回了家。

　　金莉莉心想，我们说什么也不能回去，假证也做了，罪也犯了，公园也睡了，连海南话冲凉都学会了，怎么可以再回去？

　　外面有响动，金莉莉一个哆嗦，从椅子上跳起来。她拿起钥匙，走到客厅连接处，朝外看看，客厅里一个人也没有。她过去检查了一下门锁，完好无损，这才松了口气。

　　又是"砰"的一声，这回金莉莉听清楚了，是隔壁关门的声音。关得这么响，吃枪药了吗？金莉莉朝隔壁做了个鬼脸，回到办公室，看看中间的抽屉，完好无损，用手拉了拉，是锁住的。

　　金莉莉继续看着窗外，让她感到奇怪的是，为什么大海远处看着是蓝色的，走近看却是浑黄的呢？

　　她百思不得其解。

　　金莉莉坐在那里，实在是没事可干。她看看两张办公桌上，都空荡荡的，连本书都没有。

　　夏总他们为什么还没有回来？不是说去去就回吗？

　　金莉莉站了起来，走到电视机旁，拿起上面的影碟看了起来。她拿上一张带封套的影碟，回头看了看自己的办公室。她不敢离开办公桌太久。想了想,她干脆捧起那堆影碟回到了办公室。

她把影碟抽出来,发现大小和以前家里电唱机的胶木唱片差不多,只是厚了很多。金莉莉看着封套上的目录,霎时来了兴趣。她看到有毛宁和杨钰莹的歌,这是金莉莉喜欢的。

有一张《俄罗斯风情》,里面有《喀秋莎》《三套车》《红莓花儿开》《莫斯科郊外的晚上》《小路》等,还有《伏尔加纤夫》。

刘立杆唱什么都跑调,谭淑珍说几头牛都拉不回来,只有唱《伏尔加纤夫》前面的"嘿嘿哟嘿"不跑调,所以有段时间他一开口就是"嘿嘿哟嘿"。

有一次在温州泰顺,永城婺剧团被人请去参加一个在西班牙开饭店的老华侨的葬礼,刘立杆为了表现老华侨年轻时的勇敢,编了一段老华侨勇斗西班牙流氓的故事。这外国的流氓得说外国话,谁演过啊,几个龙套演员犯难了。

老杨说:"来来来,杆子,你上,你演哪国的流氓都不用化妆,本色出演。不上?不上那你写个外国流氓干吗?"

"那我写秦叔宝,老华侨大战秦琼好不好?"刘立杆瞪了老杨一眼。

冯老贵在边上起哄:"没事,杆子,你可以的,你不会说外国话,但你会唱'嘿嘿哟嘿'的外国歌啊。"

冯老贵把刘立杆身上的衬衣扒了,拿过一件女团员的花衬衫,绑在刘立杆腰里,说,哪国的流氓都穿花衬衣;又拿过一碗水,泼在刘立杆胸前的背心上,说:"这是酒,你自己吐的。"

老杨在台边上推了他一把。

结果刘立杆上去——西班牙的流氓喝得醉醺醺的,踉踉跄跄,嘴里哼着"嘿嘿哟嘿"就上场了,台下一片掌声。刘立杆一得意,竟在台上跟跄了好几圈,唱了几分钟的"嘿嘿哟嘿"。

演老华侨的冯老贵,赶了他几次都赶不下去,英勇没办法体现,最后急了,看他到台边,干脆一脚踢了下去,被老杨一把抓住。这事在剧团成了笑谈。老杨说:"我要是不抓住他,他还会上去,唱五天五夜的'嘿嘿哟嘿',人家老华侨都不要下葬了。"

金莉莉接着看到一张影碟,里面全是刘欢的歌。这是张晨喜欢的。她顺着目录看下去,发现有电视剧《便衣警察》的插曲《少年壮志不言愁》时,扑哧一声笑了起来。

她想起张晨唱"几度风雨几度春秋"时,腰板笔直,梗着脖子,一脸认真的样子。有一次谭淑珍忍不住站起来,过去摸了摸张晨的脖子,回头对他们说:"真投入,这里铁硬得刀都砍不进去。"

大家哈哈大笑。冯老贵奇怪道:"张晨,你唱歌时全身这么僵硬,那还怎么表演?"张晨骂道:"你以为谁都像你,水蛇腰?"大家又是一阵哄笑。

唉,也不知道张晨和刘立杆今天怎么样了,金莉莉叹了口气。

夏总和老包怎么还没回来?哎呀,急死人了。

突然,金莉莉竖起了耳朵,她以为自己听错了,又听了一会儿,没错,真的是门铃响。金莉莉抓起抽屉钥匙,走过去贴在门上问道:"谁?夏总,还是老包?你们没带钥匙吗?"

"我,陈明,开门!"门外道。

"你是谁?"

"陈明,夏总的朋友。奇怪,你是谁?"

"我是今天新来的,夏总不在,对了,老包也不在。"

"开门,我进去等他们回来。"

"对不起,陈师傅,我不能开门。"

"陈什么师傅,我是陈明,夏总的朋友,不是修水管的,快开门!"

叮咚叮咚,门铃被急促地按响。金莉莉皱着眉头。等响声过后,金莉莉说:"陈师傅,我知道你是夏总的朋友,但我不能开门。"

"搞什么鬼,你人在里面,为什么不能开门?"

"对不起,陈师傅,我就是不能开。要么,要么,你等夏总他们回来吧。"

门铃又被急促地叮咚叮咚地按响,好像还踢了门两脚。

"对不起,陈师傅,真对不起……"

门又被重重地踢了一脚,然后门外没动静了。金莉莉长长地吁了口气。虽然房间里很凉快,但她觉得自己的后背都被汗湿透了。

金莉莉在门后站了一会儿,听外面确实没动静了,这才走回去。

她拿起桌上的影碟,里面还有好多张港台金曲,从一到十几辑,都是齐全的,有很多自己喜欢的歌,但她再也提不起兴趣。她把影碟都抱了回去,码齐,摆好,然后回到办公室,坐在那里,看着窗外发呆。

时间已经下午快五点了,金莉莉终于听到外面门响。她赶紧跳起来,疾走到办公室和客厅的连接处,朝外看看,果然是夏总和老包开门进来了。

金莉莉赶紧道:"老包,老包,你快过来到这里站一下。"

老包走过去,不解地看着金莉莉。金莉莉却跑开了。夏总和老包愣在那里。他们听到金莉莉是跑去了洗手间，过了好一会儿，她才回来。

"你干吗?"老包问道。

"对不起，一个下午，我都快被尿憋死了。"金莉莉道。

"你尿急，为什么不去洗手间?"夏总奇道。

"我怎么敢去?"金莉莉睁大了眼睛，"抽屉里放着十万块钱，万一，我去洗手间的时候，小偷进来怎么办?"

"抽屉不是锁着吗?"老包问道。

"这个锁，一脚就踢开了，再说，小偷能从外面撬门进来，他手里会没工具?"金莉莉道。

老包笑道:"对对，还是你有道理。"

"就算有小偷进来，你一个人，又能怎么办呢?"夏总问道。

金莉莉拉开边上的抽屉，从里面拿出一把菜刀，说:"你们走后，我去厨房拿了这个。我可以一边大叫，一边和他搏斗，我听到隔壁是有人在的。"

夏总和老包再也忍不住，哈哈大笑起来。

"小金，你是不是舍身保护集体财产的书看太多了?"夏总笑道。

金莉莉嘻嘻笑着:"我还真看过。我们小学课本里就有《草原英雄小姐妹》。"

夏总不住地点头:"明白了，明白了。"

"对了，夏总，有一个你的朋友来找过你。"金莉莉说。

"知道了，是陈师傅，对吗?"夏总笑道，"他打电话给我了，还把我骂了一顿，说我哪里找来的一个……"

"一个傻×,就是不肯开门,他说什么都没有用。"老包也笑道。

"我若开门了,万一是坏人怎么办? 我又不认识他。"金莉莉嗫嚅道,"还有,他要骂就骂我好了,为什么要骂你?"

"人家骂的也没错啊。"夏总说,"人家说,哪里有公司开着,死活不开门的,又不是监狱。"

金莉莉愣了一下,然后不好意思地笑了起来。

夏总从包里拿出一张字条,交给金莉莉,说:"这是保险箱的密码,你待会儿可以把钱锁进保险箱了。我现在宣布,你已经通过考核,正式成为我们公司的一员了,欢迎你。"

金莉莉奇道:"可是,我下午什么事都没做啊。"

"不对,你做了一件很重要的事情。"夏总说,"我问你,我和老包都走了,这里就只剩下你和十万块钱,你怎么不带着钱走啊?"

金莉莉吓了一跳:"这怎么可以? 这是公家的钱,又不是我的。"

"为什么不可以? 你拿着十万块钱走了,海城这么大,我们也没有办法找到你。最关键的是,我们还没有任何证据,说有十万块钱放在你这里。有了这十万块钱,你和你男朋友什么都不用干,大半年的生活都不用愁了,是不是?"夏总问。

金莉莉一个劲儿地摇头:"不可以的,不可以,不是自己的钱,一分也不能动的,从小我妈妈就这样教育我。我要是拿着这钱回去,张晨也会骂死我的,他也不会要这个钱的。"

夏总叹了口气,说:"说明你有一个好妈妈,也有一个好男朋友,当然,你自己也很不错。唉,但是,很多人就是会忍不住,你知道我为什么让你今天下午来试工吗?"

金莉莉摇了摇头。

"因为上午有另外一个人要试工。你还记不记得另外一个女孩？"

金莉莉点了点头。

"她上午就带着这十万块钱准备走了，被我们在下面拦住。"

"啊！"金莉莉惊呼一声，"怎么能这么干？哎，不对，她拿着钱，怎么就正好会被你们碰到？"

夏总和老包笑着，没有说话。

金莉莉恍然大悟："我知道了，你们是不是就在下面等她？对了，你们刚刚是不是也在下面，准备抓我？"

老包笑道："我们又不是傻子，真会把钱交给一个我们都还不知道值不值得信任的人？"

金莉莉拍着自己的胸脯："乖乖，幸好我没有这个念头，不然这个工作是不是又泡汤了？"

"你就想到了这个？"夏总和老包看着金莉莉，又笑了起来。夏总说："好了，让老包再和你交代一下其他的事情，然后我们出去吃饭，欢迎宴，欢迎你的加入。"

老包对金莉莉说，她月工资是一千五百元，金莉莉吓了一跳。

"一周上班六天，周日休息。上班时间，我们吃什么，你吃什么。放心吧，我们不会吃糠。"老包说。金莉莉笑了："不怕，除了吃西瓜，你都抢不过我。"老包知道金莉莉这是在笑他的龅牙，也笑了："好，就要这样的状态，别装。"

"装也装不像。"金莉莉说。

"出纳工作，也不轻松，大多数时间没有事情，但有时候，需要半夜上班。"

金莉莉又是一惊:"什么工作,还要出纳半夜上班?"

"我们公司,还贩毒?"金莉莉压低嗓门问老包。

老包大笑,和她说,虽然是半夜上班,但放心吧,做的都是合法生意。

金莉莉松了口气。

"公司包住宿,来,我带你看看你的房间。"

老包站起来,领着金莉莉从客厅尽头的走廊走到底,一边是一个健身房,里面有跑步机,另一边,老包推开了门:"这就是你的房间。"

金莉莉看到里面的床和桌子、柜子都是新的,连床上用品都是新的,最主要的是里面还装了空调。金莉莉不敢相信这会是自己的房间,她看看老包。老包说:"等会儿吃过晚饭,我们送你去住的地方,你去拿东西,晚上就住过来,说不定明天一早我们就会出发。"

"晚上就住过来?"金莉莉问。

"对,有问题吗?当然,周六你可以回你男朋友那里。"老包说。

"没有,没有问题,我只是感觉有些突然。"金莉莉说。

"习惯就好,在海南,什么都要快,大家都在抢钱,没有人会给你等的时间。"老包说。

"明白了。"金莉莉点点头。她想,我已经尝过这个滋味了,那个女孩不就是抢在了我的前面吗?要是她不那么贪心,这个工作,是不是自己的都不好说,好险!

晚餐订在南庄酒店,是当时海城最大、档次最高的酒店。他们上了南大桥,往右转,下桥不远,马路两边就停满了车。夏总说就停这里吧,走过去,到前面也没有车位。

老包不死心,还想往前开,夏总骂道:"你别不到黄河不死心。"老包这才把车停下来。

从他们下车的地方到酒店,还有三百多米,老包告诉金莉莉,路边的这些车,都是来南庄吃饭的。金莉莉吓了一跳,问道:"这里的菜很便宜吗?"

夏总和老包都笑了起来。老包说:"这里的菜可不便宜,因为名气大,所以大家都到这儿来吃。这吃饭,就图一个热闹,人越多,大家越喜欢往那里挤。"

他们往前走,果然路边没了停车位。太阳还没有落下去,海秀路上,太阳底下,车来人往,热气蒸腾。不过好在很快就有酒店保安撑着黑色的大伞迎了过来。

金莉莉看到这些保安的脸都是鳖黑的,显然他们天天都在这太阳底下奔波。

酒店的营业场所一共三层,门前是一个很大的停车场,早就停满了车。老包问:"后面也停满了?"他说的是酒店边上某部队大院,酒店是租的他们的房子。

保安说早就满了,要到晚上八点多钟才陆陆续续会有空位。

夏总说:"是不是?幸好没听你的。"

老包道:"好好,又是你领导英明。"

酒店大门旁有一排临时搭起来的简易棚,里面摆着一个个铁笼子。夏总自己进了酒店乘凉去了,对老包说:"带小金去熟悉熟悉。"

老包带着金莉莉,来到那棚子前,指着一个个笼子对她介绍道:"这是海龟,这是山龟,这是日狸,这是果子狸,这是山鸡,这是眼镜蛇……"

金莉莉看到一个个铁笼子上都挂着单价，就问："这些都是可以吃的？"

"那当然，摆在这里，不能吃，还当摆设？"老包说。

"臭死了。"笼子前面很臭，金莉莉皱了皱眉头。老包笑道："熟了就都是美味。"

他们进了酒店大门，夏总站在那里，又和老包说带小金熟悉熟悉。

酒店的迎宾认识夏总，问："夏总，今天是包厢还是大厅？"

夏总说大厅，迎宾从登记册上找到他们订餐的台位，领着夏总进去了。

大厅边上是一个很大的海鲜池，里面的东西金莉莉一样也不认识。老包就带着她，一样一样地认：基围虾、竹节虾、琵琶虾、澳洲龙虾、南海青龙、波士顿龙虾、红花蟹、肉蟹、珍宝蟹、石斑、老鼠斑、东星斑、苏眉、红鱿、鲨鱼……

金莉莉听得脑袋都快炸了。

老包和她说，这个酒店一共三层，一楼是大厅，有四十几张台，左边有一个舞台，由专业舞蹈团体在饭事的时候表演各国舞蹈。

二楼也有一个大厅，三十几张台，舞台有歌手演唱，二楼大厅后面，有二十多个包厢，这里的包厢比较简洁，主要是给那些需要私密空间的客人用。

三楼是二十二个豪华包厢，重要的商务宴请都喜欢放在那里。包厢里面有小舞池和全套的卡拉OK设备，可以边喝酒边玩。

"最低消费，也是八千八百八十八元？"金莉莉问。

"你怎么知道？"老包奇道。

"猜的。"金莉莉说,"这里的人不都喜欢用很多八嘛。"

他们进了大厅,里面基本坐满了,没有人落座的台上,也插了"已预订"的牌子。他们预订的桌子就在离舞台不远的地方。舞台上,八个女孩子正在跳夏威夷草裙舞。

金莉莉坐下来后,夏总从站在一旁的点菜员手里拿过一本菜谱,然后和服务员说:"你等会儿再过来。"

夏总把菜谱递给金莉莉,还是和金莉莉说,熟悉熟悉。

金莉莉翻开菜谱一看,吓了一跳,里面最便宜的菜"白灼芥蓝"也要六十八元。她笑道:"这么贵的地方,让我再来也来不起,我熟悉它干吗?"

夏总和老包都笑了。夏总不响,老包说:"我们的业务,一大半都是在吃饭的时候完成的。海城所有的酒店你都要熟悉,因为每个客人有不同的喜好,你就要挑不同的酒店,酒店也各有特色。比如海龙王、贵宾楼和和乐海鲜,就以海鲜为主;天龙王和地龙王以野味为主;狮子楼以宵夜为主;阿二靓汤是粤菜;潮江春是潮州菜;望海楼是海南菜。你来了以后,我那么多的头衔总要分几个给你,办公室主任今天就先给你了。"

"那我要干什么?"金莉莉问。

"打电话订位啊,点菜啊。"老包说。

"还有,我们公司人少,一般吃饭的时候就会全员出动,也省得在家里做了。"夏总笑道。

金莉莉这才明白,夏总不断地让她熟悉是什么意思。

金莉莉心里暖暖的,没想到今天第一天上班,他们就把她当自己人看了,开始手把手地交代她工作。

金莉莉拿起菜谱,不时地闭上眼睛,口里念念有词。夏总奇怪道:"小金,你在干什么?"

"我在争取尽快把这菜谱背下来啊。"金莉莉说。

夏总和老包哈哈大笑。夏总把菜谱从金莉莉手中抽走,和她说,不用背,来的次数多了,自然就熟悉了。

他抬了抬手,刚刚那位点菜员赶紧过来。夏总把菜谱还给她,然后说:"来一份三丝鱼肚羹,一份夏果炒鲜贝,一份姜葱红花蟹,一份烤乳猪,一只刺身青龙,一瓶人头马XO。"

点菜员一边在点菜单写着,一边问:"夏总,虾和蟹,要去海鲜池选吗?"

夏总摇了摇头:"不用了,你帮我们选就可以了。"

"三个人,我看来一条一斤半左右的青龙可以吗?"

"好。"

"女士需不需要饮料?"点菜员问。

"她也喝酒。"老包说。

这时候,舞台上已经换了节目,三位身着土耳其民族服装的少女在台上跳起了肚皮舞。

他们一边喝酒,一边看演出,一直吃到晚上快九点才结束。结账时,三个人吃了一千八百多元。金莉莉吃了一惊,张大嘴巴愣住了。她呆呆地看着老包掏钱结账。服务员把钱和老包过目后的账单夹在一个黑夹子里,走的时候,还笑着看了一眼金莉莉。

"把嘴合上,小金。"夏总轻声说,"以后有客人在,就是十八万元,也不要有这个表情。"

金莉莉"噢"了一声。她看看老包,老包嘻嘻笑着。金莉莉骂道:"你笑什么? 我刚吃了我这辈子最贵的一顿饭。"

夏总也笑了起来:"你才多大,离这辈子还远呢,这顿饭你很快就会忘记的。"

"不会的。"金莉莉摇摇头,很认真地说,"这也是我进公司的第一顿饭,我怎么会忘记?"

夏总点点头:"这倒也是。"

金莉莉说:"不对,夏总,你刚刚说十八万元,那我们要是没带这么多钱怎么办? 十八万很大一包的。"

"那你就说上洗手间,然后跑回公司保险箱里拿。"老包说。

金莉莉较真了:"那要是保险箱里的钱也不够,银行又关门了,那怎么办?"

老包笑道:"那你就走出门外,把我们一百多万的车在门口二十万元卖了,拿回来付,总之,不要让人看出你脸上有一点的犹豫。"

"车会有那么好卖吗? 人家就是图便宜想买,身上也没那么多现金啊!"金莉莉说。

夏总和老包的肚子都快笑痛了。夏总拍了拍桌上的手包,和金莉莉说:"那你可以不动声色地拿走我这个包,里面有一张卡,密码是四个0,你就是付一百八十万也够,明白了吗? 老包说得很对,就是不能让人看出你脸上有一点的犹豫和不开心。"

金莉莉又是"噢"了一声,说:"可是,这么多钱付出去,真的会很不开心。"

"你这个半脑,又不是花你自己的钱。"老包骂道。夏总瞪了他一眼,他马上把嘴闭上。

三个人走出酒店大门,停车场已经空了,保安已经把他们的车从三百多米外开了过来。三人上车,老包在金莉莉的指点下,把车开到了滨涯村租屋楼下。

隔壁那个小伙子还是坐在门口,看到金莉莉从一辆奔驰车上下来,吃了一惊。这次他没有扭过头去,而是一直看着金莉莉。金莉莉看也没看他一眼,就走进门去。

房间里黑漆漆的,张晨和刘立杆都不在。金莉莉心想,他们大概还在抄招聘信息,不过应该也快回来了。她把自己的几件换洗衣物放进包里,反正周六还要回来的,不用拿太多。

东西拿好后,张晨他们还没有回来,夏总他们又在下面等,金莉莉决定不等了。她给张晨留下一张字条,然后下了楼。

刚把车子开到金融花园门口,金莉莉突然道:"老包,停车。"

老包把车停下后,问道:"干吗?"

"我男朋友和我老乡大概是在这里等我下班,我和他们说一下。"

说着,金莉莉就开了车门下车。夏总和老包这才看到路边停着两辆自行车,两个小伙子半倚半坐在车上。金莉莉走过去,那两个人看到金莉莉,也站直了身子。他们看看金莉莉,又看看汽车。

夏总打开车门,走了下去。

金莉莉急急地和张晨说:"我刚刚回家了,你们都不在,公司给我安排了房间,我要住在公司里,周末才能回家。"

张晨"哦"了一声。

夏总走过来，金莉莉赶紧向张晨和刘立杆介绍："这是我老板。"又向夏总介绍，"这是我男朋友张晨，这是我老乡刘立杆。"

夏总一边伸出手，一边说："你们好，我姓夏，怎么，要不去楼上公司里坐坐？"

张晨赶紧说："不了，我们以为莉莉还没下班，就在这里等。既然她住公司，那我们就先回去了，谢谢夏总。"

"我的错，是我疏忽了，应该让小金先和你们打个招呼的。"夏总说。

"我就是想打，那也要有地方可打啊。"金莉莉说。

夏总一愣，然后说："那这样，小金，你们聊，我和老包先上去。"

"好的，我马上上来。"金莉莉说。

夏总和张晨、刘立杆又握了握手："下次再见，若方便大家一起吃个饭。"说完，返回车上，车子就开进了道闸。

刘立杆问："莉莉，你的工作定下了吗？"

"要没定下，老板会请我吃欢迎宴？你们知道我的工资是多少？"金莉莉说。

"多少？"刘立杆问。

"一千五百元。"

"太好了！这下真的是鸟枪换火箭了！"刘立杆兴奋地拍了一下张晨的肩膀。张晨却有些闷闷不乐的。

"你怎么了？"金莉莉问。

张晨笑了笑："没什么，就是有点突然。"

"什么突然，下午才惊心动魄呢。"

接着，金莉莉就把下午发生的事情简单地和他们两个说了。两人也唏嘘不已，刘立杆说："幸好我们金莉莉同志是久经考验的，拒腐蚀永不沾的好同志。"

"惊险吧，差一点这工作就泡汤了。"金莉莉得意地说，"好了，没什么事，那我就先上去了。"

张晨瓮声瓮气地说："好吧。"

金莉莉走了几步，又走回来，和他们说："对了，有件事我要交代你们，我不在的时候，张晨我放心，主要是你，杆子，你们知道我们隔壁的那对夫妻，女的是干什么的吗？还蛮漂亮的那个。"

"不知道。"张晨和刘立杆摇了摇头。

"她也是'叮咚'。"

"啊？！"两个人大吃一惊。刘立杆说："不可能吧，我看那男的，都在家啊。"

"笨猪，女的也都在家，男的在下面拉客和放哨。"金莉莉骂道。

张晨和刘立杆还是觉得不可思议，虽然金莉莉这么一说，他们觉得还真是那么回事。

"你怎么知道？"刘立杆问。

"隔壁那两个女孩告诉我的啊。对了，你知道他们为什么经常吵架吗？"金莉莉问。

"不知道。"张晨和刘立杆继续摇头。

"那男的不满意老婆做这个，生气了？"刘立杆问。

"哪里，是那男的拿了女的赚的钱，又去嫖了。"金莉莉骂道，"杆子，你给我老实一点，不然我马上告诉谭淑珍。"

"不是莉莉，什么叫张晨你放心，主要是我，还要告诉谭淑珍？在你眼里,我刘立杆就是那样的人?"刘立杆叫道。

"我看你就是像!"金莉莉骂道。

"我也觉得像。"张晨笑道。

"好了,不说了,我上去了,周六见。"金莉莉一边挥手,一边朝道闸走去。

张晨看着她的背影,突然有些失落和酸楚。他觉得自己好像被挖去了一块。这么多年,只要张晨在永城,他们就几乎天天在一起。每次张晨从外地回来,金莉莉也总是早早地等在房间里。

这怎么说再见,就再见了呢?

张晨抬头看了看天空。天空深邃,布满大大小小的星星,它们在城市的夜光中变得遥远而又迷离。张晨觉得,这一片天空被头顶的这些楼房,撕裂了。

"走吧。"刘立杆说。

两人默默地骑着车子,碾过一片又一片的椰子树影子。这时候,张晨真想这车把上有一个锃亮的车铃,可以让自己用力按着,用一串串的铃声把这个夜晚给叫醒。

第十一章　梦想与现实

张晨和刘立杆回到滨涯村，两人到现在还没吃晚饭，饿坏了。他们把自行车停到院里，刘立杆说："走，三缺一，我们也去庆祝庆祝，庆祝莉莉找到了工作。那个公司，够牛，那个老板，看上去也很不错。"

院门口的凳子空着，刘立杆问："你说，莉莉说的是不是真的？"

张晨没好气地说："我怎么知道。"

刘立杆朝左右看看，嘀咕道："难道这个家伙又去拉客了？"

"也可能去嫖了！"张晨骂道。

他们去了那家大排档，还是点了鸭头、炸咸鱼和蒜泥空心菜。刘立杆说："海南的蒜泥空心菜是我吃过的全国最好吃的空心菜。"

张晨骂道："你才去过几个地方，才吃过多少空心菜，就全国了？"

刘立杆看着张晨，认真地说："这个，我早已想明白了，对我来说，只有我去过的地方才算全国；没去过的，关我屁事。就好像我们，要是没来海南，海南关我什么事？和南极、北极不是一样的？都是地图上的一个地名，只有来了，才能吃到这全国最好吃的空心菜。"

老板听到刘立杆说，他摊位上的空心菜是全国最好吃的空心菜，高兴坏了，凑过来和刘立杆、张晨说："我这里的咸鱼茄子煲也很不错。"

"来来来，今天庆祝，我们就奢侈一点，加菜，再加一个咸鱼茄子煲。"刘立杆叫道。

"已经有炸咸鱼了。"张晨道。

"不一样，这炸咸鱼和咸鱼茄子煲怎么会一样？就像你张晨，和张晨金莉莉，我刘立杆和刘立杆谭淑珍，怎么会一样？"刘立杆道。张晨喝了口啤酒，懒得理他。

老板把咸鱼茄子煲送上桌，和他们说："这是送你们的。"张晨执意不肯，老板执意要送，最后张晨败下阵来。刘立杆不管这些，夹了一筷子咸鱼茄子煲放进嘴里，然后一拍桌子，叫道："老板，果然，你这咸鱼茄子煲也是全国最好吃的！张晨，快尝尝。"

张晨夹了一筷子茄子，尝了尝，味道确实不一般，朝老板跷了跷大拇指。

"看到没有？老板，连我们大画家都肯定了。老板，我和你说，你的排档就在这里，不要走，等过两年我发达了，我就来请你，把你的排档收购了，请你去我公司，天天烧蒜泥空心菜和咸鱼茄子煲给我吃，好不好？我们一言为定！"

刘立杆大大咧咧地叫着，周围桌子的人都看着他们，张晨觉得挺丢脸的，但看周围那些人，丝毫没有看笑话的意思。

张晨他们有所不知的是，当时的海城，生机勃勃，处处都飘荡着财富和希望的味道，没有谁会嘲笑一个说要成功的人，更没有人会觉得你的发财梦是个白日梦，哪怕你今天还骑着破自行车，生活还没有着落，但你说明年你要成为亿万富翁，也没人会认为那是不可能的。

其时，海城正流传一个故事，说是四川内江粮食局的一个司机，怀揣着东拼西凑的两千块钱来到海城，经过自己的努力，短短两年，这两千块钱就变成了二十几层高的内江大厦。

站在张晨和刘立杆他们找工作的那块空地朝左看，在一片老城区低矮的房子中间，就能看到白色的、鹤立鸡群的内江大厦，能看到最上面一圈深蓝色幕墙的玻璃圆顶。虽然这不是旋转餐厅，但这类似旋转餐厅的造型，在20世纪90年代初是足够震撼人的。

那时全国才几家旋转餐厅呀！

内江大厦耸立在那里，就给了无数闯海南的人一种激励和鞭策。当你骑着自行车，一身臭汗，抬起被太阳晒得黧黑的脸，看一看远处那白色的大厦，再想一想两年前和你一样蹬着自行车的那个人，你能不觉得自己的明天也是值得期待的吗？

刘立杆吃吃地笑着。张晨看了他一眼，问："你傻笑什么？"

刘立杆压低了嗓门，说："其实，我们已经挖到了第一桶金，你用'馄饨'两个字换来了四碗真实的馄饨和三袋包子；我用我的三寸不烂之舌换来了咸鱼茄子煲。别看这桶金的数量不多，成色也不怎么样，但至少都是我们凭真本事换来的。"

张晨一听，也觉得有道理，至少心情好起来了，不再觉得自己是个一无是处的废人。他举起酒杯，浮一大白。

两个人吃完回去，走到院门口，看到那个小伙子坐在那里，两人正准备过去，小伙子却突然开口道："回来了？"

张晨和刘立杆吓了一跳。张晨回说："嗯，回来了。"

"来，弄支烟。"小伙子把烟递了过来。张晨和刘立杆接过烟，三人一个坐着，两个蹲着，三颗星火，在黑暗中明明灭灭，竞相追逐。

"今天怎么没看到你女朋友？"小伙子问张晨。看样子这家伙一直在观察他们，连谁是谁的女朋友也清清楚楚。

"哦，她今天找到工作了，住公司里了。"张晨说。

"我看到了。"小伙子有些幸灾乐祸地说，"我看到一辆大奔，一个老板来接的她。"

"你看到了还问，怪不得这么幸灾乐祸，明明是送她回来拿东西，到你这里就变成了来接她；明明是三个人来的，到你这里，就变成一个老板来接她。"刘立杆"噗"的一声，把嘴里的烟吐到那家伙面前的地上，站起来，"我们明天还要早起找工作，先回去冲凉。"

小伙子不响了。张晨和刘立杆进了院子，上楼，开门，各自坐在各自床上，靠着墙壁，准备歇息一会儿再去冲凉。

刘立杆看着面前的床单，笑道："这床单用不到了。"

张晨瓮声瓮气地说："谁说的，莉莉周六还要回来，还会用到它。"

刘立杆笑笑，没说话。冲完凉，回到各自床上，张晨说："我刚刚冲凉的时候在想，我们可能错了。"

"什么错了？"

"找工作的方向错了。"

"为什么？"刘立杆不解地问。

"到现在为止,为什么我们屡战屡败,那是因为我们都是根据自己的特长去找工作,但我们去的那些单位,你看你的,不是报社就是编辑部和出版社,我呢?一样,也是不是报社就是银行、机关、文化宫,但这些地方都是需要文凭的,我们在这点上首先就吃亏。"

刘立杆不停地点头:"有道理。"

"我们这样,就是找再长时间也找不到。这地方工作有没有?当然有,满墙都是,但适合我们的工作没有,或者说,有人比我们更适合那些工作。"

"对。"

"所以我们必须调整策略,不能看有什么工作能够适合我们,而要看这座城市最缺什么样的人,我们自己改变,去适应这个需求。"

"我同意。"刘立杆说。

两人商量了半天,刘立杆拿出《人才信息报》,又找起来。最后,他们一致认为,酒店和饭店管理人员是这座城市缺口最大的。刘立杆从《人才信息报》上看到,有酒店每天都在招餐饮部经理和客房部经理,每天登,那就说明他们一直没有招到。

两人商定,第二天就去书店买书,先了解清楚酒店经理和餐饮部经理、客房部经理到底是干什么的,再去应聘。光这样还不够,还需要给自己编一个履历。酒店招聘,不太看重应聘者的学历,但特别看重先前的经验。要是既没学历,又没经验,那就——从哪里来,滚回哪里去。

商量定,两人关灯睡觉。今天金莉莉不在,悬挂在两张床铺中间的那条床单也不用拉上了。

张晨在黑暗中躺着,却睡不着。金莉莉在的时候,两个人挤在一张单人床上,挤死了,现在金莉莉不在,宽敞是宽敞了,但心里空落落的。张晨在床上仰躺着,觉得枕头太硬,侧卧又觉得枕头太低,怎么都没办法好好入睡。

最后,他觉得,主要还是天气太热。

张晨在黑暗里看了看刘立杆,发现这家伙头抵着墙壁,眼睛睁得大大的。

"杆子,你是不是早就知道隔壁的事情,天天这样听墙脚?"张晨问。

"去你的,我天天听你们的墙脚就够了,近在咫尺,还要去听隔壁的?"

"狗屁,我们有什么墙脚可听?天天累得像狗,倒床上就睡着了。"张晨骂道。

"那你今天倒床上这么长时间,怎么没睡着?"刘立杆笑道。

"滚!"张晨骂道。

夜深了,从窗外吹来的风也变得凉爽起来。张晨迷迷糊糊,好不容易睡着,却做着乱七八糟的梦。他被女人咯咯的笑声吵醒,感觉身上都是汗,前面好像做了一个很可怕的梦,梦到了什么却想不起来了。

女人咯咯的笑声又响起来,张晨还以为是梦里梦到的,现在听清楚了,是从隔壁传来的。

张晨摸过枕边的手表看了看,已经凌晨三点钟。他想接着睡,却睡不着,索性坐起来。

"你干吗?"刘立杆在黑暗中问道,吓了张晨一跳。

"太热了,我想再去冲个凉。"

刘立杆笑道:"去吧,这个时候,隔壁春光无限,还开着门。"

张晨骂道:"看样子你很熟悉。"

"当然，我哪像你们，这么热的天，两个人抱着，还睡得像两头猪。怎么，今天莉莉不在，你反倒热得睡不着了？"

"滚你，睡觉！"张晨又倒了下来。

第二天醒来的时候，已经是上午九点多，张晨仍哈欠连连的。

他们去了新华书店，找到一本《白天鹅宾馆管理实务》，厚厚的一大册，从礼宾部到餐饮部，从工程部到客房部，几乎每个部门的方方面面都有详细的介绍，包括各个部门的岗位职责和服务流程。

两人如获至宝，刘立杆道："只要把这本书熟读了，老子就是酒店行业的专家了，哼，老子写书都不在话下，难道还怕看书？"

两人出了书店，也没再去那块空地，而是直接回了家，躺在床上，看起了书。

上午时间，两边邻居都在睡觉，周围静悄悄的，正适合读书。

但那本书有六百多页，要想短时间内全部看完，不太现实，等看完再去找工作，又不知猴年马月。

两人商量，工程部他们一窍不通，不用考虑；礼宾部和客房部需要有基本的外语对话能力，也不用考虑；保安部，那就是管理"野猪的车辆"的，一般人家都会找转业军人，也不用考虑。

两人商量了半天，再参考《人才信息报》，发现海城招经理和主管最多的还不是宾馆，而是餐饮酒店。可能是一下子来岛上的人太多，吃饭的需求太大，投资的人都觉得投资餐饮更有钱赚吧。

两人决定重点攻克书里餐饮部那一部分，这样读完了既可以去餐饮酒店应聘，也可以去宾馆的餐饮部应聘。

他们还给自己编了一个简历，张晨原来是在杭城国际大厦任餐饮部副经理——年纪太轻,任经理不太像。刘立杆是杭城大厦的餐饮部副经理。他们本来是想选黄龙饭店的,但人家当时是杭城唯一的五星级酒店,说五星级酒店的副经理出来打工,怎么都让人怀疑,他们这才放弃,还可惜了好几分钟。

书里关于餐饮部的内容只有五十多页。这符合他们快捷学习、临时抱佛脚的目标,一天把它搞定,应该不在话下。没想到,真的读起来,却让人头大。

书里的内容实在是太枯燥了,加上他们对里面说的东西又太陌生,什么骨碟、味碟、水杯、啤酒杯、白酒杯、红酒杯,还有什么洗手盅,他们只能读一点,猜一点,搞了半天,也没有把这些搞懂。

中午吃了泡面,下午继续。

"我知道了,为什么那两个女孩子要住那间,而不住这间,据说,他们最早是住这间的,后来搬过去的。"刘立杆道。

"你怎么知道?"张晨满脸狐疑。

"你说,我们是不是该找义林妈,让她给我们房租便宜一点?"刘立杆转移了话题。

"便宜一点?"张晨笑道,"人家看你听得津津有味的样子,没加你钱就不错了。"

"谁他妈听得津津有味了?看书,看书。"

两人继续看书。过了一会儿,他们偶尔看一眼对方,发现对方不知不觉早把书放下,不觉哈哈大笑。这一次谁都没有嘲笑对方。

好不容易挨到下午四点多钟,刘立杆问张晨:"你学得怎么样?"

张晨觉得自己把五十几页都看完了,但又想不起来自己记住了什么。

"你呢?"张晨问。

"我觉得差不多了。"刘立杆说。

"那我们去那里看看最新的消息,找几家酒店试试?"张晨问。

"好!"刘立杆翻身从床上起来。

两个人下了楼,看到那小伙子依旧坐在那里。昨晚吃过人家一根烟,今天就不能装作不认识了。张晨和刘立杆都朝他点了点头。他似乎记住了昨晚刘立杆说早起去找工作的话,看到他们有些吃惊,问道:"这才出去?"

"对,这就出去。"刘立杆说。

两个人跨上车,骑出去一段路,刘立杆才说:"有个问题我始终想不明白,你说,他老婆和那些人在一起后,他回家还和不和他老婆一起?"

张晨笑道:"我怎么知道,要不你去问问他?"

刘立杆摇了摇头:"我觉得可能不会了。没听莉莉说,他还出去嫖吗?那肯定是嫌自己的老婆脏。"

"那他去嫖的那些,和他老婆有什么区别?"张晨说。

两个人骑出去很长一段路,刘立杆才如梦方醒般"噢"了一声:"对啊,你说得对啊,张晨。"

两个人抄了一堆酒店回来,经过筛选,最后确定六家,都是招总经理和餐饮部经理的。刘立杆分了一下,说,一个人去三家,同一个岗位,我们就不要自己厮杀了。

第二天上午,两个人各自骑着自行车出发,去了自己的目标应聘单位。

张晨要去的酒店在海甸岛。他骑着自行车,过了和平桥,左首就是半岛酒店,他要去应聘的酒店就在半岛酒店边上,是一家新酒店。

张晨透过一排巨大的玻璃窗朝里看,里面已经装修好了,餐桌椅被移到一边。里面有很多女孩子,她们正左手背在身后,右手托着托盘,托盘里是两块砖头,排成队伍,在餐厅里来回走,看样子是酒店新招的服务员正在培训。

酒店的门头也已装修好,不过整个门头用一块红布蒙着,看不到这家酒店的名字。他们在招聘启事里写的,也是某酒店。

张晨走进某酒店的大门,大厅里面还搭着脚手架,有工人正在往已经很白的天花板上刷着乳胶漆。

大厅里站着一个笑容可掬的女孩,看到张晨进来,还没等张晨开口,就问道:"先生,请问您是来应聘的吧?"

张晨点了点头。女孩领着他上了二楼。二楼也是一个大厅,已经坐了十几位应聘者。张晨刚刚坐下,就有服务员很客气地给他端来一杯水。张晨心想,这应聘总经理的待遇还真不一样。

又有女孩过来,拿着一张表格,笑容可掬地让张晨填。张晨想到,她们的笑容可掬也情有可原,毕竟来应聘的这些人里,总有一个以后会是她们的领导。要是能领导这么一帮笑容可掬的女孩子,这个总经理还真不错。这样想着,张晨对这份工作就格外期待。

张晨抬头看看,大厅另一头就是招聘现场,布置得也挺认真,一排长条桌,桌上蒙着白色台布,四个人坐在桌子后面。离他们一米多远,摆着一张椅子,应聘的人需要走过中间空荡荡的大厅,直走到那张椅子前坐下。

这样的布置,足见招聘者的用心。那些走路横着摇晃的人,还没走到椅子跟前，坐着的那四个人，大概都会在自己面前的表格上，狠狠地打上一个×。

女孩看到张晨停下了笔，走过来，笑容可掬地问："您填好了吗？"

张晨点了点头，女孩收走了他面前的表格。

不断有人从那张椅子上站起来，走出门去。从门外，也不断地有新的人进来。

刚刚收走表格的女孩走到张晨面前，弯下腰，轻声说："先生，轮到您了。"

张晨站了起来。他既然已明白对方这样布局的用心，就在心里不断地告诫自己，一定要走得落落大方。

张晨在剧团里，经常会上台客串一下龙套，有时是拿着刀，跟在冯老贵后面，不停地喊喳，有时是拢着袖子，上去转一圈做路人甲，有时是拿着枪上去，被演穆桂英的谭淑珍一脚踢翻在地，然后迅速爬到幕侧。

张晨跟在女孩后面，他不断地提醒自己，结果无端紧张起来，走到后来竟变得同手同脚。好在到了椅子那里，不过，他看到前面有两个人微微笑着，不知道是不是在笑自己的窘境。

张晨感觉额上的汗流了下来，他用手摸摸，手是干的。张晨轻轻地松了口气。

刚松了口气，他马上又想起来自己刚刚匆忙坐下，忘了和那四位打招呼。这怎么也不像是杭城国际大厦出来的人呀。张晨以前经过国际大厦的门口时，看到站在门口替客人拉门的门童都彬彬有礼的，可不会是自己这样的。

张晨赶紧又站了起来，朝他们鞠了一躬："你们好！"

"你是张晨？"四个人中，看上去最像老板的人问道。

张晨点了点头。

"你简历上说，你原来在杭城国际大厦，那是个什么单位？"

"四星级酒店。"张晨说。

"哦，那和我们还是有区别的，我们这是纯餐饮的酒店。"那人说。

张晨赶紧说："我们酒店也有餐饮部，我就是酒店餐饮部经理，哦，不，不，副经理。"

"你是餐饮部副经理？"四个人中，有一个胖胖的，还穿着厨师工作服的，应该是厨师长级别的人问道，"你们的餐饮部，和我们这里区别还是蛮大的吧。你们做的应该是淮扬菜，对吗？"

我怎么知道那鬼地方做的是什么菜。但对方这样问了，张晨虽然不懂，但也只能点点头，说是。

"那差别就大了。"像老板的人说，"我们酒店主攻粤菜和海南菜，可能不一定合适。"

张晨急道："都是做菜，会有多大的区别？我可以的。"

厨师长轻轻一笑："好，那我问你，鱼肚是油发还是水发好？还有，水发鱼翅一般要多长时间？"

这都什么和什么啊，什么鱼肚和鱼翅，张晨连见都没见过。这个水发和油发又是什么鬼？张晨愣在那里。

厨师长见他没有回答，就降低了难度："那这样，我再问你，清蒸石斑鱼应该淋生抽还是老抽？"

张晨看着他，支支吾吾，不知道说什么好。像老板的那人皱了皱眉头，说："好吧，那就这样，谢谢你！"

张晨站了起来，厨师长还是没放过他，说："副经理，我和你说，清蒸石斑鱼不淋生抽，也不淋老抽，而是淋豉汁酱油。"

其他几个哄然而笑。

张晨的脸涨得通红，觉得如果用一个词来形容自己是怎么从那些笑容可掬的女孩子眼前经过的，那就是落荒而逃。

张晨回到家，翻开那本《白天鹅宾馆管理实务》，找了半天也没有找到什么油发、水发，也没找到鱼肚是什么东西。会是鱼泡泡吗？如果是鱼泡泡，发个鬼发，我们都是辣椒炒了吃。

张晨不死心，继续找，也没有找到什么生抽、老抽，更没找到那个什么汁酱油。

那个年代，柴米油盐酱醋茶，谁知道广东人在一个酱油里还分出那么多名堂。在永城，谁不是拿着酱油瓶，去小店，从一个坛子里打酱油？连瓶装的酱油都没怎么见过，更别说什么生抽、老抽。

过了半个多小时，刘立杆也回来了，闷闷不乐的。不用问，张晨就知道都是伤心事。刘立杆倒在床上，躺着生了半天的闷气，最后实在忍不住，问道："张晨，你说他们是不是能看出来我们是假货？我去的那家，他们竟然问我，一张桌子上，哪个是主宾位，哪个是主人位；领座员领位的时候，应该怎么领。他妈的，不就吃个饭吗？坐下来吃就是，那一圈位子，不是一样的？有什么区别？"

"你他妈是猪啊，那书里不是写得清清楚楚的？"张晨骂道。

"有吗？这书里还有这么无聊的内容？"刘立杆拿起那本《白天鹅宾馆管理实务》翻看。

"你翻到摆台那一章，看看里面是不是有。"张晨说。

刘立杆翻开一看，果然，什么主宾位、主人位，里面标注得清清楚楚。

"这样啊，还真是一个字都不能少看，这样看书，怎么吃得消？"刘立杆叫道。

张晨没好气道："坐在那里，什么都答不出来才吃不消，若有个地洞，老子都要钻进去了。"

接下来的几天，他们又去了很多酒店，结果都大同小异。他们不断地失败，然后不断地去书店买书，从各种和酒店有关的书籍到菜谱，都买了。张晨终于知道了什么叫鱼肚，也知道了什么叫豉汁酱油，还有什么叫油发、水发，但再去应聘的单位，没人再问他这个问题了。

而别人问的，又都是新问题，又把他们难住，更有甚者，直接带到桌前，让他们摆台。这个，老子怎么可能会啊！

他们把应聘的职务也越降越低，从总经理到经理，再到主管，最后到了领班。可没想到，越低的职位，问题就越具体，越需要实际操作，连胡扯都胡扯不了。没办法，他们又只好把应聘的层级往上提。

隔壁小伙子似乎也明白他们的处境，现在，他们每天晚上回来，在门口碰到，他直接问的是："今天又没找到？"

张晨和刘立杆连发火也发不了，因为他们抽了人家的烟，人家这么问，是当你是自己人，关心你呢。

那天周六，金莉莉打电话到小店，给张晨留言说晚上要去洋浦，不回来了。张晨和刘立杆郁郁的，经过隔壁门口时，门开着，那女的看到他们，就热情地招呼他们，说，今天搞了很多菜，准备吃火锅，一起来。

小伙子也说，一起一起，吃火锅就是要人多才热闹。

张晨和刘立杆盛情难却，只好答应。四个人坐在走廊上，喝着啤酒，吃着火锅。他们知道了他们两个确实是夫妻，男的叫建强，女的叫佳佳，都是很普通的名字，也不知真假，管他呢。

张晨和刘立杆听着佳佳不停地咯咯笑着，雪白的手臂和大腿在他们眼前晃动，晃得他们心旌飘摇。

吃完火锅，佳佳问他们去不去看电影，张晨和刘立杆说不去了，佳佳和建强自己走了。

刘立杆奇怪，问张晨："难道他们这行也有周末？"

张晨说："我怎么知道！"

刘立杆呆呆地发了一会儿愣，哈哈大笑起来，说："我知道了，今天是大姨妈来了，被迫停工，哈哈哈哈。"

果然，这一晚上十分安静。他们听到两个人回来，心情似乎不错，还在房间里哼歌。刘立杆晚上十一点钟下楼买烟时，发现他们房间的灯已经黑了，楼下门口也没见到建强的身影，这一晚上，也没听到那熟悉的声音。

随着时间的推移和一次次的碰壁，张晨和刘立杆的心情越来越急躁，情绪越来越低落。两个人在房间里的时候，总是唉声叹气。虽然他们每天还是会去那块空地抄很多地址，刘立杆还会继续买《人才信息报》，但心里都是发虚的，知道抄了也没有多少用。

他们现在去应聘，走到人家单位门口的时候，心里就已经在打退堂鼓了；面试时，很多明明在书上已看过，在家里记得滚瓜烂熟的内容，会突然就想不起来，大脑一片空白，像个白痴一样坐在那里。

越是这样，焦虑就越是写在他们的脸上和眼睛里。这种焦虑，让人一眼就能看出来，以至于他们说什么，都会给人一种不真实的感觉，再一戳，果然就戳破了。

这天傍晚，太阳已经西斜，他们再一次来到那块空地。到的时候，看到很多人在排长队，问了一下，说是农垦下面的一个农场在招工人。

张晨也排了进去。刘立杆问："这农场的工人是干什么的？"

"种橡胶，割橡胶。"排在他们前面的人说。

"那不就是农民？"刘立杆说。

"对，就是干和在老家一样的活儿。"排在他们前面的，显然在老家是个农民。

刘立杆看了看张晨，张晨一言不发。刘立杆叹了口气，也只好跟着排队。他知道，只要一开口，张晨肯定会说，管他是干什么的，先有一份事做再说。刘立杆现在也没有那么大的勇气和自信来反驳张晨的想法是错的。

两人随着队伍默默地往前，排到他们的时候，前面是一张桌子，一个戴眼镜的中年人和一个小姑娘坐在那里。张晨和刘立杆把身份证递了过去。那个被称为杨主任的中年人接过他们的身份证，又看了看他们，没有把身份证交给身边的小姑娘进行登记。

"你们两个原来是干什么的？"杨主任问，"看起来不像是干过农活儿的人。"

张晨说："我们原来是剧团的。"

"越剧？"

"婺剧。"

"哦,那应该是在金华那一带。演员?"

"不是。"张晨摇了摇头,"我是美工,他是编剧。"

杨主任笑了起来:"那你们来我这里干吗? 不搭啊。"

张晨和刘立杆一下子不知道这话该怎么接。

"我明白了。"杨主任说,"你们是不是到了海南后一直找不到工作,就想着管他干什么的,先干起来再说,对不对?"

张晨和刘立杆奇怪他怎么一下子就看破了他们的心思,都点了点头。

"不要急,小伙子,没有什么是先干起来再说的。人一旦安定下来,都是有惰性的,或者说,那股气泄了,就不会有再提起的勇气。相信我,你们真到了农场,马上就会感到委屈,然后呢,又没有再跑出来的勇气,结果就整天怨天尤人。"

杨主任把身份证还给他们。张晨急了,道:"杨主任,我们会好好干的!"

杨主任笑笑:"嘴上是这么说,可是心里,排到这里就已经觉得很委屈了,对不对? 不是我不要你们,小伙子,种树割胶,谁都能干,我相信你们也能干,但不适合你们,我这是为你们好。我见过太多你们这样的情况了。"

杨主任继续递着,张晨和刘立杆始终没接。杨主任叹了口气,说:"好吧,实话告诉你们吧,我也是浙江人,和你们算是老乡,我是真不希望你们这样。再坚持坚持,那句话怎么说? '众里寻他千百度,蓦然回首,那人却在灯火阑珊处',说不定再坚持一下,你们就能找到适合你们的工作了,好不好,两位小老乡?"

杨主任见张晨和刘立杆还在迟疑,想了一下,很诚恳地和他们说:

"这样，你们再试试，要是真的走投无路了，就到儋州来找我，我说到做到，随时给你们安排工作。"

"他是我们农场的办公室主任。"边上的小姑娘在一张纸上写了一个地址。杨主任接过来，又在地址下面添了一个电话，然后把字条和身份证一起还给张晨。人家已经把话说到这个地步，张晨只能接了过来。他朝杨主任鞠了一躬："谢谢杨主任！"

刘立杆也跟着鞠了一个躬，和他说"谢谢"。

两人离开了队伍，刘立杆还想再挤进人群，去抄几个地址，张晨说走吧，天快黑了。

刘立杆心里奇怪，天快黑了又怎么样？我们哪天不是晚上八点多钟才回去？

骑上自行车，路上经过一家卖小百货的店，张晨停下来，进店买了一个小电风扇。刘立杆奇道："你浪费这个钱干吗？怕热，就多冲几次凉啊。"

"今天周六。"张晨头也不回地说。

刘立杆恍然大悟。原来又一个星期过去了，今天金莉莉要回来，怪不得前面张晨说天快黑了，也怪不得他要买电风扇，这小子一定是想，金莉莉每天在空调房里待着，怕热。

两人回到家，金莉莉还没有来。等他们冲完凉，金莉莉才到。她一到，就从包里掏出两个BB机，指着其中一个说："这是我的，你们把号码记一下。"然后指着另外一个对张晨说，"这是你的，你们也把号码记一下，再有单位通知你们，就可以呼你们了。"

张晨吓了一跳。他看着金莉莉，问："这么贵的东西，你哪里有钱买？"

金莉莉得意地说："我昨天发工资了。对了，待会儿我请你们去大排档吃饭。"

"你才去几天，这就发工资了？"刘立杆不相信地问道。

"当然，昨天是公司发工资的日子，我也以为没有我，结果老包把工资表给我，我看到自己的名字也在上面。他说夏总说了，就是来一天也该有工资。"金莉莉一边把BB机别到张晨的腰里，一边说。

"全月的？"刘立杆问。

"对，全月的。"金莉莉说着，从包里掏出一沓钱，塞进张晨的口袋，"这是六百块钱，你们每天在外面跑，吃好一点。"

张晨想掏出来还给她，金莉莉骂道："怎么，你和我还分你的我的？我住单位的，吃单位的，根本就花不了钱。"

张晨嗫嚅道："我怎么感觉，自己和建强一样。"

"谁是建强？"金莉莉问。

刘立杆说："就是隔壁那小伙子。"

金莉莉一巴掌打到张晨手臂上，骂道："你说什么呢？！"

张晨知道金莉莉是误解了自己的话，赶紧辩解："不是，我是说，自己和他一样没用。"

金莉莉又打了一下，不过这次打得轻了。她说："我不许你这样说自己。"

刘立杆说："对对，前面一个老乡也这样批评我们了，让我们不要妄自菲薄，要相信天生我材必有用。"

金莉莉白了他一眼。

三个人都笑了起来。

金莉莉看到桌上一堆的酒店管理方面的书和菜谱，奇怪道："哪来的？你们认识了一个厨师？"

张晨就把他们这一个星期干的事和金莉莉说了。金莉莉睁大了眼睛，道："怎么可能？你们两个，这辈子进过最大的厨房就是婺剧团食堂，就这个样子，你们就想去酒店当经理？你们知道酒店的水有多深吗？没干过的，根本就不知道，再加上这里的酒店可不是婺剧团下面的小饭店，这里的菜，你们连认都不认识。"

张晨和刘立杆结合自己这几天的经历，想想确实如此，但嘴里还不肯承认。刘立杆说："不就是一家酒店？有你说得那么玄乎？"

"一家酒店？哼，一排的服务员站在那里，你们都分不清哪个是主管，哪个是领班，哪个是点菜员，哪个是收银员，哪个是传菜员，哪个是服务员吧？"金莉莉问。

"不都是服务员？有这么多名堂吗？"刘立杆问。

"当然，名堂多着呢，我天天在学习，还天天在出丑。你们两个，连酒店大门都没进过，就敢去当经理？我只能说，你们勇气可嘉，但傻得到家。"金莉莉笑道。

"说说，你出什么丑了？"刘立杆说。

金莉莉还没开口，自己先笑起来，笑过后，才说："那天，服务员拿了两个很漂亮的玻璃碗放在桌上，我看里面是茶，就以为是给我们喝的，就拿过来，准备倒一杯到自己茶杯里，结果夏总和老包两个笑死。老包告诉我，那是净手盅，里面的茶是给客人吃过海鲜后洗手去味用的。丢死人了，幸好客人还没有来。"

原来，净手盅是干这个用的，张晨和刘立杆这才明白。张晨问："对了，那里面是什么茶？"

"乌龙茶。"金莉莉说。

金莉莉的一番话让两人顿时信心全无。虽然看了那么多的书，但实际知识还不如金莉莉这样一个初级食客懂得多。看样子这酒店经理的路，还是太遥远。

"你们两个，还是要去找适合自己的，有本事在手，不怕啊，只不过机会没到而已。真要有机会碰上了，你们一出手就可以拿下。这个，你们就是出手也只会出洋相。"金莉莉说，"就像我，虽然是运气好，但我要是没做过出纳，也得泡汤。"

张晨和刘立杆觉得金莉莉说得有道理。刘立杆双手抱拳："谢谢大师指点。"

"好吧，大师请你们两个经理吃晚饭。"金莉莉道，"天天大酒店，都吃腻了，想这里的油炸鸭头了。"

结果三个人在大排档吃到晚上九点多钟才回家。在大门口，隔壁小伙子还是坐在那里，刘立杆就说："你们上去，我和建强抽根烟。"

张晨和金莉莉当然明白刘立杆这是在给他们空间。两人没说话，上了楼，进了房间。金莉莉关门的时候，顺手把门反锁了。

刘立杆和建强，一个坐着，一个蹲着，两个人也不说话，默默地抽烟。抽完一支，刚抽第二支的时候，一个男人从门里出来，急匆匆地走了。两个人都装作没看见。过了一会儿，建强说："凳子给你坐，我到外面逛逛。"

刘立杆看着他的身影在黑暗中摇晃着远去，心想，妈的，又去拉客。

他朝楼上看看，看到佳佳正提着一桶水，从走廊那头回了房间。

刘立杆坐着，又抽了一根烟，他想起小店边上有两张台球桌，就去那里打台球了。

玩到凌晨快十二点，他才往家走，看到建强又坐在门口。

回到楼上，房间里是黑的，但门开着，刘立杆进去时，张晨把床头的台灯拉亮了。

刘立杆打台球打得一身臭汗，冲完凉回到床上，张晨才把灯拉黑。

朦朦胧胧当中，刘立杆听到金莉莉在叫"热死了，热死了"。

刘立杆说："把风扇都朝你们那边。"床单那边的两个人都没动，他就爬起来，把正对着床单、摆在两张床铺中间的电风扇转向了张晨他们那边。

也不知过了多长时间，朦朦胧胧中，刘立杆又听到金莉莉在叫"热死了，都是汗"。

他听到张晨起来，到桌子那里，好像是拿回了一本书，啪嗒啪嗒地扇着。

金莉莉撒娇道："还是热。"

刘立杆说："热就再去冲个凉。"

"杆子，我想好了，再过几个月，我给你们也装台空调。人家说了，海南有十个月都是这么热的，有了空调，就不热了。"金莉莉说。

"哗"的一声，张晨把手里的书甩了出去，道："你要怕热，就回自己房间睡去。"

金莉莉一听，火了："张晨，你什么意思？我说我怕热了吗？我就说给你们装台空调，怎么了？"

张晨腾地坐了起来："对，你给我们装空调，还给我们伙食费，你现在下去找义林他妈，把我们下个月的房租也交了啊！"

金莉莉也坐了起来："对，我就是贱，我是贱货，好了吧？我就要赖着你，给你装空调。"

"好了，到此为止，你们两个都闭嘴！"刘立杆也坐了起来，拉亮了灯。

第十二章　　新身份

　　本来说好今天上午三个人去火山口玩，下午去白沙门游泳，但张晨八点多钟起来，就说要去空地那里看看，星期天，招聘的单位可不放假。

　　刘立杆不知道金莉莉是睡着了还是醒着故意不出声，她躺在那里，一动不动。

　　刘立杆无奈，只好也随着张晨出门。推着车子出了门，刘立杆才说："张晨，你昨晚过分了啊！"

　　张晨不理他，推着车子走。

　　"莉莉只是好心，你干吗发那么大的火？怎么，是不是自尊心受不了了？"刘立杆笑道。

　　张晨猛地踩了一脚自行车踏板，跨上了车，道："走了。"然后加快速度朝前骑去。

"妈的!"刘立杆骂了一句,赶紧上车,猛踩几脚,跟了上去。

两人到了那里,各抄了一个地址,就分头去应聘了。中午时,刘立杆回到这里。星期天这里人比往日少,加上又是大太阳,人就更少了。刘立杆挤进人堆,意外地发现张晨居然也在里面,正抄着墙上的地址。

刘立杆在他肩膀上拍了一下,两人从人堆里出来,刘立杆问:"你怎么没有回去?"

"回去干吗?"

"你他妈是不是想把事情搞大?"刘立杆骂道。

张晨不吭声,把头转向一边。

"好好好,我去买报纸,回来我们一起回去,算是看我面子。"刘立杆说。

他来到那个小房子里,买了一份《人才信息报》,打开看了一眼。

"师傅,你们这报纸,在招记者?"刘立杆问里面的人。

里面的人说:"我们这种报纸,要什么记者。"

刘立杆把手里的报纸给他看,果然,上面写着《人才信息报》招聘记者二十名,这招聘启事,还比一般的启事大一倍。

里面的人摇了摇头:"那我就不知道了,你要去办公室问。"

"你们的办公室在哪里?"

里面的人用手点了点报纸最下面的社址:"这里,龙舌坡。"

刘立杆拿着报纸回来,张晨还在那里。刘立杆说:"不能陪你回去了,我要去这里,你自己回去。记住,有话好好说,别吃了枪药似的。"

张晨没有说话,跨上了自行车。刘立杆在他背上拍了一下,道:"吃个饭,就什么事也没有了。"

张晨扭头瞪了他一眼,刘立杆哈哈大笑。

刘立杆到了龙舌坡,找到了劳动局大楼,《人才信息报》在四楼。刘立杆上去,看到走廊里站着两三个人,所有门都关着。刘立杆问了一下,原来这两三个人也是来应聘的。他们告诉刘立杆,负责招聘的人吃饭去了,要下午两点开始。

刘立杆走到走廊尽头,靠着一扇关着的门坐下来。这里比较凉爽,有一点风。刘立杆坐着,昨晚没睡好,早上又起得早,不一会儿就睡着了。

等他醒来,已经是下午两点半了,走廊里排起了队伍。刘立杆赶紧起身,排到队伍最后面。

轮到刘立杆时,他朝坐在桌子后面的人说:"我是来应聘记者的。"

对方看了看他:"你知道我们报纸吗?"

"知道,我天天买。"

"那好,我们招的是拉广告的,去用人单位拉招聘广告,给你们发记者证,是为了你们方便,明白吗?"

刘立杆在心里骂道,不招记者,你们还写那么大的字:记者二十名。

"能不能干?"对方问。

刘立杆赶紧说:"可以试试。请问,待遇是怎么样的?"

"什么待遇?"

"就是工资什么的。"

"没有工资,拉一个广告,提成百分之十,一月一结。"

刘立杆踟蹰着。对方道:"能不能干? 不能干就下一位。"

刘立杆心一横,想,虽然人生地不熟的,拉广告有难度,可拉不成又没有什么损失,赶紧道:"能,能,我可以干。"

"可以干就拿着身份证去那边,交二百块钱押金。"

"这押金是干什么的?"

"记者证啊。你要不干了,把记者证退回来,退还押金。不过,先和你说清楚,退的时候,只能退一百八十元。"

"为什么少了二十元?"

"记者证的工本费啊!"对方不满地看了他一眼。

刘立杆怀揣着《人才信息报》的记者证回到家的时候,已经下午快四点了,家里一个人也没有。刘立杆进门,看到桌上有一张字条,是金莉莉写的,上面就五个字:"我回公司了。"

刘立杆心里咯噔一下,原来中午他走后,张晨没回来。

等到五点,张晨才回来。他瞄了一眼桌上的字条,然后把字条揉成一团,随手扔到了地上。

刘立杆从床上坐起来,看着张晨。张晨见刘立杆一直盯着他,问:"你看我干吗?"

"你们什么时候吵过架? 你和莉莉。"刘立杆说,"我印象当中没有吧? 就为了这么一点连事都不算事的破事,一句话,你准备干什么?"

"没准备干什么。"张晨瓮声瓮气地说。

"那你中午干吗不回来?"

"找工作,没时间。"

"找到了吗?"

"没有。"

"你他妈的这么一副鬼样,我担心你工作没找到,女朋友先没了。"

"没了就没了。"张晨没好气地说。

"那你他妈的有种就和莉莉说分手啊,躲着不回来算什么事!把她一个人扔在这里,让她干吗?听一整天隔壁的声音?"

张晨站了起来。

"你干吗去?"刘立杆叫道。

"冲凉。"

"滚!"刘立杆骂道。

他想不明白,张晨到底是哪根筋搭错了,一晚上看着都是好事,金莉莉给他买了BB机,给了他钱,还请他们吃了饭,怎么到了后半夜,就风云突变了?

刘立杆仔细地想了想,金莉莉的话虽然是好意,但他也理解,在张晨听来,也确实会不舒服。不过,不舒服归不舒服,哪里一下子就会有那么大的气性了?

刘立杆叹了口气,心想要是谭淑珍在就好了,或许,她能够知道这是为什么,至少有谭淑珍在,就是张晨和自己出去了,金莉莉也不至于一个人在这里,有被冷落的感觉。

刘立杆摇了摇头,算了,不想了,还是想想自己明天从哪里开始吧。

他拿出口袋里的记者证看了起来。张晨进来,看到刘立杆手里的东西,眼睛一亮:"杆子,你找到工作了?"

"屁,假的。"

"你去做了个假证?"

"证倒是真的,这记者的活儿是假的,其实就是拉广告。"刘立杆道。

第二天上午,刘立杆开始了他拉广告的生涯。

既然人生地不熟,张晨给他出了个主意,就用最笨的办法——洗楼,就是把一幢幢写字楼,一家家公司先洗一遍,管他有没有业务,先留下一张名片再说。人家今天不招人,说不定明天就招了呢?而抽屉里正好有一张你的名片,生意不就来了?

报社给了他三盒空白名片,就是上面报头和下面地址、电话都印好,只有中间是空白,让你自己填名字。

张晨花了几个小时的时间,把"刘立杆"三个字用隶体字写到名片中间,乍一看,还以为是印出来的,这样,名片看上去就很正规了。

张晨写到一半,刘立杆说:"我的名字后面,加上'记者'两个字。"

张晨问:"这样搞,被报社知道,不太好吧?"

刘立杆道:"管他呢,他们只是说这里写自己名字,又没说不准写'记者',再说,他们记者证都敢发,我有什么不敢写的?"

张晨想想也对,这不是记者证嘛,就在"刘立杆"三个字后面,用宋体写了"记者"两个字。写完三百张名片,张晨手都酸了。

他还在最下面报社电话的后面留了一个自己的BB机号,反正《人才信息报》张晨也熟悉。刘立杆又给了他一张价目表,万一有业务过来,张晨就可以冒充刘立杆回电话过去。

本来张晨是要把BB机留给刘立杆,但刘立杆说:"我不要,反正有人呼,你回过去就是。还有,万一我碰到有单位需要找人,我就呼你,你就赶过来,这样,在他们连招聘启事都还没有登的时候,你就上门应聘了,是不是抢了第一？"

张晨想想,还真有道理。

临出门时,刘立杆塞了一盒名片到包里,想想不够,又塞了一盒。他决定就从离家最近的写字楼和商场、酒店开始,每天像蚂蚁一样,一点一点啃过去,最后把整个海城啃完。

好在那张记者证是真的,刘立杆去哪幢写字楼,到了门口,就把记者证朝保安一亮,保安就放他进去了。

洗楼这件事,说起来容易,真做起来,刘立杆才发现远没有那么简单。

招聘事务一般都由办公室负责,刘立杆到了一家公司,就直接找办公室主任,拿出自己的记者证和名片。主任一见是记者,马上满脸堆笑,也不管对方是什么报社,只要记者上门,肯定不会是小事,更有甚者,马上叫人去把公司老板叫过来,准备接受采访。

这里,又是请坐,又是端茶,郑重其事,这样一来,刘立杆就被架了起来,他都不好意思直接说广告的事,只能搬出他以前对付永城那些大王的本领,煞有介事地开始采访,也只能在采访的过程中,侧面了解公司有没有扩大规模和招人的计划,没有就尽快收场。

虽然是尽快,但也不能两三句话就把人打发,总要让这看起来还像是一场完整的采访。只是刘立杆心里已经骂了对方几十次娘了。

今天头一遭,就碰到几个有雄才大略的老板,一开口就滔滔不绝,抑扬顿挫。

从自己惨不忍睹的童年,说到自己辉煌和成功的现在,从一个小山沟,一直聊到放眼全世界,最后的总结就是,公司的三年、五年、十年计划,在你面前,构造了一座巨无霸的海市蜃楼,你就是想中止,人家也不给你机会。

好在这样的老板一般都比较好客。快到饭点了，刘立杆偷偷看时间，去下一家也来不及了，好吧，那就蹭这家吧。

在老板即将讲完自己的故事，准备亮丽收场时，刘立杆接连又抛出了几个问题。对方眼睛一亮，觉得这几个问题太值得说了，就站起来，道："走走走，刘记者，我们去吃饭，边吃边聊。"

这也是刘立杆在永城采访那些"大王"时总结出来的经验，没想到到了海南还能用上，看样子全世界的"大王"还都是一个娘胎出来的。

这样，刘立杆一天下来，只跑了四五家公司，除了蹭到两顿饭，一无所获。刘立杆仰头看看眼前的高楼，心里哀叹，按这个进度，这幢楼都要花一个月时间，要把海城的楼洗完，除非把蹭饭这项工作变成家族事业，子子孙孙无穷尽地干下去。

回到家里，刘立杆已经累得像狗，躺在床上不停地哀叹，看看那满墙的招聘启事，道："张晨，我怎么就没碰到个要招工的单位呢？"

张晨骂道："知足吧，好歹你还混到两餐饭，我除了一鼻子的灰，还要自己倒贴饭钱。"

"哎，对了，要么你也跟我去蹭饭算了，填一张名片，不就是张记者了？"刘立杆道。

张晨赶紧说："算了，算了，我丢不起那个脸。"

刘立杆瞪了他一眼："什么意思，老子这也是劳动所得，听他吹了几个小时的牛，吃他一顿饭还不应该？"

第二天，刘立杆改变了策略。他一进人家公司，给人看过记者证后，还没等对方开口，马上说起广告业务。这样，对方的脸色自然没那么好看，不过，速度提高了不少。刘立杆一天跑了几十家公司，一盒名片，有一大半发了出去。

刘立杆跑了三天，业务没拉到一个，三盒名片倒是快发光了。他跑回报社去要名片，人家也吃了一惊，问道："三盒，你都快用完了？"

刘立杆说："对啊。"

"那你等等，我要去问问领导该怎么办。"他跑到隔壁办公室问了领导，回来和刘立杆说，"如果再要，那就要收工本费了，十块钱一盒。"

"为什么？"刘立杆问。

"没办法，我们这里，把三盒名片都用完的，你是第一个。很多人都是跑了一个多月，半盒也没有用掉，回来退押金的。"

"那你们应该鼓励才对啊。"刘立杆不满地说。

"你要是有成效，有业务，我们当然会支持，可你现在不是还没有业务嘛，我们也不知道你拿名片干什么去了，万一你扔了呢？"

"不是，你们还讲不讲理？你看看，看看我这包里的名片，都是交换来的，这可以证明我确实是在一家一家公司跑吧？"刘立杆说。

"这也没有办法证明。"对方一口咬定。

"那你说，我名片用完了，怎么办？"

"你可以花钱买啊。"

"笑话，哪里有用自己单位的名片，还要自己花钱买的？你的名片也是买的吗？"

"对不起，我没有名片。"对方嗫嚅，"再说，你也不是我们单位的人。"

"我不是你们单位的，那你们发的记者证是怎么回事？"

"怎么回事？"从门外进来一个人，看了看刘立杆，问。

工作人员看到来人,委屈地说:"就是他,领导,三盒名片都用完了,一定还要。"

刘立杆一听对方是领导,来劲了,说:"领导,你说说,我每天从早开始,一家家公司地跑,腿都要跑断了,一分钱工资没有,我就多要几盒名片,过不过分?"

领导笑道:"你的精神确实可嘉,不过,我们严格控制,也是怕你们乱丢,对不对? 报社的名片丢得到处都是,那成什么样子? 对不对?"

刘立杆说:"我怎么可能乱丢? 每一张名片,我都很珍惜,都是认认真真费了功夫制作出来的。我乱丢,那不是有病吗?"

刘立杆说着,掏出自己的名片给领导看。领导拿着名片,念道:"刘立杆,是你?"

"对。"刘立杆点头。

"这字蛮好的嘛,是写上去的?"领导看着名片上的字,似乎不太相信。他拿起工作人员的杯子,倒了点水在桌上,用手指蘸了蘸,然后在"刘立杆"三个字上一抹,墨水晕开了。

"给他三盒,哦,给五盒吧。"领导对工作人员说。

他又拍了拍刘立杆的肩膀,说:"不错,小伙子,看得出来,你还是一个蛮珍惜自己羽毛的人,我希望你能够早出成绩,好不好?"

早上出门,刘立杆继续洗楼,张晨要去一家单位应聘,车子骑到半路,腰里的BB机响了。张晨心想,难道刘立杆的第一单生意来了,还是哪个不长眼的老板,一觉睡醒,觉得这有文凭和没文凭,有经验和没经验,其实都一样的,只要人长得端正就行?

张晨赶紧找到一部公用电话,按照BB机上显示的号码打过去。

"喂,是我……"电话里是金莉莉的声音,"这个是我办公室的电话。"

张晨"噢"了一声。

"你记一个地址。"

张晨从包里拿出本子和笔,本子上记满了一个个单位,又被一道道黑线划去,那都是张晨去应聘过的单位。

"找到纸笔了吗?"

张晨"嗯"了一声。

金莉莉在电话里说了一个地址和公司名,张晨记好了,心想,这是干吗?

"这家公司是给我们公司装修的,他们在招设计师,嗯……夏总已经给他们老板打过电话,你过去吧。"

"不去。"张晨没好气地说。

金莉莉也生气了,骂道:"去不去随你!"啪地就把电话挂断了。

张晨骑着自行车,继续往前走。过了一个街口,他掉转方向,朝金莉莉给的地址骑去。如今,张晨对整个海城已经烂熟于心,不需要看地图,他也知道哪幢楼在哪里。

到了华信大厦,张晨乘电梯去了十九楼。腾龙装饰有限公司的规模看起来还不小,占了十九楼的半层,出了电梯,左首,就都是他们公司。

张晨进了门,前台一位小姐马上问他:"请问您找谁?"

"我找你们老板。"

"请问您有什么事吗?"

"噢,我是……我是你们老板的一个朋友介绍来的,他已经给你们老板打过电话。"

前台小姐明白了,微笑着点点头:"请跟我来。"

前台小姐带着张晨,穿过大厅。大厅里有很多人,正伏案工作。他们一直走到大厅尽头,进了一扇玻璃门,里面是很大一间办公室,有一张大班桌、一组沙发,还有一张小会议桌;办公室的三面墙上,挂着一幅幅效果图,看来都是他们已经完成的项目。

四五个人正围着会议桌,看着桌上的几张图纸。前台小姐在玻璃门上敲了两下,四五个人齐刷刷地转过头来。

"什么事?"其中一个很瘦的中年人没好气地问道。

"谭总,这位先生说,是您的一位朋友介绍来的,已经给您打过电话了。"前台小姐说话的声音都有些打战。

"什么朋友?我朋友多了,给我打电话的都是我朋友?"这位谭总没好气地说。

张晨脸色煞白,心里哀叹,妈的,又是个瘟神。他结结巴巴地说:"是夏总,金融花园的夏总……"

张晨还没说完,谭总就不耐烦地说:"去那边等着吧!"回头和那几个人说,"来来,继续。"

前台小姐领着张晨到沙发处坐下,又给他倒了杯水,轻轻地吁了口气,和张晨点了点头,然后如释重负地赶紧退出门去。

张晨坐在那里无事可干,就看着墙上的那些画。

谭总在那边敲着桌子训人:"和你们说过多少次,这个业主很难搞,让你们把隐蔽工程做仔细点,我就知道他可能会破坏性抽查,结果是不是?让人抓了现行。你们都是猪吗?猪都比你们聪明。妈的,现在人家要求全部返工,你们今天给我全部返完!"

有人嗫嚅:"今天可能干不完。"

"干不完就不要回家,给我干通宵! 活儿都干不好,还想回家? 都滚出去!"

那些人脸色苍白,鼠窜出去。

谭总盯着桌上的图纸,又看了一会儿,这才走过来,在另一张沙发上坐下,看了一眼张晨,问道:"你是谁介绍来的?"

"夏总,金融花园的。"

"哦,知道了,他是给我打过电话。你是会干木工、泥水工、油漆工,还是水电工?"

张晨赶紧说:"不是,我是来应聘设计师的。"

"设计师? 你以前干过?"

"没有。"张晨老老实实说。

"没干过,那你来干吗? 我们这里,都是要靠本事吃饭的,不养闲人。有本事,可以;没有本事,谁介绍来的也不灵,要养他自己养去。"说着就要起身。

张晨知道,这是下逐客令了。他鼓足勇气,赶紧道:"谭总,我画得比墙上这些好。"

谭总"哦"了一声:"你画得比这些好?"

"对!"张晨肯定地道。

谭总站起来,走到门口,朝外面喊道:"小黄!"

一个女孩跑过来。谭总说:"把桌子收拾一下,去拿纸笔和颜料进来。"

女孩把桌上的图纸都卷了起来。过了一会儿,她拿着铅画纸进来,后面还跟着一个,手里拿着颜料、笔和调色盒。

谭总招呼张晨:"走吧,去画一张。"

"要画什么?"张晨问道。

谭总从柜子里抽出一本国外的装修书籍,随手打开一页,说:"就画这个。"

那时候,还没有公司会有电脑,更别提什么绘图软件,像他们这样的装修公司,所有的效果图全靠人手工画出来。装修公司最大的财富,就是从国外买回的一大堆装修书籍,从里面东抄一点,西抄一点,凑到一起就是所谓的设计稿了。

但你不能捧着一大堆图册去和业主说,门厅用这本书的这张,洗手间用这本书的那张,看看,客厅就照这个样子。你要把所有这些元素都结合到你自己的设计稿里,而业主认不认可你的方案,最主要的就是看你的效果图。对装修公司来说,效果图就是他们的命根子。

张晨画画,本来就出手很快,现在又是照着照片画,自然不在话下。不过半个多小时,他就把一张效果图画出来了。谭总站在旁边,看看墙上的画,又看看张晨刚刚画好的;看看张晨刚刚画好的,又看看墙上的,始终没有说话。

张晨把笔放下后,看着谭总。谭总点点头,说:"不错,没有吹牛。我最讨厌吹牛的人。来,坐。"

两人回到沙发上坐下,谭总问张晨:"来海南多长时间了?"

张晨苦笑道:"十多天了,一直没找到工作。"

"不应该啊。"谭总看了张晨一眼,"好吧,算是被我捡到了。废话也不多说,在我们这个行业,像你这样水平的设计师,月薪一般是在两千元到两千五百元，我打个折中，给你两千三百元。当然，设计方案被甲方确定，还会有奖励，你看可不可以？"

张晨赶紧说："可以，可以。请问谭总，我什么时候可以上班？"

谭总站起来，走到大班桌前，按下电话，叫道："你过来。"

过了一会儿，小黄走了进来，谭总说："你去给小张——你姓张，没错吧？你带小张出去，给他安排一张办公桌，再领他去办一下入职手续，明天开始来上班。"

第十三章　职业设计师

出了华信大厦的门，跨上自行车，张晨猛踩了一下脚蹬，车子溜了出去，那一个瞬间，眼泪突然就流了下来。张晨觉得，自己在这座城市，终于有了一个立足点，自己可以和周围这些来来往往的人一样，可以说——这是我的城市了。

我们上班，我们下班，我们骑在上班的路上，我们走在下班的路上，但终点，不是那个高礓，不是有着柏子树和樟树的院子，而是海城！自己终于不用每天再怀抱着焦虑和惴惴不安的心，出入一家又一家单位，被人"再见，谢谢你了"！

张晨找到一家公用电话，给金莉莉打过去，告诉她，自己去了腾龙装饰有限公司，已经被录取了，月薪两千三百元，明天开始上班。

"真的？太好了！"金莉莉在电话里激动地道，"张晨，我就知道你行的！"

张晨嘿嘿笑着："对了，你替我谢谢夏总。"

"好好，我知道了。张晨，我都已经哭了！"金莉莉说。

张晨本来想告诉她，自己刚刚也哭了，但最终没有说。

"周六回来，我们好好庆祝庆祝。"金莉莉说。

"好！"张晨不停地点头。

金莉莉在电话里亲了张晨一下，然后挂断了电话。

张晨抬头看了看四周的大楼，第一个念头就是，不知道刘立杆这王八蛋在哪里，如果知道，自己肯定会跑过去，把这个消息告诉他。

已近中午，张晨决定去吃猪脚饭，他要吃两份大肠。路过那块空地时，那里还是一样的人头攒动。张晨特意把车停好，走进人群，煞有介事地挤进一堆堆的人中间，去看墙上新贴出的招聘启事。不一样的是，他再也不用抄写了。

张晨感到心里一阵的轻松和欣喜。

他在人群里走着，看到那一张张焦虑和风尘仆仆的脸，仿佛看到了几个小时前的自己。

他离开的时候，还特意去那座小房子里买了一份《人才信息报》。他想，刘立杆在洗楼，一定没有时间买报纸。

吃完猪脚饭，他觉得现在回家也没什么事，不如去海城公园逛逛。他到了他们第一天晚上露宿的那块草地，躺了下来。他看到头顶的椰子树和树叶间细碎的蓝天，闭上眼睛，仿佛听到《国际歌》的声音正从四周朝他涌来。

张晨不知不觉睡着了。

醒来的时候,已经下午四点多钟,张晨这才往家走。半路,他看到一家卤味店,进去买了半只文昌鸡和一斤叉烧,还有十五块钱的鸭肠。

到了家楼下的小店,他买了四瓶生力啤酒。

刘立杆又到了这个熟悉的地方,龙昆北路的龙珠大厦。大厦边上就是国贸路,进去就是《海城晚报》,再往里走,就是金莉莉他们公司所在的金融花园。

刘立杆很想骑进去看看那个"野猪的车辆"在不在。他想知道,自己把记者证在他面前晃的时候,他还敢不敢拦自己。

刘立杆看了看眼前的龙珠大厦,心想还是算了,自己今天的首要目标,是把这幢楼"洗"了,而不是去和一个保安斗气。

一个上午,刘立杆把十楼以下都跑完了。他到南大桥下面,吃了份快餐。大桥下面很凉快,有不少打工的人在这里休息。海城人习惯睡午觉,下午两点都没多少人正经醒来,一般的公司要到下午三点左右才会正式上班。

刘立杆懒得回去,这里又比家里凉快,他索性找个桥墩,把包里的报纸拿出来摊在地上,坐了下来。没想到刚坐下,桥墩侧面就出来一男一女两个人。

刘立杆知道他们在干什么,心里骂了一声。

刘立杆朝四周看看,心里暗暗惊奇,他发现这片桥下,竟有好几个这样晃荡来晃荡去的女人。

又有两三个女人先后过来,刘立杆烦了,虽然一点儿睡意也没有,但他还是装作睡着了,省得她们再来骚扰。

到了下午两点半左右，刘立杆起来，继续他下午的洗楼。

刘立杆去了一家贸易公司，办公室主任是个和他年纪相仿的年轻人。他拿着名片看了看，有些奇怪，问道："怎么，现在记者都出来拉广告了？"

刘立杆就和他多胡扯了几句，告诉对方，拉广告只是顺带帮广告部的忙，他的主要工作是了解海城目前的劳动力需求状况和人才缺口。

对方将信将疑，不过，还是把他的名片认真收好了。

刘立杆出了那家公司大门，想接着去楼上，刚到走廊，背后传来一个声音："刘立杆！"

刘立杆回过头，看到身后站着的人，兴奋地叫了起来："陈启航！"

"我看到你从办公室出来，就说怎么这么面熟，没想到真是你。"陈启航笑道。

"你在这家公司？"

"对啊，这就是我同学叔叔的公司。你来有什么事？"陈启航问。

刘立杆支吾了半天。陈启航过来搂住他的肩膀："走走走，战友，回去坐坐。"

陈启航把刘立杆带回办公室。主任看到刘立杆和陈启航一起回来，有些吃惊。陈启航向刘立杆介绍："这就是我的同学，李勇。"又向李勇介绍，"这就是我和你说过的，我们在海安认识的朋友，刘立杆，浙大的。"

李勇道："原来是你啊，快坐，快坐。"

三人坐了下来。陈启航问："还有那谁，张晨和他女朋友，他们好吗？"

刘立杆告诉他，金莉莉找到工作了，张晨还在找。

他转向李勇："对不起，我前面骗你了，其实，我也找了十多天的工作，没有找到，才干了这个拉广告的活儿。其实我并不是什么记者，那记者证，只不过是为了方便我们混过保安的。"

"理解，理解，现在的海城，大学生太多，工作太难找了。"李勇说，"我们是幸好，有我叔叔这么家公司在，不然，我们的命运和你们也是一样的。"

"是啊，一下子来了这么多大学生。"刘立杆也感慨道。他把自己那天晚上露宿海城公园的情景说了，说到整个公园齐唱《国际歌》时，陈启航和李勇的眼眶也湿润了。

"这些可都是我们的战友啊！"陈启航道。

"可惜啊，我们能力有限，都帮不到他们什么。"李勇也不甚唏嘘。

"对了，你干这个，还可以吗？"陈启航问。

刘立杆苦笑道："跑了好几天了，一个成功的也没有。看看海城公园那里，贴着那么多的招聘启事，以为需要招人的单位一定很多，但跑了几百家，一家有需求的也没有。"

"把你那个价目表给我看看。"李勇说。

刘立杆从包里拿出广告价目表，递给了李勇。李勇看了下，问刘立杆："带合同了吗？八百元的来一个，我给你先来个开门红。"

陈启航奇怪道："李勇，我们公司招人吗？"

"嗨，管那个干吗？应聘的来了，也是到我这里，我全部打发掉就可以了。"李勇说。

"那要不要先问问你叔叔？"

"问什么问？不用问了，几百块钱的事我还能做主。"李勇说。

刘立杆迟疑道："这样不太好吧？"

"没事，李勇说得对，你就是需要先开个张，图个吉利，我们广东人最相信这个。"陈启航说。

"是啊，其他的事情，我也帮不上，只能帮这点小忙。把合同给我。"李勇催促道。

"这个，已经是很大的忙了。"刘立杆感激地说。

"这样，我们还有不少同学在其他公司，我帮你问问，他们那里还需不需要登招聘广告。"趁着李勇在填合同、盖章的时候，陈启航和刘立杆说。

刘立杆赶紧说："谢谢，谢谢！"

"有时间，把张晨他们也叫出来，大家聚聚。"把刘立杆送到电梯门口，双方要告别的时候，陈启航说。

刘立杆说："好，一定！"

从龙珠大厦出来，刘立杆特意骑着车往国贸路去。他回头看看龙珠大厦，再看看前面的金融花园，心想，这里还真是我们的福地啊！

经过《海城晚报》时，他又挥了挥拳头，骂道："早和你说过，此处不留爷，自有留爷处。"他骑在车上，不禁笑了起来。

经过金融花园门口时，刘立杆看到，太阳下站着的还是那位"野猪的车辆"。

"你好！"刘立杆朝他挥了挥手。

对方一愣，然后赶紧给他敬了个礼，也道："你好！"

刘立杆回到报社，把合同交给那位工作人员。工作人员看了看合同，再看看刘立杆，拨了一个电话。隔壁的领导过来，一看到刘立杆，就笑道："看看，小伙子，出成绩了不是？我早就说过，这么多人里，你肯定会是最有出息的。怎么样,今天还要不要名片?要名片你就给他。"领导对工作人员说。

刘立杆是后来才知道,什么叫"这么多人里,你肯定会是最有出息的",其实,他们前几天一起进来的那二十个人,到刘立杆去交合同的那天,只剩下他一个人了,其他人早就退了押金走人了。

刘立杆骑着车,想想张晨也该回来了,不知道他今天又碰了几鼻子灰。路过一家卤味店时,他进去买了半只文昌鸡和一斤叉烧,还有十五块钱的鸭肠,到了家楼下的小店,又买了四瓶皇妹啤酒。

这样一算,今天的业务提成提前花完了。可这有什么关系,陈启航和李勇不是说了,开门红嘛,开了张嘛,《沙家浜》里胡传魁不也唱:"老子的队伍才开张,拢共才有十几个人,七八条枪……"

有了这第一单,就会有第二单,有了第二单,就会有后面的子子孙孙单,文昌鸡让你吃到吐,皇妹啤酒,让你灌个够。

刘立杆提着啤酒和卤菜上了楼。张晨听到动静,赶紧出来,看到刘立杆手里的东西,哈哈大笑。刘立杆被他笑得莫名其妙,走进房间,看到桌上的东西,也大笑起来。

刘立杆到隔壁,看到建强和佳佳正在小方桌前吃饭,道:"来来,搬出来,大家一起吃。"

建强和佳佳把桌子搬到走廊,张晨把菜和酒都拿了出来。佳佳看到,忙道:"我再炒两个菜。"

隔壁的那两个女孩也起来了,听到外面动静,走出来看。刘立杆道:"小妹,过来一起。"

两个女孩搬了凳子欣然过来，张晨又去楼下买了酒，还买了花生米、兰花豆和店老板玻璃柜上泡在一个大广口瓶子里的泡椒凤爪，回到了楼上。

吃饭的时候，隔壁的两个女孩，雯雯和倩倩，听说刘立杆现在干的活儿，都让他把名片给她们一些："我们的客人都是老板，我们也帮你问问，他们那里有没有业务。"

建强也要了一张刘立杆的名片。他盯着名片看了半天，嘀咕道："这个不错，看样子我也要去印个名片。"

张晨说："好，我帮你设计。"

佳佳打了一下建强，骂道："你找死啊！"

大家都笑起来。

听到楼上这么大的动静，过了一会儿，义林也跑了上来。刘立杆让他喝酒，义林不喝；让他吃菜，他说刚吃过饭。他搬了张凳子，坐在边上看他们喝。

雯雯问道："咿呀，我们来了半年多了，怎么没看到过你爸爸？"

"我爸爸，那个烂仔？"义林不屑道，"他早就跟其他女人跑了。"

大家都不响了。

第二天上午，临出门时，张晨要把BB机给刘立杆，刘立杆不肯要。张晨说："我一个搞设计的，又不跑出去，办公室里有电话。我挂着这个，也是摆设，你才需要它。"

刘立杆这才收下，把BB机挂到腰里。他有一种现在全副武装到位的感觉。

这天上午,刘立杆继续洗楼。BB机响了,刘立杆借了人家办公室的电话回过去,是陈启航。陈启航告诉他,他们有一个同学,在一家房地产公司上班,因为是新注册的企业,好像要招好多人。

"他们准备在报纸上连登三天的广告,已经和《海城晚报》在接洽,我让我同学先拦下了,你马上过去。"陈启航说。

"好好,谢谢你!"刘立杆挂了电话,马上过去。公司在美兰,海城的郊区,刘立杆骑了一个多小时的车才到那里。

陈启航的同学也姓刘,是个女的,是这家公司董事长的秘书。

刘秘书告诉刘立杆,他们正在筹建一个高尔夫球场的项目,所以需要招聘很多人,从工程到后勤、财务各个岗位,都缺人。

"走吧,我带你去见我们董事长。"

刘立杆说:"等等,刘秘书,能不能把你们的项目资料先给我看一下,这样我心里有个准备,不然见到你们董事长,一问三不知的,我还是喜欢打有准备的仗。"

刘秘书从柜子里拿了他们的项目书交给刘立杆,笑道:"不错,陈启航和我说,你是个特别靠谱的人,现在见了,果然如此。"

刘立杆赶紧说:"哪里,过奖了,只是干了这一行,就要对这一行有敬畏之心,如此而已。"

刘秘书笑道,"这话也说得不错。哦哦,不打扰你看资料,你看了我们再过去。"

刘秘书带刘立杆进了董事长办公室,和董事长说明了来意。董事长拿着刘立杆的名片看了一下,说:"《人才信息报》?我怎么从来没见过这个报纸?"

"您怎么可能会见过这个报纸？董事长，这报纸就不是给您这样需要招人的人看的，而是给找工作的人看的。我们这个报纸，虽说名气不大，但只要是来海南岛找工作的，可是人手一份的必读报纸。"刘立杆说。

"对，确实，我刚来的时候，也买过几天。"刘秘书说。

刘立杆把那块空地的情况和《人才信息报》的销售情况向董事长做了一个大致的介绍。

"我们在这个上面登广告，会有效果吗？它能和那个、那个……《海城晚报》比？"董事长疑惑道。

"董事长，这广告虽然是广而告之，但不同的广告还是有不同的目标受众群。如果你们的这个球场现在已经建成，要吸引会员，那您要登我们这里，我都会劝您去找《海城晚报》。我们的读者都是工作还没有着落，饭都吃不饱的，谁有能力当你们的会员呐。

"但你们现在是要招工，那就不一样了。《海城晚报》和我们比起来，肯定是我们更专业。我们现在每天的印数是十万份，这个印数，和《海城晚报》不能比。但我们这十万份可就是十万个找工作的人。不需要找工作，像刘秘书这样的，谁会买我们的报纸？"

刘立杆说完，董事长点了点头。他看着刘秘书，说："听起来有点道理哦。"

刘秘书说："他说得没错，确实是这样的。"

"最关键的还有，您在《海城晚报》登三天的费用，在我们这里可以登半个月了。一口池塘，这半个月的网撒下去，别说鱼，连虾米都捞光了。这半个月，只要来海南的人才，就都奔您这儿来了。"刘立杆说。

"有意思,有意思,你这个比喻有意思。"董事长哈哈大笑,"我以前还真是个捕鱼的。"

董事长转头和刘秘书说:"那,我们先在这里登半个月试试?"

签完了合同,送刘立杆出去,刘秘书奇怪道:"你是不是知道我们董事长以前是捕鱼的?"

"当然,你给我的资料里,董事长的个人简介不是有介绍嘛。"刘立杆说。

"明白了。"刘秘书抿着嘴笑道。

半个月,而且是通栏四分之一版的广告,刘立杆带着这份大订单回到报社,立即引起了轰动。隔壁的领导也跑了过来,看到刘立杆就叫:"是不是? 是不是? 小伙子,我就知道你会有出息的,好好干!"

刘立杆每天还是继续洗楼,有两家他以前接触过的单位呼了他,让他过去。刘立杆又从他们手里顺利地拿到了两份合同。至此,刘立杆体会到,自己前一段时间的辛苦现在开始有回报了。

还是张晨说得对,人家今天没有需求,说不定过段时间就有了。看样子,只要给时间,这洗楼的结果就会慢慢显现出来。这让刘立杆备受鼓舞,洗楼的劲头更足了。

等到刘立杆再送合同回报社的时候,工作人员看到他就笑,和他说:"又送合同来了? 领导让你过去。"

"什么事?"刘立杆问。

"好事。"工作人员神秘地笑笑。

刘立杆到了隔壁，领导请他坐，和他说："小刘，针对你这段时间的表现，我们经过研究，并报请报社领导同意，决定吸收你为我们报社广告部的正式人员，你看如何？"

刘立杆一时没反应过来，问道："这正式的人员和现在有什么区别？是不是从此拿名片就再也不会问我要钱了？"

领导哈哈大笑说："你还记着这事？不仅名片不要钱，还会把你的名字正式印到名片上，你不用再手写了。"

刘立杆一听，兴奋起来，道："这还真是不错。"

刘立杆天天洗楼，他洗得越勤，张晨的负担就越重，每天都要花好几个小时的时间给他写名片。现在张晨自己也要工作，每天基本在加班，刘立杆正愁这写名片的问题怎么解决，没想到领导就帮他解决了。

领导看着他，笑道："你就只有这点要求？"

"还有什么好处吗？"刘立杆纳闷了。

"你成了正式员工，我们每个月就要给你发工资和福利啊，和你在原来的单位一样。"领导说，"还有，你工作的年限到了，我们还要给你分配住房，当然，这是两三年以后的事。"

"真的？"刘立杆喜出望外，"不过我原来那个破单位，好几个月都发不出工资了。"

"哈哈——"领导笑道，"你放心，我们这里工资还是有保障的，不过，奖金嘛，除了全勤奖，其他就要靠自己努力了。广告部的每个人，每月都有任务指标，完成了任务才会有绩效奖金。"

"那我肯定会完成，连任务都完不成，多丢人。"刘立杆说。

"好，好，我就知道你会这么说。小刘，招你进来，我可是给你打了包票的，你不要给我丢脸哦。"

"放心吧，领导，我保证给你长脸。"

"好，我相信你这话。那你去隔壁，让小任带你去人事部门办理正式的入职手续吧。"领导说。

小任就是隔壁的那位工作人员。刘立杆一走到隔壁，他就笑道："领导和你说了？"

刘立杆点点头："说了。"

"走吧，那我带你去办手续，从今天开始，我们就是同事了。"小任说。

"谢谢师兄！"刘立杆赶紧说。

办完了手续，下了楼，刘立杆四处张望，看看这劳动局的大院，感觉特别亲切，心想，从此，这里就是老子的新单位了。从今天起，我刘立杆就正式成为《人才信息报》广告部的一名员工了，走到哪里，都可以理直气壮地告诉别人，自己是《人才信息报》的记者了！

出了报社，刘立杆马上打电话，把这个好消息告诉了张晨，对张晨说："严肃一点，你现在是和正经八百的刘记者在通电话。"

"好，好，我很严肃。"张晨叫道，"太好了！你他妈的也总算是熬出头了！"

"你也熬出头了，不用再替我写名片了，我刘立杆，现在有了正式的名片。"刘立杆开心地说。

"好啊，那就是喜上加喜。晚上早点回家，我也和老板打声招呼，今天莉莉回来，我们好好庆祝一下。"张晨说。

"好！"刘立杆说，"我们还是去吃全中国最好吃的空心菜和茄子煲。"

"不去，莉莉说了，晚上去泰龙城吃饭。"张晨说。

和张晨通完电话，刘立杆急急地赶到邮电局，试着给谭淑珍家里打个电话。他想，剧团都那样了，自己又不在永城，谭淑珍一定会在家里。电话通了，话筒里传来谭淑珍母亲的声音。刘立杆哆嗦了一下，赶紧就把电话挂了。

刘立杆站着想了一会儿，然后走到柜台买了一张背面是东郊椰林风光的明信片，写了句："我现已成为《人才信息报》的记者。"

他把明信片扔进邮筒，心里明白，这张明信片到了剧团，不仅谭淑珍会看到，其他很多人也会看到，这张明信片，一定会在高礓引起一阵骚动。

想到这里，刘立杆忍不住开心地笑了起来。

张晨、金莉莉和刘立杆三个人，骑着自行车去了泰龙城。泰龙城里，有来自全国各地的小吃和小餐馆。金莉莉说："可惜没有永城的，我想吃永城那种辣到变态的菜。"

他们选了一家看上去应该是最辣的湘菜馆。点菜的时候，金莉莉还和服务员说："让厨师烧辣一点。"

"我们的菜已经很辣了。"服务员说。

"那比你们最辣的还要辣一点。"金莉莉说。

服务员笑着走开了。金莉莉和他们两个说："海城这鬼地方的菜，吃是好吃的，可惜没有辣的菜。那天我跑到一家酒店的厨房里，拿了几个黄的灯笼椒，让厨师给我炒在菜里，结果你们猜怎么样？"

"怎么样？"刘立杆问。

"那厨师炒到一半,扔了马勺就跑到一边去呛了,说是实在受不了。那盘菜最后还是我自己炒好的。"金莉莉笑道。

菜上来了,服务员站在一边不肯走,等到他们开吃以后,服务员笑着问:"怎么样,够不够辣?"

金莉莉一边吃着,一边点头:"还可以,就是还差那么一点点。"

服务员叹了口气。

刘立杆看了看她,奇怪问道:"你叹什么气?"

服务员看了看左右,然后弯下腰,压低嗓门和他们说:"厨师说要整死你们,已经放了很多辣椒了。"

三个人都笑了起来。张晨说:"那就让他继续整死我们好了。"

"好嘞,我去和他说。"服务员开心地走开了。

吃完饭,他们逛街,路过一家鞋店时,刘立杆看了看脚上的皮鞋。这天天洗楼,鞋都跑裂了。他们进店,刘立杆看中了一双皮鞋,试了试,很满意。店家开价三百五十元,三个人轮番上阵,一直还到两百二十元,再也还不下去。刘立杆说:"算了,算了,我也不是很喜欢。"

张晨知道刘立杆不是不喜欢,而是口袋里钱不够了,就对店家说:"装起来,我要了。"

刘立杆看了看张晨,骂道:"你的鞋子又没开裂,你买什么鞋?"

出了店门,张晨把鞋子递给刘立杆:"送给你的,今天不是庆祝你正式成为记者嘛。"

刘立杆脸红了,说什么也不肯要。金莉莉骂道:"都是自己人,装什么装,谁不知道你没钱了。"

刘立杆嘿嘿笑着,这才把鞋子接过去。金莉莉:"穿上,穿上,那双破鞋不要了，这新鞋子你不撑一下，明天痛死。"

刘立杆想想有道理，就站在路边，把鞋子换了。

经过一家电影院时，里面正在放映《宇宙威龙》。三人赶紧进去。这电影其实是用影碟机投影放的，清晰度比一般电影差多了，而且还是英语中文字幕，三个人第一次看没有配音的电影，很不习惯，看得很吃力，不过还是被故事情节和画面刺激到了。

看电影的时候，刘立杆压低声音，好奇地问："你们有没有发现，这地方的人看电影，怎么有那么多人把脚放在凳子上？"

"这些都是海南人。"金莉莉说，"海南人就是这样，他们就是去最高档的酒店吃饭，都喜欢把脚放到凳子上。"

张晨和刘立杆恍然大悟。刘立杆试着也把脚放到凳子上，对他们说："你们别说，这样还真是很舒服。"张晨好奇，也试了试——他也同意这样很舒服。

"放下，放下，难看死了。你们是大陆仔，学什么海南人。"金莉莉骂道。两人这才把脚放下。

三人骑着自行车回家，在院子里停好车，张晨和金莉莉上楼，刘立杆朝门外走去。张晨问："你去干吗？"

"看电影。"刘立杆说。

张晨奇道："不是刚看过吗？"

"再去看看。"刘立杆头也不回地朝门外走去，笑道，"我不看电影，上去看你们？"

金莉莉打了一下张晨，两个人嘿嘿笑着，赶紧上楼。

已经晚上十点多了，刘立杆走到门外，门口那张凳子空着。刘立杆坐下来，一边抽烟，一边把脚上的新皮鞋脱了，搓着脚——新鞋子还是有点硌脚。

一支烟抽完，刘立杆看到建强带着一个男人朝这边走来。他赶紧起身，往反方向走了。

刘立杆到了建强说的那家露天电影院。这里在放通宵电影，五部连放，不清场，五块钱一张票，进去随便你看到什么时候。

刘立杆买了张票进去，发现这里只不过是一家单位的院子，摆着一排排的椅子，空地尽头拉了一块银幕，和他们小时候在永城自己扛着凳子，跑去人家国有企业的院子里看电影是一样的。

刘立杆找了三排的一把椅子坐下。他看看周围的人，都把脚放在椅子上，他也脱了鞋，把两只脚放到椅子上。

银幕上在放一部香港武打片，因为是中间进来的，没头没脑，刘立杆连谁是好人，谁是坏人都分不清，看得昏昏欲睡，后来还真的趴在膝盖上睡着了。

周围的人起起落落，不断有人退场，有人进场。等到一部新片重新开始时，很多人鼓起掌来。刘立杆醒过来，看到新片开始，也看了起来。看了半个多小时，片子实在无趣，和前面看的《宇宙威龙》相比差远了。

刘立杆看了看时间，把脚放下，去套鞋子，却没有套到。他用脚在四周拨着，好像只拨到一只拖鞋。他赶紧从口袋里掏出火柴，弯下腰去。划着了火柴，他却没有看到他的新皮鞋，只在椅子前面看到一双旧人字拖。

刘立杆心里一阵哀叹，完了，一定是有人用这人字拖换走了他的新皮鞋!

火柴的火焰烧到了刘立杆的手指，他赶紧把火柴扔了，划亮第二根的时候，周围有人用海南话骂了一句："倒丁！"

刘立杆虽不懂海南话，但知道这个词的意思，和他们用普通话骂"半脑""畜生"差不多。

刘立杆大声吼道："叫你妈！"

更多人骂了回来。刘立杆终于没有勇气再划亮第三根火柴。他只好穿上那双人字拖，走了出去。

刘立杆回到家，家里还是老样子，门开着，灯黑着。张晨听到声音，问道："回来了？"

刘立杆拉开了电灯，道："你们看我的新皮鞋！"

张晨和金莉莉从床上坐起来，看到他穿着一双人字拖，都不解地看着他。

"妈的，看了一场烂电影，皮鞋被人换成了拖鞋！"刘立杆骂道。

张晨还是懵懵懂懂的，不知道他在说什么，金莉莉明白了，问："你是不是又学海南人了？"

刘立杆尴尬地站在那里，没有说"是"，也没有说"不是"。

"笨蛋，你要学也学学像啊！"金莉莉咯咯笑着，"你看电影院里，那些人为什么只放一只脚在凳子上，累了才换另一只？就是怕鞋子被人偷了。你要是只有一只鞋在地上，谁会偷你？"

"你怎么不早说啊？"刘立杆埋怨道。

"我怎么知道你这么喜欢学海南人？哈哈！"金莉莉笑道。张晨跟着，也笑坏了。

刘立杆冲完凉躺下，黑暗中，就听到张晨在问："热吗？"

"不热。"金莉莉说。

过了一会儿，张晨又问："热吗？"

金莉莉还是说："不热。"

电风扇吹着，张晨手里的扇子也啪嗒啪嗒地扇着。等到张晨第三次再问"热吗"时，还没等金莉莉回答，刘立杆就说："我热，被你说热的。"

"热就再去冲凉。"张晨骂道。

"现在不去，等三点式再去。"刘立杆笑道。

"什么三点再去？"金莉莉把"式"听漏了，问道。张晨和刘立杆都不响了。

过了十几分钟，张晨还是问"热吗"，金莉莉还是说不热。不过这次，两个人已经在说悄悄话了。

刘立杆虽然已经听到，但也懒得再理他们。第二天起来，张晨有一个稿子要赶，昨晚又请了假，今天一早就去单位加班，金莉莉也陪着他去。

刘立杆今天不用洗楼，睡到九点多钟才起来，看到桌子上压着三百块钱，张晨还留了一张字条，上面写着三个字"去买鞋"。

刘立杆鼻子一酸。他昨晚就在着急，今天要是不弄双鞋，自己明天就没有办法出门洗楼了。

刘立杆穿着那双人字拖，踩着自行车，又去了昨晚那家店。店老板看到他，问："还是买鞋？"

"对，昨晚一样的款式、一样的尺码，再来一双。"刘立杆说。

店老板有些疑惑地看着他。刘立杆自然不好意思说自己昨天买的那双被人偷了。他漫不经心地说："我同事也很喜欢,让我来帮他买一双。怎么样,老板,给点回扣?我还有很多同事。"

"好吧,开门生意,再给你便宜十块。"老板也很爽快。

刘立杆打开鞋盒看看,确实是昨晚那个款式,尺码也对,就试也没试,掏出两百一十块钱给老板,捧着鞋盒出门了。

刘立杆把鞋盒夹在自行车后面的书包架上,往回骑。

骑出去不远,BB机响了。他赶紧找了一个公用电话回过去,原来是刘秘书找他。刘秘书问:"你在哪里?"

"大同路。"刘立杆说。

"那不远,你马上到望海楼二楼来一下。"刘秘书说,"我和董事长都在这里。"

刘立杆赶紧掉转车头往回骑,心想,刘秘书和董事长这时候找他,会不会是广告出什么问题了。

他心里顿时紧张起来。路过一个报刊亭,他买了一份《人才信息报》,翻开仔细看看,确认广告没有问题,才稍稍松了口气,但心里还是忐忑。

到了望海楼,停好车,刘立杆赶紧把鞋盒里的皮鞋拿出来,穿在脚上,鞋盒舍不得丢,心想,拿回去还可以装名片。他每天带回几十张名片,如今,家中抽屉里已经有一大堆名片了。

刘立杆想把那双拖鞋扔了,左右看看,没看到垃圾筒,就把人字拖放进鞋盒,仍把鞋盒夹回书包架上。

刘立杆上了二楼,已经上午十点多钟,这里还有很多人在吃早茶。

刘秘书和董事长，还有一位和董事长年纪相仿的人，刘立杆不认识，他们坐在靠窗的一张桌子。刘秘书不时地朝门口看看，看到刘立杆，赶紧举起手挥了挥。

刘立杆赶紧过去。董事长看到刘立杆，热情地招呼道："小刘，坐，坐。"

刘立杆朝董事长点点头："董事长好！"

再看看那位陌生人，刘秘书介绍说："这是谢总，董事长的朋友。"

刘立杆赶紧道："谢总好，我姓刘，小刘。"

谢总笑笑。

董事长问刘立杆："早餐吃了吗？"

刘立杆肚子饿得咕咕叫，看着一桌好吃的直吞口水，不过还是说："我刚刚吃了。"

"小刘，你推荐得不错，你们报纸效果很好，我这里广告还没登完，人都已经招齐了，谢谢你！"董事长说。

"啊，人已经招齐了？明天已经来不及了，这样，我明天一早就去单位，和领导商量一下，看看能不能把后面还有三天没登的都停了。"刘立杆说。

"不，不，小刘，我不是这个意思，你不用去商量。"董事长说。

"可人都招齐了，再登就是浪费啊。"刘立杆说。

"嗨，又没几个钱，何必为这个让你去求领导，就当打知名度好了。"董事长摆了摆手。

刘秘书抿着嘴笑。等董事长说完，刘秘书问："刘记者，你带报纸了吗？"

"带了，带了。"刘立杆连忙把刚刚买的那份报纸拿出来，递给刘秘书，"这是今天的。"

刘秘书打开报纸，指着里面自己公司的广告，对谢总说："就是这个。"

谢总把报纸接过去，看了一会儿，点了点头："不错。"

"要是招人，这报纸不错的，老谢！"董事长对谢总说。谢总又点了点头。

谢总抬起头来，看了看刘立杆，右手食指在空中画了一个框，问道："这一整个版，一天多少钱？"

"打完折以后一万八千元。"刘立杆说。

"那这样，我发一个星期？"谢总问董事长。董事长说："可以，可以。"

刘立杆吓了一跳，以为自己听错了，整版的广告，一个星期？这……

他的心怦怦直跳，看了看刘秘书。刘秘书笑道："谢总的娱乐城下个月开张，大概要招一百多人。刚刚谢总说了，在你们这里登一个星期的广告。"

刘立杆整个人都蒙了："不行，不行……"

那三个人都奇怪地看着他。刘立杆赶紧解释："噢噢，对不起，我的意思是没必要登一个星期，四天就够了。如果到时候还有必要，再登三天，我给你加急，中间最多中断一天。要是还差几个、十几个人，也就不必整版这么大了，十六分之一版的再登三天，肯定能招齐，这样能省不少钱。"

谢总和董事长互相看了看，都笑了起来。董事长说："小刘，我还没见过你这么做生意的，人家都是想办法把业务往大了谈，你怎么往小了谈？"

刘立杆笑道："不就是招人嘛，目的达到就可以了，多花那个钱，真没必要。"

谢总赞许地点点头,伸出手,在刘立杆肩膀上拍了拍,说道:"不错,小伙子,我相信你,你帮我安排好了,明天上午,你来我公司签合同。"说着,掏出自己的名片,递给刘立杆。

刘立杆赶紧用双手接过来,仔细地在口袋里放好。他摸了摸自己的口袋,不好意思地和谢总说:"真抱歉,今天星期天,出门没带名片。"

"没事,没事。"谢总又掏出一张自己的名片,翻过来,用手指点了点,"写这里,你的名字和联系方式。"

刘立杆把自己的名字和电话、BB机号写好,把名片递还给谢总。

谢总说:"那好,我们明天上午见。"

"没想到你还是个傻瓜。"刘秘书送刘立杆时,笑着对他说,"不过,还傻得蛮实在的。"

刘立杆到了楼下停车场,找到自行车,吓了一跳。他看到那双人字拖被夹在书包架上,鞋盒被人拿走了!

刘立杆骂道:"妈的,这下还偷全套了!"

骂完,刘立杆自己也笑了起来。刚谈好一个大单,谁在乎一个鞋盒?有种你再来,老子帮你去买一堆的盒子。

刘立杆回到家不久,张晨和金莉莉也回来了。刘立杆把上午的事情和他们说了,他们也很高兴。金莉莉笑道:"太好了,杆子,看样子你要飞黄腾达了,谭淑珍知道吗?"

"那天成为报社正式员工时,我给她打了电话,结果是她妈妈接的。"刘立杆说。

"于是你把电话一扔就逃了，对不对？"金莉莉问。

刘立杆嘿嘿笑着，有些难为情："差不多。她妈妈太恐怖了，我哪里敢和她说话。"

"软蛋。"金莉莉骂道。

"不过，我给谭淑珍寄了明信片，她到现在也没有回我。"刘立杆说。

"明信片有什么用，邮递员丢到办公室，鬼知道谁会不会把它扔了。"金莉莉说，"你起码要给她写信。"

"给她写了，也没有回我。"刘立杆有些委屈地说。

金莉莉愣了一下，然后右手挥了两下，道："没事，没事，你还是按既定方针办，等我们发达了，就坐飞机回去。我看过了，海城到杭城现在还没有直达的飞机，我们可以先到广州，再回杭城，用不了一天就到了。你不是已经有记者证了吗？你可以去采访她爸爸……"

"老谭同志，听说你以前是婺剧大王……"张晨模仿刘立杆的口气说道。三人都笑了起来。

刘立杆想到一件事，抬起脚给张晨和金莉莉看："幸好我上午一起来就去买了鞋，不然那个刘秘书呼我，我连鞋都没有。"

"又是刘秘书？杆子，看样子陈启航对你的帮助还真不小。"张晨说。

"陈启航？你们是说，那个战友？杆子，你还真碰到他了？"金莉莉睁大了眼睛。

"对，我的第一个单子就是他帮我拿下的，今天这一单，也是他同学帮我介绍的，前几天那个大单也是，刘秘书就是他同学。"刘立杆说。

"看样子这个北大的，比你这'浙大'的靠谱多了。"金莉莉赞叹道，"海城真小。"

"你还说，我现在看到他和他同学都觉得羞愧，他们真的当我是浙大的，人家一片真心，我还骗人家，真不是人。"刘立杆说。

"对，你本来就不是人。走吧，这么大的好事，我们总要去白沙门游泳庆祝一下。"金莉莉说。

三人推着自行车刚出大门，金莉莉的BB机响了。她从包里拿出来一看，道："要死，公司里的，也不知道有什么事。"

他们掉转方向，朝小店走去。到了小店，金莉莉打电话到公司。电话是老包接的，金莉莉听了两句，就不停地说"好好"。

放下电话，金莉莉愁眉苦脸地说："去不了白沙门了，我要马上回去。"

张晨问她什么事，金莉莉没说。三人往回走了一段路，金莉莉看看左右没人，压低声音说："老包说下午要准备一百多万现金，晚上要用，怕一个银行取不了，可能要跑好几家，叫我马上回去。"

"一百多万？"刘立杆叫道。这个数字，对当时的他们来说，确实是天文数字。

"轻点，轻点，你不怕被人听到？"金莉莉骂道。

刘立杆啧了两声，摇了摇头："什么时候，我要是有这么多钱就好了，我就……"

金莉莉白了他一眼："又是甩到谭淑珍她父母面前？"

刘立杆嘿嘿笑着。

"请问婺剧大王，这个钱可不可以买走你的女儿？"张晨又学着刘立杆的口吻说道。

张晨要骑车送金莉莉过去，金莉莉说："不用了，这么大的太阳，我还是打的回去，你们也回去吧。"

这里面的小街上没有的士，张晨还是骑车，把金莉莉带到了滨海大道。看着金莉莉上车，他和刘立杆才往回骑。

金莉莉回到公司，看到夏总一个人站在外面客厅唱歌。夏总看到金莉莉，放下话筒，对她说："老包在车上等你，你快下去。"

金莉莉到了地下停车场，老包正坐在车里闭目养神。金莉莉问："你怎么不在楼上等我？"

"没看到老夏在唱歌吗？马上要唱到《驼铃》了。"老包说。

金莉莉咯咯笑着。

夏总喜欢唱歌，喜欢唱的还都是些老歌或者革命歌曲，从《红星照我去战斗》，到《花儿为什么这样红》《走向练兵场》。最喜欢唱的就是《驼铃》。可是他唱歌跑调不说，还特别喜欢用颤音。他大概认为，颤音才是唱歌的最高水准。

可他的颤音不是唱出来的，而是手拿着话筒不动，脑袋不停地上下动，鸡啄米样，所以，他的颤音，完全是靠这样不停地点着头，从嗓子里抖出来的抖音。

特别是他唱《驼铃》，几乎从头抖到尾。唱之前，夏总会右手握成拳头，用力一挥，和他们说："好，我来表现一下！"

每当这时，金莉莉就会去上厕所，老包会跑回自己的房间，等听到外面传来"战友啊战友，亲爱的弟兄，待到春风传佳信……"时，他们才跑出来，为夏总的结尾鼓掌。

夏总很得意，又有些失落，对他们说："前面你们没有听到，我今天表现得特别到位，特别完美，要不要再来一次？"

老包赶紧说:"不要,不要,还是让我们继续保留着遗憾吧。"

所以,老包一说《驼铃》,金莉莉就明白了,哈哈笑起来。

老包开着车,跑了三家银行,才把一百五十万现金取齐。

金莉莉问老包:"这么多现金,要干吗?"

"晚上用啊,你不是想知道我们半夜干什么吗? 今晚你就会知道了。"老包说。

到了晚上十点多钟,他们开着车,去了水产码头。海城的水产码头,虽然名字叫水产码头批发市场,但这里的一家家店铺做的大多是食品、南北干货、小百货和海南当地土特产的生意,并没有一家店铺是做水产的。

即使到了晚上十点多钟,这里仍很热闹。不是客人多,而是往来的大小货车多,这时候都开始进货、出货,家家店铺门都关着,里面的灯却亮着。

他们把车开进市场大门,找到一块空地停下来,金莉莉和老包一人拎着行李袋一边的带子,包里是他们下午取出来的现金。两人跟在夏总后面,沿着市场中间的通道,朝两边都是一排排店铺的市场里面走。

他们来到一家店铺前。这家店铺看上去很不起眼,门口牌子上挂着"烟酒批发"的字样,和其他店铺一样,里面亮着灯,但卷闸门拉着,并没有拉到底,还留着一尺多宽的缝,似乎是在告诉别人,里面有人在。

夏总走到门前,在卷闸门上拍了两下:"我,老夏。"

卷闸门里面,还有一道铝合金玻璃门,有人听到夏总的声音,把门打开,又伸手把卷闸门拉了上去。

第十四章　暗夜交易现场

　　夏总他们三人进了门。里面空间不大，只有十几个平方，除了两边连到房顶的玻璃立柜，店铺里还摆着一张桌子和一张长沙发，还有几张凳子。里面已经有五个人，加上他们三个进来，店铺里就显得有些拥挤。好在空调开得很足，并不觉得闷热。

　　坐在桌子后面的人，看样子是老板，背靠在转椅上，侧对着桌子，跷着二郎腿，左手食指不停地拨弄着桌上的一个朗声打火机。

　　听到动静，他转过身，见是夏总，咧嘴笑了一下，招呼道："来了？"

　　"来了。"

　　老板像驱赶苍蝇一样，朝左右挥了挥手，让坐在桌前的两人走开。那两人赶紧起身走开。夏总走过去坐在其中一张凳子上，老包和金莉莉把旅行袋放下。老包让金莉莉坐在另外一张凳子上，他自己站着。

老板把一份清单递给夏总，夏总交给金莉莉，对金莉莉说："你核一下。"

清单一共两份，每份两页。金莉莉看到上面写着"路易十三""人头马XO""轩尼诗XO"和其他看上去是酒的品名，还有"三五""健牌""万宝路"等香烟名，后面是单价、数量和小计。

老板把一个计算器推到金莉莉面前。金莉莉问："有没有算盘？"

老板从桌子底下抽出一个算盘。金莉莉看着清单，左手在清单上一项项往下移，右手噼里啪啦开始打算盘。

"小姑娘算盘打得不错。"老板对夏总说。夏总笑笑。

两份清单很快就算完了，金莉莉把算盘右边的合计数移到算盘左边，把右边的珠子归位，又从头打了一遍。算盘左右两边的数字是一样的。金莉莉再看清单上写的总计，一百四十一万零九百八十元，和算盘上的数字也是一样的，就对夏总说："没错。"

老包打开行李袋，把钱从袋子里一捆捆拿出来，交给金莉莉。金莉莉再交给老板，拿了十四捆，又用剪刀剪开最后一捆，拿出一刀一万元，交给老板。当她还想从另一刀里抽出九张时，老包在后面碰了她一下。老板笑道："小姑娘第一次出来？"

"对，第一次。"夏总笑笑。他对金莉莉说："可以了。"

金莉莉明白了，这九百八十元是被优惠了。她把剩下的九刀一万放回行李袋，把袋子交给老包。

老板拿了另外两份清单递给金莉莉。金莉莉看了一下，这清单上的品名和数量与原来那两份是一样的，只是没有单价和金额。

夏总站起来，和老板握手。老板和边上的两个人说："你们跟夏总去。"

五个人出来,回到他们的车旁。老包打开车门,对那两个人说:"你们到车上休息一会儿。"那两人钻进车子。老包把汽车启动,空调打开,然后下了车。

他把砖头一样的大哥大拿给夏总,夏总拨了通电话,告诉对方自己在哪里。

过了十几分钟,一辆粤 A 牌照的凌志汽车停到了他们面前,从车上下来三个人,领头的笑着和夏总打招呼。彼此招呼完毕,领头的说:"我们上车?"

夏总说"好"。

领头的拉开车门,坐进了副驾驶座。夏总和金莉莉坐进后排,夏总让把清单给他。金莉莉想都没想,就拿出了那份没有单价的清单。夏总看了她一眼,赞许地点点头。

金莉莉把清单交给对方。对方大致看了一下,收好,然后打开脚边的一个袋子,把一捆捆钱递过来。夏总对金莉莉说:"放进包里。"

金莉莉想拆开看看,夏总说:"不用看了,詹总是老朋友。"

金莉莉把一捆捆钱放好,对夏总说:"一百六?"

夏总点了点头。

然后三人打开车门下车,夏总对詹总说:"詹总宵夜?"

詹总赶紧摆手:"不吃了,不吃了,赶路。"

老包打开自己的车门,对里面那两个人说:"你们下来吧。"那两人下了车,老包对他们说:"你们带他们去停车场。"

那两人钻进詹总的车。詹总摇下车窗,和夏总挥了挥手,车子就开走了。

夏总说:"我们也走吧,先回公司。"

"这就完了?"坐进车里后,金莉莉问。

"完了。"夏总说。

"生意做成了?"金莉莉疑惑道。

"你不是看到做成了吗?"夏总笑道。

金莉莉问:"一百六十万减一百四十一万,我们赚了十九万?"

夏总说:"对啊。"

"这不对啊!"金莉莉叫道。

"什么不对了?"夏总奇怪了。

金莉莉说:"我们工厂,一百多个人,辛辛苦苦干半年,也赚不到十九万,这一下,就这一下……"

夏总和老包都笑了起来。

"对了,刚刚在车上的那两个是什么人?"金莉莉问。

"货车司机。货和车都在停车场里,他们跟着货主走。"夏总告诉金莉莉。

"可我们连货都没有看,就把钱交出去了。"金莉莉说,"我还真没见过这么做生意的。"

"你见过多少做生意的?"老包笑道,"你觉得应该怎么看? 我们三个去把两车货一箱一箱搬下来,清点好,再一箱一箱搬回去?"

"小金,你说得也没错,有些生意,我们不仅要看,还要清点和抽查。这个,不需要。"夏总说。

"为什么?"金莉莉问。

"一来,大家都是老熟人,彼此信任;二来,你看到的这个是老板,但能决定这桩生意的不是这个老板,而是另有人在。这个,以后你慢慢就清楚了。"

金莉莉觉得越听反而越糊涂了。

他们回到公司,把现金锁进保险柜。夏总说:"忙了一夜,走,狮子楼宵夜。"

狮子楼也在海秀路上,离南庄酒店不远。他们上了南大桥刚转弯,就看到巨大的霓虹灯招牌,红色的"狮子楼夜食城"六个大字光彩夺目,四周一圈的图案不停地变幻着。

夜食城在酒店二楼的楼顶,近两千平方米的面积,摆了两百多张台,可以容纳一千多人就餐,当时号称是"东南亚第一大排档"。顶棚的两边,垂挂下八万多颗满天星,形成了两条几十米宽的光瀑,身在其中,仿佛置身在水晶宫里。

金莉莉他们到的时候,这里已经满座,等了十几分钟,才轮到位子。

服务员拿来菜谱,夏总对金莉莉说:"你今天表现不错,你点,想吃什么就点什么。"

金莉莉指了指四周,说:"这里太吓人了,我都快被吓傻了,哪里知道要吃什么。"

"我来。"老包把菜谱拿过去。服务员见状,就移动到老包身后。

"没事,现在都是自己人,你不把嘴合拢也没关系。"夏总看了看金莉莉吃惊又兴奋的表情,笑道。

"我还在想前面的事。"金莉莉说。

"你还有什么想不明白的?"夏总问。

金莉莉警觉地看了看服务员,摇了摇头。夏总说:"没事,你说就是,我们的事情,不怕被人知道。"

金莉莉还是压低了嗓门问道:"那些外国香烟和酒,是不是走私来的?"

金莉莉当然不知道前几年海南的汽车走私事件,但对温州前几年的走私电子表、打火机和邓丽君磁带还是清楚的——她听剧团的人不止一次说起过。

夏总哈哈大笑,说:"恰恰相反,我们这些,是海上查走私抓到的,都有正规合法的手续,不然,人家那么远的路,怎么拉回广州,而且在路上不被抓到?"

"那我就想不明白了,那人家怎么不卖给广州人,一定要经过我们? 那么一点点路,广州人找不到那个老板?"金莉莉大为不解。

"不是找不到,是人家根本不可能卖给他。"夏总说。

"为什么?"

"好吧,我再多和你说几句。不是所有有正规合法手续的,谁都可以拿到。你看到的那个老板,今天他是我们的上家,但有时候,他又是我的下家。同样的东西,我也是以今天他卖给我的价格卖给他,他呢,一转手还是卖给今天这个广州人,明白了吗?"

"不明白。"

夏总想了一下,说:"我再简单点和你说,比如你原来的单位,轴承厂,假设轴承很畅销,但你们又生产不出来,结果供不应求,大家都找你们厂长,想买到轴承。

"但你们厂,又不是你们厂长一个人说了算,还有人找书记,找副厂长,找供销科科长,甚至找你们厂的上级领导,而你们厂的上级领导也不止一个人，这个时候怎么办？你们厂长也不能说，你们统统是个屁，只能我一个人批条子，对不对？除非你们厂长疯了，他是不是不能这么干？那最后会怎么样？就是平衡，大家来分分生产出来的这些轴承，如果每个人都分到了，皆大欢喜。那轴承要是还不够怎么办？

"还有一个办法就是，一个轴承出了你们工厂，本来那个人可以赚十块钱的，但现在把这十块钱切成几段，从厂长手里买去的人赚两块钱，副厂长的人从他手里再拿也赚两块钱，你们厂长的上级领导打招呼的人再赚两块钱，这样，是不是就各方面子都照顾到了？

"道理就是这么一个道理，我们这儿也一样。要知道，抓走私，也不是天天都可以抓到的。"

"我现在懂了，那些烟和酒，就是轴承。"金莉莉点了点头，"要拿到它，都要走关系开后门呗！"

夏总笑道："对对，我说半天，你六个字就总结完了。"

"但还是很复杂，你不说，我还不知道开后门也有这么多学问。"金莉莉说，"不过有一件事我知道了。"

"哦，你知道了什么？"夏总问。

"为什么老包说我们的工作一大半是喝酒、吃饭、唱歌，那是为了拉关系，拉了关系才可以走后门，对吗？"金莉莉问。

夏总和老包互相看看，都笑了起来。夏总说："我都没办法说你不对。"

金莉莉叹了口气，说："看样子还是那个广州人最可怜，变来变去，他都是最后一个。"

"他有什么可怜？你可不要小看他。你把这些货拉回广州，说不定比我们赚的还要多。"老包说，"不然人家一个老板，会来吃这种苦？从广州开一天的车过来,又要开一夜一天的车回去。"

金莉莉想了想,说:"也对,你们说的都对。"

第二天起来,刘立杆没有去报社报道,而是直接去了谢总的公司,很顺利地签下了合同。

刘立杆带着这份合同,慢慢悠悠地往报社骑,心情无比舒畅。成为正式员工后,刘立杆才知道,自己之前被报社压榨得有多厉害,不付工资,只有百分之十的提成,而广告部正式的员工在完成任务的情况下,提成的比例竟然是百分之二十,整整一倍!

这份合同,让刘立杆不仅完成了当月任务,而且他算了一下,结果差点从自行车上摔下来——这份合同,光提成,自己就可以拿到一万四千多元。天呐!刘立杆又算了一遍,果然没错。哈哈哈哈,这钱也太好赚了吧!刘立杆骑在自行车上,哈哈大笑。

他想起自己在永城时采访那些养鸡、养鸭大王,辛辛苦苦干了一年,赚了一万多元,光荣地成为万元户,在当地村子里引起了轰动,在村里甩开膀子走路,都用下巴看人了。现在老子一夜之间,就成了一点五个万元户,是不是该有人来给我写写时代楷模了?

刘立杆回到报社,路过小任的办公室时,小任看到他从外面走廊经过,赶紧朝他招手。刘立杆走进去,小任压低嗓门问:"迟到了?"

刘立杆点点头:"对,迟到了。"

"主任四处找你呢,先避避。"小任说。

报社广告部规定,所有人早上九点必须准时先到单位报到,然后再出去谈业务。据说这是因为单位领导担心有人晚上不睡觉,白天不起床,却谎称是出去跑业务了。

"找我？那我去会会他。"刘立杆说。

小任瞪大了眼睛看着他。刘立杆朝他笑笑,端起他桌上的杯子,喝了口水,这才去隔壁的主任办公室。

主任看到他进来,就气不打一处来,吼道:"小刘,你才来几天,就迟到？"

刘立杆朝主任笑着:"领导,领导,消消气,我这是去跑业务了。"

"少耍花枪！广告部一百个人,一百二十个迟到的都会说跑业务去了,别拿这套唬我！"主任余怒未消。

"别人是别人,我是真的跑业务去了,我怎么会骗领导你？你可是我的伯乐啊。"刘立杆说。

"少来,我看你是才来几天就翘尾巴了,以为自己是千里马了？还伯乐,我他妈看到你就不乐！"主任嘴里骂着,但脸色已经好转了。

"领导,我和你说,我过一会儿就能让你乐。你看,是这样的,我这个客户,上午九点半要去三亚,我本来都在来上班的路上了,想想不甘心,还是冒着被领导砍头的危险,先去见他,因为这客户实在太大了。"

"多大？又是四分之一版通栏？"

"不是四分之一版通栏,我也不知道他写了什么,领导,你帮我看看。"刘立杆说着,就把那份合同拿了出来,摊在主任面前。

主任看了一眼,脸都白了。再看一眼后,他睁大了眼睛,抬头看着刘立杆,满脸狐疑地问道:"你这个,是真的假的？"

"当然是真的,领导。"刘立杆说,"我没事还去刻个假公章来戏弄领导？再说,人家钱都已经转了,说是上午十点后会到账,哎哟,现在已经快十一点了,要不你问问财务?"

主任还真的拿起电话打给财务。主任还没开口,财务就说:"主任,我正想给你打电话,刚到一笔钱七万二,写的是广告费,是你们广告部的?什么广告,这么多钱?"

"是是是,是是⋯⋯"主任说了一串的"是",然后电话一甩,猛地一拍桌子,大叫一声,"太好了!"然后从办公桌后面跑出来,一把就把刘立杆抱住了。

后来,刘立杆才明白主任的反应为什么这么大。原来,这是《人才信息报》创办以来的第一个整版广告,而且是一连四天!

以前,只有《海南日报》和《海城晚报》这种大报,才会有整版的广告,谁会到《人才信息报》这种小报纸来做整版?连报社的社长都知道了这件事,还打电话给主任,对他说:"了不起啊了不起,你们创造了历史。"

"怎么样?领导,我说到做到,给你长脸了吧?"刘立杆有些得意地问主任。

主任笑得合不拢嘴:"长了,长了,我现在脸都快比脸盆还大了。"

从此刘立杆成了报社的名人,从社长到搞卫生的,就没有不认识他的。他几乎每天都有合同拿回来。广告部其他员工看着眼馋,但也没办法,合同是实实在在的,他们只是奇怪他怎么会有这么多的合同。

这小子是不是有什么背景?

有人提出来,但马上就被人否定了,有背景的人会到我们这里来,干拉广告这么低三下四的活儿?

无论如何,有一点其他人是承认的,那就是这家伙的交游实在太广了。他们跑去的单位，十有七八，一看到名片就会说："哦，知道，知道，我认识你们那里的刘记者。"

一个人怎么可能会认识那么多的人？他们百思不得其解。

他们哪里知道，论交游，刘立杆其实比他们更窄，他们碰到的那些知道刘立杆的人，都是刘立杆洗楼的时候一点一点啃下来的。

要说洗楼，其实是谁都能干的活儿，但没有人去干，于是那个傻到会去干的人最后就变得与众不同。

而一件普通的谁都能干的事，从结果回看的时候，就觉得不可思议，人们是把过程统统省略掉了。

刘立杆成了广告部唯一不需要每天早上来报到的人。有人稍有微词，主任就骂道："你他妈的先把自己这个月的任务完成，再来找我说话。人家刘立杆一个人都快可以养半个报社了。"

对方嗫嚅："昨天我跑去的单位，刘立杆早就去了，这不，合同又被他签了，我有什么办法。"

"你跑去的地方人家已经去了，那是你想去抢他的订单，不是他抢你的。投胎还有个先来后到，你他妈的不会抢人家前面去？"

"我不是要来单位报到嘛。"对方还很倔强。

"好，来来来。"主任朝他招手，"你过来签字画押，从明天开始，你不用来报到了，但是你拿刘立杆三分之一的合同回来好不好？这样公不公平？来，你签。"

对方忸怩了一会儿，溜了出去，没敢签。从此，再也没人敢对刘立杆早上不来报到这事有异议了。

刘立杆跑到人家单位，给人的印象第一当然是口才好，第二是有礼貌。刘立杆自己后来也想了，他觉得这得益于那一个多星期他每天都在学宾馆、酒店的礼仪，当时看着是白学了，后面却得益了。

当清洁员清洁你面前的烟灰缸，你都能说"谢谢"的时候，边上的人是看在眼里的。

第三是他总能替对方着想，广告的时间、位置、费用、设计等，招聘单位对这些是陌生的，但他是了解的。你用你一个内行去帮人家外行，人家当然感激。

还有最重要的是，凡是刘立杆签了合同的广告，他不会是一签了之。广告不管大小，哪怕是六百块钱的，登出来后，他都会打电话过去，问人家效果怎么样。像谢总那次，他更是在报名的那天，早早地就去了人家单位。

谢总问他："你怎么来了？"

刘立杆说："今天不是第一天报名嘛，我来看看报名的情况。"

谢总没说什么，但心里明白，这个家伙做事，是靠谱的。

这样的客户，其他的业务员怎么可能拉走？人家也要对自己投出去的钱负责呀。

刘立杆到广告部二十几天，主任就找他谈话，对他说："报社领导和我的意见是一致的，我们准备提拔你当广告部副主任，你看如何？"

刘立杆吓了一跳："我才来不到一个月。"

"我们是特区，特区的事就要特办，你不要用内地的那一套来想特区。你没问题的，我看好你。"主任说。

刘立杆想了一会儿，他思忖，这广告部的副主任，说起来名头是好听一点，但实际的油水没多少，自己不仅每天要来点卯，还要管下面这一群豺狼虎豹。为了和他们拉近关系，说不定还要把自己的客户让给他们，太不划算。

哪像现在，自己想来就来，想走就走，每次来时，还能享受到英雄般的欢迎。同事嫉妒他的不少，但也就只能嫉妒，拉广告，大家各凭本事，谁也不用买谁的账。当个破副主任就不一样了，上下都受牵制，有什么意思。

刘立杆现在每天的业务，基本都是先前洗楼洗出来的结果。他尝到了甜头，自然更是洗楼不辍。加上他现在没有了业务压力，和人交往时就显得自信和从容。这让人觉得，他和其他那些拉广告的不太一样，印象就特别深。

再加他名字通俗，又有点特别，那些主任一下子就记住他了，有需要时，自然就会先想到他。

刘立杆跟几千个主任打交道下来，自己也熟能生巧，知道该怎么和他们打交道了，常常是几句话下来，就能把生的聊成熟的，熟的聊到烂熟。

一个月下来，海城大大小小的公司，各行各业，他比工商局还清楚。工商局只知道这些公司挂了什么羊头，刘立杆却基本了解他们实际卖的是什么肉。

刘立杆心想，有那个工夫在办公室和这帮家伙吹牛，还真不如花时间去多洗几幢楼。于是，他对主任说："谢谢领导栽培，但这副主任，还是不要了，我还是喜欢和客户打交道。我情愿把有限的时间用于和客户做斗争上，也不愿意和自己人斗争。"

"哦，为什么？"

"和客户斗争，有效益；和自己人斗争，浪费表情。那客户我看着不顺眼，我走开就是；自己人我看着不顺眼，打不得，骂不得，还躲不掉,最后只能自己生闷气,不划算。领导,你还是把我放生吧。"刘立杆半调侃半认真地说。

刘立杆这样说着的时候,就想到了李老师,心想,可惜我没有个刘师母,不然你们逼我的时候,我也可以让她来个捶胸捶地捶苍天。谭淑珍呢?谭淑珍算是刘师母。刘立杆幻想着谭淑珍坐在地上抑扬顿挫哭唱的画面,自己忍不住笑了起来。

"你别说,想想还真是这么回事。这帮刁民,还真不好弄,我每天都头大。"主任抹了一下自己稀疏的头发,感慨道。

"是不是?"刘立杆说,"智慧如领导,都天天头大,那要是我来,不要天天,一天头就爆炸了。所以领导,还是让我牺牲在战场上,不要暴毙在大后方。"

主任哈哈大笑,笑完了看着他问:"真想好了?"

"想都不用想,就这样挺好。"刘立杆笑道。

主任点了点头:"那好,我就不勉强你,什么时候你想撤回后方了,就和我说,好不好?还有一点,你给我保证,不许跳槽!"

刘立杆睁大了眼睛:"领导,你想哪儿去了?这里才是我的草原,您才是我的伯乐,我保证只在这里驰骋。"

主任哈哈笑着:"刘立杆啊刘立杆,我现在知道为什么那些客户喜欢你了。"

"为什么?领导快告诉我,我自己都还不知道。"刘立杆赶紧说。

"这和你说话啊,就是舒服,一说,心情都好起来了。"主任笑道。

刘立杆站了起来:"那我要赶紧走了,我可不当三陪。"

"滚吧。"主任笑骂道。

第十五章　　站稳脚跟

刘立杆领到了第一个月的工资，光提成就有三万多元。领到工资的第一时间，他就给陈启航打了电话，要请他和李勇、刘秘书吃饭，说自己能在报社立足，全靠他和李勇给自己打的开门红，还有刘秘书的帮忙。

陈启航笑道："这点小事，举手之劳，还值得请吃饭啊，都是战友，别客气了。"

刘立杆说："吃饭是次要的，主要还是想聚聚。你把林一燕也叫来，我把张晨和金莉莉也叫上，这就全齐了。"

陈启航说："要这么说，这饭吃起来还有点意思了。这样吧，晚餐的时间，大家都挺忙的，不如宵夜，我们去机场路大英路吃火锅。"

"好好，你定就是。"刘立杆说，"我就在这电话边上等着。"

过了一会儿，陈启航回电话过来："都约好了，晚上十一点，就在大英路和机场路交界的地方碰头。"刘立杆说："好，晚上见，不见不散。"

给陈启航打完电话，刘立杆又马上给张晨打。张晨说："好啊，我告诉莉莉，让她晚上也过来。"

晚上八点多钟的时候，金莉莉就来了。进了房间，张晨赶紧关上门。刘立杆请金莉莉在桌前坐下，然后拉开抽屉。

金莉莉吓了一跳，叫道："这么多钱，哪来的？"

"我的工资和提成。"刘立杆得意地说。

"一个月就拿这么多？"金莉莉问。

"对啊。"

"什么时候发的？"

"下午。"

"要死，下午发的你还不存银行，带回来干吗？在这里，你把钱放到哪里去？"金莉莉骂道。

刘立杆嘿嘿笑着："我都没见过这么多钱，看着就喜欢，舍不得存。"

"那你还要抱着它睡觉？"金莉莉问。

刘立杆不停地点头。

"也不怕贼连你一起偷去！"金莉莉骂道。

"他主要是想显摆显摆。"张晨笑道。

"显摆个屁啊，我一百六十万现金都见过。"金莉莉骂道，骂完自己先笑了，"不过，还真不一样，那是公家的钱，看着一点儿感觉都没有。这是杆子的，看着还真高兴。"

"我有一个设计稿被客户采用了，这个月也可以拿到五千多元奖金,还有一半要工程结束时发。"张晨笑道。

"真的?"金莉莉兴奋地道,"看样子我变最穷的了。没关系,只要你们苦尽甘来就好。"

金莉莉朝刘立杆伸出手:"拿来!"

"什么?"刘立杆问。

"你的存折。"金莉莉说,"你还真的想抱着它们睡?当心喜剧变成悲剧,显摆也显摆过了,这些钱,只能先拿去我们公司,放我们保险箱里,明天我去银行的时候,顺便帮你存了。"

张晨说:"对对,这样最好。我前面还在想,待会儿怎么办,总不能带着这么多钱去宵夜吧,万一半夜碰到抢劫的怎么办?放在家里,不如带着,现在看,还是放莉莉公司最保险。"

刘立杆从包里拿出存折,交给了金莉莉。金莉莉打开自己的包,准备把钱放进去,刘立杆道:"等等,晚上请客的钱要拿出来。"

金莉莉数了一千块钱给他。刘立杆说:"不够。"

"你疯了?大英路的火锅,七个人最多也就吃几百块钱,一千块钱还不够?"金莉莉问。

"可是请陈启航……"刘立杆嗫嚅。

金莉莉又拿了一千元给他。刘立杆没有接,而是把那一千块钱扔下,从抽屉里拿了一刀,马上就退开几步,道:"带这个,我带着这个。"

金莉莉正想发火,张晨劝道:"由他,花不完的让他带身上。他现在大概不带着一大沓钱在身上,浑身都痒。"

刘立杆嘻嘻笑着:"还是张晨了解我。"

金莉莉无奈,气恼地叹了口气。她把剩下的两刀放进包里,然后把散的数了一遍,对刘立杆说:"这里一共是两万四千八百元。"

她打开刘立杆的存折看了看,叫道:"厉害,你存折上还有三块两毛?"

"那又怎样?"刘立杆满不在乎地说,"我会给它在后面不断地加零,零零零零零……"

"你还是先去给你的自行车买个铃吧,还零零零。"金莉莉骂得自己都笑了起来。

三人去了金融花园,金莉莉让他们上去,张晨说:"不上去了,你去放好就下来。"金莉莉一个人上楼,打开门,夏总和老包正在唱歌,看到金莉莉,两个人都奇怪道:"你怎么回来了? 不是说明天早上再回吗?"

金莉莉就把事情和他们说了。两人都笑了,夏总说:"你这个老乡,还真不简单,来海南第一个月就能赚这么多,不容易。"

金莉莉把钱锁进保险箱,再下楼,发现张晨和刘立杆正和一个保安站在一起聊得火热。

骑着车出去后,金莉莉好奇地问:"刚刚那个保安,你们认识?"

"当然,老朋友了,'野猪的车辆'。"刘立杆说。

"什么'野猪的车辆'?"金莉莉问。两人大笑着,就是不告诉她。金莉莉在张晨的腰上拧了一把,张晨痛得"哎哟"一声。

"告不告诉我? 不告诉又来了啊。"金莉莉道。

"好好好。"张晨赶紧把"野猪的车辆"的来历和金莉莉说了。

离晚上十一点还早,刘立杆建议先去桃源宾馆喝咖啡。桃源宾馆在海城名气很大,是台商投资的,刚开业不久,就在省府路上,离机场路和大英路不远。酒店的二楼,有当时海城装修最高档的KTV,一楼咖啡厅的早茶和晚上的咖啡、蛋糕也很出名。

刘立杆一提议，张晨和金莉莉就说"好啊，好啊"。

"说好了，今天晚上，全部我埋单。"刘立杆说。

张晨骂道："当然是你，放着现成的一个万元户不榨，我们榨谁？"

"对对，和你们比，我现在是贫下中农。"金莉莉道。

刘立杆从车上转过身来，呸了一声："谁不好学，你要学冯老贵！"

说起冯老贵，三人很自然地就想起了永城。金莉莉叹了口气："要是谭淑珍也在，该有多好。喂，杆子，谭淑珍还没有给你回信？"

"回信？哈哈。"刘立杆头一仰，"屁都没有！"

"她那个死妈妈，也不知道怎么回事，我打电话，刚说句我是莉莉，就被她一顿臭骂。哼，我又没有勾引她女儿，这死老太婆，也不知道哪根筋搭错了。"金莉莉骂道。

"严防死守，彻底斩断谭淑珍和我们的联系呗。"刘立杆说。

"没事，你很快就可以拿钱砸到婺剧大王面前了。"张晨安慰道。

"哎呀！"刘立杆突然叫道，一边一只脚踮在地上，一边刹住了车。张晨跟着也把车停下，金莉莉从书包架上跳下来，骂道："一惊一乍的，你干什么？"

"我们不应该骑车出来，不然等会儿喝酒了怎么办？东倒西歪的，还骑得回去吗？"刘立杆问。

张晨和金莉莉也意识到了这个问题。张晨说："没事，我可以骑回来。"

"你敢骑，我还不敢坐呢，回去。"金莉莉道。

三人骑着车回去，到了门口，看到建强坐在那里。以往张晨和刘立杆进进出出的时候，都会和建强聊几句，抽根烟，今天金莉莉在，大家像事先约好似的，建强把头扭过去，装作没看到他们，他们也一声不吭地从他面前走过。

他们在院子里停好车，准备出去的时候，金莉莉说："算了，累死了，待会儿再出去吧。"

刘立杆急道："不去桃源宾馆喝咖啡了？"

金莉莉说："急什么，你这个万元户又不会挂掉，留着慢慢榨。"

三人回到房间，金莉莉和张晨横着坐在床上，背靠墙壁。刘立杆把毛巾被叠到枕头上，从牛仔裤的屁股兜里掏出那一刀钱，放在自己脸上。

金莉莉笑道："看这个财迷样儿。"

刘立杆说："我以前觉得，新书的油墨味是最好闻的，做梦也想写一本自己的书，然后闻着里面油墨的清香，现在怎么觉得这钱的油墨味比书的还好闻。张晨，你说我是不是堕落了？"

"你一直就在烂泥潭里，能堕落到哪里去？"张晨笑道。

"你不是出过自己的书了吗？那么多的'大王传奇'。"金莉莉说。

"那个不算，不算是自己的书。"刘立杆说，"那书里的铜臭味比这个难闻多了，那是臭的，这是香的。"

"你厉害，都是钱，还能闻出两种味道？"张晨说。

"当然，那个坑蒙拐骗，很下作；这个，都是我一层一层楼爬出来的，是靠自己的真本事挣的，不一样。"刘立杆说。

张晨和金莉莉想想，刘立杆这话，也有一定的道理。

"对了，杆子，你想写一本什么样的书？"张晨问。

"你还记得那个韩主编吗,张晨?"

"记得。"

"我想写一本他那样的书。在那样一个破房子里,连自己的办公室都没有,他还敢说'我们是搞先锋文学的'。文学,听到没有?还敢说记者是天马行空,胡吹一通,这是公开的鄙视,多牛气。等我有钱了,我就要给这牛气的人先弄一间办公室。"刘立杆豪气地说。

"你还是先给自己弄间像样的房间吧。"金莉莉说,"对了,现在你们两个都是阔佬了,是不是可以考虑改善一下你们的住宿条件?"

"不行,你们知不知道一句话'成于勤俭败于奢'?我要是住得很舒服,又没有上班时间的限制,每个月的任务又随随便便就可以完成,我怎么还会在大太阳下骑着车子出去洗楼?肯定一天到晚窝在家里,那样人会懒的。"刘立杆说。

"你这话有点道理。"张晨说,"我现在早上一起来,就想去公司,晚上下班,赖在单位不想回家,真是爱公司如家了,其实是爱公司的空调。"

"义林家是我们的福地,除非我们自己办了公司,买了房子,不然我会一直坚持住在这里。这里,会让我时时刻刻想起我们刚来的时候,过的是多么迷茫的日子。我舍不得这里。"

刘立杆的嘴在那刀钱下面嘟吧嘟吧。张晨差点想骂"你是舍不得你边上的那堵墙吧",看看金莉莉,赶紧忍住。

"好,不错,你们看上去都觉悟很高的样子,只有我最没志气。"金莉莉道,"我就希望吃得好,住得好,最好还要玩得好。"

"你这个已经是最高追求了。要做到这点,需要多少刀这些家伙的支撑?"刘立杆用手指点了点盖在脸上的那刀钱,说道,"要是这家伙能把我埋了，老子死也值了。"

三人说着话，就到了晚上十点二十，金莉莉说差不多了，张晨和刘立杆翻身起床。

"等等。"金莉莉道，"你们这时候就该学学海南人了，还牛仔裤、皮鞋的，谁会穿成这样去吃火锅？"

"那应该穿什么？"刘立杆奇道。他和张晨都没有晚上出去吃过火锅，不知道该穿什么。

"短裤、老头衫和人字拖。"金莉莉道，"有没有？没有现在就去解放西买。"

张晨和刘立杆赶紧从包里翻出短裤和老头衫，这还是他们在高礁上喝夜老酒时的打扮，到了这里，都还没怎么穿过。

两人拿给金莉莉看，金莉莉说凑合。然后金莉莉到外面走廊，他们在屋里赶紧换上，顿时感觉舒服多了。

"我请你们打的。"刘立杆笑道。

三人来到外面的滨海大道，站在路边。这时一辆空车过来，刘立杆正想招手，金莉莉忙把他的手打落。驾驶员减慢了速度，金莉莉挥了挥手，让他走了。

"空车干吗不上？"刘立杆不解地问。

"没看到他开着窗户？"金莉莉说，"在海城，看到这种开着窗户的的士就不要打。这种车，不是驾驶员小气，舍不得开空调，就是空调坏了，车里又脏又臭。要找那些车窗都关好的。"

张晨和刘立杆明白了。刘立杆说："没想到打个车还有这么多学问，真是活到老，学到老。"

到了机场路和大英路的路口，他们在车上看着窗外，张晨和刘立杆吓了一跳。

下了车，两人就更是吃惊，大英路两边低矮的房子前，搭出了一片棚子，棚子连着棚子，棚子下面都是四川火锅，一眼看不到头，总有上千张桌子。他们到的时候，已经有上千人坐在那里。

"妈呀，这里是这样吃火锅的？"刘立杆惊呼道。

"壮观吧。"金莉莉说，"机场路这里进去还有。前面那片椰子树，看到没有？那个院子是南航部队的操场，里面还有几百张桌子。"

三人站在那里，有飞机紧贴着房顶飞过去，从下面看是那么硕大，距离太近，连舷窗里的人都能看到。

当时海城的机场就在市区里面，机场路和大英路的那一边就是机场。人们从市区，从海秀路，走路十几分钟就到了。

刘立杆说："我要是站在房顶，大概用竹竿就可以把飞机捅下来。"

三人在路口站了一会儿，一辆出租车停在了他们身旁。陈启航、李勇和林一燕从车上下来。张晨和刘立杆看到陈启航与李勇也和他们一样，都是短裤、拖鞋、老头衫，顿感欣慰，幸亏出来前金莉莉指点了他们。

林一燕和金莉莉几乎同时发出一声尖叫，然后拥抱到了一起。

刘立杆向张晨介绍了李勇："李勇，陈启航的同学，也是北大的。"又向李勇介绍，"张晨，我老乡。"

"浙美的。"陈启航在边上说。张晨有些尴尬地笑笑。

"知道，知道，高手，启航和我说了，说你很厉害，画得一模一样。"李勇兴奋地说。

"对,我看到了,一模一样。"林一燕在边上说。

张晨笑笑:"当时没办法,被逼急了。"

刘立杆在边上笑起来,对陈启航和林一燕说:"你们没有看到,那天晚上有多险,差一点,我们今天就不会站在这里了。"

"怎么回事?"陈启航和林一燕都好奇地问。

刘立杆看看张晨,见他没有阻止自己的意思,就把那天晚上的情形和他们说了。三人听完,大为惊奇。李勇道:"还真是虎口脱险啊,这个情节,就和电影里演的一样。"

林一燕看看金莉莉,道:"你也太机智了,怎么想到的?"

"也是被逼的。"金莉莉说。

三人说着话,一辆奔驰在他们面前停了下来。刘秘书下车,先和他们招招手,然后转身对司机说:"你先回去,不用等我,我自己回去。"

司机一踩油门走了。李勇看着刘秘书,道:"不错啊,姐,都混到有专职司机了。"

"屁!"刘秘书说,"我们董事长也进城了,顺便送的我。怎么,我倒是听说,你已经吃喝嫖赌抽五毒俱全了?"

"双倍,双倍全。"陈启航说。

"我那是工作需要,不全就站墙脚了。"李勇也不否认,只是稍稍辩解了一下。

刘立杆在边上,看到这刘秘书和上班的时候完全不一样,像变了一个人,更像是他们高礅上的人,不由得松了口气。

一行人往大英路走,马上就有人拦了上来,道:"火锅,这里,这里。"

李勇说："我们七个人。"

那人就退了回去，知道自己店里已没这么多位子。

他们又往里走了二十来米，才找到一家店。老板把两张方桌拼在一起，正好够他们七个人坐。陈启航和林一燕不太会吃辣，他们就点了一个红锅，一个鸳鸯锅。

"刘秘书，你也吃辣？看不出来。"刘立杆说。

"她川妹子，吃了辣椒会疯，不吃会死。"李勇道。刘秘书给了他一拳。

"对了，我叫刘芸。"刘秘书对刘立杆和张晨他们说。

"刘立杆，我不吃辣，你能看出来吗？"林一燕问道。

"看不出来，能听出来。"刘立杆笑道。

"能听出来？"不仅林一燕，其他人也奇怪了。这能不能吃辣，还能听出来？

"对啊，你和启航不是告诉过我们，你们是广东的，谁不知道广东人什么都吃，就是不吃飞机、凳子和辣子？"刘立杆说。

众人都笑了起来，都知道刘立杆这话，典出自那句形容广东人天上飞的，飞机不吃，四条腿的凳子不吃，辣子是刘立杆编进去的，不过编得新颖。广东人和海南人一样，确实不太会吃辣，特别是在那个全国饮食还没有大串联的年代。

现在是夏天，虽然海城到了晚上凉风习习，没有内陆那种闷热的感觉，但这大夏天吃火锅还是吃得人大汗淋漓。

周围很多都光了膀子，他们这桌，李勇率先光了膀子，接着是陈启航和张晨、刘立杆，也跟着光了膀子。

刘芸看着他们，笑道："你们男人还真是好，我从小就羡慕男人，吃火锅时可以光膀子,多痛快。"

"你也可以。"李勇道,"我们保证不看。"

"滚!"刘芸骂道。其他人大笑。

七个人吃了一会儿就其乐融融,特别是三个坐在一起的女孩子,已经东倒西歪、互为依靠了。

四个男的更是筷子纷飞,杯子刚刚放下,又举起来,总有人不断地想到干杯的理由。那就干,一饮而尽,清凉的冰啤酒从嗓子滚下去,很快就熨平了食物刺激出来的火辣,说不出的惬意。

吃火锅,还真是人与人沟通最好的饮食方式,大家夹了食物在一个锅里涮着,一团和气,每个人脸上又是一脸热气,再端着的人,再僵硬的表情,也会被这热气软化。

特别是在这几千人比拼的大排档,必须大声喊着,别人才能听清你的声音。你想优雅、想文静都不可能。他们旁边的一桌,有两个看上去很文静清纯的女孩,比他们早来,吃过一阵后,已经蹲到椅子上了。

金莉莉看到,就和他们说起了刘立杆新皮鞋的故事。一桌人听得几乎笑痛肚子,连刘立杆此时听着,也觉得特别好笑,仿佛不是自己的故事,就好像第一次听到这么好笑的事。

"他……他……他也有过。"林一燕指着陈启航说。

"那是他们第一次离开广东,去北京上大学,他叔叔专门从香港过来,送给他一双迪亚多纳旅游鞋。他很骚包地立马穿上了,说是要穿着新鞋子开始新生活。我们坐火车从广州出发,卧铺,都是上铺,结果第一个晚上,他的鞋子就被人偷了。

"列车员和我们一起走了好几个车厢,帮着找了半天也没有找到,谁都知道他的鞋子被人偷了,他自己又说不清是什么鞋子,结果,还害得同车厢的人以为来了一个专偷鞋子的贼,睡觉都用报纸把鞋子包了放到床铺上。"

林一燕说完,大家都乐不可支。李勇说:"厉害啊,启航,你那么早就有迪亚多纳了。我是到了大二才分清它和彪马,还只是看看,根本买不起。"

"现在你可以买了。"刘芸说。

"现在到了海城,谁还穿旅游鞋?不是皮鞋就是拖鞋,鞋省了,衣服也省了,连羽绒衣都用不到了。"李勇道。

"有啊,我在三亚见过一个东北来的女老板,开着大空调,呼呼地吹着冷气,身上穿着貂皮大衣。"刘芸说。

"她开空调,主要是为了穿大衣吧!"张晨说。

"我想也是,和启航一样骚包。"刘芸点点头。大家又是一阵乱笑。

吃到凌晨快一点,大家仍然意犹未尽。刘立杆道:"我们去唱歌吧,去桃源宾馆唱歌。"看样子他今天不去一次桃源宾馆是心不甘了。

李勇和陈启航、金莉莉、林一燕都说"好",李勇说:"桃源宾馆可能还就这个时间点会有包房。"

刘芸说:"我不去了,最讨厌和你们男人一起去KTV,一个个进了包房就像色鬼,搂着左边的,眼睛还要看着右边的。"

"我们今晚来素的,纯才艺表演。"李勇笑道。

"一燕小心,小心你们家启航被这家伙带坏了。"刘芸笑道,不过已经同意一起去唱歌了。

"放心,我才不会。"陈启航说,"我本洁来还洁去。"

266

张晨和刘立杆一口酒差点喷出来。

结账埋单，刘立杆和李勇争了半天，结果还是没争过。李勇的理由很充分："我公款，随便编个理由就可以报销，你那个是辛苦钱，还是留着。"

刘立杆和张晨都觉得不好意思。陈启航说："没事，没事，我们先把他叔叔吃穷，大不了再养他。"

刘芸也笑道："对，别给他省。"

李勇哈哈大笑："对，别给我省。杆子，说好了，待会儿唱歌，也是我埋单，不准抢了。"

七个人，分乘两辆的士，到了桃源宾馆。KTV在一楼，所有包厢在二三楼。他们到服务台一问，果然有包厢刚刚空出来。李勇问了包厢号，就带着他们往楼上走。从一楼到二楼的台阶两边，一级台阶一个，站着一个个美女，他们嬉笑着从中间穿过。

到了楼上大厅，仍旧是一排排的美女。刘立杆和张晨是第一次见到这种情景。问了李勇才知道，这些站着的女孩是陪唱的。一路走来，你喜欢哪个，就可以把她带上。他们隔壁的那两个女孩，雯雯和倩倩，工作内容应该就是这些。

迎宾把他们领进包厢，他们又点了酒，继续喝，继续唱。张晨唱了他的《少年壮志不言愁》，刘立杆点了《伏尔加纤夫》。当"嘿嘿哟嘿"出来的时候，张晨和金莉莉就忍不住笑，陈启航和李勇他们四个拼命鼓掌。等"嘿嘿哟嘿"完了再继续，四个人就都蒙了。

刘立杆唱完，大家拼命鼓掌。不过，陈启航建议："杆子，你唱这首歌的时候，应该前奏循环，后面就可以省略了。"

其他人笑倒在沙发上。刘立杆知道他们在笑什么，说："是不是？我跑调的时候，《三套车》都拉不回来。"

刚刚坐直的人，又都笑倒下去。

他们从桃源宾馆出来，已经凌晨五点，外面天已亮了。等大家散去，刘立杆掏出那一刀钱，在大腿上拍打着，道："这个李勇，也太客气了，看看，带着它出来请客，结果一张没少，又带回来了。"

"给我！"金莉莉手一伸，说道。

刘立杆把钱递给了金莉莉。金莉莉点了三十张出来，还给刘立杆，其他的放进包里，说："身上带这些，其他的一起存了。"

刘立杆"噢"了一声，明白金莉莉的意思。

金莉莉在金融花园门口下了车，刘立杆和张晨回了家，天已经大亮。

冲完凉，张晨和刘立杆躺在床上，没有睡意。再过一会儿，张晨就要去上班了，两个人索性躺着聊天。

"浙美的，本来想还一个人情，没想到欠下了更大的人情，北大的太热情了。"刘立杆说。

"你还好意思说，我一听到浙美的，就想找地洞钻。"张晨骂道。

"张晨，你有没有觉得，陈启航他们变化还蛮大的？"刘立杆问。

"是，我也这么觉得。在海安碰到他们的时候，感觉他们就是学生，短短一个多月，感觉完全变了。"张晨说，"也可能是他们经历了太多，被逼得适应能力强了。就像我们，不到海城，谁知道我们自己多大的气都能忍，什么鸟人的脸色都得看。"

"哈哈，感觉自己已经是顺民了，逆来都能顺受。"刘立杆笑道。

"对，老谭那个婺剧大王，要是看到你现在这个样子，大概会把谭淑珍往你面前推了。"张晨说，"对了，杆子，说实话，你想不想谭淑珍？"

"说实话……有时候很想，有时候又不想。"

刘立杆盯着天花板，有一块石灰皮已经裂开，耷拉下来，随时都有掉下来的可能。刘立杆注意它已经好几天了。他想，要是我在说实话的时候它掉下来，落到我头上，那我这一辈子，就尽量说实话，尽可能不说假话；要是落我头上的时候我正说着假话，那我这辈子就尽量说假话，少说实话。

那要是你不在的时候落下来呢？刘立杆听到一个声音在问自己。

那我……那我就由着性子，说什么话对自己有利，就说什么，真话、假话无所谓。

刘立杆这样想着，自己笑了起来。

"你笑什么？"张晨好奇地问。

刘立杆没告诉他自己在笑什么，而是问道："张晨，你有没有感觉，到了海南，男女之间的事情变得简单了，甚至有点……不那么，不那么，唉，很难形容，不那么神圣了。这个词有点重。"

"不明白，不懂你在讲什么。"张晨也看着天花板。他注意的是墙角的一个蛛网，有一只蜘蛛伏在中间，一动不动。

"比如啊，在永城的时候，不光在永城，是以前吧，以前看到一个漂亮的女孩子，会有想亲近她的感觉，好吧，会有想约她的感觉。靠得近了，脸会红，心会怦怦跳，还会有那种害羞的感觉，但到了这里……"

刘立杆想了一下，他在想怎么把这种感觉精确地描摹出来。他的眼睛还是有些迷茫地盯着头顶的那块石灰皮，继续说："到了这里，好

269

像这种感觉没有了。这里男女的关系太简单，太直接了。比如，你看海秀路和省府路上那些站在街边的女孩子，漂亮的多的是，但是你想到只要两百元，你肯定不会有那种心跳的感觉了，只会想口袋里有没有两百元，你说是不是？"

张晨听着刘立杆说，他想刘立杆说得好像有那么点道理。刘立杆又问了一句"是不是"，张晨还是没回应。刘立杆就自己说下去："像我们隔壁，建强的老婆，也算漂亮了吧，放到永城，都会是名人了，你猜多少？也是两百元，不管是瘸腿的，头上有癞痢的，还是七老八十的，都可以。你想，这美女在你这画家眼里，还会那么神圣吗？"

"别扯我，说你自己。"张晨骂道。

"那我扯达·芬奇，达·芬奇要是知道，他还能画出神秘的微笑吗？"刘立杆问。

"也别扯达·芬奇，说你自己。"

"哈哈，好好，我说我自己。我们前面，在桃源宾馆看到的那些女孩子，惊为天人吧？我说我不心动，那我都不是男人。她们多少？三百元陪唱，六百元，那个，嗯，也可以，厉害吧？

"你说在这样的地方，看到美女你还会脸红心跳，是不是傻？你该心跳的是自己囊中羞涩。当这些可以用钱衡量时，美就不是无价的，而是有价的。她清清楚楚地标着这是十块钱的美，这是两百元的美，这是六百元的。

"怪不得这里的男人都狼一样要赚钱，钱中才有颜如玉，钱中才有奔驰车啊。"

刘立杆笑了一下，发出一连串的感慨。

张晨骂道："你他妈的哪里知道的这些乱七八糟的东西，还价码都一清二楚的？"

"哪里？空气里，这座城市的空气里都飘荡着特别的味道。"刘立杆道，"张晨，我和你说，那个刘芸还真没说错，这地方的男人，呵呵，我去的那些公司，那些主任，没人看报，没人关心什么国家大事，他们关心的，都是这些事，你和他们聊这些，两句就投机了。"

刘立杆叹了口气，继续说："到了这里，我才知道悔不该男儿身呐，张晨，你别不信，我要是长得像刘芸那样，去人家单位撒点小娇，抛两个媚眼，我敢保证，我的业绩可以翻十倍，要是我再豁得出去，就攻无不克，没有我做不了的事。"

张晨哈哈大笑，但笑中又有一点苦涩。他想，刘立杆说得虽然夸张了一些，但还是有道理的。自己虽然没有和他一样，接触那么多人，跑那么多公司，但就在自己有限的认知范围里，也有所耳闻。

莫非真像刘立杆说的，海城这地方，连空气里都飘荡着，嗯，特别的味道？正经的人，才他妈的是可耻的？

"我已经想好了，张晨。"刘立杆说。

"想好什么了？"

"等我有钱了，我就要招五个像刘芸那样的北大美女，也不用给我写回忆录了，回忆录老子自己写，我就让她们每天杀出去，一人打倒一大片。"

"打倒了干什么？"

"还没想好，反正什么赚钱，我在后面，就去收割什么，保证赚到的钱都可以拿来填海。"

"这么厉害？这么厉害的话,那些美女不会自己赚?为什么要让你收割?"张晨不咸不淡地给他浇了一瓢冷水。

刘立杆一愣:"是哦,这么好赚,她们为什么不自己赚?哎呀!"

刘立杆猛地拍了一下床铺。

"怎么,又悔不该男儿身了?"张晨大笑道。

张晨看了看手表,从床上翻身坐起来,问道:"我上班去了,你走吗?"

刘立杆说:"我今天放纵一下,给自己放半天假睡觉。"

张晨懒得管他,自己下楼走了。

到了单位,谭总站在自己办公室门口,看到张晨进来,就朝他招手。张晨赶紧过去,问道:"谭总早,有什么事吗?"

谭总朝着大厅大吼一声:"二货,过来!"

被叫作二货的,赶紧跑了过来。

"来来,里面说。"谭总和张晨说着,转身回到了办公室。张晨跟了进去,二货也气喘吁吁地跑到了。

二货是他们下面施工队的一个"连长",在他们公司,一个"连长",就相当于现在那些工程公司的项目经理,负责一整个项目的施工。

谭总是湖北蒲圻人,在海军榆林基地当过兵,据说还参加过1974年的西沙海战,教训过当时南越的海军,转业时正值海南建省,他们一大批的战友就都没有回老家,而是留了下来,说是已经不习惯老家冬天的寒冷和夏天的闷热了。

他把一个项目叫一个连,每个连配备一个"连长",连长下面又有几个班,分别是木工班、泥水班、油漆班或水电班。

二货现在负责的项目是张晨设计的。张晨心想,一定又是什么工程上的问题搞不定了。

那时的装修公司，不像现在，所有的图纸都是齐全的，施工队只要照图纸施工就行。那时的图纸主要就是一张效果图，其他的图纸需要每个班的班长根据效果图在纸上毛估估画出来，施工的时候，就要一边看效果图，一边看自己的草图，一边和设计师交流。

虽然设计师在画完效果图后，还会出一张黑白稿，上面写明材料和尺寸，但那都是些主要数据，要是设计师不交代清楚，施工队就是拿着材料和图纸，有些地方也不知道怎么才能做出效果图一样的效果。

碰到那些难搞的客户，他不管其他，就一口咬定，这效果图是我认可的，你就得给我做得和效果图一样。

还有一些有自己主见的客户，明明确认了效果图，但到实际施工的时候，又会提出各种奇怪的想法，去修改设计。管施工的嘴笨，和他也说不清楚，那就要设计师去和客户沟通，和他说明，为什么这个地方不能按他想的那么改。

碰到这种情况，张晨的办法是按客户的意思，直接画给他看，画完了，客户自己一比较，才觉得自己的想法有点唐突，遂放弃。

要是碰到特别坚持的客户，张晨就改，把新方案改到他满意，再按新方案做。碰到这种，大家都能接受，因为改的时候，谭总就把价格加上去了，反正不吃亏。

"来来，二货，你自己和小张说。"谭总不耐烦地说。

二货看着张晨，羞羞答答说不出话。张晨问道："二连长，是不是工程有什么问题了？"

"不是工程有问题，张设计师，是那个立面的石材……"二货吞吞吐吐。

"哎呀,你他妈的连话都不会说了? 你蠢到这个样子,怎么带你的兵?"谭总气咻咻的,转身对张晨说,"那个立面,他们用了'四川红'!"

张晨吓了一跳:"怎么会用'四川红'? 我不是写得清清楚楚用'中国红'吗? '四川红'怎么做立面?"

所谓的"四川红"和"中国红",都是产自四川的一种红色大理石。那个时候,在石材市场,区分还是很严格的,人们把出产自四川雅安地区的叫"中国红",而把四川其他地方,如荥经等地出产的叫"四川红"。

"中国红"的花纹比较细腻,类似于芝麻点,色泽红艳,但比较沉着,看上去很高档,而"四川红",要么颜色比较暗淡,要么花纹比较粗,像癞蛤蟆身上的皮肤,或者颜色更浅,比较漂浮,和"中国红"相较,要差一个档次。

二货在做的这个项目,是一家高档酒店,对外立面的要求比较高,所以张晨在设计的时候,选择了"中国红"。

"你换了石材,怎么不和我说? 换了哪里的?"张晨问。

"荥经的。"二货说。

张晨一听就知道完了,荥经的石材不仅颜色是暗红色的,而且是粗花纹的,这种石材,更适合做地面,而不是立面。

张晨刚到公司的时候,每天一有时间就骑着自行车,跑遍海城所有的石材和建材市场,对每一种材料都做了比较,也拿了很多小样,晚上一个人在办公室的时候,就看着它们琢磨,什么材料用在哪里最能出效果,而且是不同的效果。

客户的眼光和文化修养、个人喜好都是不一样的,做装修设计的,就是要在和客户的交流过程中,把握客户的点点滴滴,把他想说又说不出来的东西用笔或实物帮他表达出来,那你就成功了。

张晨看了看谭总,摇了摇头:"要出事了。"

谭总瞪了一眼二货,骂道:"已经出事了!"

"可是,可是……"二货说了几个"可是",却说不下去了。谭总对张晨道:"这个蠢货,自以为是,私自带甲方的副总去看石材,那副总看到'四川红'比'中国红'一个平方便宜二十几块钱,就想把这差价吞了,拿'四川红'冒充'中国红',这个蠢货就答应人家了。"

"不是我答应,是他一定要,他自己和石材老板谈的。"二货辩解道。

"你闭嘴!"谭总骂道,骂完了对着张晨继续说,"结果昨天下午做立面,刚做了十几个平方,甲方老板来了,一看到就让停下,说这个太低档了。现在好了,石材退,退不回去,做,做不下去,真他妈的!你老老实实告诉我,这中间你到底有没有拿钱?"

"没有,谭总,我保证没有。"二货赶紧说。

谭总指着二货骂:"你他妈的要是让我知道你拿过一分钱,我就一脚踢死你!"

张晨听明白了,他也觉得头大。人家甲方老板要是较真,叫个懂行的过来一看,就知道这是"四川红",不是"中国红",和他们报价单上写的品名完全不一样,人家肯定会认为是他们公司弄虚作假,严重的话,人家都可能中止合同。

自己这边呢,还没有办法和对方说,完全是他们副总的主意。如果说了,老板有能力一脚把副总踢走还好说,要是踢不走,或者副总反咬一口,说是二货的主意,是二货对他行贿,这种事,又没有证据,你说我说，全看老板听谁的。

如果这样，那这个工程，即使合同没有中止，接下去的麻烦都会数不胜数。

现在唯一的办法，就是在老板还没有被激怒之前，迅速把板材换掉，用"中国红"返工。但麻烦的是，石材这种东西，都是提前订货的，银货两讫，从来就没有听说过有卖出去后还退货的。

张晨问二货："昨天挂上去的，都拆下来了吗？"

二货说拆下来了。

"放在哪里？"张晨问。

"工地啊。"

"马上找辆货车，把它拉走，所有的都拉走，渣都不要留在那里一点。"张晨说。

"拉走，拉哪里去？"二货问道。

"不管哪里，先拉走再说，哪怕让司机找个凉快的地方，先停那儿去，我们再想办法。"张晨说。

"为什么？"二货问。谭总也不解地看着张晨。张晨把其中的利害关系和他们说了，谭总一听，脸都白了。他一把拉起二货，大声道："他妈的快滚，还不快去拉走？老子要被你害死了！"

二货也吓坏了，赶紧跑了出去。

谭总坐在那里，过了好久才稍稍平复了心情。

"好险，真是千钧一发。小张，要不是你提醒，他妈的我今天就栽在这蠢货手里了。"

"唉，这个二货，我是一点儿办法也没有，糊不上墙的烂泥。"谭总坐在那里，叹了口气。

张晨没说话，只是心里有些奇怪。他早就听公司里的人抱怨，说在公司，只有二货是亲生的，其他人都是后妈养的。二货这个蠢货，干错了什么，谭总也不会拿他怎么样，换作是其他人，早就一脚踢走了。

看看今天这架势，公司里的那些传言，好像还真是这么回事。

张晨没吭声，谭总看了看他，明白了，自嘲地笑了一下，对张晨说："小张，我知道你在想什么，也知道下面人在议论什么，但是，没有办法，谁的账我都可以不买，谁我都不会养，但这个二货，哪怕是痴的、傻的，我也一定要养。"

张晨不解地看着谭总。谭总说："我就和你说了吧，在公司里，我还没和人说过这事，你是第一个。这二货的爸爸，是我的战友，还救过我的命。两年前，他拿着他爸爸临死前写的信跑到海南来找我，你说我能怎么办？让他当个'连长'，也是想看到他能有点出息，这样以后到了地下，见到我那老战友，也不怕他骂我。"

"我理解了，谭总。"张晨点了点头。

谭总苦笑了一下："理解就好。"

"那这批石材怎么办？"张晨问。

"能怎么办，不行就我们公司埋单。你说得对，总不能因为一批石材把一个项目都弄砸了，大不了这个项目不赚钱，那也比连名气都砸进去的好。"谭总说。

张晨想了一会儿，说："要不，我想办法去和石材老板沟通一下，看看他能不能帮我们换一批。"

谭总眼睛一亮："有可能吗？"

张晨说："不敢说有没有可能,我试试吧。"

"好好,试试,试试。"谭总一迭声地说。

张晨下楼,推着自行车出了大门,右转拐上大街。太阳把地面照得白花花的。张晨突然感到一阵眩晕,差点从车上摔下来。

他想,大概是因为一个晚上没有睡觉,再加上没吃早饭的缘故。他赶紧找到一家粉店,要了一碗汤粉,放了很多辣酱,吃得满头大汗,这才感觉舒服一些。

张晨骑着自行车到了工地,看到大理石都搬运走了,这才放下心。

二货看到张晨来了,赶紧过来。张晨问他:"他们老板没带人来过吧?"

"嗨,海南的老板,不到中午,谁会起床?"二货说。

"谭总不是一大早就起来了吗?"张晨说。

二货一愣,然后道:"他不一样,他那是当兵习惯了。"

张晨问明这家石材店在海城市郊的批发市场,便对二货说:"你带我去吧,我们去和他商量商量,看能不能换一批。"

"换一批? 怎么可能?"二货叫道。

"不试试怎么知道? 不然,这批石材怎么办? 对了,那个副总的钱,他有没有拿?"张晨问二货。

"应该是还没来得及。"二货说。

"这就好,不然,追这笔钱又是个麻烦。出了这个事,这钱,我想他也不敢拿了。"张晨说。

二货咧开嘴笑道:"我看也是,昨天老板发火的时候,这货就在身边,我看他脸都吓白了,还不停地朝我使眼色。"

"我们走吧。"张晨说。

二货让他等等,过了一会儿,回来,手里拿着两个头盔,递了一个给张晨,说:"有点远,骑我的摩托车去。"

两人上了摩托车,张晨从后面抱着二货的腰,头抵在他的背上,两边的风呼啸而过,他却再忍不住睡着了。也不知睡了多长时间,直到身体一个趔趄,差点从飞驰的摩托车上摔下来,他才猛地惊醒。

他听到二货大喊着问他什么,他没听清,凑近问道:"你说什么?"

二货道:"我问你昨晚干啥去了。"

张晨道:"和朋友唱歌去了,唱了一个晚上。"

二货摇了摇头,道:"唱歌有什么意思。"

张晨懒得理他。他们到了市场,停好车,准备往里走,张晨看到一个水龙头,就对二货说:"等一下,我洗把脸。"

张晨把水龙头打开,把脸伸到下面,用水冲着。二货站在边上,对张晨说:"谈成了带你去玩,精神就回来了。"

张晨笑骂道:"我可没有你那个爱好。"

边上房子里有人听到外面的水声,冲了出来,一边冲一边叫着:"谁叫你们用这里的水的?"一看是二货,显然是认识的,讪讪道,"我以为是搞卫生的。"点点头又退了回去。

二货带着张晨,到了那家石材店。老板看到他们,脸上的笑立马漾开,赶紧请他们坐,又从冰箱里给他们一人拿来一瓶纯净水。

二货把他们的来意和老板说了,老板一听就跳了起来,叫道:"不用谈,不用谈,你们去市场里问问,哪家店,卖出去的板材还可以退的。"

二货骂道:"我们又不是退,是换,你叫叫叫,叫什么?"

"换和退有什么区别？你拉回来了，这些板材我卖给谁去？我再去厂家拉货，不要付钱？"老板也叫道。

二货不干了，道："我在你这里做了多少生意，你妈的这点小事都不肯帮忙？"

"小事？这一批板材十几万元，我做多少生意才能赚回来？出去，出去，我不和你们啰唆。"

"你要赶我们？"二货梗着脖子吼道。

"对，你们走，我不认识你！"

老板也不甘示弱，两人吵着吵着眼看就要打起来。

张晨赶紧站起来，拦在两人中间。他先用力把二货按回沙发上，转身再去按老板。这里老板气呼呼地刚坐下，那里二货又站了起来，张晨赶紧又把他按下。

张晨对二货说："你喝水，不要说话了好不好？老板说得也没错，要是有人把这么堆货退给你，你也不会干。"

二货嘴巴张了张。张晨一边拼命朝他眨眼睛，一边说："别说话，喝水，喝水。"

张晨转身问老板："老板贵姓？"

"他知道，姓林！"老板没好气地说。

"哦，林老板，你好，我姓张，是腾龙公司的设计师，这样……林老板，你也喝水，先消消气。"张晨笑道。

林老板看了一眼张晨，口气稍转缓，说："我没气，有什么事，你说好了。"

"那我说了啊。林老板，不管我说得对还是不对，你都不要生气，好不好？我们是解决问题，不是吵架。刚刚确实是我们二连长不对，不过，他这个人，就是这个直脾气，但人不错，没有坏心，我想你也知道，他吧，一碰到问题，就……"

"那是你们的问题，不是我的问题。"林老板说。

"对对，是我们的问题。但怎么说，我们也是你的客户，对不对？就是我们的问题。你要是能帮，也肯定会帮我们，对不对？我是说，在你没有损失的情况下。"张晨说。

"这个当然，不是都说，客户就是上帝。"林老板嘟哝着。

"哎哟，这个，我们可不敢当，哪个上帝，会这么大的太阳还跑出来？这上帝当的，也太命苦了。"张晨笑道。林老板笑了起来。

"林老板你看，我是个设计师，对你们这行不懂，不过这次，'中国红'怎么会变成'四川红'，这事情你很清楚，这个里面，你没有多赚一分钱，我们'二连长'也没有拿一分钱，都是那个贪心王八蛋的错，这样说来，我们都是受害者。现在呢，是对方老板发现了这事，不干了。拿'四川红'冒充'中国红'，老板要是找个稍稍懂行的一问，就知道怎么回事，那这事情就闹大了，搞得不好，整个项目就会泡汤。我们是你的客户，你也不想看着我们不明不白就背这个黑锅是不是？"

"这个当然。"老板说。

"我是个设计师，我知道这'四川红'做立面不行，但要是做地面，特别是餐馆的地面，那'中国红'又比不上'四川红'。海城一年多少餐馆要装修，不要说海城，就我们公司，我手上，一年也不知道要设计多少家餐馆。设计师这一行，我想林老板一定也知道，你说其他的权力没有，但什么地方用什么材料，这个还是设计师说了算的，对不对？"

林老板点了点头，说："这个我倒是知道一点。"

"这批板材，我也清楚，都是常规规格，基本什么项目都可以用，我的想法是这样，林老板，说好了啊，对不对你都不许生气。"张晨笑道。

林老板也笑："我哪里有那么多气。"

"那好，那我就说了。我的想法是，这批板材，你帮我们换了，换回来的，你就放这里，不过是压点流动资金，占点仓库的位子，有人要，你现货就卖了，我呢，再设计其他项目的时候，就把它设计进去，还是到你这里进货，不管那个时候你有没有卖掉，都下你这里。还有，我们回去，和老板说，你帮了我们的忙，不是也等于帮了我们老板的忙嘛，我们和他说，让其他的项目，进石材也都到你这里进，只要林老板不卖贵给我们就可以……"

"我怎么可能卖贵，都有行情价的，一问就知道。"林老板说。

"那就好了，你看看啊林老板，你虽然暂时损失了一些，压了批货，但你这样等于是把后面的好几单货都订下来了，我保证，你最后不会吃亏。"张晨说。

"你这样说，还有点道理。"林老板有些心动了，"不过，我怎么知道你们以后一定会进我这里的货。"

"这个市场才多大，海城才多大，哪里用了哪个的石材，林老板怎么可能不知道？石材又不是玻璃胶，进进出出都看得到的，要是在你这批石材卖掉之前，你看到我们公司进了其他家的货，其他话我不多讲，你去我们公司，直接扇我耳光，我保证躲都不躲一下。"

林老板想了一会儿，抬起头，说："好，那就按张设计师说的这么办。"

"太好了！"二货叫道。

林老板瞪了他一眼，骂道："你，跟人家学学，一张嘴比厕所还臭，我要不是看张设计师的面子，才懒得理你们！"

二货嘿嘿笑着。

出了林老板的店铺，二货挠着头："奇怪，他妈的，我是老客户了，怎么我说的话不管用，你和他又不认识，却是你说了管用？"

张晨笑道："你把脏话拿掉，说话也就管用了。"

二货愣了一下，然后笑道："我知道，我知道，谁都说我嘴臭，不过改不过来了，从小就这么讲，都讲习惯了，现在也无所谓，事情不是已经解决了吗？"

张晨笑笑，懒得再去纠正他，心想，连谭总都改不过来的人，自己还是省省心吧，别去改他。

"张设计师，你帮了我这么大忙，走，我请你去玩。"二货说，"要不是你，我会被谭总骂死。"

"谭总还等着呢，我们要是不快点回去，还是会被骂死。"张晨说。

"哎呀，好好，上来，上来，我们先回公司。"二货忙跨上摩托车，叫道。

"我自行车还在工地。"

"没事，我让工人给你骑过来。"

"钥匙在我这里。"

"多大点事，那就让他扛过来。"二货说着，就启动摩托车，一头蹿了出去。

他们回到公司，把结果和谭总说了。谭总很高兴，不停地道："太好了！太好了！"

"可是谭总,我没有请示,就承诺人家了。"张晨说。

谭总手一挥:"请示什么? 这个不用请示,石材嘛,我们进谁的不是进。你说得对,这林老板帮了我谭某,就是我谭某的朋友,我再到他那里多进点石材,应该的。"

张晨松了口气。一路上他还担心,自己刚刚是不是擅自做主了,听谭总这么说,也就放心了。

张晨刚站起来,谭总又道:"你等等,再坐一会儿。"

谭总看了看还站着的二货,骂道:"你也给我坐下,吊儿郎当的,站在那里干什么? !"

二货不明白站着怎么就吊儿郎当了,不过还是乖乖地坐下。

"小张,我有一个想法。"谭总看了看二货,然后对张晨说,"我想派你去他那里当指导员。"

"指导员?"张晨和二货都不解了。

谭总点点头:"对,就是没事的时候多去去工地,这个蠢货有什么不懂的,你就教教他;他有什么没做对的,你就及时纠正……"

"那不就是监理嘛。"二货叫道。

"你给我闭嘴!"谭总骂道,继续对张晨说,"有点像监理,但比监理大。你帮我在那里管着这个蠢货,他要是不听话,你就踢死他。你,二货,听明白没有?"

"听明白了,不就是让他来夺权嘛。"二货嗫嚅道。

"你有屁个权,还夺权,是老子没时间管你,他去替我,代你爹和我管教你!"谭总骂道。

张晨赶紧笑道:"不敢,不敢,我年纪比二连长小很多,在公司的资历也不如他,怎么能管他。"

"他年纪大有个屁用,不过多浪费了几年粮食。你别担心,他要是不服,还有我。"谭总说着,转向二货,问道,"你服不服?"

"服,一百一千一万个服。有指导员在,我肯定清闲多了。"二货说,"再说张设计师,我看出来了,是有真本事的,我服。"

"从进来到现在,你就说对了这一句话。还有,我警告你,有时间你也别他妈的去干那些乌七八糟的事,有本事就好好找个老婆。"谭总骂道,骂完又继续对张晨说,"小张,这样你就要经常跑工地了,辛苦不少。"

"辛苦倒没有关系。"张晨赶紧说。

张晨心里清楚,谭总说的乌七八糟的事是些什么事。通过前面的接触,张晨感觉,二货这人,倒不坏,没什么不好打交道的,就是以后在一起,这家伙一天到晚要叫自己去"玩",这个太烦人。

张晨怀疑,从一开始,谭总和自己说了他和二货的关系,那时他就想好让自己去工地当现场监理了。当监理也没什么,张晨觉得,自己在施工现场可以学到很多东西,对设计是有好处的。天天关在这办公室里,混日子可以,对自己的发展还真不如多跑工地。

再说,谭总已经定下的事,也没有办法反对。

他便对谭总说:"我试试吧,也请二连长多教教我。"

"那就这么定了。"谭总说,"回头我和财务说,从这个月开始,你的工资调到三千元。"

张晨去了工地,二货还果真不是个多事的人,不仅不多事,简直就是不管事了。

工地上有什么事，下面人找他，他都会说，去找指导员。过了几天，他干脆就到工地溜一圈，然后就不见了人影。张晨知道，他这肯定又是去哪儿鬼混了。

张晨心想，这小子简直比刘禅的心还大，人家乐不思蜀，还是迫不得已，这小子，完全是一副，用他自己的话说，就是欢迎的姿态。

谭总说他是糊不上墙的烂泥，还真是精准描述。

二货知道张晨不会去告状，但还是隐隐担心，所以不仅把权力拱手相让，还很讨好张晨。早上九点多钟，他到了工地，转一圈，最后必到张晨身边，问他："指导员，中午想米西什么？"

张晨说要与不要都一样，一转眼他就会不见了，等到中午回来的时候，必定给张晨带回丰盛的午餐，还有啤酒。张晨说了几次自己中午不喝酒后，这啤酒才总算取消，不过午餐继续。

刘立杆有时候洗楼洗到附近，就会到张晨这里来蹭午饭。二货看到刘立杆来，就会咋咋呼呼地招呼工人添菜买酒。刘立杆赶紧说："下午工作，一身酒气不好。"

"喝完了去玩一圈，就什么酒气都没有了。"二货也不避嫌，说道。

"那我还怎么工作。"刘立杆笑道。

二货看着他，摇了摇头："那你不行，我是越来越精神。"

"那当然。"刘立杆笑道，"我怎么敢和你'二炮长官'比。"

二货一愣，然后拊掌大笑："这个好！这个好！'二炮长官'，听到没有？指导员，这比你那二连长都高级，哎，有文化就是有文化。"

张晨没想到，这两个家伙凑到一起，马上就"水乳交融"了。

二货知道刘立杆和张晨住在一起，就道："那晚上下班你过来，我们搞点好吃的，去你们那里好好撮一顿。"

刘立杆正想说"好啊"，就看到张晨瞪着他，赶紧改了口，说："今天不行，今天单位要开会。"

"我也要回公司赶稿子，这两天都泡在工地，稿子都没时间赶。"张晨说。

二货失望地叹了口气，说："那就明天，明天好不好？我去东门市场搞一堆海鲜，我和你们说，海鲜最好了！"

二货自己想想，都乐不可支。

只剩刘立杆和张晨两个人时，刘立杆问："不就去吃个饭，喝点酒，你那么紧张干吗？"

张晨骂道："你就不怕这'二炮长官'从此变成邻居？"

刘立杆猛然醒悟，这家伙要是看到建强老婆，一定会天天大驾光临，那也是麻烦。他哈哈大笑，之后连张晨他们工地也不敢去了。

工地上的事，不仅杂、碎，而且还很细。有很多工作，你要面对面反复交代，很多人，你拨一下，他动一下；你不拨，他就不动，有时甚至你拨了三下，他才动那么一下。

二货原来的方法是和你说一遍，你没搞懂，接下来不是骂，就是踢。谭总是"踢"字挂在嘴上，但从没见他踢过人，二货是冷不丁就会给你一脚，有时候走过去，没事也会给你一脚，不为别的，就为他脚痒了，所以工地上从班长到工人，都烦他烦得不得了。

现在张晨来了，二货不管他在或不在，开口就是"去找指导员"。

这些人乐得如此,马上就去找指导员了,后来,都懒得再去问二货,有事情,直接就找张晨。

张晨这个指导员,谭总派他来是监督连长的,实际上,他变成了连长兼指导员,每天公司和工地两头跑,忙得不可开交,有时候人刚刚回到公司,工地上的电话就追过来,张晨只好吭哧吭哧,踩着自行车又往回跑。

好在后来二货也看出来了,老是见张晨骑自行车骑得大汗淋漓的,就说:"来来来,去骑我的摩托车。"

"我不会骑。"张晨说。

"会骑自行车就会骑摩托车,两分钟就能学会。"说着,二货就要拉张晨去学骑摩托车。

"我没驾照。"张晨急道。

"我也没有。"二货说,"没事,有交警拦你,把车给他,人走开。"

"谭总帮你去拿了几回?"

"一回,后来几次都是我自己去,他们也卖我面子。"二货得意地说。

张晨猛然想到,什么卖你面子,十有八九是卖你死去老爹的面子。

二货虽然大大咧咧,但从来没在别人面前说起过自己和谭总的那层关系,大概是谭总吩咐过他。张晨更加坚信,那天不管有没有换石材的事,谭总都是要把二货交给他的,这才会和他交底。

果然,只学了十几分钟,张晨就学会了骑摩托车。学会后,他每天早上去工地,二货就会把摩托车钥匙扔给他。

张晨奇道:"那你呢?"

"我又不跑远,都在这附近。"说着,二货就走开了。

张晨抬头看了看四周的大楼,心里纳闷,就这附近?

张晨摇了摇头,懒得多想。好在有摩托车,再来回工地和公司之间,确实方便多了。

特别是太阳正盛的时候,你骑着自行车,能感受到阳光的毒辣,而骑着摩托,你能感受到的只有风,只有风!

张晨回到公司,刚刚坐下,边上人就和他说:"刚刚谭总找你。"

张晨赶紧站起来,来到谭总办公室,看到谭总正和公司其他几个设计师围在会议桌旁,看着桌上的效果图。

张晨在门上敲了敲,一圈人转过头来。张晨问:"谭总你找我?"

"对对,来,一起参谋参谋。"谭总朝他招手。

张晨走过去,看到桌上是一张客厅效果图。张晨一看,就知道这是和金莉莉他们公司一样,办公兼住宿的写字楼。

张晨看了一下,对谭总说:"这设计挺好的,怎么了?"

谭总说:"我也觉得挺好的,你问小谢。"

小谢也是他们公司的设计师,这个设计方案,应该就是他做出来的。他苦着脸,对张晨说:"这电视柜后面的背景墙改了好多次,客户总是嫌不够前卫。"

"对方什么公司?"张晨问。

"文化公司。"小谢说。

"老板原来是干什么的?"

"搞摄影的。"

张晨明白了,想了一会儿,说:"用火烧板,黑灰色的,还有,这边上的墙壁,用石膏刮出乱波浪的形状,再用黑乳胶漆刷。"

"火烧板？"

谭总和其他几个设计师都吃了一惊，火烧板是把花岗岩板材的表面用液化气和氧气高温灼烧，由于受热不均匀，膨胀不同，会在板材的表面形成密密麻麻、凹凸不平，就像荔枝外面的那层壳一样的效果。

当时，大家还主要是用火烧板做地面，起防滑作用。

"火烧板能做立面吗？"小谢将信将疑。

"我那里有小样，你把效果图改改，再拿着火烧板的小样去给客户看看。"张晨说。

小谢看着谭总。谭总说："那就试试，不行大不了再改。"

小谢点点头。

没想到这个方案送过去，客户一见就喜欢了，马上就确定了下来。这个工程做完后，竟成了他们公司的一个示范工程，很多有类似需求的客户，设计师就会带他们去那里实地看，很多客户都采纳了。没几个月，用火烧板做墙面竟成了海城的一时风尚。

当然，这些都是后话。

第十六章　好日子的尾巴

刘立杆觉得，自己的好日子从海城开始了，却没想到，他们只是侥幸抓到了好日子的尾巴而已。

从1988年海南建省开始，出现的开发和建设热潮，在1989年戛然而止，海南的经济开始萧条。到了1990年的下半年，张晨和刘立杆他们上岛的时候，经济形势就更趋严峻。

受地理和交通条件的限制，海城当时，除了一家做椰子汁的公司，并没有什么像样的企业，像熊猫汽车，当时号称是全世界第一辆塑料汽车，样车早两年还开进了中南海，请当时的国家领导人试乘，圈了很大的一片汽车工业园区，还没开发就荒置了。

海城当时勉强算是有一百多万人口，其中三分之一是内陆来的，经济一不景气，这些上岛的人找不到工作，就选择去了其他城市。这些人一走,直接影响的就是像义林家这样,靠收租金过日子的本地人。

义林家已经算是好的了,三户租客都还在,周围其他人家,很多已经走了一大半,最惨的甚至一户都没剩下,那就连喝老爸茶的钱也没着落了。

接下来要比惨的,就是那些靠把内陆的各种物资运进海城兜售的商贸公司。货卖不出去,运又运不回去,再运回去,恐怕连运费都付不起。更惨的是那些把货堆在仓库里,却连仓库租金都付不起的人。

谢总在武警部队租了一块地,开始是准备建家具厂,做办公家具,钢结构的厂房刚建好,就看到市场上的办公家具已经卖不出去,他就不敢继续。偌大的厂房,只能租给别人当仓库。有一个老乡,租了他的仓库,堆了一仓库当时还没什么名气的酒鬼酒和湘泉酒。

结果酒卖不出去,租金没有钱付,人也跑回湖南老家去了,只扔下一仓库的酒在这里。刘立杆每次去谢总那里,谢总就一定要请刘立杆喝酒,拿出来的都是酒鬼酒。

谢总对刘立杆说,这是全国唯一比茅台还贵的酒。刘立杆拿过来看了看,觉得这黄泥巴烧成的陶制酒瓶不错,形状就像一只被扎了口的麻布袋,设计很新颖别致。他尝了一口,酒也不错,但天下不错的酒多了去了,凭什么你要比茅台卖得还贵?怪不得会堆在仓库里卖不出去。刘立杆觉得谢总这个老乡把这酒拉到海南,简直就是脑子坏掉了。

海南人当时喝什么?有钱的喝路易十三和人头马XO加雪碧,没钱的喝一种大大咧咧,取名就叫"壮阳"的壮阳酒,大瓶的叫大壮阳,小瓶的叫小壮阳,要么就是鹿龟酒,谁会喝你这鸟玩意儿。

临走时,谢总让刘立杆带些走,能带多少带多少。刘立杆笑道:"我一辆破自行车，能带多少。"就只要了一瓶酒鬼酒和四瓶二两半装的小瓶湘泉酒。

刘立杆觉得，这湘泉酒喝起来比那酒鬼酒还好喝一点。带瓶酒鬼酒，纯粹是因为瓶子好玩，想带回去给张晨看看。他觉得张晨一定会喜欢这瓶子的造型。

果然，张晨一看到这酒鬼酒，还真就很喜欢。他觉得这个设计真是匠心独运，再看外包装的题诗和酒瓶上"酒鬼"两个字，欣喜万分，这才知道这酒瓶是黄永玉设计的。原来大画家也可以干设计酒瓶这种在当时看来很低级的事。

刘立杆不知道黄永玉是谁。张晨骂道："那个猴子邮票你总见过吧？"

"知道啊。"

"那个就是黄永玉设计的。"张晨说。

"那我知道了，就是猴精猴精的酒鬼。来，喝。"刘立杆大声叫着，端起杯子。两人就着一只盐焗鸡和鸭肠，把一瓶酒鬼酒干完了。

"这酒，比'枪毙烧'好喝多了。"刘立杆总结。他说的"枪毙烧"，就是他们剧团下面小店里八毛钱一瓶的白酒"千杯少"。

张晨表示同意。

仿佛一夜之间，所有的公司像约好一样，都不招人了。刘立杆每天继续洗楼，但到了人家公司，明显感觉到现在的人都各种不耐烦，没说两句，人家就说"下次，下次再说好吗？我现在没有时间"。

刘立杆知道，这下次就是永远没有下次，没有时间。其实更精确地说，是没有心情。

还有办公室主任直接对刘立杆说："招人？我自己都要去找工作了，招什么人？"

刘立杆一有时间，就看BB机，有时候骑车在路上，仿佛听到BB机响，赶紧一只手把着车把，一只手去摘下看看，结果屁都没有。

这每月的任务虽然还是勉强能完成，但业绩已是一落千丈。刘立杆甚至都不好意思回报社，回报社也像躲鬼一样地躲着主任。他为此焦虑万分。

刘立杆没有想到，主任比他还焦虑。整个广告部，现在只有刘立杆一个人能够完成任务，业绩最差的，干脆挂了零。报纸的印数也下来了，印数越少，社领导就越指望广告部，天天给主任打电话，可广告部也要有公司招聘人才行啊。

东湖广告墙那里，也就是刘立杆以前常去的那块空地，现在也已不复往日的荣景。很多广告，现在人家是缴了半天的钱，但是贴在那里，贴三天，也没有新的广告覆盖上去。在以前，可是一分钟也不会耽搁的，每天抢着要上墙的启事太多了。

广告墙前面的人也比以往少了很多，不再是以前人头攒动的场面。很多人过来看看，去他的，都是自己去应聘过的单位，现在还贴在那里，转身就走了。

刘立杆感受到的，金莉莉和张晨也感受到了。

生意难做，个别还有钱赚的行当，挤进来的人就多。用夏总的话说就是，最早一个人可以分五块钱，后来一个人可以分两块钱，现在一个人只能分一块钱了，就这一块钱，大家还要抢破头。

唯一不变的是，你该请的客还得请，该送的礼还得送，数字还不能少,要不,你连抢这一块钱的机会都没有了。

金莉莉再去南庄酒店的时候,发现下了南大桥,路边停的车一次比一次少,到后来,马路两边都没有车了,所有的车都停到了门前的停车场和后面的院子里。

二楼的演唱先被取消,人都坐不满,还唱什么唱。现在去二楼吃饭的,大多是私人宴请,你在上面哇啦哇啦唱半天,人家不仅不领情,还嫌你吵。一楼倒还是天天满座,但服务员感到轻松多了,不用翻台,可以慢慢地收台了。

酒店翻台,可是和打仗差不多,一样的紧张,一样的争分夺秒,只是不死人。

张晨他们公司也是一样,已经有两家公司,装修还在进行,房东上门来封门了,说是租户跑了。

他娘的,租户就是他们公司的甲方,甲方都逃了,这工程还怎么进行?谭总大发雷霆,开着车一路狂飙,到了楼下,车门一甩就上楼,和房东理论。

房东站着,也不急。等谭总吼完了,房东说:"你倒丁吗?我懂不懂你?懂不懂我?你都不懂我,你朝我吼什么?"

海南人说认识不说认识,而是说懂,我懂不懂你,就是我认不认识你。

"这门不能封,这里面的装修,是我做的,还是老子垫资的,我装修款都还没有拿到。"谭总说。

"你装修款没有拿到,我时间过了,房租也没有拿到啊。你要不要租?要租,把房租付了,我马上走;不租,老子的房子,老子想封就封。"房东也不是好惹的。

两人正吵着，从下面上来一帮烂仔，这些烂仔都是跟着房东来的，在下面等着，只等房东招呼。

谭总一看来了这么多烂仔，脾气也上来了。他走到墙边，左手往墙上一撑，叫道："想搞事是不是？想拍港片对不对？好啊，来，有种往这里砍！"

谭总用右手指了指自己的左手，对房东和那些烂仔说。

对方显然没料到今天碰到这么个刺头，迟疑着。

双方僵持了半天，房东还是不敢喊他们砍，但也拉不下脸。他扭过头，对那些烂仔说："封门。"

谭总一步抢到门前，叫道："他妈的谁敢！"

房东叫道："把他拉走！扔下去，封门！"

"怎么回事？"电梯门打开，出来三个穿军装的，一个官，两个兵，当官的出门就问道。

他看到了谭总，然后走过去，朝他敬了一个礼："老团长！"

"小郑，你怎么来了？"谭总奇道。

房东和那些烂仔一看这架势，就蒙了。那些烂仔看到有军人来了，赶紧就想从消防通道溜走。小郑大喊道："站住！"

那些烂仔都站住不动了。

"立正！"

几个烂仔乖乖地立正。

"排好队！"

他们靠墙一字站好。

小郑走过去，从一个人手里拿过他的东西，把报纸拆开，里面是一把自制的砍刀。小郑骂道："你他妈的光天化日拿着这些破铜烂铁就敢出来吓唬老百姓了？你们很厉害吗？"

那几个人站在那里，手里还拿着刀，硬是敢怒不敢言。

当时，在海城流传着一句话，意思是，烂仔怕公安，公安怕武警，武警怕部队。这话，当然是一句戏语，但可以看出部队在当地的震慑力，也难怪这几个平日横行街头的烂仔看到军人，马上就变乖乖牌。

"把他们都缴械。"小郑对两个士兵说。

两个士兵走过去，手还没碰到那些刀，烂仔们自己就把刀递给了他们。

小郑走到房东跟前，问："这些烂货都是你带来的？"

房东赶紧说："他们是去其他地方，不是要到这里找事的，只是路过，上来看看。"

"你知不知道他是谁？"小郑指了指谭总。

"不懂他，我真的不懂他。大家都是误会，误会一场。"房东赶紧说，一边说一边拿出香烟，递给两人。两人都推开了。

小郑问谭总："老团长，怎么样？要不要我把这些人带走？"

谭总说："算了，算了，屁大点事，再说，欠我工程款的又不是他。"

"对对，都是租房的那王八蛋，他还欠我房租呢，人就逃了。我和这位大哥，真的是误会。"房东赶紧说。

"走吧，啰里啰唆的。"小郑不耐烦地道。

一听说可以走了，那些烂仔连电梯都来不及乘，直接就从消防通道一哄而散了。房东退到电梯边，电梯到了，门打开，房东没有进去，而是用一只手朝后拦住了电梯门合拢，对谭总说："这位大哥，里面的东西都是你的，你都拿走，我等你都拿光了，我再来。"

说完这话，他才进了电梯走了。

"是小钟给你打的电话？"谭总问小郑。

小钟是谭总的助理，一定是他在下面看到对方带了那么多烂仔，知道情况不妙，就赶紧给小郑打了电话。小郑在部队，原来是谭总的手下，后来当了管理员。

"不是他是谁，我等你给我电话，你会吗？"小郑埋怨道。

"这点屁事，我自己能处理。"谭总说。

"你怎么处理？部队是部队，地方是地方。哥，不是我说你，你那急脾气也该改了，不要吃眼前亏。碰到这种事，给弟弟打个电话，我保证帮你处理好。我现在天天和这些烂人打交道。"小郑说。

"那我要警告你，不该拿的钱别拿，不该吃的饭别吃，知道吗？缺钱就和哥开口。"谭总说。

"不缺。再说，我是那样的人吗？"

"我就怕你天天在水里走，想鞋子不湿都难做到。再说，海城是什么地方，诱惑多大。"

"我知道了，哥，这个分寸，我把握得住。"

"把握得住就好。"谭总点点头。

那个时候，国家鼓励所有单位开展多种经营搞创收，从银行到机关单位，从学校到公安局和部队，大家都在响应国家号召开公司，连人大那些已经退居二线的老干部，也开始办公司想法子赚钱。

海城当地的武警设立了企业局，还有设立生产办的，部队没有设这些部门，他们的多种经营交给了后勤部。后勤部里，负责对外联系各种业务的，就是小郑这样的管理员。

部队的管理员级别不高,一般是连级或者营级,但在当时可吃香了,像金莉莉他们公司那样的业务,也是边防部队的管理员在负责。

谭总和小郑两个站着抽烟,小郑问:"谭总,那这里怎么办?"

谭总苦笑道:"能怎么办,赔呗。这些装修上去的东西,一寸一寸都是钱,拆下来后,就是垃圾,当垃圾扔了,还要付钱找人拉。算了吧,就这样由他,前面也就是争一口气。"

"那不是亏了?"小郑问。

"亏了也没有办法,人都跑了,我总不能一把火把房子点了。"谭总笑道,"没事,这点损失,哥还承受得了。"

一个工程黄了,公司就亏大了,但下面的人也跟着亏,施工的工人和班长、连长,工资倒是有保障,公司还会照常发,但奖金和工程完工后的提成肯定是没有了。工程都没有结束,公司又亏了那么多,你好意思开口要这个钱吗?

这两个烂尾工程里,有一个是张晨设计的,看样子百分之五十的奖金是泡汤了,但也没办法。

其他人都愁眉苦脸,但张晨发现,只有二货还一如既往,开开心心的。张晨纳闷,问他:"你整天高兴什么?"

"不告诉你!"二货说。

二货走开,不一会儿又转回来,大概是自己太快乐了,憋不住,神秘兮兮地和张晨说:"告诉你一件好事,指导员,我现在出去玩,都已经打折了,一样的钱,现在一天最少可以多玩两次。"

张晨吓了一跳,没想到那种事还有优惠大酬宾的。他好奇地问:"多少折扣?"

"我最低碰到过这个。"二货伸出三根手指。

回到家里，张晨把这事当作一件乐事告诉了刘立杆。刘立杆看了他一眼，问道："你现在才知道？我早就发现了。没看到建强现在天天愁眉苦脸的？隔壁的动静是没少，不过更多的是两夫妻吵架，而不是建强老婆在'唱戏'。"

张晨一愣，细想一下，还真是这样。

刘立杆躺在那里，叹了口气，说："张晨，你说，一个地方，当'叮咚'都生意萧条的时候，我们还怎么活得下去？"

"活不下去也得活，不然回去喝'枪毙烧'？"张晨说。

"那我情愿死在这里，也不回去被毙死。"刘立杆道。

过了一会儿，刘立杆又问："张晨，你说这是不是书上写的经济危机？"

"我怎么知道。"张晨说，"应该是吧。"

"可书上不是说，经济危机是资本主义国家的特产，这怎么会让我们赶上？"

"我不知道书上怎么说的，只知道有经济的地方就会有经济危机，就像有上坡就肯定会有下坡。"张晨说。

"这话说得好，就是说，有下坡就肯定会有上坡，我们只要坚持，就能看到上坡。"刘立杆笑道。

刘立杆正骑着自行车，忽然，似乎听到了BB机响，拿起来一看，这次没错，确实有人呼他。刘立杆看看号码，是李勇的，就到前面路口右转。

他现在所在的位置，离龙珠大厦不远，也不找公用电话了，干脆骑过去。

李勇和陈启航正在办公室里，看到刘立杆进来，两个人都奇了。

"刚刚呼完你，你怎么就来了？"李勇问。

刘立杆说："我就在附近，找电话回，还不如直接过来得快。有什么事？"

"你们的报纸，能不能登广告？卖火腿的广告？"李勇问。

"我们可以卖人腿，但卖不了火腿。"刘立杆笑道，"怎么回事？"

李勇这才告诉他，原来，他们公司从云南拉了一车的宣威火腿过来，原本说好水产码头的一家店要的，结果拉到以后，人家说现在生意不好，又不要了，这车火腿就砸在了手里。他叔叔为此很头疼，让他们想办法。他们两个想来想去，就想要不就登广告试试，自己卖。

那时候做生意，没有那么多讲究，大家都是看人头做，连像样的合同都不会签，签了也没什么用。熟人之间，更没有定金、预付款之类的说法。水产码头的这家店，是他们公司的老客户，但经济不好的时候，老客户翻脸也就翻脸了。

刘立杆也吃过金华火腿，但不知道这宣威火腿是什么东西。他问有没有火腿样品。陈启航就从隔壁扛了一只黑乎乎的火腿过来，放在桌上。刘立杆看这火腿和金华火腿也差不多，闻闻味道也一样。

当时海南当地人别说吃火腿、买火腿，连火腿是什么东西都不知道，难怪水产码头那家店不会要。刘立杆心里想，这李勇的叔叔和谢总那个拉了酒鬼酒到海城的老乡一样，都是脑壳坏掉了，可他又不好这么说。

"这东西要买，也只有靠内陆人，特别是云南人。"刘立杆说。

"是啊，在海南的云南人又不多，不像四川人和湖南人，而且，我们也不知道他们在哪里，所以才想到打广告。"陈启航说。

"要打广告，那也只有在《海城晚报》打，我们那报纸肯定不行，就是登了也没效果——工作都没着落的人，谁会来买只火腿扛在肩上？"刘立杆说。

李勇急问："《海城晚报》你有没有熟人？我们又不懂你们这行。"

"打广告不要熟人，人家求之不得。你们等等，我过十分钟后回来。"

刘立杆心想，这《海城晚报》就在隔壁，跑过去问问就可以了。他虽然没和《海城晚报》广告部打过交道，但他知道，所有报纸的广告部，只要你能拉来广告，人家都是欢迎的，而且都会有提成。

"好好，拜托你了。"李勇道。

"都自己人，你的事，还不就是我的事？"说着，他就起身下了楼。

刘立杆到了《海城晚报》，广告部在大门进去右边，和他上次来应聘的办公室正好反方向。

刘立杆走进第一间办公室，看到一位小姑娘，就拿出自己的名片，和她说明来意。

这小姑娘看起来鬼精的，一看刘立杆递给她的是正规名片，而不是那种名字都是手写的，就知道他是《人才信息报》的正式员工，手头有几个客户，这是自己出来赚外快的。她赶紧起身，把刘立杆领到最里面的主任办公室。

主任姓黄，看到刘立杆也很热情。刘立杆说，自己有一些客户，想做广告，但不是招聘广告。

"黄主任，你也知道，我们报纸是专业报纸，不会刊登其他广告，所以我就过来看看。"

"明白，明白，大家都是同行，我就明人不说暗话了，这样，你把广告拉到我们这里，我给你百分之二十的提成，你看可以吗？"黄主任说，"这个也是统一标准，我自己拉来的广告，也是按这个比例提成。"

百分之二十，那就和自己报社一样了。刘立杆心里暗喜。他喜的是，这无意之中还打开了一条门路。既然都是洗楼，那自己岂不是可以兼代着也把其他广告业务做起来？只要不违背自己对主任的承诺，把所有的招聘广告都拉回自己报社就可以。

反正其他那些广告，自己就是拉回去，他们报纸也登不了。

"提成可以，就是有一个问题，我拉这些广告，就不能以自己报社的名义了。"刘立杆说。

"明白，我也给你印名片，这样，BB机是你这个，电话就留我办公室的，有电话找来，我就说你不在，让他呼你好不好？"黄主任也很爽快。

"可以，谢谢黄主任！"刘立杆赶紧说。

"不客气，以后我们就是同事了。这样，名片你明天过来取，价目表和空白合同，你是现在带走还是明天一起拿？"黄主任问。

"现在带走吧。"

黄主任当即起身，从办公室的柜子里拿了价目表和盖好章的空白合同，装在一个《海城晚报》的大信封里，交给刘立杆。刘立杆起身要告别的时候，想起件事："对了，黄主任，我有些客户是我的朋友，这些客户，我也不想赚他们的钱，我可不可以直接按八折签合同，那提成我就不要了。"

"可以啊，你高风亮节，我们当然同意。不过，我们除了对你表示钦佩，就只能给你一瓶水了。这年头，还有无利也起早的，那真稀奇了。"

黄主任说着，又站起来，从地上的一个纸箱里拿了一瓶水出来，递给刘立杆："来来，路上喝，这么热的天。"

刘立杆谢过就走了。

他赶回李勇的办公室，李勇和陈启航急问："怎么样了？"

"搞定了。"刘立杆掏出价目表，递给李勇，"规格和价目都在上面，我让他们给了优惠，可以八折。"

"好好，我去和徐总说。"李勇拿着价目表急急走了。他说的徐总，就是他叔叔。

过了一会儿，李勇喜滋滋地跑回来，对刘立杆说："敲定了，就四分之一通栏这个。我叔叔还夸我，问我哪里找到的关系，说是《海城晚报》到他那里谈广告的，最低也就九点五折，从来没听说过八折的。杆子，你是什么关系？"

刘立杆心想，我什么关系，我就是我自己的关系。人家九点五折，是让了五个点的提成，我是全让完了。

"我找了他们主任要来的。我想，你叔叔交给你办的事，总要让你办得漂漂亮亮。"刘立杆说。

"谢谢，太谢谢了！"李勇说，"对了，合同和谁签？是让他们派人来，还是和你签？"

"我签就可以。我现在也被他们主任拉下水，也是《海城晚报》的人了。"刘立杆笑道。

"真的，那太好了！"李勇和陈启航都叫道。陈启航还说："他们主任还真是有眼光。"

李勇和刘立杆签了合同,又到财务部拿了张支票,回来交给刘立杆。刘立杆和他们告别后,走到楼下,想把支票放在包里,担心丢了,干脆又去了一趟《海城晚报》。

黄主任见刘立杆去了二十来分钟,又回来了,还以为他什么东西落在这里了,左右看看,疑惑道:"小刘,你什么落这里了?我没看到啊。"

"一瓶水。"刘立杆笑道。

"一瓶水?"黄主任摸不着头脑。

刘立杆把合同和支票交给了黄主任。黄主任看到,几乎不敢相信自己的眼睛:"这么快?"

他再看看上面的折扣,明白了,高兴地道:"水在地上纸箱里,你自己拿,拿多少瓶都可以,不够我让人给你扛一箱过来。"

"够了,够了,我就要一瓶,谢谢黄主任。"刘立杆赶紧说。

刘立杆让张晨替李勇他们设计了一张"宣威火腿,云南人自己的'腿'"的广告,送去给李勇,请徐总审核。徐总看了后很满意,对李勇说:"画得好,这句话,也编得好,哈哈!"

广告登出来后,刘立杆给李勇打电话,问他广告的效果怎么样。

李勇说还可以,有不少人陆陆续续打电话过来,这一车火腿,一个多月大概就可以卖完了,总算是不会亏了。

刘立杆想了一下,问李勇:"你明天上午在不在?"

"在啊。"

"好,那我明天上午来一趟。"刘立杆说。

刘立杆洗完楼回到家,赶紧把自己几鞋盒的名片都拿出来,还翻出了自己的笔记本，然后就一边找，一边在纸上抄着。

张晨回来，看到摊了一桌子的名片，问他干吗。刘立杆和他说了，张晨也坐下来，帮他一起找。两人忙到半夜才忙完。

第二天上午，刘立杆先去了李勇那里。他拿出一沓二十几页纸，对李勇说："光在这里等客户上门不行，你们要主动上门推销。这是海城所有做过桥米线和云南菜的酒店，还有做江浙菜、上海菜的，他们都会用到金华火腿。我看过了，你们这个和金华火腿没什么区别，完全可以替代。让你们业务员拿着样品，按这些地址一家家找去，肯定能把这车火腿很快卖完。"

李勇看着那些纸上密密麻麻写着一家家店的店名和地址、电话，有些还有联系人的电话和名字，大声道："太好了！杆子，你是从哪里找来这些的？"

陈启航看到刘立杆来了，也走了过来，看到这份名单，也兴奋起来。

"哪里找来的？这些店我都去过。"刘立杆笑道。

"你都去过？"陈启航吃惊道。

"是啊，都去过。"刘立杆把自己是怎么天天洗楼的，和他们说了，"我们在这里人生地不熟的，张晨就让我用最笨的办法做，这不，要不然也不会碰到你们。"

李勇和陈启航都听傻了，这才知道，原来刘立杆每天的工作是这样的。

"那还要什么业务员，李勇，杆子把这么重要的信息都给我们了，我们两个就带着样品按名单跑啊。"陈启航兴奋道。

李勇赶紧说"好"。

"对了,你们把报纸也带上,在《海城晚报》上登过广告的,可以增加你们的信誉度。"刘立杆提醒道。

李勇和陈启航都拍手说好。

过了三天,陈启航呼了刘立杆。刘立杆回过去电话,陈启航在电话里兴奋地说:"杆子,你那个名单太好了!我们的火腿都卖完了,还有很多家店问我们订,他们说,以前需要火腿,都要从老家邮寄过来,时间长不说,还没有我们的便宜,我们要有,他们以后就都从我们这里采购。徐总派我和李勇今天就回云南,去进第二批货。"

"太棒了!"刘立杆也兴奋起来。他想了一会儿,对陈启航说:"对了启航,现在经济不好,别人看你们卖火腿有效益,一定也会跟着卖,这样,你们这次去云南,一定要和厂家签个独家代理协议,海南的,一定要整个海南岛的独家代理,这样,一可以控制别人的竞争,二是有了独家代理,你们对客户也更有说服力。"

"好好,杆子,你这个主意太好了!等我们回来,再叫张晨他们一起聚聚。"陈启航叫道。

放下电话,刘立杆也感慨万分。他想,看样子经济环境再差,只要你用心,还是可以找到商机的。这商机就和罗丹说的美一样,不是缺少美,而是缺少发现美的眼睛,商机何尝不是如此?

刘立杆跑了几天,又拉到两个《海城晚报》的广告,虽然标的金额不是很大,但刘立杆很满意——这条路总算是打开了。

那天,刘立杆路过《海南日报》的时候,突发奇想,又转了进去,找到广告部,很快也和《海南日报》谈妥了。这样,那些需要做全省范围广告的,刘立杆也可以接了。

刘立杆一不做二不休，索性又跑了《特区报》和《经济之声》《海城之声》电台，也都谈妥了。

刘立杆把几张名片摆在桌上，心里暗自得意，他想，只要你想做广告，你要哪家，老子就给你哪家的名片，大鱼要抓，小鱼小虾也不放过，统统一网打尽。

不仅硬广告，连软广告也可以。

刘立杆第一次从黄主任嘴里听到"软广告"这个词，不知道是什么东西。黄主任拿了张报纸给他看。刘立杆一看，差点就笑出来。什么狗屁东西噢，还搞这么个高大上的名字，不就是自己写到吐的"大王传奇"吗？

从黄主任那里出来，刘立杆特意来到以前应聘过的那间办公室，他很想见见那天的那个家伙，和他探讨探讨什么叫"写作风格很浪漫"，什么又叫"这写作和写作还是不一样的"，刘立杆很想告诉他："兄弟，别那么牛哄哄，你们每个月的奖金和福利，都是靠那些很浪漫的写作风格赚来的，就凭你，只能赚到西北风。"

可惜，那两个家伙居然都不在，坐在那里的，是两个陌生人，其中一个，还是位三十多岁的女性，正夹着一支摩尔香烟吞云吐雾。

张晨回家，看到刘立杆面前摊着那么多名片，笑道："厉害，你现在和苏秦差不多了，人家是六国宰相，你是六家广告业务员了。"

刘立杆手敲着桌子道："什么六家广告业务员，睁开你的狗眼看看，记者，看看这上面写的，都是记者，老子现在是六家媒体的联合记者！"

"好好，刘记者，你可以代表六家媒体去采访老谭大王了。"张晨哈哈大笑。

刘立杆跟着张晨笑了一会儿,然后认真地对他说:"你还别说,回到永城,这六张名片一拿,还是很牛气的,他们又不知道这记者和记者还有不一样的。"

"不用六张,四张就够一个炸了。"张晨笑道。

两人正说着话,却听隔壁乒乒乓乓打起来了,还伴着佳佳的哭声。刘立杆和张晨赶紧跑出去,看到房门洞开,桌子、凳子都倒在地上,脸盆和碗也都被砸破、踩破了,一只塑料水桶也倒在地上,地上一地的水,再看建强和佳佳,两个人正扭打在一起。

张晨和刘立杆赶紧进去把两人拉开,刚把建强带到楼梯口,那里佳佳就从房间里跑出来,准备跳楼。刘立杆赶紧放下建强,跑回来拉住佳佳。二人都挣扎着,想冲向对方。刘立杆无奈,只能一边抱住佳佳,一边朝张晨喊:"你把他带下去,把建强带下去!"

张晨把建强带到院门口,按在椅子上,然后掏出烟,给了建强一根。张晨问他干吗吵架,建强不吭声,再问,还是不吭声。张晨就陪着他,默默地抽烟。

楼上,刘立杆问佳佳为什么吵架。佳佳不吭声,再问,还是不吭声,只是一个劲地哭。

到了晚上,刘立杆问张晨:"这两人,晚上还会不会打起来?"

张晨说:"我怎么知道,我问建强为什么吵,他又不说。你知道他们为什么吵吗?"

"不知道,也一样,不说。"刘立杆说。

过了一会儿,刘立杆笑了起来。张晨问:"神经,你笑什么?"

"好了,好了,天下太平了,你过来听。"刘立杆笑道。

张晨过去靠墙一听，也笑了起来。

还真是天下太平了，这完全是床头吵架床尾和啊。

张晨回到自己床上，继续躺着。刘立杆问："你猜他们为什么吵架？"

"不知道，大概是因为生意不好吧。"张晨说。

"我想也是，生意不好，人的脾气就特别大。对了，张晨，你不是主意多吗？给他们出出主意？"刘立杆笑道。

"去你的，那我成什么了？拉皮条的？"张晨骂道。刘立杆嘻嘻笑着。

虽然刘立杆还在努力地洗楼，但要招人的单位还是越来越少，倒是其他的广告开始增加了。

刘立杆渐渐也想明白了，知道其中的关系。当经济萧条，所有公司的业绩下滑时，这些公司的老板第一个反应就是，下面的人不对，他们变懒、变笨，变得没有进取心了，于是开始不断地换人。

反正那时又没有《劳动法》，老板让你滚，你就得乖乖滚，什么补偿、仲裁之类，统统没有，让你上午滚，你在公司都留不到下午。

很多公司这样做时，反倒会掀起一片招聘市场的繁荣。大家都在频繁换人嘛，而每天又上岛那么多这个国家最高学府的大学生，让老板们挑花了眼。

过了这个时期，老板们也明白了，不是人不行，确实是大环境不行。于是，他们不换人了，而是开始裁人，一边裁人，一边看着一堆卖不出去的东西发愁。这时候，就需要广告了。货物供不应求的时候，谁要做广告，去花那个冤枉钱啊。

想明白了这些，刘立杆开始变得小心翼翼。他每天拼命地联系业务,人家谈一个广告,死死咬住自己的那点提成,让五个点就像被割了一块肉一样。

刘立杆不这样。他给自己立了一个目标,那就是每个广告自己只赚五个点,反正自己有一份固定工资,其他的,不管多少,都当意外之财。关键是要快速收割,因为这个阶段也将很快过去。

碰到直接和老板谈的,一次打到八五折,让利让到底。

决定权在副总或其他人手里。贪钱的,十五个点给你钱;贪吃的,十五个点给你吃;贪色的,十五个点折成钱,让你色。每逢这时,刘立杆就会去请教"二炮司令",这家伙简直是"海城色典",他介绍的,都是价格便宜货色好,刘立杆那些王八蛋一次喂到饱。

事实再一次验证了刘芸的说法,这座城市,还真是贪色的远多于贪钱和贪吃的,就是那些贪钱的,拿了钱,十有八九也是为了色。

因此,刘立杆虽然一个广告没赚到多少钱,但每天忙忙碌碌,业务繁忙,自己也感到很充实。

人忙的时候,不在于钱多钱少,而是会给自己一个错觉,那就是让你觉得自己很重要。如果在家里,你会认为自己对这个家很重要;在公司里,你会认为自己对公司很重要;要是身居要职,你就会觉得自己对国家很重要。

更膨胀的,会认为自己对世界很重要,但其实,还是那句话——

离了谁,地球也照样转。

刘立杆忙,张晨也很忙,几个工程的事一出,现在从公司老总到下面的工人,都想把手里的工程赶快结束,这样就好早点结到工程款,落袋为安。

谭总已经宣布了,从现在开始,所有垫资的项目都不做,哪怕大家天天玩,也好过天天赔钱。

工地上班长比连长还着急,工人也都明白这个道理,不用催,自觉自愿加班赶工期。工人一加班,张晨就得在工地上待着,不然那些工人看不到连长,又找不到指导员,还不乱了套?

张晨每天累得像条狗,回到家,倒床上就睡着了。连周末金莉莉来了,刘立杆不在,张晨也是早早睡去,害得金莉莉都怀疑:"张晨,你是不是去外面乱搞了?"

张晨说:"我就是有那个心,也要有那个能力啊!"

金莉莉想了想,说:"好吧,我原谅你。"

张晨差点笑晕过去,金莉莉也笑了。

第二天起来,虽然是星期天,但张晨还是要去工地加班。做工程的,有什么周末啊。金莉莉想跟去工地看看,张晨先是答应了,然后马上又反悔:"你不能去,你还是回公司吧。"

"为什么? 张晨,你不会在工地上金屋藏娇了吧?"

"藏娇倒没有,工地上有个'二炮司令',你去了,他肯定会色眯眯地盯着你看,我不想自己的女朋友被人当'叮咚'看。"

金莉莉踹了他一脚:"说谁'叮咚',什么'二炮司令',谁是'二炮司令'? 你给我说清楚了!"

张晨笑道:"我说不清楚,名字是杆子取的,你去问杆子。"

金莉莉一把拉开挡在两张床铺中间的床单。今天是周日,刘立杆还在睡觉,身子躬得像只虾米。金莉莉在他屁股上踢了一脚。刘立杆迷迷糊糊转过身。金莉莉问："杆子，谁是'二炮司令'？"

"滚，让我睡醒再说。"刘立杆骂道。

"不行，不说不能睡。"金莉莉又是一脚。

刘立杆无奈，只好坐起来，向金莉莉介绍了"二炮司令"。金莉莉骂道："无聊，我以为是什么，一个臭流氓而已，睡吧，睡吧。"

刘立杆刚倒下，就听到金莉莉在叫："哎呀不对，张晨，你天天和这样的臭流氓在一起，会不会也变成臭流氓？"

"会，我建议你采取措施。"刘立杆说。

张晨哈哈大笑。金莉莉的脸红了，气得又踢了刘立杆一脚。

金莉莉横着坐在床上，背靠着墙壁。她看到对面刘立杆的床下有两个大纸箱，金莉莉问道："杆子，你床下藏了什么宝贝？"说着，起身弯腰去拉纸箱。

刘立杆大惊，从床上转过身来，想要阻止，却已来不及，金莉莉已经把纸箱从床下拉出来了。不仅金莉莉，连张晨也吓了一跳，他看到纸箱里都是一个个椰子。

金莉莉骂道："杆子，你他妈的还藏独食啊？"

刘立杆脸红了，神情尴尬："我是买来玩的。"

金莉莉不理睬他，拿起来看了一下，睁大了眼睛。刘立杆想阻止，又明知没办法阻止，左右为难。

金莉莉放下一个椰子，又拿起另外一个，看了看，放下，再拿起一个。然后，她叹了口气。她看到，每个椰子上都刻着一个日期。张晨瞄了一眼，不吭声了。

金莉莉坐回床上，怔怔地看着刘立杆。过了一会儿，金莉莉问："杆子,你这些椰子,都是给谭淑珍买的?"

刘立杆笑了一下,嗫嚅道:"她不是说要一天吃一个椰子吗?我想,这一天一个,没多少时间就没地方放了,就打了个折扣,一个星期给她买一个。"

张晨和金莉莉都记得谭淑珍说过,到了海南,要一天吃一个椰子,那还是在高碙上,他们决定要来海南的那天晚上说的。

"谭淑珍还没有给你回信?"金莉莉问。

刘立杆不吭声。他每个星期都会给谭淑珍写一封信,告诉她自己这一周的情况。每次把信投进邮筒后,他就会买一个椰子。床下有多少个椰子,他就给谭淑珍写了多少封信。

刘立杆倒回床上,翻了个身,面朝墙壁继续睡觉。

金莉莉把纸箱推回床下。

张晨送金莉莉去滨海大道打车,两人站着等车时,张晨对金莉莉说:"要不,你给谭淑珍写封信?"

金莉莉说:"好,我知道了。"

张晨每天晚上下班回到房间,总感觉少了点什么。刘立杆现在比他还忙,每天晚上都是应酬,对付他那些广告客户。

冲完凉,张晨躺在床上,为了不招蚊子,也为了凉快,他把灯关了,门窗洞开。

这里离滨海大道还远,到了晚上十点多钟,当地人早就入睡了。他们都有早起喝早茶的习惯,而租住在村里的外地人,因为数量大幅减少,村里比以往萧条了很多,连那个以前总是精神奕奕的小店老板,现在也是没精打采的。

四周很安静,张晨能听到风扇的呼呼声,还有小店那里,大概是有个家伙正一边打台球,一边唱歌,歌声断断续续,还时高时低,中间穿插着台球撞击的声响。

除了这些,还能听到那个大排档里,马勺敲击锅子的锵锵声,张晨知道,这是又一个菜炒好了。

似乎所有的厨师在炒好一个菜,盛完盘后,都喜欢这样锵锵地敲两下锅子。张晨不知道他们是为了把锅里和马勺上黏着的剩菜敲掉,还是告诉食客,都给你了,老子没有截留。

张晨很困,四肢酸疼,但又睡不着,要是刘立杆现在回来,还可以下去喝瓶冰啤酒。

虽然经济不景气,虽然有这样那样本来预计的收入落了空,但他们两人的收入还能让他们常常宵夜而没有金钱压力。至少这点,还是让他满意的。

张晨听到下面院子的铁门响,以为是刘立杆回来了,却是义林和他妈妈回来了。两人大概去了哪里,今天回来得特别晚,听义林大呼小叫的,似乎还蛮兴奋,大概是去刘立杆丢鞋的那个露天电影院看电影了。

楼下的铁门又一次响起,这次没错了,是刘立杆。这家伙一边停车,关门,一边嘴里还吹着口哨。刘立杆的口哨在剧团是个谜,徐建梅说,这家伙唱歌的时候没有一句在调上,但吹口哨的时候从来不跑调。

谭淑珍说,那一定是当流氓当习惯了——流氓的口哨都吹得好。

刘立杆上楼,把什么东西放在了桌上,然后打开灯,叫道:"起来,睡什么睡,起来吃鸡。"

张晨起来一看,刘立杆带回了两个塑料袋,一袋是啤酒,另一袋里有两个很大的马粪纸团,纸被油渗透了,上面还沾着盐。

张晨大喜,一屁股坐下来。

不用问也知道,这是从他们最喜欢吃的那家店里买来的。

这家店的盐焗鸡,是把简单腌制过的鸡用马粪纸包好,然后埋进一个大油桶里,油桶里是一大桶的海盐,鸡埋进海盐里后,油桶就放在火上烧,直到把鸡焖熟。这个做法,很像是传说中的叫花鸡,不同的是,一个埋在泥里,一个埋在海盐里。

张晨把纸团打开,一股香味扑鼻而来。两人打开啤酒,一人一只鸡,大快朵颐。

张晨问:"隔壁建强他们怎么没动静了?"

"怎么,你想佳佳了?"刘立杆笑道。

"滚,我每次回来,都没看到建强,上来他们房间灯又是关的,好奇而已。"张晨说。

"他们转换战场和经营方式了。"刘立杆说。张晨不解地看着他。刘立杆笑道:"他们原来是坐商,坐在家里,等客人上门,现在是游商,主动上门服务,你当然看不到他们。"

怪不得。张晨问:"你怎么知道?"

"我碰到过建强啊。"刘立杆说。

刘立杆始终不敢和张晨说的是,他所说的建强他们改变了经营方式,其实还和自己有关。

那天，他请一个客户在望海楼吃饭，这王八蛋吃完了，直接赤裸裸地和刘立杆说了需求。

刘立杆心里暗暗叫苦，自己怎么拉得下脸去做拉皮条这种事。

刘立杆想到了建强，都是生意，谁做都一样，说不定还能帮帮他们。

刘立杆赶紧骑车回家，还没到家门口，就在路上碰到了建强。刘立杆也没有多说什么，就问他："佳佳一个人在家？"

建强点了点头。

刘立杆说："你马上带佳佳去望海楼905。"建强愣了一下，然后明白了。

刘立杆想到了什么，又把他叫住，对他说："不要骑车去，一身臭汗，不好，打车过去，对了，打那种窗户关紧的的士。"

建强看着他，没明白他的意思。刘立杆笑道："这傻子有钱，你们开高一点，车费就都回来了。"

过了两个多小时，刘立杆听到建强和佳佳回来了。过了一会儿，建强过来，看看房间里只有刘立杆一个人，就从口袋里掏出一百块钱，要给他。刘立杆不肯要，建强一定要给，刘立杆坚决不肯要，连佳佳也跑过来，对刘立杆说："收下吧，杆子哥，谢谢你。"

刘立杆说："我们是邻居，所以我想帮帮你们，要是这样，我下次都不敢再叫你们了。"

建强和佳佳这才作罢。

第二次，大家就都从容了。刘立杆回来，看到建强坐在门口，就问："有时间？"

建强赶紧说："有，有。"

刘立杆就告诉他酒店和房号。刘立杆不知道自己这样算不算是拉皮条，反正自己一分钱都不会要，纯粹是因为自己这里有王八蛋需要，而建强他们又过得挺艰难，大家都是出来打工的，不管干什么职业，现在都不容易，能帮一点是一点吧。

刘立杆以前读过沈从文的小说《丈夫》，被那个从乡下来的，最后在船舱后面，两只大而粗壮的手掌捂着脸，像小孩子那样莫名其妙哭起来的丈夫深深震撼，只是没有想到，这样的事在几十年后真的会被自己碰到。

只是，他怎么想，也没有办法把建强和那个莫名其妙哭起来的乡下来的丈夫联系起来。

有了第一次，接下来就简单了。佳佳在酒店房间的时候，建强就在下面大堂搭讪，他觉得，来这里的人，除了穿得比马路边的那些人整齐点，其他并没有多少区别，都是一样的套路。

常常佳佳在上面还没有完工，建强在下面就谈好了第二个。佳佳下来，又要马上上去，不过佳佳心里是高兴的。

她感觉这里比在家里好多了，有空调，还可以洗澡。

后来，建强就不一定在同一家酒店，往往佳佳还在上面，他就去了附近的酒店，谈好了回来等佳佳。

再后来，佳佳买了BB机，还没有完事，BB机就在响，男的就笑，看样子你生意还挺兴隆。

张晨再看到建强和佳佳是那天工地停电，他一下班就回家了，经过建强他们房间门口时，看到两人有说有笑的，张晨还愣了一下。

建强和佳佳也看到了张晨，建强叫道："晨哥，一起吃饭，今天有好菜。"其实建强比张晨还大，他叫张晨"晨哥"，张晨听出来了，是尊敬的意思。

张晨说："好，我去放包。"

佳佳对建强说："还不快去买酒！"

建强"噢"了一声，赶紧下楼。

等张晨把包放好，再出来的时候，就看到佳佳已经把小桌子搬到走廊上了，又端出很多菜，有螃蟹、鸡，还有虾，果然丰盛。

过了一会儿，建强拎着酒回来了。

三人坐下来喝酒，张晨问："今天什么日子，这么多菜？"

佳佳嘻嘻笑着。建强说："今天是佳佳的生日。"

怪不得。张晨赶紧端起杯子说："祝佳佳生日快乐。"

吃饭的时候，张晨明显感觉到他们两个，特别是建强，对自己比以前热情，两人看上去也很亲热，张晨也替他们高兴，问道："你们两个，现在挺好的？"

"嗯。""嗯。"两人一起点头。

"张晨哥哥，我能不能问你件事？"佳佳说。

"什么事？说吧。"张晨说。

"你们浙美的，是干什么的？"佳佳问。

张晨笑道："是听杆子胡说的吧，是浙美，不是浙美的，浙美是我们老家那边的一所大学，全名叫浙江美术学院，学画画的。"

"怪不得晨哥的画画得那么好，原来是大学里专门学过的。"建强说。

张晨只能尴尬地笑笑。

刘立杆判断得没错，日子是越来越苦，他们自己报社，广告部走了很多人，也不知道是自己滚蛋的，还是被一脚踢出去的，刘立杆也懒得问，反正自己每个月的任务还能完成，工资和奖金还有保证。

小任告诉他："你已经是最好的了，有人工资七扣八扣，只剩下四十多块钱。"

"那还不得找主任拼命？四十多块钱怎么活？"刘立杆说。

"那也要好意思啊，一个月一分钱业务也没做，还天天迟到、旷工。主任说了，就这四十多块钱，也是剥削别人得来的血汗钱，别以为你来办公室坐坐就该你拿到钱，要是坐坐就有钱，走走走，我他妈的天天去你家坐。"小任学着主任的口吻，鄙夷地说。

刘立杆哈哈大笑，夸他学得惟妙惟肖："师兄，你天生就是个领导，你知道吗？假以时日，你定能飞黄腾达。"

"来来，再拍痛快一点，苦中作乐也不错。"小任笑道。刘立杆笑笑走开了，临走还是又喝了一口小任的水。

刘立杆想想也对，要是自己一个月拿四十多块钱，报社都不好意思回来了，你混成这样，还好意思见人？

主任的脸整天绷着，眉头紧锁，好像全世界每个人都欠了他二百五似的，只有看到刘立杆的时候，才会把这锁解开一下。

刘立杆看到主任，就赶紧拱手："抱歉，抱歉，领导，还是我努力不够，这个月的业绩又只能混个温饱。"

主任拍了拍他的肩膀，叹了口气，说："我知道你很努力了，非战之罪，非战之罪。"

刘立杆确实也想让自己的业绩一飞冲天，但这招聘广告还真不比其他广告,人家老板看着自己手下还有这么多人就个个有气,想一脚踢走,你还和他说招人,招来了你替他养?

不过,比较起来,有一点他们报社算好的,那就是,凡是在这个时候还会招人的,至少这种公司应该是属于目前为数不多的日子还过得去的公司,报社到目前为止,还没有发生过拖欠广告费或者用其他乱七八糟的东西抵扣广告费的事情。

那天,有个老客户呼了刘立杆,请他帮忙,说是能不能在《海城晚报》上登一个高压锅的广告,他们公司的仓库里堆了一仓库的高压锅。他请刘立杆帮忙的原因是,老板提出,广告费的一半能不能用高压锅抵。

刘立杆说:"我去帮你争取一下。"然后就去找了黄主任。没想到黄主任一口就答应了,说:"反正我们广告部赚到的,报社拿了都是去发福利。没有钱,就大家一人一口高压锅。"

"不过小刘,你那个提成,其中一半也要给高压锅了。"黄主任对刘立杆说。

"可以,可以。"刘立杆满口答应。

因为是求刘立杆帮忙,对方自然就不好意思要好处,这样刘立杆实际得到了百分之十的现金提成,他还是分了一半给对方,只是剩下这三十多口高压锅让刘立杆头疼,这拉回去都没地方放。

刘立杆灵机一动,这隔壁不就是李勇他们公司吗?他就让他们拿去当福利分了。

但也不能次次都让李勇拿去当福利分了,李勇说:"这会把这帮家伙惯坏的,再说,这可是你的血汗换来的,不能便宜了这帮家伙。"第二次再给,李勇说什么也不肯要了。没办法,刘立杆只好想办法往回搬。

后来刘立杆才知道,他不是第一个这么干的,其实那时候不仅《海城晚报》接广告,其他媒体也基本都是这个模式,百分之五十已经算好的了,最高的是全部广告费都用实物来抵。

反正报社的广告位空着一天,也浪费一天,登了至少还能捞到点东西。但这样的客户多了,报社也发不了这么多的福利,食品和生活用品还好,像什么沙发、办公桌之类,怎么当福利发? 而那段时间,登这类广告的又特别多,大概都积压在库了。

广告部也没办法,那就一边接广告,一边自己想办法卖东西。新来的那些实习生,干脆就发给他们办公桌让他们去卖,卖了才有生活费;卖不了的,你就自己啃桌子吧。

刘立杆拿到的东西越来越多,他为此烦不胜烦。

从乌龙茶、红枣、枸杞子、黄豆、黑木耳,到各种白酒、煤气灶、起士林、万年青、奶糖和仙桃夹心糖,各种陶瓷杯盘碗碟、电话机、收录机、老人头皮鞋、人造革的包和衣服,甚至还有一捆捆的窗帘,他们那个小房间,很快就要被塞满了。

没办法,他又借了义林家一楼的杂物间来堆放,刘立杆对义林妈说:"你看需要什么,就自己拿。"

即便是这样,后面还有源源不绝的,这可怎么办?

还是义林妈有办法,她和刘立杆商量:"我能不能把你这些东西拿去卖掉?"刘立杆求之不得,赶紧说:"好好,卖什么价钱你定,卖了你给我一半钱就可以。"

海城本地女人都很勤劳,下地干活,家里操持,基本就是女人一个人的事。在当时的海城街上，经常能看到这样的现象：女的挑着担子在前面走，男的背着手优哉游哉地跟在后面。当时海城本地的男人是出了名的懒和烂，开放了以后，又更是好赌和好色。

像义林爸那样的烂仔，拿着家里的一笔补偿款就跟一个"叮咚"跑了。其实不跑，他在家里也就是个摆设。过几年补偿款用完了，他贼头贼脑，还是会自己回来。

义林妈从邻居那里借了辆三轮车，不管刮风下雨还是风和日丽，或是酷日当空，她都把三轮车装得像个杂货铺，然后踩着三轮车，走街串巷叫卖，每天竟然还能让她卖掉一些。虽然钱不是很多，但那种每天堆积起来的压迫感没有了。

刘立杆终于松了口气。

第十七章　　**亮丽风景线**

　　张晨他们原来的那个项目还没有完工，不过已经到了收尾阶段，一大半的工人都被调到了新的工地。

　　开了新工地，张晨就要两个工地和公司三个地方跑了。二货到了新工地，朝四周看看，就咧嘴笑了，对张晨说："指导员，留我驻守这块新阵地好了，我保证人在阵地在。"

　　张晨在心里骂，你驻守个屁的新阵地，你是想鬼混出一片新天地吧。

　　新工地是一家东北菜馆，也是张晨设计的。

　　张晨最初做方案时，见过甲方的冯老板。那时候，这人说话的底气很足，声音洪亮，站着时喜欢左手叉腰，右手不是竖起手掌朝前推，表示要不断前进，就是横着一挥，展望美好的未来。如果让他停止手上的动作，他大概会觉得自己说的话都没分量了。

他对张晨说:"其他的要求我没有,我就是要打造一家海南最大、最高档的东北菜馆,让它成为海城的一道亮丽风景线。小张,你就按我这个思路来设计。"

张晨不知道这亮丽的风景线应该怎么设计,但甲方见得多了,也知道怎么应付这样的人。那就是,你在做效果图的时候,要有戏剧效果、舞台效果,把一家酒店设计成中央电视台春晚的演播大厅,别管实不实用,只要看着醒目,让人眼前一亮就行了。

这个张晨本来就在行啊。你要亮丽,我就亮瞎你的眼。张晨出来的效果图,果然一次过审,冯总不停地点头:"不错,不错,小张,你把我的精神都贯彻到设计里去了。"

合同签订以后,实际施工时,就需要一点一点往回改,毕竟,没有人会喜欢在演播大厅或舞台上吃饭。

开始的时候会有些麻烦,对方会要求你一定按效果图做,张晨就让手下按效果图做出来,冯总自己看着也实在不像话。张晨就说半句话,让冯总接上茬,点头同意修改,他再按自己的意思做给他看。用事实教育了两三回后,冯老板就放手不管了,随你怎么做。

张晨发现,这种性格的人有两个致命弱点,一是没有耐心,二是没有原则,最大的好处是不会锱铢必较,你只要实际做你的,但话顺着他说,把明明是你的主意说成是他的高招,他就会心满意足地顺着杆子往上爬,从此就平安无事。

这冯总以前应该就是一个领导,他自己也喜欢别人把他认为是领导。

他不喜欢别人叫他冯总或者冯老板,而是喜欢别人叫他冯老大或冯领导。

项目开工后，张晨感到冯老大一天天的底气开始不足，大概是已经感受到了海南经济冰冻期的寒意。

到了后来，张晨再看到他时，发现他变得有些郁郁寡欢，不再喜欢站在大庭广众之下左手叉腰。更多的时候，他会靠在墙壁的一角，默默地抽烟，目光阴冷地看着不远处忙碌着的装修工人。

张晨每次看到他这样时，都会不寒而栗，他就会提醒手下几个班长，这个工程，活儿都做得细一点，让人无可挑剔，对方无论说什么，你们都不许还嘴，还有，要控制工程进度。

张晨想了一下，决定把效果图和后面一次次的修改稿拿去，请冯总签字。

冯总不解地看着他。张晨笑道："这都是冯领导智慧的结晶，你帮我签字确认一下，以后我看着这些图的时候，就能够想起冯领导的教诲了。"

冯总皱了一下眉头，不过还是把字给签了。

张晨正要离开，冯总又叫住他，说："下个星期我可能要回老家一趟，你这里工程不要停。"

张晨说好，然后转身就去了公司，从公司财务那里了解清楚冯总那边已付了多少钱。根据已付的钱，张晨把每个班组大致的工程量排出来，把班组长召集到一起，对他们说："大家就按这个工程量，千万不要超过，现在已经快接近工程量的班组，就慢慢做。"

班长们不解，问道："为什么，指导员？"

"我担心他们的资金会有问题，你们也不想干了白干吧？"

班长们都明白了。

果然，冯总回黑龙江后，就没有再回来，"亮丽的风景线"也被他丢在南国了。

　　按进度，应该打的工程款迟迟没有打过来，张晨他们财务打电话到对方公司，对方说："对不起，打钱的事，要等冯总回来再说，你们该干什么干什么，放心吧，没人会缺你们这点钱。"

　　张晨就对班长们说："还是按照那个工程量，大家每天磨洋工，不要给人我们已经停工的感觉，但也绝对不能超过工程量。"

　　谭总知道了，对张晨这点特别欣赏，说："这才是风险控制，我们不能把自己的命交给别人捏着。"

　　工程没有停，但每天进度缓慢，张晨就把更多的人又抽调回原来的那个工程，加快扫尾工作。泥工班的一部分人又进驻了一个新的工程——海甸岛白沙门一幢别墅的装修。

　　这样张晨手上同时就有三个工程要跑，实在忙不过来，这才把冯总他们的工程完全交给二货，让他驻守在那里。二货把摩托车给了张晨，要和张晨换他的破自行车。张晨没答应。

　　"什么不好，我又不赶时间，每天骑着它慢吞吞上下班就可以了。指导员不是说那个工程要慢吗？就从我这个连长慢起。白沙门很远，你每天蹬着这破车过人民桥，能把你累成狗。"二货说。

　　张晨这才和他换了。

　　刘立杆回到家，看到院子里停着的摩托车，问张晨："我看下面停着'二炮'的车，人呢？"

　　张晨这才把换车的事和他说了。刘立杆大笑："哈哈，这货对你这指导员还真不错。我敢保证，他要是有老婆，他连老婆都能借给你用，走走走。"

"干吗？"张晨问。

"教我骑车啊。"

张晨拿了钥匙，和刘立杆下楼。那时海城的国贸刚刚开发，滨涯村的周围，一边靠着滨海大道，另外三边都是坑坑洼洼、潦潦草草平整过的空地。

刘立杆不一会儿就学会了骑摩托车，回来经过院门时，他对张晨说："你上去吧，我要去骚包一下。""轰"的一声，就朝滨海大道蹿去。

就是再磨洋工，冯总他们工地上的那点活儿还是做完了。二货对张晨说："指导员，没办法，我就是天天踢，他们也没有办法更慢了。"

张晨打电话给冯总他们公司，没有人接。谭总打冯总的大哥大，也打不通。张晨特意到国商楼上冯总他们的公司去看了看。公司倒不像是已倒闭的样子，透过门口的玻璃门朝里看，里面还整整齐齐的，只是一个人也没有。

张晨跑到物业问了问，物业说这房子他们还租着，人大概都回东北去了。

张晨让二货安排人二十四小时在工地守着，别他们人走了，里面装上去的东西被人拆了、偷了。

"其他的人呢，指导员？"二货问。

"让他们都到别墅这边来吧。"张晨说。

"那我还是去那边监督他们扫尾。"二货赶紧说。张晨知道他这说的是回原来的工地。

这家伙大概是看海甸岛这别墅周围荒无人烟,除了母老鼠,就没有其他的异性了,要赶紧逃。

张晨也就随他了。

这天张晨刚到工地上,谭总就呼他,他骑着摩托车,沿着海滩,颠了十几分钟才颠到人民路尽头的边防局,在附近找到一个有公用电话的小店,拨了回去。谭总让他马上回公司,说是冯总他们公司来人了。

张晨也不回工地了,直接往公司跑。到了公司,看到谭总办公室里坐着两个人,张晨在门上敲了两下,谭总赶紧招呼他进来。

谭总介绍后,他才知道,这两位昨天刚从黑龙江过来,是林场派出来接管冯总他们公司的,一个姓李,一个姓马,李总和马总。那两人有些忸怩,显然还不是很适应自己的新身份。

谭总向李总和马总介绍:"这是小张,负责你们那个项目。"

两位老总很热情,赶紧站起来和张晨握手,彼此寒暄。李总问张晨:"我们那饭堂,什么时候可以完工?"

张晨愣了一下,然后才反应过来他说的饭堂就是东北菜馆,赶紧说:"我们也很着急,就等你们过来。现在,工地上的工人都不知道怎么办,我也去过你们公司……"

"我们去过工地,没看到工人。"马总打断了他,插话道。

张晨笑道:"是啊,我去过你们公司,没找到人,不知道接下来该怎么办,我才让工人停下来等的。"

两人互相看看,马总明显有些不满:"为什么不抓紧进行? 姓冯的回去也有一个多月了，我们还以为这么长时间过去，我们到的时候，你们这里装修早就完成了。"

张晨心里骂，妈的，你怎么不干脆说已经开业，就等来收钱了。

谭总的脸上明显也不好看。张晨赶紧笑道："这个，在联系不到甲方的情况下，我们作为装修公司，可不敢这么干。而且，这个工程修改返工的地方和次数特别多。原来冯总要求很严格，他让我们必须按'一道亮丽的风景线'施工，所以我们几乎都是在他的指导下进行的。你们不在，我们怎么敢擅自施工？"

"妈的，还'亮丽的风景线'。"李总骂道，"这狗日的拿了我们林场五百万元，不知道造了几次，次次都说'亮丽的风景线'，最后都是'雨后的彩虹'，没影了。"

五百万元，这么多钱？谭总和张晨都吓了一跳。看样子，这"亮丽的风景线"代价确实不小。当然，到他们这里，目前还只有十分之一多一点。

"一个饭堂，不就是吃饭拉屎的地方？亮丽个啥呀。"马总也跟着骂。

谭总摆摆手，说："各位，我们也不清楚冯总和你们是什么关系，也不知道他花了你们多少钱，但我们和他都是按合同办事，他可没有多给我们一分钱。"

"啥意思，谭总？"李总问。

"就是说，我们该做的，都已经做完了。"谭总说。

"可那饭堂，我们去看了，还没成形，不像个样呐。"李总说。

"装修完了，就像样了。"张晨笑道，"现在还只是一个施工现场。"

"那你们咋不利索点呢？"马总说。

"哦，是这样，刚刚我们谭总也说了，我们和你们的合同就是，按工程进度打款，我们的进度已经到了，但你们，哦，对不起，是冯总这边的款没有跟上，我们不得已只能先停下来。"张晨对李总和马总说。

二人互相看了看，然后李总问："那咋整？来的时候，我们林场的一班人就希望我们到了，能看到饭堂轰轰烈烈地开张。不开张，后续的资金也没法往这边整啊，我们也是被那个谁给忽悠怕了。"

"我们一样，也是怕了。"谭总说，"所以垫资的事情，我们再不敢干了。"

"谭总啥意思？我们是国营林场，你还怕我们差你钱儿啊？"马总道。

"在海南，可不管什么国营、私营，这个项目也只有甲方、乙方，我们希望你们能按合同办事。"谭总说。

李总和马总眼看着不能再继续下去，就站起来告辞了，接下去那个工程到底该怎么办，也没个表示。

张晨站起来，想问个究竟，但两人没有理睬他，径直走了。

他们走后，谭总苦笑着对张晨说："我们做工程的，最怕的就是这个，工程还在进行，甲方换老板了，以前承诺的种种，都泡了汤。这个项目，幸好你控制了工程进度，就是现在停下来，我们也不会亏。"

"对了，这两个人，在你没到之前，他们话里有话，千方百计想从我这里套出来那个冯总从我们这里拿了多少钱。"谭总说。

"什么意思？"张晨不解地问。

"这你还不明白？一是要整姓冯的黑材料，二是暗示我们，给姓冯的好处，也该给他们一份，明白了吗？来者不善啊！"谭总在张晨的肩膀上拍了拍。

出了公司，张晨去了东北菜馆，他问在那里驻守的人员，有没有人来过。

那人说有，有四五个人上午来过，问他们是干什么的，他们也不说，只是说来看看。

"里面是不是有两个东北人？"张晨问。

"对对，有两个。这两个人好像昨天也来过，还有几个，我听他们说话很内行，好像是别的装修公司的。"

张晨心里一凛，明白这事不像李总、马总说得那么简单，这里面说不定还有很多名堂。

张晨呼了二货，二货过了十几分钟才回电话："指导员，什么事？我皮带都没扣好就跑过来回电话了。"

张晨说："你到东北菜馆这里来，我在这里等你。"

二货说："好好，我马上来。"匆匆忙忙就把电话挂了。

张晨又等了半个多小时，二货才匆匆忙忙过来。张晨骂道："十分钟的路，怎么这么久？"

二货嘿嘿笑着："回你电话，电话回完，不回去我不是亏了？你说是不是？"

张晨被他搞得哭笑不得，他把李总、马总到公司的事和二货说了，还和他说，他们带其他装修公司的人到这里来过了。

二货在这方面倒是一点就通。他一听，就大叫道："妈的，这是要仙人跳！是不是要派我来镇守这里，指导员？"

张晨正有此意，不过心里还在犹豫。他想，这二货到了这里和没在这里也没什么区别。

二货好像知道张晨的心思，道："指导员，你放心，我到了这里，肯定把下面打个死结，这'打炮'又不是吃饭，一天不打死不了人的。"

张晨扑哧笑了起来："你还知道这个啊。这样吧，我每天也会来转转。我在这里的时候，你可以想干什么就去干什么；我不在，你就好好看着，好不好？"

二货赶紧说："好好，还是指导员那个什么，高瞻远瞩。你放心吧，我再误事，也不敢误工程，真出了事，你不骂我，谭总都会把我的腿打骨折。"

张晨哈哈大笑着离去，到了别墅工地，还是不太放心，叫来两个块头很大的泥工，对他们说："你们现在就搬去东北菜馆，晚上应该没什么事，每天白天，你们就在那里守着，有什么事，就马上通知我和谭总。"

第二天上午，张晨记挂着东北菜馆的事，就没有去白沙门，而是决定先去东北菜馆看看，人还没有出院子，腰里的BB机就响了。张晨认识这个号码，是东北菜馆边上的小店，心里顿时咯噔一下。

他赶紧回了电话，电话是张晨昨晚派去的泥工打来的，他说："指导员，你快过来，二连长和他们打起来了。"

张晨当然知道"他们"是谁，赶紧说："好好，我马上过来。你有没有给谭总打电话？"

对方说打了。

挂断电话，张晨赶紧往那边跑，在路上他还奇怪，奇怪的不是二货和人家打起来,而是二货这么早就去了工地,看样子这家伙还真是上了心。

张晨到了东北菜馆,把摩托车停到后面的停车场,刚转过来走到东北菜馆的大门时,谭总的车也停了下来,两人急急往里走。

李总和马总带着四五个人站在那里,他们对面,二货手里拿着一根自来水管,挡住了他们。马总指着二货大声道:"你把铁管放下!"

二货也叫道:"妈的,我认识你吗?你什么东西,敢对老子指手画脚,妈的,这是老子的工地,你们给老子滚出去!"

谭总和张晨赶紧过去,谭总问:"怎么回事?"

二货看到他们,怒道:"这几个王八蛋,想搞仙人跳,叫了这几个烂货,要来量尺寸。"

谭总和张晨明白了,来量尺寸,那就是其他装修公司了,看样子他们已经和这李总、马总谈妥了,也承诺了他们好处。

谭总心里冷笑,明白这两家伙为什么会找其他装修公司,他们是想捞好处的同时,还撇清和姓冯的关系。昨天自己即便承诺了给他们好处,他们也不会让自己接着做。他们千方百计套自己,不过是初来乍到,不知道这地方的行情价码而已。

谭总看着李总和马总,冷冷地问:"二位什么意思?"

"我们准备中止合同。"马总直截了当地说。

"哦,为什么?有理由吗?这双方的合同,可不是你们想中止就中止的,除非我们有重大违约。现在,没有及时打款,造成工程停工的原因是你们,而不是我们哟。"谭总说。

"是你们违约在先。我看过了,你们根本就没有按照双方合同约定的效果图和施工方案施工。"边上一个看样子是其他装修公司的人说道。

谭总心里明白，中止合同，找到这么个理由，肯定也是这个家伙帮他们出的主意，不然，就凭这两个屁都不懂的猪头，还想不出这招。

"你闭嘴！"谭总骂道，"这里有你说话的分儿吗？你是谁？是他们公司的吗？来来，把你的名片拿给我看看，如果不是，你他妈的就闭嘴！"

谭总嘴里骂着，心里却在暗暗叫苦。他当然知道对方如果拿这个理由是完全站得住脚的。装修工程，在当时边施工边修改，完全是业界常态，哪一个工程，你拿这个去套，都是一套一个准儿。对方拿这个来叫嚣，显然也知道这就是常态。

也只有内行人出手，才会打到七寸。

谭总暗自叹了口气。他想，这个工程，看样子是进行不下去了，虽然没有亏，但忙了半天也没赚到什么钱。

那人虽然闭嘴了，但他凑近马总耳边耳语了几句。马总点点头。

马总抬头对谭总说："我们现在决定，中止双方的合同，中止的理由他刚刚已经说了，你们如果不服，要闹，我们也不怕，别以为你有几个工人，我们林场有八万多人，整火车整火车的人都可以整过来，要打官司，我们也奉陪。"

"那我们就和你们打官司。按照合同，违约方要承担一倍的违约金。我算了一下，大概是一百多万元。我们什么都不用干，光打打官司就可以白捡这一百多万，也很不错。"张晨说。

那个被迫闭嘴的人，忍不住叫道："打官司，你们怎么可能会赢？你们输定了！"

张晨笑笑："你说得没错，如果我们擅自改动施工方案，没有按合同约定做，确实是我们违约，若打官司，我们肯定输定了。但是，如果在施工中更改施工方案，得到了甲方的确认，这个在我们行业和法律上，我想你也知道，这叫项目变更。项目变更，只要甲方确认，就是有效的。"

"那当然。可是，你们有吗？"那人问道。

"可能李总和马总刚到海城，对这个项目还不了解，他们只看到了存档在自己公司的效果图和合同，不知道其实在施工现场已经发生了很多事。你们说的这个甲方确认，我这里恰好就有。"

张晨说着，就从包里拿出了一次次变更重新画的设计图纸，上面还概要地列明了修改内容，每一张图纸上，都有冯总的签名。

"我想，签名的这个时间，冯总还是甲方的法人，他的签字是有效的吧？"张晨说。

对方凑过来看了看，果然，每一张上面都清清楚楚有冯总的签名。

一帮人脸都灰了，装修公司的人知道这趟浑水不能蹚了，不然自己刚刚进场，张晨他们那里一起诉，再来个诉讼保全，法院封条一贴，自己就连拉进来的材料和设备都拉不出去了。

他凑到马总耳边耳语了几句，然后就带着自己的人匆匆走了，只留下李总和马总万分尴尬地站在那里。

谭总长长地吁了口气，看着李总和马总，语带讥诮地道："两位老总，那你们看看这里现在怎么办，如果继续，我们就等你们打钱；如果停工，那我们双方就来谈谈赔偿的问题。"

还是李总反应快，赶紧笑道："没那么严重，这啥，都是插曲哈。小张说得对，我们初来乍到，对这个项目还不了解，那啥，谭总，我们马上向场里请示，这工程嘛，肯定是要继续的，不然那啥，钱就都打水漂了。等我们准信儿好不好？我们先请示一下。"

马总也说："对对，我们请示一下。"

"你个烂货，不拉一整火车的人来打架了？老子还等着你呢。"二货在边上叫道。

"闭嘴！"谭总心里在笑，嘴里骂道，"你拿着铁管干什么？你很骁勇？骁勇，你他妈去上战场啊，扔了！"

二货把手里的铁管当啷一下扔到地上，嘴里骂骂咧咧，还是瞪了那个马总一眼。

马总站在那里，尴尬地笑着。他不知道，刚刚谭总到底是在骂二货还是在骂他。

"对了，小张，你先送李总和马总去车上，让小钟先送他们回酒店，我们等他们请示了以后再做决定。"谭总对张晨说。

这么一折腾，就到了饭点，这时候，乙方老板不请甲方老板吃个饭，那就是明显的不待见。但谭总就是想请，这两位大概也没有吃的心情。

张晨送他们出去后回来，二货一把就把他抱了起来，叫道："指导员，你怎么就这么英明呢？怎么就想到了让那个缺德的签字了呢？乖乖，刚刚我都吓死了。"

"我也以为完了，没想到小张你还有这么一出。"谭总站在边上，也高兴地笑道。

"我也是感觉那个冯总有些不对劲，就想做仔细一点。"张晨说。

"做得好，做得好啊！"谭总笑道。

"指导员，我不得不佩服你的机智，妈的，我……我……我一定要好好请你打一炮。叔，这个炮钱，公司要给报销啊！"二货是真的乐坏了，把他和谭总的真实关系都暴露了。

谭总看样子也是乐坏了，说："好，报销，报销，只要你能把指导员拉去。"

第三天下午，对方浩浩荡荡来了七八个人，领头的是他们当地的县长兼林场场长，也姓马，不知道和马总有没有关系，还有两位副场长、一位办公室主任和一男一女两位秘书。

李总也在，但马总已经消失，大概是知道他到这家公司已经不被待见了。

具体的事项，是由一位姓孙的副场长和谭总谈。谭总让张晨也全程参加。孙副场长和谭总寒暄了几句，突然问道："谭总当过兵？"

谭总说："是啊，一直在榆林基地，转业后就没有离开海南了。"

孙副场长笑道："我也当过兵，就在这一带，也是海军，在湛江基地。不过，我转业就回了老家。"

谭总一拍桌子："是吗？ 这么巧，你是哪一年的兵？"

"1972年的。"孙副场长说。

"哎呀呀，这太巧了！ 我也是1972年的。对了，那1974年的海战，你去了吗？"谭总兴奋地问。

"去了，不过我们到的时候，你们已经赢了。"孙副场长说。

边上其他人也兴奋起来，都觉得这也太巧了。马场长说："真是，那这么说，你们还是一个战壕里的战友！ 这不是大水冲了龙王庙嘛。"

大家都笑了起来。再说下去，他们两个，居然还是在肇庆同一个新兵连,只不过不在一个排,再加上匆匆相聚,又匆匆各奔东西,没有机会相识。

有了这么一层关系,其他事情就好说了。张晨坐在会议室,感觉大家尽在说笑和忆旧,基本没怎么说起和工程有关的事情。时间一晃就过去了,到了晚餐时间。

对方七个人,谭总这边是加上小钟和张晨,共十个人,正好一桌,晚餐就定在南庄酒店三楼的包厢。

张晨进了包厢,虽然自己也是搞装修的,这方面的资料也见过不少,但还是觉得这个包厢也太豪华了。光是那一盏进口的水晶吊灯,张晨知道就要一万多块钱,一万多块,在当时可以买一套房了。

北方来的那几位,毕竟是领导,有涵养,虽然也被这包厢的豪华程度镇住,但面上都不动声色。

等上菜的时候,孙副场长拿起卡拉OK话筒,一定要和谭总合唱,唱的就是《驼铃》。但当兵的,喜欢把它叫作《送战友》。两人一个左手,一个右手拿着话筒,另外一只手搭在对方肩膀上。唱到"战友啊战友,亲爱的弟兄……"时,两人已经泪流满面。

他们唱歌的时候,马场长助兴,和女秘书在舞池里跳起了舞,其他人在边上拼命给他们鼓掌。

等菜上得差不多了,服务员提醒可以入席了,谭总这才请大家入席。

这一餐,大家吃得都很尽兴,喝了四瓶六千多元一瓶的路易十三,还有一瓶茅台,那些鱼翅燕窝、龙虾苏眉果子狸,张晨更是见都没见过,都是听金莉莉说过,今天他也算是开了眼。

埋单的时候,张晨坐在小钟边上,是小钟埋的单。收银员很乖巧，知道这是宴请，就把金额唱了出来，说："你们合计消费是五万三千一百二十六元。"除了谭总和小钟，大伙都一愣，然后马场长和孙副场长就说："谭总，太破费了。"

谭总豪气地说："今天大家不是都高兴嘛，高兴比什么都好！"

大家都说："高兴，高兴，已经不胜酒力了。"

谭总把眼一瞪："这不行，哪能这么就结束？小钟，我们再坐一会儿，你送两位秘书和小张先回去，然后来接他们。我们去桃源宾馆唱歌，接着下半场。"

主任和李总很知趣地站了起来，对谭总和马场长说："我们也先回酒店。"马场长未置可否，另外一位副场长挥了挥手。

六人到了楼下，张晨对小钟说："我骑摩托车过来的，还是骑回去，你送他们吧。"

他们在停车场握手再见。张晨骑着摩托车就往家赶，今天是周末，金莉莉现在应该已经在家里了。

张晨回到家，刘立杆和金莉莉听到楼下摩托车响，都从走廊里探出身子。金莉莉道："张晨，你不要上来，我们下去。"

张晨停好了车，没等一会儿，金莉莉和刘立杆就下来了。张晨问："干吗？"

"干吗？你他妈的吃香喝辣，我们还没有吃晚饭，去吃蒜泥空心菜。"刘立杆说。

张晨道："我刚吃了顿五万多块钱的饭，喝了六千多一瓶的酒，你们让我接着去吃一百块钱的排档？也不给我留点回味的时间？"

金莉莉笑道："看到没有？杆子，我就说这个家伙去了南庄就会骚包,有没有错?"

刘立杆笑道:"对对,没错,够骚包的。他要是吃了十万块钱的,肯定连牙都舍不得刷,一定要和你亲够十五分钟,让你一起分享。"

"咦,恶心!"金莉莉骂道,踢了刘立杆一脚。刘立杆哈哈大笑。

三人在排档坐下来,一筷子咸鱼茄子煲下去,再喝一口冰啤酒,张晨愣住了,骂道:"妈的,那五万多块钱的和这也没什么区别;那六千多块钱的酒还不如这'皇妹'好喝。"

金莉莉白了他一眼。刘立杆骂道:"别装,那个至少可以让你炫耀好几年,这个,你明天就忘记了。"

张晨愣了一下,笑道:"这个,你们别说,还真有点儿道理。"

"什么道理,这是真理!"刘立杆说,"还是我们莉莉质朴,你看她酒肉穿肠过,就没有炫耀。"

"我每次埋单的时候就想,你们这些猪头,把这餐省了,把这钱给我,我给你们烧香上供都可以。"金莉莉骂道。

张晨和刘立杆哈哈大笑。

张晨说:"还有一个奇怪的,你们说,要在永城,一个场长,在我看来就是神一样的存在,可到了这里,今天和这些人一起喝酒,怎么什么感觉都没有?平常得像个屁!"

金莉莉说:"有什么奇怪的,那是因为他们就是个屁。我现在和那些老板一起吃饭,也是什么感觉都没有。以前在轴承厂,厂长在我面前站得久了,我都会浑身哆嗦。"

"你们要是去联合国工作,看这些人也就是个屁。"刘立杆说。

张晨和他们说了今天的情景,金莉莉问道:"对了,你那个工程怎么样？"

金莉莉关心这个也是有道理的，毕竟这关系到张晨的提成，要是工程黄了，那提成也就黄了。

"我怎么知道，他们去唱歌了，今天都没怎么提工程的事。"张晨说。

"没事，这事已经成了，铁板钉钉。"刘立杆说。

"你怎么知道？"张晨奇道。

刘立杆看了他一眼，骂道："我看你那五万多块钱的饭是白吃了，吃多少也救不了你的白痴。你想，要真是普通唱歌，会不带你们去吗？"

张晨恍然大悟。金莉莉也说："还是杆子说得有道理，这些人就是这么流氓。"

"有句话你们知不知道？说人与人之间的关系的。"刘立杆问。

张晨和金莉莉都摇了摇头。金莉莉催促道："快说，什么话？"

"说朋友分五等，一等比一等高级和亲密。第一，一起同过窗；第二，一起下过乡；第三，一起扛过枪；第四，一起嫖过娼；最铁一起分过赃。他们今晚，就到第四和最铁程度了。"刘立杆说。

"好好，我要记下来。"金莉莉笑道。

张晨骂道："你记这些乱七八糟的东西干吗？"

"好玩啊，你听听，多好玩。"金莉莉说。

刘立杆也说："张晨，你不要小看这些，这可是民间文学的精华，高度概括了一个时代——别以为民间文学就只有《梁山伯与祝英台》。"

张晨叹了口气，说："好吧，就算你说得有道理，可我们谭总好像不是这样的人啊。"

金莉莉切了一声。刘立杆说："又傻了吧，不管他是不是这样的人，而是他要做事,还要把事做好,就必须是这样的人。你看金莉莉他们的夏总,像不像这样的人?他要不要做这样的事?"

"必须要!"金莉莉道。

"对吧,这和他是不是这样的人无关,是大环境就是这样,你懂吗?"刘立杆说。

"我不懂,也不想懂。"张晨嘟囔道。

"你看看我们隔壁的佳佳,你能看出来她是'叮咚'吗?"刘立杆问。

"能,她就是。"金莉莉道。

"滚,你那是偏见,不准,是一个漂亮女人对另一个漂亮女人的刻骨仇恨,那是天性。"刘立杆骂道。

金莉莉睁大了眼睛,看着刘立杆,道:"不会吧,杆子,你这么维护她,说,有没有故事?"

"有鬼故事,我现在和义林妈有故事,天天碰头,还有金钱往来。"刘立杆笑骂道。

张晨和金莉莉嘻嘻笑着。

第二天中午,刚吃过中饭,张晨的BB机就响了,一看,是谭总办公室的电话。刘立杆笑道:"大事已定,现在需要你加班了。"

张晨跑去小店回了电话,果然是小钟,通知他下午两点去公司开会,东北菜馆的设计方案要调整。

回到房间,张晨把电话内容和金莉莉、刘立杆说了。金莉莉骂道:"看到没有?再怎么样,资本家就是资本家,压榨你没商量。"

下午两点钟还没到，张晨就到了公司。过了一会儿，谭总陪着林场的一拨人进来了。这一次，马场长没有参加，只来了孙副场长和办公室主任、李总，还有一个男秘书。

　　大家在会议室坐下后，孙副场长对张晨说："张设计师，我们经过商量，达成了共识，需要更改原来的装修方案。"

　　张晨说："没问题，领导可以把你们的要求说说吗？"

　　"要求，哈，要求，总的要求是这样的，总而言之，这菜馆建成以后啊，我们林场的产品，像什么蘑菇、木耳、松子、粉条啥的，就会源源不断地整过来，我们希望这里能体现出我们林场的特色。"

　　"就是要原汁原味？"张晨问。

　　"对，对，这设计师，真是聪明哈，老谭，这个词用得好，就是原汁原味，让人一到这里就感觉到了我们林场。"孙副场长说，"总而言之，就是要把这里打造成我们林场的一张亮丽的名片。"

　　张晨心里骂道，这他妈的亮丽的风景线又变成亮丽的名片了。不过他心里马上就有概念了。张晨从来没去过黑龙江，但他们剧团以前演过《智取威虎山》，练功房里还堆着这戏的道具和布景，他知道怎么做了。

　　孙副场长看到张晨愣在那里，还以为他没有理解这亮丽的名片是怎么回事，就继续说："总而言之哈，这每年有那么多的黑龙江人到海南来，我们要让他们在这海角天涯一进我们菜馆，哎，就有宾至如归的感觉。"

　　"我理解了。"张晨说，"我打算这样，领导，我准备把这墙壁都改成原木的，还有这桌子、凳子，都用原木制作，还有那个包厢里原来不是沙发吗？我们也不用沙发了，在沙发那位置做一个炕，这样客人一进来就可以上炕。"

"对对，老谭，你这兵就是聪明哈，一点就透。就是这么个意思。这木头我们林场多得是，不要抠门，可劲儿造，不行我给你们整一火车皮过来。"孙副场长说。

张晨起身，对孙副场长说："那领导先坐一会儿，我去画张草图出来。"

"这么快就行？"孙副场长看着谭总问。

"可以，他手快。"谭总说。

"还是快枪手哈。老谭，那啥，那啥也一起整出来呗。"孙副场长说。

张晨看着谭总，不知道那啥是什么。

谭总笑着对张晨说："孙场长的意思是，让你把要增加的预算也算出来，他们后天一早要赶回去，马场长周二有个重要的会议要主持，明天，我还要陪他们去三亚看看。"

张晨明白了，说："好，我尽快。"那时候的装修公司，是连预算都要设计师算出的，毕竟，除了你，没有人知道什么地方该用什么材料，对材料的要求有多高。

张晨回到办公桌，把桌上的东西挪开，铺开纸笔和颜料，准备开始画。谭总跟过来，拿起绘画铅笔，在铅画纸上写了个数字，拍了拍张晨的肩膀，说："预算不要低于这个数。"张晨吓了一跳，不过还是点了点头。

谭总拿起橡皮，把这个数字擦去，然后回会议室，去陪孙副场长他们。

就孙副场长认可的这些改动，在外行看来，可能会觉得整个风格完全变了，改动很大，但张晨心里有数，知道这些改动变的都是表面文章，最花钱的隐蔽工程和地面、吊顶等，实际并没有动，只不过增加了些原木和假炕，用不了多少钱。

但谭总刚刚写给他的数字，光追加的部分就超过了原来一整个装修费用，总费用翻了一倍多。

这让张晨一惊的同时，又很头疼，因为这部分预算要让人看不出手脚，还是有学问的，那就是最好加在隐蔽工程和材料里，表面的东西大家都知道价格，只有隐蔽工程没人看得到，而同样的乳胶漆，进口的，一桶就是国产的一倍还要多。

张晨一边干活儿，一边就想起了刘立杆昨晚说的话。看样子这个工程还真是这样搞定了，甲方和乙方现在已经是最铁的朋友。

张晨想了一下，还是决定先把最头疼的预算搞完。他把已经做完的隐蔽工程都重新做了一遍，工程量不断增加，材料不断地更换，好不容易才凑出了一个像样的数字。当然，实际施工时，这些已经做完的部分是一寸也不会动的。但纸上不动，这钱就出不来啊。

搞完了预算，张晨这才松了口气，开始画起效果图。这个，张晨驾轻就熟，头也不疼了，很快就完工。

张晨拿着新鲜出炉的预算和效果图进了会议室。预算，他在谭总写的那个数字上，又加了八万多元，这是准备等对方还价，再装模作样砍下来的。谭总看了眼预算，微微点了点头，然后做了个手势，让张晨把效果图给他。张晨递给他时，提醒道："谭总小心，颜料还没有干。"

谭总先把预算递给了孙副场长。孙副场长瞄了一眼，就把预算递给了办公室主任。办公室主任看也没看，就揣进了包里。

谭总把效果图递给孙副场长，也提醒他颜料没干。孙副场长接过效果图一看,眼睛一亮。他站起来,把效果图放在会议桌上,然后招呼主任、李总和秘书:"来来,都来看看,这玩意儿是不是就是我们要的?还真是有才啊,老谭,你这个兵,牛。"

主任和李总附和道:"对对,就是这个样子。"

"那好,这个图我就带走了,这事,就这么定了,以后这里,就是老李和你老谭的事了。"孙副场长对谭总说。

"晚上我订了海龙王,大家一起。"谭总说。

孙副场长赶紧摆手:"不吃了,不吃了,大家为这个事忙了一宿,老马他们现在还在睡呢,我也要回去眯一会儿。"

"好好,那就宵夜。"谭总说,"到了海城,不去狮子楼宵夜,也是一大遗憾。"

张晨骑着摩托车往家走,一路上内心五味杂陈,从昨天到今天,他是第一次知道有人赚钱,原来是这么赚的,而且赚得这么多、这么快,自己和刘立杆每天辛辛苦苦,起早摸黑干一年,也抵不上人家的一个零头。

回到家里,金莉莉和刘立杆一人一张椅子,脚搁在栏杆上,坐在走廊里吹牛。看到张晨神情郁郁地上来,刘立杆问:"怎么了,又受打击了?"

张晨靠在栏杆上,把自己的感受说了。金莉莉道:"这有什么,我们公司一单业务赚的钱,都比我们轴承厂一百多人一年赚的还多,这有什么稀奇。"

"对,不要心里不平衡,也不要嫉妒。现在,我们是辛劳的蜜蜂,人家是蜂王；我们是忙碌的蚂蚁，人家是蚁王。我们在食物链的最低端，你们知道吗？"

刘立杆看了看张晨，继续说："但不管是蜂王还是蚁王，都是从小蜜蜂和小蚂蚁成长起来的。总而言之，我们也有成为王的那一天。到那个时候，你每天的时间都拿来放屁，钱也不耽误，照样自动朝你飞来。"

"这个杆子，觉悟就是高。有这样觉悟的人，不发大财，天理不容。"金莉莉说，"不过，忙碌的蚂蚁和工蜂，我肚子饿了。"

刘立杆一拍大腿，叫道："哈哈，我知道一个好地方，我带你们去。我们去吃海南本地人的东山羊火锅。"

"东山羊火锅不是要去火山口吃吗？"金莉莉问。

"不用，就在博爱路那里。我那天路过看到的，很多人，看上去很好吃的样子。"刘立杆道。

到了楼下，刘立杆和张晨抢着要骑摩托车，张晨不肯。刘立杆骂道："那我坐在最后面，抱着你女朋友？"

金莉莉咯咯笑着。张晨想想也对，就把钥匙给他，刘立杆在最前面，金莉莉坐中间，张晨坐最后，双手伸出去，拉住刘立杆的皮带，把金莉莉围在两手之间。

刘立杆拍了拍摩托车座，道："这上面不是有皮带吗？你一定要拉着我的？"

张晨不理他，也没有松手。

刘立杆骂道："我本来肚子就饿，被你这样勒着，快饿昏了。"

张晨也骂："饿就不要啰唆，快点走。"

刘立杆一加油门，三个人一辆摩托，轰地一下朝前蹿。

到了博爱路，他们在一片低矮的老房子前停下来，路边停满了摩托车和自行车。刘立杆把这些车拢了拢，空出一个位子，把他们的摩托车推进去停好。

刘立杆带着他们走了十几步，到了一间破破烂烂的门面房前。这间门面四五米宽，有三分之二被一个上半截是玻璃的隔间占据，剩下的三分之一是条过道。

金莉莉抬头看了看，这家店连店名都没有。她疑惑道："杆子，你带我们到这破地方来，吃什么？"

刘立杆笑道："你等会儿就知道了。"

他们走到玻璃隔间前，张晨和金莉莉吓了一跳，隔间里一排木头架子上，摆着一箩筐一箩筐的羊肉，足有十几箩筐，白瓷砖的柜台上摆着两个大铝盆，一盆是腌制好的鸭肠，一盆是一块块的鸭血，除此之外，再没有其他菜。

玻璃隔间前挤满了人，刘立杆要了五斤羊肉、一份鸭肠和一份鸭血，里面的人一边在纸上刷刷地写着，一边用海南话大声叫着，大概是喊其他人砍羊肉。

刘立杆付了钱，接过那张字条，上面的字龙飞凤舞，比医生写的还难认，到底写了什么，他们谁也看不懂。

刘立杆领着他们朝里走，穿过门面，张晨和金莉莉又吓了一跳，眼前是一个足有三四个篮球场那么大的院子，院子一头一棵大榕树郁郁葱葱，把整个院子都遮蔽了。

榕树下面，摆了一百多张木头桌子，桌子很矮，只有幼儿园小朋友的桌子那么高，很小，都是小方桌，四面四张小竹椅，桌子中间是一个泥巴烧制的炭风炉,上面是一个个大号的黑色砂锅,砂锅的盖却是铝的,已经被磕碰得坑坑洼洼。

院子里一大半的桌子已经坐满,张晨和金莉莉从这些人的脸上和耳朵里的嗡嗡声判断,这些都是海南本地人。他们很认真地找了一下,还真是一桌像外地人的都没有。

刘立杆说:"现在时间还早,再过半个多小时,这里就没座位了,需要排队了。"

刘立杆把手上的字条递给一位站在通道口的小姑娘。小姑娘带着他们朝里走,领到一张桌子前,也不说话,掉头就走了。

三人坐下来,桌上除了那个炉子和砂锅,还有一瓶生抽和一瓶醋,边上是一个铝碗,里面放着十几个小青橘,四个位子前面,是四个同样坑坑洼洼的铝碗和四双筷子。

桌子虽矮,但加上风炉和砂锅,正好是一个舒服的高度,看样子它的矮不是没有道理。

过了一会儿,一个男的拿着一个大雪碧瓶过来,也不说话,只是用手示意他们坐远一点。三人把椅子往后挪了挪。那男的把砂锅端起,放在脚边,然后打开雪碧瓶。张晨他们闻到了一股浓重的汽油味。

那男的洒了一点汽油到风炉里的木炭上,然后划着了一根火柴,扔到炉子里,轰地一下,里面的炭就被点着了。

他把砂锅端起来,放回到炉子上,然后拿着雪碧瓶走了。

过了一会儿,过来一个妇女,一只手拎一个塑料桶,另一只手拿着一个马勺,也没有说话,而是用马勺敲了敲空着的那个位子前的铝碗。刘立杆摇了摇头,说:"没有人。"

妇女咣咣咣三马勺，往他们碗里盛了小半碗黄乎乎黏稠的蘸酱。金莉莉问："这是什么？"

那妇女也不睬她，转身去了别的地方。

又过了一会儿，两个小姑娘过来，一个手里端着一大盘鸭肠和一大盘鸭血，蹾在桌上，然后把砂锅盖掀开，砂锅里面是一锅奶白色的汤，里面有当归、黄芪、党参、枸杞和红枣，还有一团草根，另外一个小姑娘把手里一盆腌制过的羊肉滑进了砂锅。

两个小姑娘转身要走，刘立杆一把拉住一个，指着砂锅里的那团草根问："这是什么？"

"地胆头！"小姑娘说完，把砂锅盖盖好，甩开刘立杆走了。

张晨笑道："真生猛，怎么感觉是到了梁山？"

金莉莉也狐疑道："这个地方的人怎么都不说话的？"

刘立杆想了一下，说："大概是生意太好，这里又太嘈杂，要是说话，大概一天就会把嗓子说哑的。"

张晨和金莉莉想想，大概是这么个道理。

"杆子，没点喝的？"张晨看看桌上，问。

"这家店没有酒和饮料卖的，要自己买。"刘立杆说。

"那我们上哪里买？"张晨奇道。这天底下，还有饭店不卖酒水的？

刘立杆把手一挥，道："看到没有？四周都是。"

张晨和金莉莉朝四周看看，这才看到院子两边的矮房子里，有十几扇窗户洞开着，很多人都从这些窗户里买烟酒和饮料，还有各种蔬菜。

张晨恍然大悟，这还真是和谐啊，这家店的生意这么好，但是他自己不卖酒水和蔬菜，等于是把其他生意让给邻居去做了。邻居赚到了钱,自然就不会对这院里的嘈杂有意见,也不会眼红这家店老板了。

说海城人笨和懒的,看样子是不了解,在他们慢吞吞的生活节奏和状态里,蛰伏着很多生存智慧,只是旁人没有体会到而已。

刘立杆的BB机响了,他看了下,对张晨说:"是李勇,我去回一下,顺便买酒过来。"

过了十几分钟,刘立杆回来了,抱回了两箱酒。张晨骂道:"你要死啊,这么多,拿来洗澡?"

"李勇和启航他们要过来。"刘立杆说,"刘芸今天在他们那里玩,李勇呼我,约我们吃饭,我就让他们来这里了。"

"林一燕也过来?"金莉莉问。

"当然。"刘立杆说。

"太好了!"金莉莉高兴道。

张晨朝左右看看,看到一位小姑娘经过,赶紧叫道:"小妹,小妹!"

小姑娘走过来,一双漆黑的大眼睛看着他们。

"小妹,我们还有人来,帮我们拼一张桌。"张晨对她说。

小姑娘"哦"了一声就走开了。张晨以为她要去边上搬桌子,没想到她却走得没影了,过了几分钟也没有过来。张晨站起来看看,发现她已经在远处端菜了。

金莉莉笑得不行,说:"你确定她听懂了吗?"

"要是没听懂,她哦什么?"张晨问。

"也许人家哦只是礼貌呢?"金莉莉说。

"哎呀,还不如自己来。"

刘立杆说着,就站起来,和张晨一起把边上的一张桌子连同餐具、锅灶和椅子都移了过来。那小姑娘端着一盆羊肉从他们边上经过,看了一眼,没有其他表示。张晨确定,她前面确实没有听懂。

拼好了桌子,刘立杆去加菜。张晨说:"我去路边等他们,这家店,在外面可不好找。"

金莉莉一个人坐着,肚子早饿得咕咕叫了。她掀开砂锅盖看看,羊肉好像还没有煮烂。她用筷子挑了根鸭肠,在锅里涮了涮,放到碗里,蘸了蘸酱,放进嘴巴,禁不住眉开眼笑。太好吃了!特别是这个什锦蘸酱,酸酸甜甜的,太美味了。

金莉莉伸长了脖子,看看他们还没有来,实在忍不住,又夹了一筷子鸭肠,迫不及待涮起来,好吃,再来……

刘立杆又要了十斤羊肉和一份鸭肠、一份鸭血。他拿着那张字条,和通道口的小姑娘说了半天,也没说明白这是几桌加的菜,干脆,领着她过来看。

走到近前,刘立杆大吃一惊,那一大盘的鸭肠已经被金莉莉吃了一大半。金莉莉满头大汗,一把眼泪一把鼻涕的,看着刘立杆,不好意思地笑道:"这个鸭肠,实在太好吃了,我忍不住。"

张晨带着李勇他们进来,金莉莉赶紧起身,想去和林一燕和刘芸拥抱,看看自己满身的汗又退了回来:"不行,都是汗。亲爱的,我实在忍不住,先吃了。这个鸭肠,太好吃了,你们也快尝尝。"

三个女人马上挤到桌边,把四个男人撂到还没上菜的这边。刘芸看了看他们,笑道:"不管你们了,我们先吃。"

她夹了一筷子鸭肠,吃完,说好吃,再吃羊肉,又叫道:"这个也很好吃。"

张晨问："要不要蔬菜？那窗户里有蔬菜卖。"

刘芸举着筷子摇着："不要，不要，我们都是食肉动物。"

周围几桌当地人，看着这一桌大呼小叫的大陆仔、大陆妹，嘻嘻笑着，因为在这家店里，他们实在是太醒目了。

金莉莉对刘立杆说："杆子，到了这里，你可以学海南人了。"

大家一听，就想起刘立杆丢鞋的事，都笑了起来，再看看周围，果然，每桌食客都把脚放到了椅子上，右手拿着筷子，左手夹着香烟，拿烟的手搁在膝盖上，看上去特别惬意。

刘芸看了看头顶的榕树，说："这个感觉真好，我小时候吃火锅，也是这样的，就在家门口马路边的大树下。"

金莉莉说："我们天气热的时候也是这样，在一棵樟树下，从晚餐吃到夜宵。"

张晨和刘立杆知道她这说的是在剧团的高础上。

刘立杆他们的羊肉和佐料也上来了，羊肉要炖一会儿，他们也是从鸭肠、鸭血开始，觉得这里的食物太好吃了，这个感觉太好了。

老板很实在，菜的分量很足，十五斤羊肉吃了十斤，就都感觉有些饱了，那五斤羊肉在砂锅里慢慢炖着，他们把更多精力放在了聊天上。

一段时间不见，金莉莉明显感觉到陈启航黑了很多，便问他："启航，你现在怎么这么黑？"

陈启航满不在乎地说："天天太阳底下卖火腿、送火腿，能不黑吗？不过，心里很充实。人家很多公司工资都开不出，我们还能过下去。"

李勇也说："杆子，你那个独家代理的建议太好了，现在很多人也跟着想来卖火腿，不过，宣威名气最大的三家火腿厂已经被我们拿下，他们竞争不过我们。"

林一燕现在跳槽,去了海南开发银行,本来应该是好事,但她看上去闷闷不乐的。金莉莉问:"一燕,你怎么了?看上去不怎么开心。"

"她压力大。"陈启航说,"到了海发行,要拉存款,任务很重。"

"真的?"金莉莉问。

林一燕点点头:"我进去已经两个多月了,一个月任务都没有完成。我们人生地不熟的,就认识李勇的叔叔,其他存款,去哪里拉?"

"没事,没事。"金莉莉说,"我明天回去和我们老板商量一下,看能不能把我们公司的钱存你们那里去。"

"真的?"林一燕叫道。

"真的,死缠烂打,怎么也要让他存一部分过去。我想,老板可能也有关系户要照顾,全部移过去会有困难。"金莉莉说。

"对对,我回去也问问我们老板,这钱,存哪个银行不是存?不过,我就是不知道我们公司还有没有钱。"刘芸说。

"对了,刘芸,你们的高尔夫球场,开业后怎么样?"刘立杆问。

"开屁,停在那里。"刘芸说。

"啊!"刘立杆吃了一惊,"怎么回事?"

"经济不景气啊,会员卡预售都卖不出去,原来预订的很多台湾人,也跑回台湾去了。开业了,那么多人要养,场地天天要维护,估计会亏得很惨,就停着。"刘芸说。

"那些招来的人呢?"刘立杆问。

"留了几个,其他都走了。"

"那等于是白忙了?"

"对，白忙了，再开再招呗。"刘芸说，"对了，莉莉，你们公司现在怎样？"

"我们还好，人少，房子又是自己的，没什么压力，有生意就做一点，赚多赚少无所谓。我们夏总说，主要是把老关系维持住，没生意就在公司唱歌，影碟新买了不少，大白天来唱歌的朋友多了不少，哈哈。"金莉莉笑道。

李勇感叹道："我们公司，还就是人太多了，开了吧，一是于心不忍，二是舍不得，万一经济又好转了呢？再招这些熟手也不容易。"

吃完了饭，李勇还是提议大家去哪里唱歌，但大家似乎都没了兴致。林一燕说："算了吧，明天大家都要上班。"

刘芸也说："我还是早点回去，这段时间，我们老板也发神经了，脾气特别大，找个周末，大家再约吧。"

一行人在店门口分手，张晨他们三个去解放西的夜市转了转，也没买什么东西，到家冲完凉，已经晚上十一点多钟了，睡觉还早，三人坐在床上聊天。

过了一会儿，建强和佳佳回来了，看样子心情不错，建强还一路吼着歌。他们到了自己房间门口，建强开门，佳佳没有停下，而是朝张晨他们房间走过来，佳佳道："杆子哥，我给你们带了西瓜。"

佳佳捧着西瓜进门，看到金莉莉，愣了一下，然后慌乱地说："我放这里了。"

她把一个西瓜放在桌上，逃也似的溜出门去。

金莉莉看着刘立杆，冷笑着，不停地点头。

张晨脸上幸灾乐祸地嘻嘻笑着，心里暗自后怕，乖乖，幸好佳佳没有叫"张晨哥哥"。

周一刚上班,谭总就对张晨说:"李总他们的款打过来了,而且是后面的全款,你那里加快进度。"

"这么快?"张晨愣了一下。他想,这个时间点,马场长他们应该还没离开海南吧,不过既然已经是最铁的朋友了,也就不奇怪了。

张晨说:"好,我马上去安排人员。"他站起来,拿起桌上的摩托车钥匙。谭总看到了,问道:"你骑的车是二货的?"

张晨说:"是的,二连长看我天天要跑白沙门,就把他的车借给我了。"

谭总点了点头,说:"这个混蛋,是把你当牛使吧。这样吧,车就你骑着,二货那里,我和他说。"

张晨没明白什么意思,直到下楼才想起来,原来,这车并不是二货的,而是公司的。谭总的意思是,从此,这车就真正是他张晨的专车了。张晨既有些高兴,又有些失落——他有一种自己也参与了分赃的感觉。

到了白沙门工地,他把大部分工人都抽调去了东北菜馆,留下的工人重新排了班,安排好任务,然后去了东北菜馆,他要安排被抽调到那里的人。

张晨赶到东北菜馆时,一个上午已经过去,刚到工地,二货来了,呵呵笑着对他说:"指导员,我已经买好饭菜,等你重回阵地,妈的,我们胡汉三又回来了。"

吃饭时,二货把自行车钥匙还给他,却没有提摩托车的事。张晨把摩托车钥匙还给他,他说:"给我干吗?它现在是你的。"

张晨明白了，这是谭总已经和他说了。

张晨把自行车钥匙推给二货，说："那你还是骑我的车。"

"不用了，你别管我，这破车，也还能卖个十块二十块的，你用不到，留着就是等人偷，卖了吧。"

过了一会儿，他把自行车钥匙拿了过去，道："算了，还是我去替你卖了吧，指导员日理万机的，哪顾得过来这些小事。"

傍晚快下班时，二货拿了二十五块钱给张晨，说："车卖了，这是车钱。"

"这么多？"张晨奇怪道。他这辆破车，买来的时候就是二十五块，现在骑了几个月，怎么也该掉个五块、十块的，没想到还能卖个原价。

二货笑道："我卖给木工班的村仔了。"

怪不得。张晨骂道："你强买强卖了？"

"怎么可能？我只是告诉他，这是指导员的宝座，你骑了屁股都不会长疮，他就屁颠屁颠买去了。指导员不信？要不要我把他叫来问问？"

"算了，算了。"张晨赶紧制止，心想，你就是把他叫来，也是你教他怎么说，他就怎么说。

张晨骑着摩托回到家，把这事和刘立杆说了。刘立杆比他还高兴，道："这福利待遇，还真不错。我这报社的金牌业务员，报社都没想到奖我一辆新自行车骑骑，更别说摩托车了，我们主任，哼，口惠实不至。"

"对了，杆子，你最近怎么回来得都这么早？"张晨问。

"西线无战事，这里的黎明静悄悄。"刘立杆一口气报了两部片名，"现在，连实物抵广告费的客户也绝种了。你没见各大报纸每天的广告越来越少？"

"我又不看报纸。"张晨说。

"我也不看。不过你刚刚问我的问题，义林妈也问过我，看样子连劳苦大众都觉得不对头了。海南的仓库大概快清空了。"刘立杆无限惆怅地说。

"那是不是经济接下来就该好转了？大家清理了仓库，不就有钱进货了？"张晨说。

"屁！你也不看看什么时间。"刘立杆说，"手上有点钱，正好回家过年，过完了年，还来不来海南就不知道喽。"

刘立杆的话提醒了张晨，确实，还有一个多月就要过年了，时间过得真快，掐指一算，他们到海城也已半年了。张晨感觉时间过得真快的同时，也感到时间过得真慢，仅仅半年，他就感觉自己在海城仿佛已经度过了前半生。

现在想起永城，已经十分遥远和陌生。

"想过春节怎么安排吗？"刘立杆问。

"怎么安排？就在这里泡着呗。坐飞机来回，我和莉莉最少要七千多块钱，不坐飞机，那个春运，还不累死？你呢？"

"一样。不过我已经给谭淑珍写信，让她春节到海城来玩。"刘立杆说，"她一个人坐飞机来，总好过我们三个坐飞机回去。"

"对，那个时候，应该是上岛的飞机很空，离岛的很忙。"张晨说。

东北菜馆的工程很顺利，进展比张晨自己预计的都快，按这个速度，再有个二十天左右就可以完工。

李总经常会到工地来转转,他对工程的进展也很满意:"这样,我春节回去就可以交差,过完春节再来,这饭堂就可以准备招工开业了。"

李总的话提醒了张晨,他明白为什么工程的进度这么快,原来工人也都在暗暗加速,他们也想趁春节之前干完,拿到了钱,可以腰包鼓鼓地混进春运的大军,挤船、挤车、挤火车回家。

这个工程的全部款项甲方都打完了,依谭总的脾性,只要他这里验收合格,就会把剩余的钱都结给他们,不会克扣。

两个人接触多了,关系自然亲密,李总对张晨说:"怎么样,小张,要不要到我们饭堂来做个副总?我看出来了,你是个能干事的人。"

张晨笑道:"谢谢李总,让我画画、管管工地可以,这酒店我是一窍不通,当副总,那肯定会丢您的脸。"

"有什么关系,我也不懂,我就管过我们林场的后勤,管过大食堂,学呗。"李总说。

"就是你也没管过酒店,我才更不敢来。李总,你想,你要是个行家,我只要跟着你学就好,那要是你也不懂,我也不懂,那下面的人还不看我们笑话?尽拆烂污,这酒店怎么管得好?"

张晨半开玩笑半认真地说:"我的建议,李总你还是找一个内行当副总,那到时,他管下面,你就管他一个就可以,多省事。"

李总听着,不停地点头:"你这小张,这话说的,还是很有道理哈。"

张晨心里也是万分感慨,他想,自己刚上岛那会儿,想当个酒店领班,甚至服务员都还四处碰壁,想去种椰子,人家还不收,不过是几个月的时间,就有人请他当酒店副总了,人还是这么个人,也没多大差别,看样子,这骑着驴找驴,还真是比较容易。

"对了李总，有件事我想请你帮忙。"张晨说。

"什么事？你说。"

"过完春节，我们这酒店不是要开业吗？那肯定要招人，要登广告，我有个老乡，你也见过，那个刘立杆……"

"哦，小刘啊，知道，咋地了？"

"他是《人才信息报》的记者，你要登那个招聘启事，可不可以让他帮你安排？他们报社每个月都有任务。对了，要是你想登其他报纸，他也可以。"张晨说。

"就这点事？"

"对。"

"妥了，这点破事我还能做主，你把他呼机给我。"

张晨就把刘立杆的BB机号写给了李总。

张晨正准备下班回家，公司前台呼他。他回到工地隔壁的小店，回了电话。前台小马告诉他，是谭总，让他们所有设计师都回公司，晚上开会。

张晨骑着摩托车就往公司赶，心里纳闷，有什么事是需要所有设计师正儿八经地坐下来加班开会呢？

这是以前从来没有过的事。

平时，设计师都是各管各的，设计工作好像也很难合作，每个人都有自己的设计思路和理念，而且都比较坚持。你把互不相干的两个人凑到一起，不会更好，只会更糟，除了相看两厌和不满，不会有更好的结果。

平日里，公司只有遇到像上次小谢那样的事，甲方对某个局部不满意，设计师的脑子又卡了壳，到谭总那里诉苦，谭总才会把其他设计师叫过去，让他们帮忙出出主意，但也仅限于出出主意而已，最后怎么改，还是设计师本人和谭总决定。

张晨上了楼，让他奇怪的是，今天公司的前台小马也没有按时下班。小马看到张晨，就和他说去会议室。

张晨到了会议室，看到公司其他设计师已到了。他们都在公司上班，还没有第二个像张晨那样去工地当现场施工监理的。奇怪的是，会议桌上摆了十几个菜。小谢看到张晨，就叫道："张晨，快来吃饭，吃完了还要开会。"

张晨过去拿起一盒饭，狐疑道："什么情况？"

那时还没有什么送外卖的，他们平时吃饭都是去下面的食堂，或者附近的小店，公司倒也不禁止员工在办公室吃饭，但那也是同事去吃了后帮你带回来，像这样大张旗鼓地聚餐还从没有过。

其他设计师都摇了摇头，他们也不知道怎么回事。小谢说："管他呢，让你吃你就吃，吃饱了该砍头还是要砍头。"

等他们都吃完了，小马拿了两个垃圾筒过来，张晨帮着一起收拾。其他几个，一见要干活儿，都站了起来，溜回自己的办公桌。

小马不停地和张晨说"谢谢"。张晨笑道："谢什么，举手之劳。"

小马哼了一声，不满地嘀咕："吃饭的时候，大家抢着来；吃完了，大家抢着逃。"

张晨知道她这是在说其他几个设计师，就没搭话。

张晨问："今天这么隆重，什么事？"

小马摇了摇头："我也不知道，谭总让巧巧和我去买了饭菜，说是要给你们吃好，晚上要加班。这加班不是经常的事，也没听说天天要给你们吃好。"

小马也觉得奇怪，巧巧是公司的出纳，这些饭菜就是她和小马跑去下面小店买来的。巧巧家里有事先走了，留下小马在这里等着收拾，难怪她会满腹牢骚。

小马把会议桌抹干净，然后提着两个垃圾筒走了。张晨要帮她，她说不用，因为比提上来的时候轻多了，东西都进这些猪肚子里了。

张晨哈哈大笑。

前台走后，其他设计师陆陆续续又回来。张晨看着他们，心里是又好气又好笑，心想，这几个人，也活该被骂。

小谢问他："张晨，你和那小马笑那么开心，笑什么？"

张晨说："没笑什么，小马在夸你们，说到底是设计师，一个个都吃得那么斯文。"

有人叫道："可惜了，文昌鸡还有那么多，都倒掉了，我还以为其他人要来吃，都没怎么敢动筷子。"

还有人道："是啊，早知道这样，我们就搞点酒了。"

几人在会议室里又等了十几分钟，谭总才走了进来，问道："都吃好了？"

设计师们忙点头说"好了"。

"小谢，把门关上。"谭总说。

小谢走过去，把会议室的门关上了。

谭总坐下来，看了看他们，对他们说："今天把大家留下，是有一件重要的事情和大家说。我下午得到了可靠消息，望海楼要进行整体内部装修，而且装修方案要在年前定下来，海城的各大装饰公司都已经动起来，我们算是迟的了。"

望海楼要装修？在座的人都吃了一惊。

望海楼，可以说是海秀路，甚至整个海城最有名的大楼，它是集住宿、餐饮和购物于一体的综合建筑，归属于饮食服务公司的国有企业，楼高二十二层，海南刚建省的时候，它是海南第一高楼，从望海楼顶上的餐厅真的可以看到海。

这两年其他的建筑起来，从高度上，它已经被比下去，但它的知名度不减，特别是它附楼的望海商城，还是当时海城最高档，也是规模最大的购物中心。它下面的望海酒楼，更是因为拥有海南仅有的三位国家特一级厨师中的两位而出名，还有一位在南庄酒店。

望海楼要装修，在座的谁都知道这是个多么大的项目。

"谭总，是整体装修？"张晨问。

"对，整体。"谭总说，"酒店的房间和大堂、望海酒楼全部、望海商城的一二楼，除了酒店三楼的演艺厅由承租户自行装修，其他都要装修。整个工程分两期，一期是酒店和酒楼，二期是商城，但要求一次设计，也会一次性发包整个项目。"

"那得是多大的工程啊！"小谢感叹道。

"所以把你们叫过来，就是让你们从现在开始，把其他项目和事情统统扔到一边，把设计方案搞出来。后天，我约了望海楼的符总吃晚饭。这次装修，他一言九鼎，我希望后天能把我们的方案给他看，获得他的首肯。"谭总说。

"后天，这么大的工程，这么短的时间？"有人问道。

谭总不满地看了他一眼，骂道："就这一餐饭，你他妈的知道我动用了多少关系，才约到的？你以为人家是你想约就能约的？错过了后天的晚餐，就没有机会了。"

张晨明白谭总为什么这么说，他早就听刘立杆和金莉莉抱怨过，说海城这个地方，就没有人会在办公室里正正经经地谈事，要谈什么业务，大的就是在酒店包厢，小的就是一起喝早茶，人家愿不愿意和你谈，就看肯不肯接受你的邀请。

"这个项目虽然大，但其实关键点就几个。"仔细想了一会儿后，张晨说，"酒店房间大同小异，直接照抄国外五星级酒店的设计就可以，人家也不会在意，大不了签了合同后，再视经费情况修改。

"望海酒楼，虽然是独立的，但它在大楼里面，没有单独的门面，把门头和餐厅内的整体设计做好就可以。

"望海商城，如果外形不改动，那里面需要改动的，最大也就是一个中庭。我觉得，我们只要集中精力先做两份效果图就可以。最重要的是酒店的大堂设计，还有就是商城的中庭。这两部分，我想应该也是他们最看重的，如果能打动他们就成功了一大半，其他的再补就是。这两部分要是过不了关，其他的，谈都没得谈了。"

"好！小张的这个建议很好，大家就把精力集中在这两张效果图上，各自都使出浑身本事，明白了吗？"谭总问。

"明白了。"设计师们应道。

"散会！"谭总猛地拍了一下桌子。

设计师们纷纷起立出去，张晨也准备走，谭总叫住他："小张，你留一下。"

张晨正准备坐下,看到二货从门外进来,奇道:"你怎么来了?"

二货指了指谭总:"首长命令我来的。"

"你们两个,都坐过来。"谭总坐在会议桌顶头位置,招呼他们两个。

谭总对张晨说:"小张,这次出方案,我最看重的就是你。我把这王八蛋叫过来,就是要和你们说,你这两天不用去工地了,来不来公司也无所谓,你就在家里集中精力把设计方案做出来,可以吗?"

张晨说:"好,我一定努力。"

谭总转向二货:"指导员从来没和我说过,但你别以为我就不知道,你这混蛋,天天就没正经在工地上,每天都在鬼混,是不是?"

二货不敢说是,也不敢说不是,只好嘻嘻笑着。

谭总骂道:"我不管你以前怎样,但这两天你给我记住了,老老实实待在那里,不许呼指导员,也不许下面的人呼指导员,明白没有?"

二货赶紧点头:"明白了,保证不呼,让指导员集中精力。"

谭总继续说:"还有,东北菜馆年前要顺顺利利完工,工人们也不容易,我知道他们都想带更多的钱回家过年,这两天你要是心不在焉,工地上出了事情,你看我不……"

"骨折。"二货赶紧说。张晨这才明白,骨折,还真是谭总威胁他的。张晨不禁笑了起来。

看到张晨笑,谭总也笑了起来。张晨说:"二连长可以的,那天上午,他那么早就去了工地,幸好他拦住了李总和马总,不然,东北菜馆也不是现在的故事了。他起那么早,我都吓了一跳。"

二货嘿嘿笑着。

"好了,指导员给你打了包票,我就先放过你。"谭总说。

张晨和二货下楼,在电梯里,二货对张晨说:"指导员,这公司附近就有不少'好货',我请你去,到天亮如何?"

张晨笑道:"我可不敢,到天亮,我明天再睡一天,后天,谭总就要把我打骨折了。"

"也是噢。"二货说,"那就一次,我带你去找最好的'货'。"

张晨赶紧说:"算了,算了,我现在回去开始想,都不知道时间来不来得及,你去独自占领高地吧。"

二货惋惜地啧了一声,这才作罢。

张晨看了看时间,还没到晚上九点,离望海商城关门还有一个多小时。

张晨就骑着摩托车去了望海商城,从一楼转到二楼,心里默写了几遍平面图,最后还是觉得不放心,干脆拿出包里的速写本,把平面图画了下来,还在图上特别标注了门、楼梯、电梯和洗手间的位置。

看完了望海商城,张晨接着去了隔壁的望海大酒店。当地人习惯把这里叫望海楼,其实并没有一个真正叫望海楼的地方,不管是商城还是宾馆或者酒楼,都有自己的名字。

望海大酒店的大堂有一面墙,是一幅巨大的海南热带风情浮雕,一群群穿着民族服装的黎族少女载歌载舞。浮雕制作得很不错,张晨考虑要不要把它保留在效果图里。

"晨哥!"有人叫了他一声。张晨回头,看到建强坐在大堂沙发上,看到张晨,分外热情。

张晨到他身边坐下，问："你怎么在这里？佳佳呢？"

"她还在国商。"建强说。张晨明白了，这里，是佳佳接下来要来的地方。

"晨哥是来住店还是……"建强问。

张晨怕他误会，赶紧说："我来看看，这里要装修了，我看看方案该怎么做。"

"晨哥要给望海楼做设计？"建强开心地说，"那我以后再到这里，就可以和客人吹牛了，说这里是我邻居设计的。"

第十八章　把梦画进梦里

第二天上午，刘立杆起来，看到张晨还睡着，也没吵醒他，轻手轻脚地自己出去，开始今天的洗楼。

刘立杆已经是第二遍洗楼，有些写字楼是第三、第四遍。扫了之后他才发觉，这是很有必要的，一半以上的公司，他第二次去时，办公室主任都已经换人了。

几个月还没有被撤换的主任，刘立杆会把他们的名片另外保存，甚至做记号，因为这样的主任大多是和李勇那样，和老板有某种特殊关系，在公司里还有些发言权，属于那种有实权的办公室主任。

刘立杆发现，往往也是这样的主任对他的再次造访不会那么反感，有没有业务都愿意和刘立杆聊几句。大概他们也是觉得，这个家伙，干了几个月，还在干这事，应该比那些蜻蜓点水式的"记者"们，更靠谱一些吧,特别是从他的嘴里还能了解到其他公司的状况。

人就是这么奇怪的生物,他自己受苦的时候,会觉得苦不堪言,自己真是天下第一苦人。但当他知道别人也和自己一样苦、一样倒霉时,就会觉得,自己也没那么苦、那么倒霉了,所以才会有"苦不苦,想想红军长征两万五,累不累,想想万恶的旧社会"这样的句子出现。

虽然业务没有增长多少,但还是会零星地给他带来一些惊喜,让他至少还能完成报社每月的任务,让他还能成为《海城晚报》广告部的"黄主任们"盼望着会在办公室门口出现的人。

最主要的是,刘立杆感觉得到,他和这些还顽强存在着的办公室主任或副总们的友谊是真正增强了。一旦春江水暖,他会是那只鸭;春风化雨,自己会是最先被淋到的那片田。

就因为抱着这样的信念,刘立杆依旧是每日洗楼不辍,一日也不敢停下。洗楼的活儿很苦,自己好不容易把它变成了习惯,他很害怕,一旦自己停下,就会从此放弃,彻底地停下了。

还有一个心思,是刘立杆连张晨也没有告诉的。虽然谭淑珍一直没有给他回信,但他相信,他的每一封信谭淑珍都会收到,并且仔细看了。依谭淑珍的性格,她现在一定是在细细地规划自己春节的海南之行,她会瞒着所有人,包括她的父母,细细地规划。

之所以没有给自己回信,刘立杆觉得,谭淑珍这是想给自己,也给金莉莉和张晨一个惊喜。谭淑珍太喜欢这样戏剧性的效果了,谁让她是个演员呢?

李老师曾经私下里对比过谭淑珍和徐建梅。这两个都是他的学生,他太了解了。

他说，谭淑珍有一点是徐建梅永远比不上的，那就是，她不是上台的前三分钟才开始酝酿，而是每天早上眼睛一睁开就开始酝酿情绪，所以，她什么时候上台，哪怕是上最简陋、最匆忙的台，她的情绪都是饱满的，她都已经准备好了。

听听，刘立杆觉得谭淑珍应该是从接到他从海安寄出去的第一张明信片开始，就在酝酿海城的久别重逢了。

刘立杆的计划是，等谭淑珍来了，他就煽动她不要回永城。他相信，张晨和金莉莉也会这样劝谭淑珍，谭淑珍也一定会留下来。

他们四个人很奇怪的，那就是，他和金莉莉好像特别投机，话特别多，而谭淑珍又和张晨特别投机，特别聊得上话。如果他刘立杆的话会被谭淑珍当头一顿臭骂，但张晨的话谭淑珍会听的。

一旦谭淑珍留下来，刘立杆也明白，就现在的大环境，她可能没有金莉莉或林一燕那样的好运气，能那么快就找到工作。刘立杆觉得，只有自己口袋里有了足够的钱，才会让谭淑珍有继续待下去的安全感，所以他刘立杆要努力地攒钱。

张晨一觉醒来，感觉头昏脑涨的，赶紧用手摸了摸额头，好像没有发烧。他不由得松了口气。这个时间点，他可没有资格感冒发烧啊。

张晨坐起来，在床沿上发了一会儿愣，没想好是去公司还是留在家里，单位有空调，凉快，但没有一个人在家里无拘无束的自由；家里很热，但没有人老是无缘无故地跑来，和你说些张三长李四短的话，好像张三和李四你都很熟，他们都与你休戚相关似的。

张晨站起来，决定先去洗脸，洗完脸后，再决定去公司还是留在家里。

张晨还是那个习惯，在牙刷上挤上牙膏，把毛巾搭在肩上，准备去走廊尽头洗脸刷牙。他刷牙从来不用牙杯，而是喜欢直接把脑袋伸到水龙头下面，灌一口腔的水，咕叽咕叽，然后吐掉。

他看到桌上昨晚随手画出的几幅草图，拿起来看看，还是一点感觉也没有。他不禁叹了口气，放下草图再去拿牙刷。"妈的!"张晨骂了一句，刚刚朝天放好的牙刷不知怎么倒了，上面挤好的牙膏掉在了桌上。

张晨拿起牙刷，随手把桌上的牙膏抹去，没有抹净，留下一道白痕，他也懒得理了，重新挤了牙膏。

洗完脸回来，张晨把牙刷、毛巾放好，走回桌前，拿起那几张草图看了看，感觉比前面还坏。他干脆把这几张草图扔进墙脚的一堆垃圾里。

看看时间，已经上午快十点了，他又习惯性地看了看BB机，还真的一个呼他的都没有。张晨不禁笑了一下，这个二货，到底是军人的后代，真接到军令时，还真是军令如山。

张晨决定先下楼吃碗粉，说不定吃完粉后，才思如泉涌呢？公司他决定不去了，是死是活，就这样耗在家里。

义林妈在下面院子里洗衣服，看到张晨这个点还在，有些意外，笑着和张晨打了个招呼，张晨也随口问了句好。

张晨正准备出院子，义林妈叫了他一声，放下手中的衣服，走过来，好像有什么话要和张晨说。张晨只好站住。

义林妈叽叽咕咕和他说着，语速很快。她说什么，张晨分开来一句也没听懂。但结合全部的话，再结合她的手势和表情，张晨明白了，赶紧装作听懂的样子，不停地点头。

义林妈最后又问了一句，意思是你懂没有，有没有懂？

张晨赶紧说:"懂了,懂了。"

义林妈这才心满意足地走开,回去洗自己的衣服。

张晨知道义林妈说的是什么事。上个星期天下午,眼看天气快转凉,金莉莉把他和刘立杆的床单拿出来,闻闻都有一股霉味了,就去楼下的水龙头洗。

楼下的水池比楼上大,水池边上,还有用水泥做出来的搓衣板,洗床单比较方便。张晨就和金莉莉一起在那里洗床单,义林妈靠在自己家门上,一直看着他们。

后来工地上有人呼张晨,张晨就去小店回电话,回来发现金莉莉已不在楼下,抬头看看,她正在楼上走廊一边晾床单,一边和刘立杆说笑。

张晨走上楼去,问道:"你们笑什么呢?"

金莉莉还是忍不住地笑,说:"刚刚义林妈骂我了。"

骂你还这么开心? 张晨不解道:"说你用了他家水池?"

"不是,她骂我不该让你帮忙洗床单。"金莉莉笑道,"她和我说,在海南,男人要是帮女人干家务,会被人看不起,邻居会笑话的。"

张晨笑了起来。

刚刚,义林妈把他叫住,和他说的,还是这件事。她一定是觉得这件事很重要,才会郑重地告知金莉莉和张晨。

张晨找了家粉店,要了碗汤粉,还加了个蛋。

吃完汤粉,张晨站起来晃了下脑袋。完了,他没有觉出自己比之前更聪明,反而好像更笨了,浑浑噩噩的。

张晨不想回去,就朝村外走去。村外是一片废墟,废墟边上立着一块大广告牌,上面是座气势恢宏的购物中心,号称海南第一,是中国台湾和美国、日本合资。但现在,这个海南第一的梦肯定烂在了这里,老板此刻不知道正在地球的哪个角落里哭呢。

张晨找了块树荫蹲着,觉得自己的脑子已经坏掉了,像模板里刚浇好的水泥块,一点一点地固化,什么想法都被埋进水泥块里了。

回到院子,义林妈不在,院里的三轮车也不在,应该是出去卖货了。张晨上了楼,把另打包带回的腌粉放在桌上,坐下来,拿过纸笔,却什么也画不出来,只闻到腌粉的香味。他把腌粉推得离自己远一些,然后再拿起笔,还是什么也画不出来。

他看到桌上早上留下的那块白色牙膏痕迹,瘦瘦长长的,就信手用笔添了头、嘴和眼睛,然后添上尾巴,一条白色的鱼就在桌上自由自在地游动起来。

张晨在房间里走了两个来回,在桌前坐下,拿起笔,脑袋里倒也不是空空的,想起上午在村外废墟上看到的小孩和黄牛的画面,干脆提笔画了起来。

一旦开始画画,张晨就把其他的一切都忘了,全身心地沉浸在创作的快乐中。张晨不是美院毕业的,他甚至有些看不起那些美院的,觉得他们说的太多,而且常说一些自己也说不清楚的东西,还觉得自己深刻,但其实只是唬人和无知。一个人只有手上不行才需要用嘴说,而要是手上还可以,嘴还嘚吧嘚吧,那说明他还有其他目的,为了其他目的在伪装。

你喜欢画画,你才去画,你所有的一切都在你的画里。张晨觉得不管是画画也好,写作也好,作曲也好,都应该一言不发。行还是不行,拿东西出来,然后你就走开,你的作品就说明了一切。

他也去考过一次美院,那是陪一个从小一起画画的朋友去的,看着前面的那些主考老师,张晨心想,你谁啊,凭什么来考我? 就你那几下,老子用脚夹着笔也能画出来。

张晨随便画了画,就觉得心里烦透了,只用了不到一半的时间就出来了。那一年报考美院的人里,张晨的专业课成绩第一,说明美院还是厉害的,能凭本事吃饭,张晨对它的敬意多了一些。

但他的文化课差距实在太大,英语甚至得了零分,其他的加起来,也只有二十九分。

张晨初中辍学就没有再读,也没正正经经补过什么文化课,能考出这二十九分,他已经很满意了。从此他再也没有去参加过考试,他那位朋友,美院的专业课分数没到,但去了别的学院。

张晨画画纯粹是出于爱好,小时候家住在文化馆边上,文化馆里有一个自北京下放回乡的画家,张晨没事就喜欢去看他画画。他第一次看到那画家完成一幅画时,吓坏了。

刚开始张晨是围着他转,干这干那,后来是跟着学,碰到画家有任务,需要在街边墙壁上画宣传画时,他小小年纪,也跟着在脚手架上爬上爬下。

画家在文化馆只待了短短两年,就回了北京,那时,张晨才读小学三年级。从此,他开始了自学道路。每天回到家,一有时间,他就画啊画,在能找到的任何东西上画。连纸和笔都没有的时候,他就用水把院子里的泥地浇湿,拿根筷子在泥地上画。

他几乎把所有的零花钱都拿来买画画的材料了,去的次数多了,连永城唯一一家卖画材的国营文具店的店员都认识他了。有一个杭城的营业员,和他特别好。

张晨小时候,永城有很多杭城人,因为镇上有好几家从杭城搬来的厂,还有很多之前从杭城来的知青,后来到了永城各个单位上班,这个营业员就是其中之一。

那天,他拿了新到的画夹和速写本给张晨看。那个时候,这两样东西在永城都是稀罕物。店员问他喜不喜欢,张晨当然喜欢,但一问价格,就知道买不起。这个营业员就和张晨说:"你拿走吧,我送给你了。"

"为什么?"张晨吃惊地看着他。

"因为我终于调回杭城了,明天就离开这里了,我很开心,希望你也能体会我的开心,和我一起庆祝。"营业员笑着对张晨说。

那时,张晨已经读初中了。

后来,张晨最喜欢的就是星期天,可以骑着借来的自行车,背着画夹,去镇外写生。

有一次,他在路上摔了一跤,手、腿和脸都被磨破了,但他还是坚持。到了傍晚回来时,路人都看呆了,他们看到一个满身是血,头发上、脸上都是血痂的小孩,骑着一辆二八自行车上飞奔,不知道出了什么事。

初二时,一天,张晨在物理课上画画,那本速写本被物理老师搜走了。老师不仅当着全班同学的面撕掉,而且还让他到黑板前罚站。

等老师转身继续讲课,张晨看着不远处地上被撕碎的速写本,他拿起一张小条凳,就朝老师的头上砸去。

然后,张晨逃回了家,从此再没去学校,父母打骂都没用,校长亲自到家里,向张晨和他父母保证,只要他回学校,学校肯定不处理他。但也没有用,张晨说不上就不上了。

那时候,张晨在学校算是个名人,曾帮学校争取到全省黑板报评比第一名,学校里,几乎所有的宣传画和标语都是张晨画、张晨写的,这让校长每次陪上级领导视察时,都获得不少的赞誉。

没有了张晨,校长和班主任都觉得挺遗憾的,私下里也怪那个新来的物理老师多事,张晨又不是只在你物理课上画,他什么课上不画画?好在他只是自己画画,并不影响别人,好过那些在课堂上调皮捣蛋的,其他老师上课时,看到张晨画画,都会当没有看见。

再说,你要收他的速写本,收了也就收了,叫到办公室里,让他写份检讨再还给他就是,你给人家撕了干吗?谁不知道速写本是他的命根子。

可怜的物理老师,头被张晨砸了,但同情他的老师和同学,一个也没有。

物理老师后来想想也觉得自己有些过分,再加上张晨是差生,但还不算是坏学生,他要真的因此辍学,作为老师,他也会一辈子不安。

他请同学带他去了张晨家,亲自和张晨谈心。陪同去的同学说,老师都几乎到了声泪俱下的程度,张晨还是没答应回学校。

后来连他父母也不敢再逼他,他们看到,张晨一个人在家画画时,好像很是快乐自在,但只要一说上学,就马上翻脸,目光阴冷。

他父亲说,从来没有看到过一个小孩会有那样的目光,看样子是真的狠了心,再逼他,别逼出事来。好在画画也算一门手艺,画得好,以后也不至于没饭吃,也就由他了。

到了十八岁那年,别的没考上大学的同学,大多待业在家,都还在为工作发愁,而永城婺剧团的老团长和美工竟亲自找上门,要招张晨进团。

那美工是杭城人,当知青到了永城,被招进永城婺剧团,一同下乡的女朋友,后来成了他的妻子,早就回杭城了,是浙江话剧团的演员,老丈人是省文化厅的副厅长,他妻子四处活动,都联系好了,浙江话剧团也同意要他,但在永城婺剧团被老团长卡住了。

老团长说:"你要走可以,但一是要给我们团从省厅弄两个户口指标,二是找一个美工替代你的工作。"

永城才多大,有几个画画的、谁画得好,美工当然知道,他当即推荐了张晨。至于两个户口指标,他丈人也想办法帮他搞到了。那时,徐建梅和冯老贵都是农业户口,给永城婺剧团的两个指标就给了他们。美工又带着老团长亲自去了张晨家里。

张晨的父母一听说儿子进去是作为特殊人才,马上就有事业编制,哪里会不愿意。张晨和美工本来就熟,平时还叫他老师,到了剧团,工作也是画画,连颜料也不用自己花钱买了,他自然也乐意。

就这样,张晨到了永城婺剧团。

张晨画好那幅画,自己看看也很满意。

"你还是很厉害的,张晨。"张晨对自己说,颇有几分得意。

上岛后这半年,张晨就没有画过画,他说的画画,是像今天这样,画自己喜欢的画,再酸一点,就是艺术创作。

那些效果图虽然也是画,但这画与画还是有区别的。就像刘立杆不会认为那些"大王传奇"是自己的作品一样,张晨也不认为效果图是自己的作品,在剧团画的布景、广告公司画的广告也不是。

作品是一种创作,是心力与脑力的一种满足,就像现在这样。而效果图和布景,不过是谋生的手段,是一种技能,就像鞋匠能修鞋,木匠能使刨,没什么了不起。

建强他们下午的时候还是在家,干着自己原来的营生,只是他也开始挑客了,不再是迫不及待,不再是从马路上拉,什么样的客人或价钱都会接了。佳佳也是。

把现在的佳佳和以前的佳佳比,张晨觉得,如果是李老师在这里,他肯定马上会说,这区别就是,一个是谭淑珍,一个是徐建梅,虽然一样声音亮丽,一样抑扬顿挫、欲语还休,但是——

"徐建梅,你能不能情绪饱满一点?"李老师总会这样和徐建梅说。

怎么拿以前的佳佳和现在的佳佳比起了谭淑珍和徐建梅?该死!张晨自己也哈哈大笑,笑完再看手表,完了,已经下午两点多,大半天的时间过去,那大堂和中庭还在天上飞呢。

张晨赶紧拿起那幅画又看了看,再夸夸自己,然后小心地收好。他决定等周六的时候把这画送给金莉莉。他们离开永城的时候,一幅画也没带,现在终于有了一幅不错的作品,金莉莉可以拿去,挂在自己的房间里了。

张晨在桌上重新铺开了纸和笔,深吸了口气,又把包里的速写本拿出来,翻到昨晚画的那些平面图,搭积木一样,努力想让这些平面图立体起来。但努力了半天,大脑还是一片空白。要死啊,都下午两点多了,明天要交稿的,你还是一笔都没画出来。

张晨啊张晨,你厉害个鬼啊!张晨骂着自己。

他倒在床上，觉得自己越着急，大脑就越是一片空白，索性不去想了，而是躺在那里，看着窗外风吹动树叶，把一些细碎的光斑吹进房间的天花板，肆意摇曳着。

那只蜘蛛，还在墙角，只是今天换了一边蛰伏。

张晨听到隔壁的雯雯和倩倩午睡起来了，在唱歌——她们好像总有唱不完的歌。

两个小姑娘的歌唱得很好，要不是今天有任务，就这样躺着听她们唱歌也很不错……

哎呀，怎么又想到任务了？别想，别想。

他迷迷糊糊，觉得自己睡着了，然后又猛地惊醒。看了看时间，已经下午快四点了。

张晨叹了口气，站起来，走到门边，打开了门。

雯雯和倩倩已经没有在唱歌了，两人好像在涂指甲，一边涂一边咯咯笑着。

张晨来到走廊，又是一惊。他看到义林妈回来了，正在收拾楼下的杂物间。她把一堆渔网拿出来，扔在地上，然后又拿出一个船桨，竖在水池边的墙壁上。

刹那间，张晨眼睛一亮，他匆匆跑下楼。

义林妈再从杂物间出来，吓了一跳。她看到张晨站在水池边，手里拿着那个船桨在看，好像以前从来没见过似的。这个大陆仔，一边看还一边傻笑。

"张晨哥，那是什么？"楼上的雯雯看到张晨拿着船桨，就问道。

张晨把船桨拿在手里，拿出自己以前在剧团跑龙套的劲，刷刷挥了两下,朝雯雯念白:"此乃青龙偃月刀是也!"

义林妈和雯雯都被他逗笑了。义林妈朝张晨不断地挥手,意思是,送给你了,拿走吧,拿走吧。

张晨和义林妈说了声"谢谢",就拿着船桨匆匆上楼。他觉得船桨就是一个开关,吧嗒一下,他的灵感突然就全有了。

张晨拿起铅笔,刷刷地画了起来。他画出第一支船桨,接着画出第二支……无数支船桨从地面升起,越来越多,越来越粗,像一棵大树裸露的树根,又像是龙卷风,升到天花板时,一圈圈绕出去,像漩涡,又像涟漪,把整个顶面布满。

既然是船桨,那整个吊顶自然是蓝色的。海蓝色的吊顶需要足够的光,可以把灯藏在这些船桨组成的漩涡里。这还不够,达不到酒店大堂需要的亮度。张晨就在顶上画出一粒粒的水珠,还大小不一,不规则状,看上去就像一个个大大小小的泡沫。

酒店的服务台就沿着这船桨的树根绕了一圈,地面,用一种意大利进口的浅灰色又泛着一点绛红的、光泽度特别好的大理石。张晨想象着,当灯光打亮的时候,浅灰色的地面也泛着一层淡蓝色的迷离的光泽,会给人一种梦幻的感觉。

大海,不就寄托了人类最多的梦想吗?海南,不就是人们带着好奇和遐想,带着对大海的憧憬而来的吗?有什么能比一个梦幻的主题更能体现海南酒店的特色?

大堂设计好了,那商场的中庭就变得简单了。酒店是船桨组成的漩涡和龙卷风,那么到了这里,就该有一条憩静的、搁浅在沙滩上的船了,边上有椰树和草木凉亭,让人在购物的疲倦和兴奋之后,会有刹那的宁静。

张晨画好了两张效果图，坐在那里，内心一阵满足。刘立杆回来后，看了一眼，叫道："惊艳啊！"

雯雯和倩倩去上班，路过门口，刘立杆赶紧叫道："进来，进来，来看看你们晨哥的设计。"

两人过来一看，都"哇"地叫了一声，一个说："真高级！张晨哥，原来你拿了那破东西是来做这个，这破东西，还可以做得这么高级啊！"

另一个说："这比我们KTV漂亮多了。"

刘立杆笑道："看看，听到没有？大众空间，就要听听大众的声音。"

可能是精神完全放松的原因，张晨一觉睡到上午十点才醒来。他拿起那两张效果图看了看，觉得没什么可修改的，就晃荡着下了楼，决定先去吃碗粉。

他不想太早去公司，太早交稿，其他人会觉得他在显能，或者怀疑他是从国外的哪本书上抄来的。而谭总为了显示自己的英明，很有可能也会提一点这里那里的意见。你不根据他的要求改吧，不好；根据他的要求改，自己又不甘心。

这也是张晨在剧团总结出来的经验。他画布景也是这样，你太早画完，老杨会啰里吧唆，局长、副局长到剧团审剧，实在没什么可说的，也会对布景和道具提出这里要加一点，那里要加一点。

就是什么阿猫阿狗，闲着无事，也会过来指指点点。你要听他们的，累死不说，很多时候，这些意见实在是狗屁。

张晨知道罗中立那张著名的油画《父亲》就是这样，本来罗中立都已经完成了,也是哪个狗屁领导看了,说没有反应出农民的新面貌,和旧社会的农民一样。

搞得罗中立最后无奈,只能在父亲的头巾里插一支圆珠笔,表明这是个有文化的老农民。这支笔最后成了一个败笔,成为最让人诟病的地方。谁会是因为需要感受农民的新面貌去看《父亲》的?

张晨每次都磨磨蹭蹭,让老杨急个半死,但又从来没有误过事,总会在需要布景的前一天把布景全部完成,你要再改,颜料就干不了了,布景就不能卷了。

后来,老杨看出了这是张晨的狡猾,也明白了,也就懒得再催他,反正他自己会掌握时间。

到了粉店,张晨发现那两个边吃粉边打台球的家伙也在,张晨疑惑,他们不需要干活儿吗? 他们靠什么养活自己呢?

每个人的存在对别人来说,还真的都是一个谜啊。

汤粉里放了很多辣酱,出了一头的汗,张晨觉得说不出的舒服。回到家里,他把脑袋伸到水龙头下冲了一会儿,也不急着回房间,就那么趴在过道上,头发上的水滴滴答答滴下去。义林妈走出来仰头看看,见这个大陆仔又在发神经,就冲张晨笑笑,回房间去了。

早上十点多钟的太阳已经很热,有水汽从头上蒸腾出来。张晨甩了甩头,走回房间,用毛巾随便擦了两下,这才拿起包和画夹下楼。

头发还是湿的,摩托车在滨海大道上飞驰,张晨感觉自己整个人都和头发上的水一起蒸发掉了,身子越来越轻。

小马看到他,显得特别热情,明明中午了,还和他说"早"。

放下包,看了看左右那几个设计师,大家都低着头,很紧张的样子。

小谢凑过来,问他:"你的好了?"

张晨说:"好了。"

"小心一点。"小谢提醒道。

张晨点了点头,拿着画夹,去了谭总的办公室。谭总坐在会议桌前,桌上摊着七八张效果图。谭总眉头紧锁,脸色铁青地盯着它们看。

见他进来,谭总赶紧问:"小张,你的好了吗?"

张晨说:"好了。"

"快快,快拿过来。"谭总迫不及待地说。

张晨走到近前,瞄了一眼。他知道谭总为什么愁苦了。桌上这些效果图都中规中矩,没有一张出彩的,更要命的是,内行人一看就知道,这都是急着赶出来的命题作业,完全是在东拼西凑,没有一个鲜明的主题。

人家要是根据你这个来装,那还不如不装修。望海楼又不是新酒店,重新装修总要比原来的有些新意,让人看出重新装修的必要和价值。桌上这些,还不如现在大堂里那幅巨型浮雕呢。

会议桌上摊满了,张晨迟疑着。他回头看看,考虑是不是把画夹放茶几上,再把里面的效果图拿出来。

谭总似乎知道了张晨的犹豫,两手一推,把面前的那些画都推到了两边,有两张还掉到了地上。

"来来,放这里。"谭总说。

张晨把画夹放下,打开,从里面拿出了自己的效果图,摊在谭总面前。

"哎呀!"谭总像被烫到了一样,惊呼了一声,接着是一迭声的"有意思了,他妈的有意思了哈"。

然后他长长地吁了口气,脸色也和悦了,看看张晨的效果图,又用手指敲着桌子,骂道:"你看看这些是什么,也不知道哪里抄来的。好了,把你这个裱起来,我待会儿就带它了。"

效果图光这样给客户看是不行的,需要把它裱到KT板上,再做一个黑框,这样才显得坚挺和高档,也方便客户把它和其他公司的效果图一起靠墙竖着欣赏和比较。

张晨找来美工刀、长尺和KT板,去了会议室。虽然他没有说话,但其他设计师都明白了——谭总是选中了张晨的效果图。

他们到会议室看了,也都觉得好。小谢叫道:"这也太炫了吧!张晨,你怎么想到的?"

"意外。"张晨笑笑,"我是看到楼下房东在晒船桨,意外就想到了这个点。"

"他妈的,我怎么就没有这样的意外!"小谢感慨道。

"好了,幸好张晨来这一出,不然我看谭老大那脸就快绷不住了,万幸,万幸。"有人拍了拍张晨的肩膀。

张晨把两张效果图裱好,送去谭总那里,接着就离开了公司。两天没去工地,也不知道那里的情况怎么样。

等张晨从白沙门工地回到东北菜馆,已经下午两点多了,工地上的工人正被二货拿着根木线条从工地的各个角落打醒。

二货看到张晨就问:"有没有吃中饭?"早上那碗粉吃得迟,张晨并不感觉饿,就说吃了。

"任务完成了?"二货问。

张晨说:"完成了。我现在正式接管工地,你要干什么就去吧。"张晨知道二货已经猴急,再说,他不在工地,工地还能清净一点,这家伙在,搞得鸡飞狗跳的,还不如早点滚开。

"太好了!"二货兴奋地叫道,嘿嘿笑着,一转眼就不见人影了。

下班时,张晨把工地上该安排的活儿都安排了,这才离开。今天是周末,金莉莉要来,刘立杆刚刚拉了个广告,是卖香港出产的卡式炉的。那时,这东西在海城还是新鲜玩意,义林家楼下的杂物间里,就堆了四大箱的炉子和十几箱的气罐。

他们从来没用过这个东西。不过,刘立杆说,那个鬼佬告诉他,这东西拿来打边炉最好。他和张晨约好,今天莉莉回来,他们也在家里打边炉。

张晨骑着摩托车往老城区跑,去东门市场买海鲜。二货告诉他,东门市场这个点儿海鲜最便宜,那些摊贩到这个点儿,都急着卖了回家。

张晨把买来的海鲜放在水池里,却有些束手无策。

买的时候,他根本没想过该怎么处理,特别是鱿鱼。

义林妈和义林正在吃饭,看他这样,义林妈就把碗放下,走到水池边,轻轻推了推张晨,意思是让他走开一点。

张晨移开两步,看到义林妈把水龙头打开,哗哗地清洗起来,该去的去,该留的留,鱼的内脏,她连剪刀也不用,就用指甲在鱼腹掐出一个小洞,手指伸进去一掏,就把整个内脏掏了出来。

她洗的动作太熟练、太快了,张晨看得眼花缭乱。金莉莉和刘立杆下来也看呆了。金莉莉道:"义林妈,你这也太快了,简直就是电影里的快镜头啊!"

也不知道义林妈有没有听懂,她回过头来,冲他们笑了一下。

不过几分钟，两大袋海鲜就清洗好了。张晨和金莉莉他们正想接下来怎么切，义林妈叫了一声"咿呀"。

义林明白了，小跑着拿来块砧板和一把刀。义林妈手里舞着菜刀问他们，这些海鲜准备干什么。

"打边炉。"刘立杆说，又指指杂物间。

义林妈明白了，转过身，该切片的切片，该剁块的剁块，不一会儿，就把两袋海鲜处理好了，又在水龙头下清洗了一遍，交给他们。三人赶紧道谢。

刚回到楼上，不一会儿义林上来了，给他们端来了一罐他们之前在那家羊肉火锅店吃过的那种黄黄的、黏黏的什锦酱，还有一碗小青橘。金莉莉见了大喜。

张晨让义林一起吃。义林摇了摇头，说他刚吃过，直等到刘立杆把气罐装进卡式炉，点着，他才放心地走了。

三人按各自的需要调好了酱料，然后就盯着卡式炉上的锅子，急迫地等水开。

不一会儿，义林和他妈又上来了。原来，义林刚刚下去，和他妈说了半天，也没说明白这个炉子怎么用，义林妈就决定自己上来看看，搞懂了，她明天卖的时候，就可以向客人示范了。

刘立杆和张晨他们赶紧起身。刘立杆把卡式炉的火关了，张晨把炉上的锅子端走。炉子还有点烫，刘立杆就用一张餐巾纸垫着，从头到尾教了义林妈怎么装罐，怎么点火。义林妈自己动手做了一遍，学会后，开心地笑了。

金莉莉让义林妈坐下来一起吃。义林妈说不吃了，就领着义林下楼,临走时,她还拿起他们桌上的那瓶酱油看了看。

过了一会儿,义林又上来了,拿上来一瓶酱油,说:"我妈说了,你们这个调蘸酱不好吃,用这个。"说完,转身下楼了。

三人将信将疑,金莉莉先动手,用义林拿上来的酱油重新调了一碗蘸酱,调完用筷子蘸着放嘴里尝,刚尝完,她就挥舞着筷子叫道:"快换,快换,差太多了!"

这一顿,他们吃太多,也知道海南人为什么那么喜欢打边炉了。新鲜的海鲜打边炉,味道太鲜美,特别是再配上蘸酱和小青橘,金莉莉说:"我不想去大酒店吃了,我不想去外面吃了。"

张晨笑道:"那我们以后就经常在家里打边炉。"

"好,我赞成!"金莉莉举手。

吃之前,本来说吃完去看电影的,但现在三个人谁也不想动。两边的邻居都不在家,义林母子又很早睡,整个院子,除了他们这里,漆黑一团,显得很安静。

张晨把房间的灯也关了,三个人坐在走廊上聊天。

十二月份,风吹来已经有些凉意,对海南本地人来说,现在已是冬天,他们都穿上了两用衫。但对他们这些内地人来说,特别是经受过江南刺骨寒冷的他们来说,这样的天气,穿件长袖衬衣,再来一些凉爽的风,那就是正好。

他们遥想,永城已经要穿大衣和棉衣、棉裤了。

"我们那个鬼房间,风嗖嗖地从门缝、窗缝钻进来,躲在被窝里都还是冷。"金莉莉说。

"我们也一样啊,谭淑珍把所有能盖的东西都盖到被子上,我笑她就差锅盖和马桶盖没有盖上来,她就打我,打一打,才暖和一些。"刘立杆笑道。

三人都庆幸自己来了海城,都对谭淑珍、徐建梅和冯老贵深表同情。

刘立杆说:"你们有没有感觉,到了海南,这里虽然很苦、很累,钱比永城是多了很多,但一比物价,其实也没有多赚多少,但人好像比在永城充实。现在叫我回去,我是绝对不会回去。"

"我也不会。"金莉莉说,"我现在想起自己在轴承厂的日子,都觉得要闷死了。"

"张晨,你呢?你想不想回去?"刘立杆问张晨。

张晨没有回答,而是说:"记不记得在剧团时,我们天天怨天尤人,骂团里,骂局里,骂县里,好像全世界都欠我们似的。但到了这里,好了,没的怨了,你好不好,都是你自己的事。你好,是你自己有本事;不好,那就是自己没本事。满大街走着的人,办公室里的每一个同事,没有一个欠你的。"

"对对,就是这个感觉。"刘立杆说,"以前要是有人和我刘立杆说,你这王八蛋,以后每天要洗楼,要整天看别人脸色,要像个要饭的,被人赶来赶去,我绝对不会相信,但是现在,哈哈,你们看我乐此不疲,每天没人挖苦我两句,冷眼看我两眼,我他妈的都不习惯了。"

"没错,你就是个贱人!"金莉莉笑骂道。

张晨想起他的画,就拉开灯,对金莉莉说:"莉莉,你来看。"

"干吗?"

张晨从画夹里拿出他前天画的那幅画:"送给你,挂在你房间里。"

金莉莉拿着画,看着张晨,问:"哪里来的?"

张晨笑道："当然是我画的。"

"在这里画的？"金莉莉奇道。

"当然。"张晨有些得意地说。

"你到了海南，还有心思画这些东西？"金莉莉问。

"到海南怎么了？到哪里我也是一个画家。"张晨说。

"画家，哼，你知不知道，在这里，画家不值钱。"金莉莉说，然后，她马上意识到自己的话说重了，改口道，"我是说，你怎么会有时间和精力？"

"我就是条鱼，也要浮出水面，吸一口气啊。"张晨说。

"可你不是鱼，是鱼也不用跑到海南来了，在钱塘江就好。"金莉莉说着，把画放到了桌上。张晨愣在了那里。

金莉莉坐下来，继续说："杆子，你上次说那个什么老师，还是个知名作家吧，有屁用，还不是连办公室都没有？我和你们说，海南就是这么现实。"

张晨看了眼桌上的画，把灯关了，走了出去。黑暗里，他倚着栏杆，看着外面，不再理会金莉莉。

金莉莉问刘立杆："杆子，你说我的话有没有道理？"

"不要问我，我现在每天已经没有思想了。"刘立杆说。

"你们看看人家启航，北大的，都晒那么黑了。"金莉莉说。

刘立杆道："我们也不差啊，也很努力啊。"

金莉莉冷笑道："人家是真北大，我听林一燕说，陈启航马上要当他们公司的副总了。"

刘立杆和张晨都不吭声了。远处，又有人在唱歌："她总是只留下电话号码，从不肯让我送回家，听说你也曾经爱上过她……"

第二天早上，张晨醒来，发现金莉莉不在，以为她去洗手间了，等了好久也没见回来。张晨爬起来，看到桌上有金莉莉留的一张字条："亲爱的，公司有急事呼我，我先回去了。你还睡着，就不吵醒你了。莉莉。"

金莉莉的字条边上，就是张晨的那幅画。张晨把字条撕了，把那幅画也拿起来撕了，都丢到墙脚的垃圾堆里，回到床上，继续睡觉。

刘立杆起来的时候，看到地上被撕碎的画，回头看看床上的张晨，想问他，想想又没问，摇了摇头，出去洗脸刷牙了。

张晨睡到中午才起来。刘立杆问他："莉莉怎么走了？"

张晨瓮声瓮气地说："公司有急事。"

刘立杆看了看地上的画，想了想，还是没有开口。等张晨洗脸刷牙回来，刘立杆又问："今天我们做什么？"

"睡觉。"

"你不是刚刚才起来？"

"还想再睡。"

"那总要先吃饭吧。"

"我不吃了，你去吃吧。"

两人正说着话，张晨的BB机响了，他看了看，一声不吭地走了出去。过了十几分钟，他回来了，手里还提着两碗腌粉和一袋卤菜，看上去心情比刚才好多了。

"什么好事？"刘立杆问。

"刚刚我们谭总呼我，说昨天他把我的效果图给了望海楼的符总，结果符总今天就打电话给他，说是想约他和设计师见见面。谭总认为，我们的方案有戏。"张晨笑道。

"太好了！要是这个项目能拿下来，张晨，我和你说，赚多少钱无所谓，望海楼的装修是你设计的，这个就牛了，作为设计师，你在海城，甚至整个海南的名气可就打下了！"刘立杆兴奋地说。

张晨嘿嘿笑着："我也是这么想的。"

"那你还等什么，还不快去？"刘立杆说。

"人家是请我们晚上七点在望海楼吃饭，我现在去干吗？"张晨奇道。

"天呐，张晨，望海楼的老板请你在望海楼吃饭？你牛大发了，你知道海城有多少人想请他吃饭都请不到？"

刘立杆说着，把张晨带回来的几个塑料袋都翻了一下，叫道："这么大事，你怎么没买酒？不行，不行，我去买酒，一定要庆祝一下，可惜莉莉不在。"

说着，他就起身跑了出去，过了一会儿，提着四瓶啤酒回来，又买回了一些卤菜。

第十九章 一则以喜，一则以悲

两人正喝着酒，突然听到下面有人叫"咿呀"，急急地说着什么。他们听不清，只听到"咿呀"哇的一声哭了起来。

二人赶紧跑下楼，看到"咿呀"站在院子里哭。刘立杆问来人："出什么事了？"

那人急急地和他们说，义林妈给客人示范什么炉子，结果那炉子爆炸了，把义林妈炸伤了，现在人被送去了医院。

刘立杆和张晨一听，心里一凛。他们都明白，一定是那个卡式炉爆炸了。刘立杆急问："在哪家医院？"

对方说是农垦医院。

张晨掏出摩托车钥匙："快走，我们过去。"

刘立杆一把夺过钥匙，对张晨说："你忙自己的事去，我带义林过去。对了,身上有没有钱?"

张晨把口袋里的钱都掏出来,塞给了刘立杆。刘立杆要还他一百元:"你等会儿打车。"

张晨摇了摇头,说打车的钱,包里、抽屉里找找肯定还有。

"你们先去,有事呼我。"张晨把义林抱到摩托车后座,和他说抱紧杆子哥的腰,二人马上就走了。

刘立杆带着义林到了农垦医院,义林妈正在抢救。刘立杆问了医生,医生告诉他们:"目前暂时没有生命危险,但因为手上、脸上大面积烧伤,我们正在做紧急处理,给她降温、清除呼吸道异物和补充体液,因为患者同时还被很多爆炸物……"

"好好,医生,你说的这些,我们不懂,你们就请最好的医生,用最好的药,用最好的医疗设备,哎呀我不懂,反正就是尽全力治疗,求求你了,医生。"

"你是她家属?"医生问。

刘立杆拉过一旁的义林:"这是她儿子。"

医生皱了下眉头:"有没有成年家属?"

"我,我住在他们家。"刘立杆指了指自己。

"你们是什么关系?"医生问。

什么关系?刘立杆拍了拍义林的肩膀:"我是他哥。"

医生狐疑地看着他们两个。刘立杆急了:"医生,你问这么多干吗?要交钱我去交,要签字,义林,医生让你在哪里签字你就签哪里,好不好?"

义林拼命地点头。

医生说:"那好吧,你先去交押金。"

"多少?"

"八千元吧。"

"好好,没问题。"

刘立杆把口袋里所有的钱,包括张晨塞给他的,都拿出来数了数,也只有两千多元。他对义林说:"义林,你就在这里,不要走开,哥哥去银行取钱。"

义林点了点头。

刘立杆骑着摩托车,跑了两家银行,因为是星期天,银行都不开门,那时也没什么ATM机。刘立杆无奈,只能呼了金莉莉,把事情和她说了。金莉莉身上也没那么多的现金,她说:"你别急,杆子,我来想办法。保险箱有钱,但我不能动,我要去问夏总借。"

刘立杆说:"好,那我过来你们公司等。"

"不用了,杆子,你去陪着义林,别把义林又弄丢了。在哪家医院?我送过去。"金莉莉说。

刘立杆告诉她在农垦医院,然后就急急地回医院,看到义林乖乖地坐在椅子上,立马松了口气。

刘立杆带着义林去医院大门口等。过了十几分钟,老包开着车到了。金莉莉和老包下车,金莉莉把一万块钱交给了刘立杆,说是问公司借的。刘立杆掏出自己的存折,对金莉莉说:"密码你知道,明天你去取了吧。"

金莉莉叫道:"哎呀,你先别管这些,快去交钱,他们不见钱不抢救的。"

刘立杆赶紧跑去缴费窗口,很多人在排队。刘立杆也不管了,插到最前面。后面一堆人大吼。刘立杆抬起手对他们说:"对不起,对不起,我们病人在抢救,对不起了!"

刘立杆把押金交了,又跑到医生那里,把单子给他,然后才跑回医院大门口。

金莉莉、老包和义林站在那里,老包问怎么炸的。

刘立杆就把那人说的告诉了金莉莉和老包。老包点了点头,说:"可能是产品质量问题。"

"要死,那我们昨晚用,怎么没事?"金莉莉说。

"这产品质量有问题,又不是件件都有问题。"老包说。金莉莉和刘立杆点了点头。

金莉莉说要去看看义林妈。刘立杆说:"别去,现在谁也看不到,你先忙你的事吧,这里我和义林在就可以了。"

"那好,有事情呼我。义林,要坚强哦!"金莉莉说完,刘立杆和义林都点了点头。

金莉莉刚转身,刘立杆想起件事,叫道:"莉莉!"

金莉莉停了下来。老包说:"我先去车上。"

刘立杆对金莉莉说:"莉莉,张晨给望海楼做的设计,可能被确定了,晚上望海楼的符总要请张晨和他们谭总吃饭。"

"真的?"金莉莉叫道。

"当然是真的。本来张晨也要来医院,就因为这事,我让他别来,在家里准备准备。"刘立杆说。

"太好了!"金莉莉握着拳头,小幅度、高频率地在胸前挥舞。

刘立杆犹豫了一下,最后还是问道:"莉莉,你和张晨,是不是有什么问题了？"

"没有啊，我们会有什么问题？"金莉莉奇道，"你想多了吧。"

"没有就好。"刘立杆嘿嘿笑着。

"对了，杆子，这么大的事，张晨为什么不告诉我？"金莉莉问。

"那王八蛋的性格，你又不是不知道，他肯定是想，等事情真正确定了，再给你一个惊喜呗，他怕放空炮。"

金莉莉点了点头。

张晨下午六点半就到了望海酒楼，在门口前厅的沙发上坐着，眼睛却朝四周看着，心里一边在盘算这里如果要装修，应该怎么做，一边又在想，不知道刘立杆那里怎么样了。

坐了十分钟，谭总到了，前厅也多了很多候餐的人。两人走到门口，谭总对迎宾说："我们是符总……"

"知道，知道，是谭先生对吗？"谭总还没说完，迎宾就问道。谭总赶紧点了点头。

迎宾笑容可掬地领着二人穿过大厅，朝里面包厢走。

望海酒楼的规模不大，只有两个楼层，一层是宴会厅，二层是一个大厅加八个包厢，这里以粤式早茶和海南菜出名。

海南菜是粤菜里重要的一脉，另外两脉是潮州菜和东江菜。广州附近的主要以东江菜为主，而潮州菜则因港、澳、潮汕籍的老板多有捧场，让潮州菜变成了花式最啰唆，也最贵的菜系，海南菜则还保留着原来的质朴。

迎宾带着他们进了包厢。这里的包厢，当然不能和南庄酒店相比，无论是面积和豪华程度,都要相差一个档次,而且看上去也比较陈旧了,这大概就是它要装修的原因吧。

符总还没有到,迎宾请谭总和张晨就座,退出去的时候,她和站在门口的服务员悄声道:"符总的客人。"

服务员点了点头,进来为谭总和张晨上了茶。

谭总对张晨说:"这望海楼属于饮食服务公司,符总是饮食服务公司的经理兼望海国际大酒店、望海酒楼和望海商城三家公司的总经理。"

张晨明白了,怪不得那天谭总强调,符总一言九鼎。

"这次装修,符总说了算!"谭总又强调了一次。

两人又坐了一会儿,就听到外面走廊响起一片"符总好"的声音。

"我的客人来了没有?"一个中气十足的声音问。

包厢里的服务员赶紧跨出几步,冲着走廊笑语道:"符总,客人已经到了。"

谭总站了起来。张晨见状,也赶紧站了起来。

符总走了进来,谭总赶紧迎上去和符总握手。握完手后,谭总介绍说:"这就是设计师,张晨。"

符总和张晨握手,笑道:"不错,不错,很年轻嘛。"

张晨赶紧说:"谢谢符总!"

符总和张晨印象中的海南本地人不一样,白白胖胖的,说话也没有海南口音,更像是江浙一带的人,让张晨恍惚间还以为碰到了老乡。

"请坐,请坐。"符总招呼他们重新就座,"不好意思啊,我没有请你们去那些大酒店吃饭,只能到我们这家小酒店吃个工作餐。我实在是太忙了,走不开,这不,上下方便嘛。"

谭总笑道:"符总客气了,望海楼要说自己是小酒店,那这海城,就没有敢说自己是大酒店的。"

张晨也说:"就是,这酒店的大小,不在规模,而在招牌,招牌大的酒店,哪怕只有两桌,都是大酒店。"

符总和谭总对望一眼,笑了起来。符总说:"这小张,说话还蛮有哲理的嘛。"

张晨脸红了,赶紧说:"我是乱说,就是有感而发,让符总笑话了。"

"不会,不会,有哲理就是有哲理,怎么敢笑话。小张,你再说说,你因什么有感而发。"符总笑眯眯地看着他。

"前面进来,看到大厅里都坐满了人,外面等餐的人都快站不下了,我就想,这望海楼的生意就是好。有些酒店,规模搞得很大,装修也很豪华,但到了饭点儿,一个人也没有,又有什么用?"张晨说。

符总开心地笑了起来。谭总说:"小张你刚来岛上不久,可能还不知道,这望海楼的招牌,可是符总一手创起来的。"

"是嘛,那可太了不起了。百年老店,人家是花了几代人才创立起来的,这望海楼,在海城,听起来可就是百年老店啊!"张晨说。

符总摆了摆手,笑道:"不说了,不说了,再说,我都要让你们说得飘起来了。我们这一代人,其他没有,就知道四个字,努力工作,谭总,你说是不是?"

"对对,这还真是,组织交给我们的任务,没有二话,先接下来,再千方百计琢磨怎么圆满地完成。"谭总点点头。

三人一边吃一边聊天。张晨发现,这符总每上一道菜,就第一个动筷子,上完菜后,上菜的服务员并没有马上退去,而是站在一边,拿着纸笔。符总会说:"这个,和厨师说,腌制的时间还不够;这个,和厨师说,过油的时候过了一点;这个,噏汁多了。"

要知道,他所说的厨师,可都是国家特一级厨师,敢对特一级厨师说这样的话的,自己没有两下,是服不了人的。

张晨心里暗暗佩服。

符总看到谭总和张晨都看着他,赶紧摆了摆手:"不好意思,职业习惯。不瞒你们说,我在自己酒店吃饭,就是吃不好,会上火。"

谭总笑道:"符总在哪家酒店都吃不好吧,能让符总完全满意的酒店,恐怕还没有。"

"不一样,不一样。"符总笑道,"在别人酒店,我就不操这个心了。"

吃饭的时候,他们几乎没有说起装修的事。有了上次经历,张晨也算是明白了,真正谈生意,是不谈生意的,两边人不着边际、天南海北地说着,生意自然就渐渐成了,各自应该把握的度和应该做的,也尽在不言中。

金莉莉、刘立杆经常说,海城人谈事情,都喜欢在餐桌上谈。张晨心想,其实也有道理,一个人,我连吃饭都不愿意和你吃,大家还怎么一起吃锅里的肉呢?

生意,不就是炖在锅里的肉吗?

符总似乎对张晨个人的事情很感兴趣,问张晨是哪里人,原来在哪里工作。张晨就告诉他,自己原来在永城婺剧团工作,是美工,画布景的。

"这个永城,是在哪里?浙江还是江苏?我听你口音,是江浙人。"符总说。

"永城是杭城下面的一个县。"

"那我知道了，杭城很不错啊，上有天堂，下有苏杭，我还在楼外楼待过两个月呢。"符总说。

"真的？那符总对杭城应该很了解了。"张晨说。

"年轻的时候去那里学习过，我们这行，哈哈，说学习就是切菜，到了哪里都是切菜。我在广州切过菜，在上海切过菜，去长沙、成都切过菜，到了北京，还是切菜。"符总开心地说。张晨明白了，怪不得符总一点儿海南口音也没有，原来是到过这么多地方。

"符总那时候就在望海楼了？"谭总问。

"没有，在海南地区行署招待所。谭总，你也知道，我们那时的行署，领导是你们部队下来的居多，天南海北都有，我们这些为领导服务的，就去各地方学，争取让他们尝到家乡的口味喽。"符总笑着说，"不过，眼界也打开了，不然缩在这个岛上，哪里知道世界有多大。"

这一餐饭，三个人吃得很愉快。出了望海楼，谭总高兴地和张晨说："看样子，这个项目十拿九稳了。"

张晨愣了一下，然后明白，是啊，人家要是不想和你合作，谁会花这么多时间和你吃饭，和你天南海北地聊天，特别是符总这样的人，工作那么忙，又从来不会缺一顿饭。

"你怎么回去？"谭总问。

张晨说打摩的或"马自达"。这个"马自达"，可不是汽车，而是四面透风的三轮车，海城人把它叫"蓬蓬车"或"马自达"。

"我送你回去吧。"谭总说。

"不用了，谢谢谭总，滨涯村里面那条路，这个点儿很挤，都是夜市，车不好开，我坐个摩的，一会儿就到了。"张晨赶紧说。

"那好,明天见!"

张晨回到家,见义林家黑着,楼上自己房间也是黑的,想起刘立杆他们应该还在医院,他想去医院看看,又担心他们已经转院,掏掏口袋,去的车费还有,要是刘立杆他们不在农垦医院,自己再跑别的医院或者回来,钱就没有了。

张晨跑上楼,找了找,也没找到刘立杆的自行车钥匙,只能作罢。他想,都这个点儿了,刘立杆也该快回来了。

他去冲了个凉,回到床上躺着。四周一片安宁。

等他听到下面摩托车和院门响时,看看手表,已经凌晨一点多了。他赶紧跑出去,趴在走廊栏杆上看,刘立杆一个人回来了。

"义林呢?"他问。

刘立杆抬头看了看他,道:"在他妈妈病房,不肯回来。"

"义林妈怎么样了?"

"还好,没有生命危险。"

刘立杆上了楼,人还没走近,一股臭味就传了过来。他手里好像提着个塑料袋,等他走进光线,张晨吓了一跳。他看到刘立杆浑身上下都是泥,污浊不堪,一件白衬衫都变成黑的了。

他把手里的塑料袋扔在门口走廊,咣啷啷一阵声响。张晨问:"你干什么了?摔臭水沟里了?"

"爬垃圾山去了。"刘立杆一边说,一边用脚踢了踢地上的塑料袋,"为了找到这破玩意儿。"

"这是什么?"张晨奇道。

"等会儿再说,我先去冲凉,你帮我拿下毛巾和短裤,臭死了。"刘立杆说着,就在走廊上把衬衣和裤子都脱了,扔在地上,就剩下一条内裤,跑去洗手间。

等刘立杆冲完凉回来,张晨问他:"说吧,怎么回事?"

"他妈的,我在医院,幸好老包提醒了我。"刘立杆说。

"老包?哪个老包?"张晨问。

"你认识几个老包?当然是莉莉公司那个。"

"他去医院干吗?"

"送莉莉啊。医院里要交八千块钱,我没那么多,就呼了莉莉,莉莉从他们公司借了一万元送过来。"

张晨明白了,不再说话,看着刘立杆,等他继续说下去。

刘立杆说:"那个老包,提醒我卡式炉爆炸,很有可能是产品质量问题,我就想把那个爆炸的炉子和气罐找回来。这是证据啊。结果跑到那地方,炉子和气罐早被环卫工人扫走了。我就追到环卫所,他们告诉我,垃圾已经被垃圾车运走,垃圾车去了垃圾场。"

"你就跑垃圾场,找了这垃圾回来?"张晨不解道,"你想干吗?"

"去找那个鬼佬,他们的产品质量有问题,爆炸了,他们不负责谁负责?"刘立杆说。

"人家是送给你的,不是卖给你的。"张晨说。他觉得这件事有点悬。

"不管卖不卖,他们的东西出毛病,总要负责吧,再说,他们也不是送,是抵广告费,还是算了钱的。"

张晨摇了摇头:"我觉得难。"

"不管，死缠烂打呗，不然怎么办？接下去，还不知道要多少钱，这孤儿寡母的，每个月就靠几百块钱房租过日子，他们哪里有钱？"刘立杆说。

"好吧，我支持你。"张晨说，"需要我帮忙就说一声。"

"你能帮什么忙？"刘立杆笑道，"拿个斧头去砍鬼佬？"

"万一你需要在他们公司门口贴大字报呢？"

"好了，好了，都用不到，前面翻垃圾的时候我就想到办法了，山人自有妙计。"刘立杆笑道。

"什么妙计？快说来听听。"张晨急道。

"不能说，说了就不灵了。走，陪我去吃宵夜，我从中午到现在还没吃过东西。"刘立杆说。

两人下楼，刘立杆问："对了，你怎么样？"

"不知道，吹了一个晚上的牛，都没说工程的事。不过，我们谭总说，这事十拿九稳了。"张晨说。

"太好了！"刘立杆叫道，"今天真是一则以喜，一则以悲啊！"

第二天，刘立杆出门，没有去洗楼，而是直接去了那个香港人的公司，看到他们公司一片忙碌的景象。公司的副总见到刘立杆很高兴，对他说："效果不错，广告的效果不错，我们正在考虑要不要追加广告投入。"

刘立杆对他说："我今天不是来谈广告的事的，你就是打算投入再多，我也没有心情谈。我是来处理一件麻烦事的。"

"什么麻烦，我能不能帮忙？"副总说。

"这个，还真的需要你帮忙。"刘立杆看了看周围，"这里人太多，我们去会议室谈吧。"

到了会议室，刘立杆把那个塑料袋放到会议桌上，说："看看，这就是你们的炉子。"

副总盯着桌上的这堆破烂，惊呼道："怎么会这样？"

"你问我，我问谁去？"刘立杆说，"现在人被炸了，住在农垦医院，已经有记者过去了，我让家属先不要接受采访。"

副总一听，脸都白了，说："刘记者，你等等，我去把老板叫过来。"

过了一会儿，香港老板来了，他一见会议桌上的东西，也傻眼了，看看炉子和残缺的气罐碎片上，确实是自己公司的商标。

"不可能的，我们的产品没有问题，一定是用户使用不当。"老板急急地辩解道。

刘立杆说："我们现在不是争谁的责任问题，而是商量。这个事情要是扩散开来，影响到底会有多大。你看，你说产品质量没有问题，那用户说，就是质量问题，最后怎么办？"

"那就请权威机构检测。"老板说。

"对，肯定是这条路，但这个过程有多长？一个月？两个月？"刘立杆说，"问题是新闻媒体会追踪啊，卡式炉这么个新鲜玩意儿，发生爆炸把人炸伤，这是新闻热点啊。我已经接到好几个同事的电话来问我这事了，我都让他们暂时别管。但要是双方一闹，这事肯定瞒不住。

"就这一两个月，我敢保证，肯定没有人会买你们的产品。那些买了的，也不敢用，要找你们退货。

"而且，不仅仅是海南，海南你们是最早推广的是不是？你们也知道，我们媒体对这种有热点的、有点耸人听闻的新闻肯定是会互相转载，那个时候，就不是海南，而是全国都知道这件事了。那你们的产品还卖得出去吗？市场还打得开吗？"

老板和副总都沉默了。刘立杆看了看他们，继续说："再退一万步说，最后检测的结果，确实是用户操作不当造成的，又能怎么样呢？你们大不了是不赔钱，但商誉已经损失了。人家会觉得，你们这个产品太可怕了，和手榴弹一样。"

老板不服气地说："怎么会和手榴弹一样？刘先生，你这个说法，我……我……我……"

"好好好，算我夸张了。但话说回来，手榴弹操作正确，伤到的是敌人；操作失误，也是把自己炸掉，你这个炉子，好嘛，一操作失误，就会把自己炸飞，这操作失误的代价也太大了。我就不说它和手榴弹一样，但你们想想，谁还敢买你们这个产品？"刘立杆问。

老板和副总面面相觑。过了一会儿，副总问道："那刘记者，你说，这个事情怎么处理？"

"按我说的，那个被炸到的女士，孤儿寡母的，很不容易，这种一上新闻，肯定会引起广泛同情。我的意思是，我们也不要追究是谁的责任了，你们，就当是做慈善，把这事担起来。"刘立杆说。

双方最后协商的结果是，义林妈的医疗费、营养费和误工费由他们公司全部承担，另外，一次性给予三万元慰问金。

"好了，现在，我们可以来谈广告的事宜了。"刘立杆说，"我承诺你们，不管是在《海城晚报》《海南日报》，还是其他媒体，我一律八折。"

刘立杆心想，你们做慈善，他妈的我也当是为你们做慈善了。

几天时间过去,望海楼那边静悄悄的,谭总有些坐不住了。他打电话给符总,问了一次,符总说还在研究,就把电话挂了。谭总也不好多问。好在他从侧面了解到,海城其他几家大的装修公司也没有接到这个项目,甚至,他们连第二次见到符总的机会都没有。

　　那天吃饭,从各方面看,谭总觉得,一切都是对自己有利的信号,这个项目,凭以往的经验,按说有十足的可能拿下,现在怎么会这样?

　　在没出方案之前,望海楼内部的消息是说,这个项目很急,年前就要定下来,要递方案赶紧,不然就赶不上了。但几家方案递上去后,内部的消息又说,一切又静悄悄了。

　　谭总捉摸不透这符总葫芦里卖的是什么药,是自己的药下得还不够猛,还没有给承诺? 可是,符总连一点暗示或者在电话里谈的时间也没有给啊,虽然自己拐弯抹角暗示过,是个人都能听出是什么意思。

　　谭总因此忧心忡忡。他看到张晨回公司了,便将他叫进办公室,问:"小张,你回想一下,那天晚上,我们有没有什么话让符总觉得不开心了?"

　　张晨已看出谭总这两天心神不宁,其实不用看,他自己何尝不是如此? 他把那天晚上的情景不知道在脑子里过了多少遍了,最后的结论都是,虽然他们没谈到项目,但大家确实很愉快。

　　张晨摇了摇头,说:"没有,我记得符总一直都很高兴。"

　　"是啊,我也这么认为。"谭总疑惑道,"也不知道这老狐狸葫芦里卖的是什么药。"

　　两人想了半天,也没想出其他理由。张晨说:"会不会是有人,比如说符总的上级,凭关系插手了?"

谭总说有这个可能，不过想了一会儿，又否定了。他说："你不知道这老狐狸，职务不高，但根太深了，在海城，甚至海南，一般的人根本不敢动他碗里的肉。你知道别人叫他什么吗？"

　　"不知道。"张晨摇了摇头。

　　"海霸天！"

　　谭总跷了跷大拇指，继续说："一个装修工程，我们觉得很大，可这些人是看不上眼的，他们才不要做这种脏活儿、累活儿。再说，要真是这样，这老狐狸就不会遮遮掩掩的，直接就推了，说现在这事自己做不了主，那这事就结束了。"

　　张晨想想也对，还是谭总对这些人门儿清。

　　"你去忙吧，现在其他公司也没消息，对我们来说，就还是好消息。"谭总苦笑道。

　　张晨到了东北菜馆，木工班班长看到他，对他说："指导员，刚才有人找你。"

　　"哪个班的？"张晨问。他想，找他的人，肯定就是工地上的。

　　"不是我们这儿的人。"班长说。

　　"刘立杆？"

　　"小刘我们认识啊，是个不认识的人。这个人很奇怪，他问你在不在，我说不在，他还问了其他乱七八糟的事。"班长说。

　　张晨笑道："我有什么乱七八糟的事？"

　　"是啊。"班长说，"他问我们这个工程到底是你负责还是二连长负责，还问我们跟你干了几个工程了，你这个人怎么样，我们佩不佩服你，等等。"

"谁这么无聊?"张晨奇道。

"就是,我也觉得奇怪。"班长说,"他不光问了我,还问了其他很多人。"

水电班的班长正好路过,听到他们的对话,也说:"对,刚刚是有这么个家伙,我都懒得理他。"

张晨更加奇怪了。这会是谁呀,这么闲。张晨问:"对了,他有没有说他是哪个部门的?"

张晨心想,估计是哪个有关部门的,春节快到了,来工地检查。只有这种人,才会问工地到底是谁负责,如果这样,就要向谭总汇报,让财务准备打点了。

"没说,问问就走了。"两个班长都这么说。

张晨也懒得再去想,反正,要检查,那他就还会再来。

快下班时,二货提着一袋子菜来了。他把菜交给张晨,对他说:"我替你把菜买来了,你这大陆仔,去市场怕是会被人痛宰,丢我二货的脸。"

张晨道:"你不是大陆仔? 人家就宰我不宰你?"

"宰我?"二货大叫道,"能宰我的人还没出生!"

张晨要给他钱。二货骂道:"指导员,你这是骂我呢! 快回家吧,这里有我在。"

张晨不再和二货计较,想想工地上的事情也都安排完了,就骑上摩托车走了。这两天他和刘立杆天天都要回家给义林做饭,有时候雯雯和倩倩也会帮忙。做完吃好,刘立杆还要带着义林去医院给义林妈送饭。

刘立杆替义林妈从那个香港人的公司拿到了钱,义林妈千恩万谢,心情大好,再加上医疗费有保障,医院也很用心,病情就好转得很快,再过几天，就可以出院了。

张晨骑着摩托车，也不知道是不是前面听了那两个班长的话的缘故，心里疑神疑鬼的，总感觉后面有车在跟着自己。到了红绿灯路口，他停下回头看，却分辨不出到底是哪辆车。这些车，一辆辆的，也太像了。

张晨回到家，看到刘立杆和义林在下象棋。他就找了张凳子在旁边坐下，问义林："他今天有没有悔棋？"

义林点了点头，看到刘立杆看着他，又赶紧摇头。

张晨明白了，说："义林，他是不是威胁你，待会儿不骑摩托车带你去医院？别怕，他不去，我带你去。"

义林大喜，叫道："那我就将死他！"

义林一个"车"落下来，果然就把刘立杆将死了。刘立杆看看无解，伸手把棋盘搞乱，叫道："不算，不算。义林，现在有裁判了，我们来下军棋好了。"

"你这个癞皮鬼。"义林指着刘立杆，嘎嘎大笑。

张晨把回来路上遇到的事情和刘立杆说了，刘立杆看了他一眼，叫道："你发达了！"

张晨奇道："我怎么就发达了？"

"你没发达，怎么会有人要跟踪和绑架你？"刘立杆笑道，"你也太自作多情了吧？"

张晨本来还想和他说说工地上的事，想想还是算了。不过，刘立杆有句话说对了，自己这么个穷光蛋，无财可劫，要是劫色，口味也太重了。

张晨给他们两个做了两盘裁判，互有胜负，一比一。

第二十章　祸兮福兮

今天晚上,东北菜馆大厅的墙面要刷乳胶漆,张晨要留下来,看大面积的色块出来以后,颜色怎么样,和自己的设计有没有偏差。他和刘立杆说过,今晚他不回家吃晚饭,让刘立杆做给义林吃。

张晨在工地一直待到晚上九点多钟才准备回去。他骑着摩托车,刚出停车场的大门,一辆汽车插到他前面,幸好出大门的时候速度不快,不然就撞上了。

从车上下来两个人,张晨以为他们是来和自己理论的,就把摩托车停好,下了车。

两人走到张晨面前,其中一个说:"张先生,能跟我们走一趟吗?"

张晨奇道:"去哪里?"

"符总想请你去谈谈你的设计方案。"

原来是这事，张晨松了口气："好啊，什么时候？"

"就现在，符总就现在有空，在办公室等你。我们去了你公司，他们说你可能在这里，我们就直接过来了。"

"那好，我给谭总打个电话，我和他一起去。"

"不用了，符总已经安排了，张先生直接去就行。"

张晨答应了，准备骑摩托车去望海楼。那人拦住了他："坐车走吧，摩托车我同事会帮你骑过来。"

张晨尽管心里狐疑，但还是上了车。符总叫他，他可不敢耽搁，他也知道符总这个项目在他们公司和谭总心里的分量，怎么敢马虎？

张晨坐着他们的车，到了望海国际大酒店的停车场。下了车，乘电梯到了顶楼，电梯厅的两边，一边挂着饮食服务公司的牌子，另一边的门上什么标牌也没有。

那人领着张晨，推开了那扇门，门里是很大的一间办公室，符总正坐在办公桌后面。

看到张晨，符总笑呵呵地站了起来，疾走几步过来和张晨握手："小张来啦，欢迎欢迎。"

另一个人进来，把摩托车钥匙给了张晨："就停在你下车的地方。"

张晨赶紧道谢。

然后这人就和先前领张晨进来的那个人一起退了出去。

张晨见办公室里只有符总一个人，就问道："符总，谭总还没有到？"

"谭总？"符总愣了一下，然后哈哈大笑，摆了摆手，"没有谭总，今天没有谭总，就我们两个，是我想和小老弟好好聊聊。"

符总领着他，没有去沙发那里坐，而是推开了一扇门，领着张晨进去。张晨看到,门里面是一个套房,外面是客厅,走进客厅,一眼就看到靠墙竖着的,正是自己那幅望海国际大酒店大堂的效果图。

客厅里还有两扇开着的门,一扇里面是很大的一间卧室,还有一扇,里面是一个装修考究、带浴缸的洗手间。

客厅里有一张茶桌,上面摆着一套工夫茶具。符总请张晨就座:"我们喝茶,边喝边聊。"

张晨猜不透符总要和自己聊什么。他对符总这个人总的印象还是不错的,觉得他虽然也算是海城的大人物,但一点儿架子也没有,随和、亲切,没有端着,也没有那种居高临下的傲慢。

但张晨又隐隐有一种不舒服的感觉,从前面汽车拦截自己,到整个过来的过程,再到他豪华、霸气的办公室和这连着的卧室透露出来的气息,张晨想到了谭总说的那个词——海霸天。

确实,符总一直笑眯眯的,但有一种霸气,随时能让你感受到,从他自信的举止到下面人对他谦卑的态度,甚至,在他人还没有出现时,你也能感受到他的存在。

"小张,你的那个设计,我一眼就看上了。"符总说,"很有才气和想象力。"

张晨赶紧说:"谢谢符总。"

"不瞒你说,这两天,我也派人对你进行了了解。"符总说,"从各方面反馈回来的消息来看,还是不错的。"

张晨心里暗暗一惊,原来,自己怀疑有人跟着,不是错觉,那个到工地去了解自己的人,应该就是符总派去的。不过,张晨纳闷了,这是什么操作?还从来没有听说哪个工程要去对设计师进行摸底了解的。

符总看着张晨,淡淡一笑:"我知道你一定奇怪,为什么我要对你进行这么详细的了解,我干脆直接挑明了吧,希望你不要介意,好吗?"

张晨点了点头。

"望海楼是我辛苦打造出来的,这次装修,我希望是大手笔,也能把我自己的很多想法都贯彻落实到这次的装修中。老实说,我不会把这个项目交给任何一家公司。"符总说。

张晨一惊,然后在心里骂道:"你妈的,逗大家玩儿呢,不想发包,你搞这么一堆人来,给你出什么方案?搞得整个海城的装修界鸡飞狗跳的。"

"我也没有请任何公司帮我出什么效果图,都是他们,不知道从哪里得到我们望海楼要装修的消息,找了各种关系,来请我吃饭。"符总笑笑,"不就是吃个饭嘛,有些面子拂不去,去就去了,不然人家认为你姓符的架子也太大了。"

张晨细细一想,还真是的,从谭总那天晚上给他们设计师下命令,一直到最近,确实没有听说有来自望海楼的明确消息,一切都是这些公司自己的猜测和私底下的传言,包括说年前装修方案要定下来,都从来没有一个明确的说法。

"包括他们带来的效果图,我都没有接,只有你的两幅,我收下了。"符总指了指墙边的效果图,"因为我太喜欢了。老实说,谭总这个人,见面以后,感觉也很不错,如果没有另外的打算,在海城这么多的公司里,我一定会选择把这工程交给谭总的公司。"

另外的打算?什么意思?张晨疑惑地看着符总。符总笑笑,说:"挑明了说吧,我这次装修,没有打算交给任何公司,而是我要自己做。

我有一家小公司,当然,不会在我的名下,我想我不说为什么,你也能够理解。说白了,这家公司就是为这个项目设立的。我把这些都告诉你,你该明白是什么意思吧?"

笑容从符总脸上消失了,他看着张晨。张晨懵懵懂懂的,不过还是点了点头。

符总又笑了起来:"你让我去站镜头,站墩头勉强还行,但要说装修,我一窍不通,所以,我想请你来担任这家公司的老总,主持整个望海楼的装修。"

"我?"张晨吓了一跳,"我就是一个搞设计的,可从来没当过什么老总。"

符总哈哈大笑,说:"你要是只会做设计,我就不会找你了。你说我对自己的公司,对自己的项目会不负责吗?我对你做的几个项目都做过了解,包括我们和李总,你们的甲方,也进行过接触,他们对你的评价都很高,而且,有件事,你自己可能都不知道……"

张晨听得头皮都发麻了,忙问:"什么事?"

"你知不知道,你差一点就成为你们永城婺剧团的团长?"符总笑道。

"啊?"张晨大吃一惊,让他吃惊的不是说他要当团长,那个破团长,就是让他当,他也不稀罕,而是没想到这符总为了了解自己,永城那么远,都派人去把婺剧团的情况摸得一清二楚。

符总伸出手来,在张晨的肩膀上拍了拍:"你可以的,年轻人,胆子就要大一点,特别是在海城这个地方。"

符总给张晨开出的条件是:工资除外,整个项目完工,给他百分之三十的分红。

"有了这笔钱和这个项目，以后你在海城就可以自己立足，不必仰人鼻息了。"符总说。

张晨答应考虑一下。他没有办法拒绝，也不想拒绝。这个诱惑，如果说张晨没有动心，那他张晨就不是张晨，也不会来闯海南了。特别是符总的那句话："有了这笔钱和这个项目，以后你在海城就可以自己立足，不必仰人鼻息了。"

每一个出来闯荡的人，大概都会被这句话打动吧？这不就是人所追求的梦想吗？

张晨骑着摩托车，连怎么回到家的都想不起来了，他觉得自己晕晕乎乎的，在路上还差点撞上一辆"蓬蓬车"。

刘立杆正在房间整理自己那几大鞋盒名片。他把自己第二次又去洗楼时发现的已被赶出公司的主任们一个个剔除出来，去旧换新。这项工作很容易进行，鞋盒里的名片，刘立杆都是取公司名称的第三个字，按英文字母排序。

因为前两个字不是"海城"就是"海南"，没办法排，第三个字开始才是公司名称的正式起头。

刘立杆每天回来，都会拿着今天收到的新名片去鞋盒里面找，如果发现里面的那人和自己手中名片上的职位相同但名字不同，那里面那张就是过去式，用刘立杆自己的话说就是，"该扫进历史的垃圾堆了"。

还有一种情况，有些人原来是主任，现在升任了副总，这种人刘立杆就特别重视，他会做记号，说明这家伙在公司话语权增加，更有分量了。刘立杆会把他两张名片同时保留下来。

因为有很多时候，他明明已经是副总，你喊他"主任"或者"老主任"，这些人不仅不会生气，还会对你特别热情，他马上会把你归纳到老相识那一档——人飞黄腾达的时候，是很喜欢有人见证自己飞黄腾达的历史的。

刘立杆看到张晨像喝醉了酒一样走进来，而身上却没酒气，奇怪道："你怎么了？"

张晨置若罔闻，走过去，倒在自己床上，两眼睁着，怔怔地看着天花板。

刘立杆回头看了看他，在对面自己床上坐下来，看着张晨。

张晨也看着刘立杆，问他："你还记不记得前两天我和你说，有人跟踪我？"

"记得，怎么了，又有人跟踪你了？"

"没有，我知道他们是谁派来的了。"

"啊！快说说。"

"他们是符总派来的，刚刚，符总自己和我说的。"

"你是说望海楼的符总？"刘立杆睁大了眼睛。

"对。"张晨点点头。

"他又约你们了？那越来越有戏了。"

张晨"哼"了一声："不是我们，是只有我；不是有戏，是有大戏了。"

"起来，怎么回事，快点说说。"刘立杆拍了拍张晨的大腿，见他没有起来的意思，干脆一把把他拉了起来。

张晨坐在床沿上，把符总说的事和刘立杆说了。刘立杆一拍床铺，叫道："好啊！你这是混出头了！什么时候去他那里？"

张晨摇了摇头："我还没有答应他,我说要考虑考虑。"

"你是不是傻? 你考虑什么?"刘立杆叫道,"一万年天上就掉一次馅饼,就砸中了你张晨,你还要考虑? 你等什么? 还等人家三顾茅庐? 张晨,你知不知道,过了这村就没有这个店了?"

"我觉得不舒服。"张晨说,"这个感觉,像被'强奸'了一样。"

刘立杆伸出手,摸了摸张晨的额头,骂道:"没发烧啊,你觉得这是被'强奸'? 哈哈,好啊!"

张晨扑哧一声笑起来:"不和你说了,怎么越说感觉这事越恶心? 妈的,我觉得还是不要考虑了。"

刘立杆站起来,朝门外走去。张晨叫道:"你去干吗?"

"买烟。"刘立杆头也不回地走了。

过了好久刘立杆都没有回来,张晨重新倒在床上,怔怔地看着天花板:墙角的那只蜘蛛终于开始缓缓爬行,那个蛛网不知什么时候出现了一个破洞,那只蜘蛛正在勤勉地补这个破洞。

张晨感到奇怪,那个角落,风吹不到,雨打不到的,蛛网怎么会破?

刘立杆终于回来了,和他一起回来的,还有金莉莉。张晨心里咯噔一下,知道一场恶战来了,赶紧坐起来。

两人一脸严肃,金莉莉走过来,和刘立杆一起坐下来,看着他。张晨明白,这是打算要好好谈谈了。

"张晨,刚刚杆子和我说的,都是真的?"金莉莉问。

张晨点了点头。

"你怎么打算?"金莉莉继续问。

"我还没想好。"张晨说。

"你还要想什么？你忘了我们到海南是来干什么的？"金莉莉说。

张晨摇了摇头："我没忘。"

"那你还考虑什么？有这样的一个好机会都不抓住，那我们到海南有什么意义？"金莉莉说，"你想一直就这样给人打工？"

"我除了对他的方式有些反感外，还有就是，我觉得，我要是这样做的话，挺对不起谭总的，他对我很好。"张晨说，"你们忘了，他是在我最困难的时候收留我的。"

"他对你好，是因为你对他来说有好的价值，你要是没本事，你看看他会不会多留你一天。"金莉莉说。

"对，莉莉说得没错，你要是没本事，早就被谭总一脚踢走了。"刘立杆说。

"那你们知不知道，二货是谭总的什么人？"张晨看着他们，问道。

"我才不关心他是什么人，我只关心你是什么人，关心我们在这个岛上以后会怎么样。张晨，别傻了，好不好？海南是给敢冒险的人准备的，不是给好人准备的。你要想做个好人，就不要来海南了，留在永城就够了。"金莉莉说。

"无论到了哪里，我还是我。反正，我觉得这事有些恶心。我做了，我会恶心自己。"张晨说。

金莉莉大声道："你不做，就会耽误自己！等你再想做的时候，就没有这个机会了。你以为你是谁？皇亲国戚？机会天天有？"

"我不以为我是谁，我只知道我还没有想好！"张晨道，"我也没说不做，我只是需要考虑。"

"好了，都冷静一下。"刘立杆说，"不过，张晨，有一点莉莉说得没错,这个世界是很现实的,你要饭的时候,是没人在乎你是不是好人的,好人不值钱。"

"那你去帮义林妈干吗?"张晨问道,"她只不过是你的房东,又不是你的亲人,你帮她干吗?"

刘立杆被张晨一句话问住了。

三人默默地坐了一会儿。张晨对金莉莉说:"莉莉,让我考虑一下,好吗? 你们以为我不想当老总? 不想在这么大的一个工程里呼风唤雨? 这个诱惑,我也挡不住,只是姓符的这种做事方式让我很不舒服,我需要缓一口气。"

金莉莉站了起来,她摸着张晨的头发,叹了口气:"好吧,但是你要答应我,你考虑好了,要先告诉我,不要匆匆忙忙就把你的决定告诉姓符的,好吗? 更不要匆匆忙忙为图痛快就做决定,好吗?"

张晨点了点头:"好,我答应你。"

"走吧,送我回去,我们等会儿还要去琼海呢。"金莉莉说,"要不是这事太大,又知道你的臭脾气,我都不会赶过来。"

张晨到了公司,坐在自己的位子上。他透过玻璃隔断,看到谭总坐在那里,眉头紧锁,知道他又在忧心望海楼的事。张晨内心挣扎着,最后,他实在忍不住,还是站了起来。

张晨走到门口,正想伸手敲门,谭总抬头看到了他,招呼道:"进来,进来,小张,你进来。"

张晨走过去坐下来,谭总看着他,叹了口气:"哎呀,小张,你说,这望海楼怎么就没有消息了? 不应该啊,你说是不是? 搞得我整天都在想这事。"

"谭总，"张晨看着谭总，鼓足了勇气，"望海楼其实有消息。"

"哦，什么消息？"谭总眼睛一亮。

"符总昨天晚上找过我。"张晨说。

"什么？"谭总睁大了眼睛，看着张晨，似乎不相信他说的话，"你是说符总……"

张晨点了点头，把昨晚的事情从头到尾仔细地说了一遍。

谭总认真地听着，脸色铁青，一声不吭。

等张晨把事情说完，谭总还是没出声。张晨看了看他，只见他盯着桌上的某一个点，眉头紧锁。

张晨嗫嚅道："谭总，那我先出去了。"

谭总"嗯"了一声。

张晨走出谭总办公室，坐在自己的办公桌前，心里想：完了，自己答应过金莉莉的，有决定之前，一定先告诉她，可刚才，自己实在忍不住。

张晨琢磨着，按谭总的性格，他一定会冲上门去，或操起电话，和符总大吵一架。他们要再想拿到这个项目是不可能了，符总也不会再有让自己过去的打算了。

张晨忍不住朝谭总那边看，发现谭总还是保持着自己刚刚离开时的样子。

张晨不知道自己刚刚做得对不对，不过既然已经做了，就管不了那么多，就当自己做了一场梦，用刘立杆的话说，和一个一万年才掉一次的馅饼擦肩而过而已。

刘立杆当然会骂，金莉莉当然会生气，反正自己都已经做了。

不去想了。

张晨站起来，背上包，准备去工地。

"张晨！"

不知什么时候，谭总已经站在办公室门口，看到张晨起来，他大叫了一声，把办公室里的人都吓了一跳。谭总一直叫张晨"小张"，今天直呼其名，看样子这小子形势不妙。

张晨也被吓了一跳，他回过身，看着谭总。

"你去哪里？"谭总问。

张晨指了指门口："去工地啊。"

"你过来！"谭总"哼"了一声，转身进屋。

张晨赶紧过去，整个办公室的人都看着他。

张晨进了办公室，谭总坐在沙发上说："把门关上。"

张晨转身把门关上，然后走过去，站在那里。谭总看了他一眼："站着干什么？坐啊。"

张晨坐了下来。

"你有什么打算？"谭总问。

"我？不知道，很矛盾。昨晚为这个，我还和女朋友吵了一架。"张晨老老实实地说。

谭总点了点头，说："动心了吗？"

张晨笑道："说不动心，肯定是假的。"

谭总盯着张晨，盯得张晨脸上的笑容都僵了，心里发毛。谭总厉声道："小张，你知不知道，你这个人很不简单？"

张晨吃了一惊，忙问道："我怎么了？"

"妈的,你竟然敢跑来和我说这件事。"

张晨的犟脾气也上来了,道:"我有什么不敢的?我又没做错什么。"

谭总摆了摆手:"你误会了,我的意思是,大多数人碰到这种好事,二话不说就答应了,连招呼都不会打,第二天办公室就看不到人了。你敢来和我说,有种!"

张晨嗫嚅道:"我可不想不明不白就当了逃兵。"

谭总一愣,然后哈哈大笑,说:"我就喜欢听我的兵说这样的话。对了,那老狐狸答应分你多少?"

"百分之三十。"张晨说。

"那我估计应该有三百万了,这么多钱,我可给不了你。这个项目做完,你就能在海城站稳脚跟了。"

"可我还没决定去还是不去。"

"去,为什么不去?"谭总说,"我这可不是虚情假意,换作是我,我也会选择去。答应他吧。你不去,他也会找其他人,这个项目,我可以死心了。"

张晨看着谭总,觉得和他印象中的谭总不太像,他什么时候变得这么能忍气吞声了?

谭总似乎猜到张晨在想什么,说:"怎么,你觉得我会去找他大吵一架?说实话,我连崩了他的心都有,但我不能这么做,拼个鱼死网破,不值得。小张,有句话你要记住,这个世界,不是每堵墙你都一定要翻过去,很多时候,你要绕着走,不管你愿不愿意。"

张晨点了点头。他又想起谭总那个"海霸王"的说法,真要和符总斗,那也肯定是两败俱伤。张晨说:"可我觉得这样的做法让人很不舒服。"

"舒服就待在家里。但你就是待在家里,也还有和家人吵架的时候。生意就是生意,生意讲求利益,不讲舒服。你要是只和你感觉舒服的人打交道,那这辈子就不用做生意了,明白吗?"谭总说。

"学到了。"

"所以,你去吧。但我有一句话留给你——要是哪天你在他那里感觉待不下去了,我这里随时欢迎你回来!"谭总说。

"谢谢谭总!"张晨赶紧说。

谭总想了一下,又说:"这件事,你暂时不要和其他人说,符总那里,我估计年前也不会有多少事,这样,东北菜馆工程,你还是给我盯完,盯完了,你也多一点收入,反正现在工程开始收尾,也不需要你整天在那里,只要保证给我顺利完工就可以。"

"好的,谢谢谭总。以后有什么事,您就叫我,只要我能帮上忙——那边的公司反正也就这个项目,不会有其他业务。"张晨真诚地说。

"好,我相信,你小张说的,不是客气话。"谭总说。

"保证不是。"张晨说。

"那就这样吧,对了,小张,我要提醒你,姓符的是笑面虎,又是地头蛇,凡事你自己要小心。"谭总说。

"好,我记住了,谭总。"

张晨站起来,准备告辞,他想起来了,掏出摩托车的钥匙,要还给谭总,谭总没有接,而是说:"这个,就送给你吧。你在我这里,我们是上下级,不在我这里了,我当你大哥,我想你总不会嫌弃。这个,就当是大哥送给你的,那边刚开始,凡事都需要东跑西跑的,你还用得着。"

张晨不敢接受,说这太贵重了,还要推辞,谭总说:"一辆旧摩托,值几个钱？你要是连这个都不收，那我以后有事，怎么敢叫你帮忙？"

张晨听谭总这么说，只好收下，他赶紧说："谢谢谭总！"

谭总看着他，张晨赶紧改口道："谢谢大哥！"

谭总笑了起来，他拍了拍张晨的肩膀："去吧，去给那老狐狸打电话。"

张晨先去了东北菜馆，把工地上的事情都安排好后，这才给符总打了一个电话，告诉他，自己考虑好了。

符总"哦"了一声："你过来吧。"

张晨骑着摩托，去了望海国际大酒店。到了顶楼，电梯门打开，他发现，原来白天，符总这边的办公室门口，是站着一个迎宾小姐和一个服务员的。

张晨走过去，和迎宾小姐说："我姓张，和符总约好的。"

迎宾小姐笑道："我知道。"

她伸手在门上"笃"了两下，门里面，符总叫道："进来。"

迎宾小姐把门打开，带着张晨进去。

符总的办公桌前面坐着两个人。看到张晨进来，符总和那两个人说："好，就这样，你们走吧。"

那两个人站起来，笑着和张晨点了点头，然后出去。

符总吩咐迎宾小姐："不要让人来打扰我们。"

"好的，符总。"

迎宾小姐退了出去，符总示意张晨往里间走。到了里间，符总开口问道："怎么样，你考虑好了？"

张晨说："考虑好了。"

"那好，那我们以后就是同事了。"符总笑道。

"还是要符总多教教我。"张晨谦逊地说。

"老谭那边，你和他说过了？"符总问，"不过，说不说都无所谓，我会让人去和他打招呼的。"

"我来之前已经和谭总谈过了。我想，做事情，总是要善始善终，这边年前也不会有太多的事，主要还是把准备工作做好。我答应谭总，把东北菜馆工程，也就是李总他们的项目，在年前完工。"张晨老老实实地说。

"好，不错，你自己能处理好和老谭的关系，就最好。这里，确实是要等年后才开工，现在盯着的人太多，拖一拖也有好处。"符总说，"说说你的打算。"

"年前，我想，首先要把所有还没有完成的图纸完成，还有把预算和工程量做出来，这样年后就知道需要招多少人了；还有，和主要材料的供应商商谈确定材料数量，这样他们也好早些备料，海南交通不是很方便，时间太仓促，他们会很匆忙。"张晨说。

符总不停地点头："你这样安排很好，我们这里，该报批的一些手续也会在年前报批完。小徐，就是昨天去接你的那位，他是甲方，就是我这边的项目负责人，有需要的，你配合他一下，还有，年后马上要开工的，还不是酒店，而是另外的部分。"

"另外的部分？"张晨有些疑惑。

"对，在望海商城上面加盖一层，三分之二做商城，扩大商城的经营面积，另外三分之一，你看到了，把这里的办公室搬过去，这样，酒店也多出一层营业面积了。商城的改建，虽然放在二期，但加盖的这层要先做。"

张晨点了点头:"我明白了,要是不把这里搬过去,酒店也没有办法进行整体的装修。"

"对,就是这个意思,还有,我们是在正常营业的企业,装修工作要尽量不影响其他部分的营业,比如说,酒店装修时,酒楼还能正常营业,酒楼装修的时候,酒店可以转移一部分酒楼的业务。总之,装修期间,业绩不能掉,掉了就有人说闲话。"

"这个我也想过了,可以局部进行。"张晨说,"比如,大堂装修的时候,我们可以设个临时大堂,大堂装修期间,楼上客房和酒楼也还是正常营业,等大堂装修完成,楼上客房和酒楼也可以分层进行,而不是一下全部铺开。"

"对对,就是这个意思。"符总说,"我们就按这个方式进行,你理解得很好。"

"这样的话,唯一的缺点,就是工期会长一些。"张晨说。

"这个没有关系,和业绩相比,这是次要的。"

符总说着站起来,走到柜子前,拿出一个文件袋,递给张晨。张晨掏出来看,是营业执照和税务登记证的副本,公司的名字叫"海城磐石装饰有限公司",法人是林钊,登记地址是在文明东路,看起来是在一所民宅里。

"这个法人,是我老太婆的一个远房亲戚,中山来的,就是挂个名,你不用理他。"符总说。

张晨点头,他问:"这公司是在……"

"我家里,小公司,也不会有几个人,就放家里。老太婆平时也没事,就帮助管管财务。"符总笑道。

家里？张晨忍不住朝四周看看。符总叹了口气："我家就在文明东，我这里，嗐，没办法，工作太忙，没什么时间回去，只能以公司为家了。"

张晨听着，心里觉得好笑，什么叫没时间回去？文明东路，离这里走路也就十几分钟，开车几分钟就到了，没有时间回去？是不想回去吧？这以公司为家的"临时的家"，也太奢华了。

张晨对公司地址确实也没有要求。这个公司，说是公司，其实就是一个项目单位，又不接其他的业务，除了班长和工人，就不需要其他人员了，所有的人员都会集中在工地上，工地上也会有临时的办公室，再搞一个办公场所，真的没有必要。

至于他太太管财务，也很正常，毕竟整个工程几千万的进出，交给别人，还真是不会放心。

至于自己，又不想从中做什么手脚，经得起检验。他太太管钱，自己还正好避嫌，也没有什么不方便的。

符总见张晨不作声，便和他说："你放心，这老太婆，我已经和她交代过了，她虽然管财务，但签字权在你这里，平时报销，也不许她啰里啰唆的。"

张晨赶紧说："不，不，我真的没想这些，财务审查和监督，还是有必要的。毕竟，工地上到时在花钱、要报销的，不是我一个人，有些，哪怕就是我签字了，我也不一定了解得很清楚，财务控制一下，也可以堵住漏洞。"

"是吗？我就说我没有看错你，小张，你有这样的意识，我很高兴。"符总说，"不过，我这个人，疑人不用，用人就不疑，不会干那种'又要马儿跑，又不让马儿吃草的事'，哈哈。"

张晨听得糊涂了,这话,听上去怎么有点像是:你只要把事干好,适当的污点,还是应该的。

符总把文件袋推给张晨:"这个你收好,和供应商谈业务,你需要它;还有,小徐和你签协议的时候,你也需要它。"

小徐?张晨马上想起来,前面符总说过,小徐是代表望海楼这边的,自己当然要代表"磐石",和他签协议。

张晨感觉,完全是左手和右手握手啊。

张晨把文件袋放进自己的包里,符总问道:"怎么样,春节准备回浙江吗?"

张晨摇了摇头:"不回去了,又没几天时间。现在经济不好,过完年,上岛的人想找工作,肯定会早点来,我们也可以早点开始招工,选择的余地大一些。"

"好,那春节之前,我就不管你了。我们每个星期,抽时间一起吃个便饭就可以。春节以后,你搬我家那边,也就是公司里去吧。"

符总说着站起来,还是走到柜子前,回来的时候,手里拿着一刀钱和一个BB机。

他把钱推到张晨面前,和他说:"过节了,你身上也要有点零花钱,这个,你收下,和公司无关。"

张晨的脸红了,赶紧把钱推了回去:"符总,我自己有钱,真的,那边工程结束,我还能拿到一笔奖金,我不缺钱。"

"缺不缺是你的事,给不给是我的事。"符总笑道,"你是我公司的老总,我不能让你寒酸,你寒酸,丢的是我的脸,明白了吗?"

话说到这个份上,张晨也没有办法推辞了,只好谢过符总,收了起来。

符总拿起一台中文汉显的BB机，这个BB机价值五千多元。符总把这BB机给了张晨，和他说："以后有事，我就让人直接告诉你，我们，就尽量减少电话联系。"

张晨明白了，这是要避嫌。

张晨下了楼，特意在望海国际大酒店的大堂里转了一圈，又坐了一会儿，心里油然而生一股豪气，他有些得意地想：接下来，这里就是我的世界了，我要来改变这幢大楼里的一切。

这种感觉真好。

张晨有意地看了看，在大堂里没有发现建强——要是建强在，他是很愿意和他分享一下的，虽然他自己也不知道要分享什么。看着门外明媚灿烂的阳光，张晨哑然失笑，现在是白天，建强和佳佳还在做家庭作业，自己怎么可能会在这里看到建强？

张晨觉得自己也可能不是想看到建强，而是想看到任何自己认识的人，而建强，只不过是最可能在这里出现的。

张晨猛然想到初中的时候，文具店那个杭城来的店员，他把速写本和画夹送给自己，和自己说："我要调回杭城了，明天就离开这里，我很开心。"张晨到今天才理解，这种开心是什么。

不知道这个店员，调回杭城后怎么样了，不知道他在杭城是否继续开心？

张晨很想去服务台那里，给金莉莉打一个电话，告诉她："我已经决定到符总这里来了，我已经决定要装修望海楼了。"迈出去一步，又退回两步，心想，去服务台打这样的电话，应该不好。

张晨走出了大门,明晃晃的阳光猛地抽到他的脸上,虽然已经是十二月了,海城下午的阳光还是很猛烈。

　　张晨突然置身在阳光下面,却差一点哈哈大笑,他感到这个城市从来也没有像今天这么亲切、离自己这么近,自己真正地融入了它:海秀路,这会是我的海秀路,我每天都会从这条路上走过,我的公司在文明东,我的工地在海秀路。

　　他回头看了看望海酒店的大厅,心里对它说了一声再见,仿佛它明天就要被拆掉一样。他看到无数的船桨,一支一支地聚拢,向高处蔓延。高高的天花板顶上形成了一个漩涡,有一轮一轮的细浪扩散出去。

　　张晨差一点又大笑起来。